生死谷

—鄭丰作品集—

目錄

第二部■出谷

第三部 歸谷

渾沌中的清明

進入二十一世紀，兩岸三地物質生活伴隨科技進步，經濟騰飛得到極大改善。但是，連串的環境污染、食品安全、政商勾結、官員貪腐、族群衝突等等事件，卻使人懷疑所謂「二十一世紀乃華人世紀」是否海市蜃樓，更有人悲呼道德淪喪，信仰缺失，價值顛倒，彷彿人類又重入渾沌，撲朔迷離，不知未來。

武俠小說作家鄭丰在新作《生死谷》中，取材唐傳奇人物聶隱娘，借助一批大唐晚期少年殺手的奇特成長過程，其中更是包括兼具毒辣殘酷與智慧溫柔的女性角色，講述藩鎮割據亂世中的迷失、紛爭以及救贖，以書為鑒，或許能為當下帶來些許清明。

鄭丰寫作喜歡挑戰高難度，這次選擇寫殺手就是明證。這類人物很難寫，因為他們不僅武功高超，而且行蹤隱密，比起做事光明磊落，大方行走江湖的金庸式俠客，隔絕人們通常了解他們的諸多渠道，不聞其名，不見其人，面目不清，故意讓人們對他們一無所知。所以要刻畫出一批既有嫻熟殺技又有鮮明性格的職業殺手，並鋪排出他們從兒童到少年甚至成人之後的種種人生體驗，且又各有不同走向，讓讀者對冷血職業殺手充分「有知」，還對其中一些人加以同情肯定，鄭丰成功了。

人稱女版金庸的鄭丰，填補了金庸封筆之後的真空，還頗多著墨於女性人物，更在這部作品中徹底翻轉了傳統武俠世界中的女性角色。如果說《天觀雙俠》中鄭寶安的鎮定還只是驚訝了她身邊的男性人物，《靈劍》中的燕龍，《神偷天下》中的百里緞，和《奇峰異石》中的宇文還玉都是各自身懷絕技，沒有她們甘願犧牲自己，男主角根本無法成就後來的功業。她們超越金庸筆下女性，既不需要男性保護寵愛，也不以補強陪襯男性爲己任，各有自己的存在空間和獨立人格。來到《生死谷》，鄭丰甚至讓一位少女歷經滄桑，力挽狂瀾，既終止人世間的血雨腥風，又平衡男人間的執拗糾葛，使天下歸於平靜，成爲實至名歸的領袖。

可貴的是，這部書並非簡單爲英雄立傳，而以特定的場景和矛盾，引發我們的思考。生死谷中孩子們受到的考驗如同《蒼蠅王》中，在缺失教育與道德的指導時，原本天眞的兒童變得野蠻殘忍；在無效的政治制度下，沉渣泛起，生命成爲任意標價的商品；一己之念使俠義化做貪婪的工具，而看似高深的道義，其實以訛傳訛荒唐可笑。鄭丰更加挑戰讀者對「俠客」的容忍度，故事中的主要人物都武功高強，卻雙手沾滿血腥，這樣的主角，還配得上「俠義」的稱號嗎？罪惡深重的惡人，又能否救贖他人，並且也應該得到救贖呢？從惡花中，眞的可以結出善果嗎？那個能夠感化殺手放下殺戮的力量又源於何方？

鄭丰在書中引用《金剛經》的兩段：

凡所有相，皆是虛妄。若見諸相非相，則見如來。

一切有爲法，如夢幻泡影，如露亦如電，應作如是觀。

生死谷不是烏托邦，更非桃花源，心存雜念的人從來無法全身而退，只有參透生死的人才能自由出入。罪孽深重的殺手尚可放下屠刀，我們也可以放下固有的成見，拋卻對名利的迷思，眼前的天地會無限寬廣，否極泰來。悲嘆不如行動。真正能夠拯救我們的，正是我們自己。這就是鄭丰這部作品給我們的開示吧。

牛君，二〇一五年七月

慈悲殘酷的青春殺戮悲歌

你準備好了嗎？準備好走入死蔭的幽谷，見證鄭丰創作生涯中最大膽、最獨特、最黑暗也最悲傷的奇書《生死谷》，一同體驗青春的痛楚與殘酷、殺手的血腥與絕望、人性的沉淪與悲哀，以及在黑暗的谷底，那一點點微弱的慈悲之光嗎？

從二〇〇七年出版的《天觀雙俠》開始，《靈劍》、《神偷天下》、《奇峰異石傳》，一直到二〇一五年的《生死谷》，鄭丰在獨特的職業塑造、互補的雙線主角與敘事、青春的成長歷程等方面，貫徹了自己的風格與道路。

鄭丰每一部小說，都會在既有武俠小說傳統中，挑選一個在武俠傳統中存在，但又留下大片空白的職業深入刻畫，將特定職業在古代江湖的商品市場、要素市場、企業組織和興衰歷史設定詳實。所以我們可以看到，《天觀雙俠》裡頭，一個流落江湖的女子如何學習毒術、迷藥、易容術等獨門絕技，以美色和武功在江湖上生存，而組織的鬥爭和傳承又是如何運作；在《靈劍》當中，一個邪教如何用靈能、咒術、邪法、神通來蠱惑人心、擴大組織、權傾天下，而繼承人的挑選和訓練又會經過哪些嚴苛過程；《神偷天下》則描寫了竊賊世家的流派和歷史，神偷所必須學習的取技、飛技，以及牽動時局的神奇蠱術和神妙寶物。而《奇峰異石傳》，讓我們看到在亂世中的孤兒如何在佛寺中生存、受訓，一個終南山上的鴿樓，又如何扮演一呼百應的情報網，牽動著隋唐之交的大動蕩。

在《生死谷》中，更是爲我們創造了一個前所未見的「刺客」世界觀。「殺道」的時代背景和人物、事件暗合唐代最有名的女刺客聶隱娘，但是又不滿足於既有筆記或是武俠小說的創作，獨創了一個具體而微的職業世界。刺客不同於武功高手，如同神偷、百花門或是邪教教主、護法和一般武林人士的差異一樣，刺客不單以武功高低決勝負，而是以心性、智謀定高下。唯有心細如髮又心如鐵石的刺客，才能流血五步，天下縞素。但什麼樣的人會成爲刺客？而進入殺道者，內心又會有何等變化與煎熬，《生死谷》或許是百年武俠史上，最認眞挖掘與雕琢的一部殺手悲歌。

在敘事與人物塑造上，我們總是能夠找到矛盾又對立的兩個主角，從衝突的兩個面向來圓滿同一個主題，並且一次比一次深刻。《天觀雙俠》裡面，趙觀和凌昊天是純粹的友情、《靈劍》凌霄的燕龍在愛情之外，還有互不相讓的自尊、到了《神偷天下》的楚瀚與百里緞，兩人互相成了獨特微妙的「傷口」，相知相惜，相恨相愛，因爲太過相像，而無法圓滿。《奇峰異石傳》的韓峰和宇文還玉的愛情雖然相對單純，但也辯證了知己與良配間的複雜選擇，而在《生死谷》當中，鄭丰將兩個主角的人性衝突推到了前所未有的深度。

《生死谷》的武小虎和裴若然，和過去的雙主角一樣，通常都是溫柔敦厚的男孩搭配聰慧倔強的女孩。但除了愛情或友情，還衍生出深刻的衝突與嫉恨。比互相扶持更讓人動容的，是他們如何互相傷害。武小虎的慈悲如何殘酷地傷害彼此，裴若然的殘酷又如何慈悲地救贖彼此。這樣的衝突也和職業世界相合，刺客的工作就是殺人，而且是毫無仁義的殺人，既然如此，善惡的之間再也不是涇渭分明，想當個好人、當個俠客的堅持，是自相矛盾，緣木求魚。

而在主題的挑選上，鄭丰有兩項優勢，第一是對宗教信仰的警覺性，以及對兒童和青少年的理解。宗教蘊含了人性的至善與極惡，而成長則是最美好又最殘酷的歷程。《生死谷》引進了歐美日青少年科幻常見的故事設定：一群青少年在孤立的環境中互相合作、互相殘殺。例如《飢餓遊戲》、《移動迷宮》、《大逃殺》、《漂流教室》或是《自殺島》。讓無辜的孩子經歷種種慘酷的考驗，挖掘青春期的災厄與救贖，讓孩童的單純結合人性的複雜。而在此一類型的文學作品當中，最為出色的無疑是威廉・高汀的《蒼蠅王》，相較於社會制度的批判，或是反烏托邦追求自由的訴求，人性的黑暗、道德的辯證、信仰的瘋狂，無疑是更為恆久的主題，而這也是《生死谷》揉合了武俠情懷和青少年文學的嘗試。

回顧近十年的創作歷程，《天觀雙俠》歡快、《靈劍》悲壯、《神偷天下》沉鬱，《奇峰異石傳》純眞，而主角年齡最輕的《生死谷》，卻是最為慘酷的一本著作。鄭丰的情感與視角無疑是慈悲溫柔的，但故事卻一本比一本哀痛悲絕，這樣的衝突讓這兩者更鮮明強烈，對於道德的探究更為尖銳深刻，這是鄭丰迄今最大膽、最勇敢也最成熟的突破性著作。

走入生死谷，在光與影之間、善與惡之間、殺戮與救贖之間，這裡冷冽又溫暖，殘酷又慈悲。這是一首唐代絕頂刺客的青春之詩，不管他們是聶隱娘、精精兒、空空兒，或是天微星、天猛星或天殺星，你將看到前所未見的人性、前所未見的鄭丰武俠。

乃賴，二〇一五年七月

第一部 入谷

第一章　鞠賽

大唐德宗貞元十八年，春暖花開，長安城安邑坊後的空地上，二十多個孩童正蹴鞠嬉戲，叫喊歡呼之聲不絕於耳。

這塊空地不知屬於哪家哪戶，地面多年前似曾鋪過石板，尚算平整，偶有些雜草亂石，卻不甚多，因長年空在那兒，久而久之便成了鄰近孩童相約蹴鞠之地。空地所在的安邑坊位於東市以南，左近皆是高官顯宦的官宅府邸，那等望族子弟自不會輕易離開高門大院，出外混玩，因而來此蹴鞠的大多是大宅中的家傭僕婦或附近東市挑夫小販之子，個個衣著破舊簡陋，有的甚至赤著上身，光著腳板。

經年累月下來，來此蹴鞠的孩童分成了兩營，住在空地以東的自稱「青龍營」，住在空地以西的自稱「白虎營」。今日正是青龍白虎兩營決戰之日，孩童們在空地東西兩端各自豎起兩根竹竿，兩竿之間架起一張舊魚網，充做龍門；鞠則是個以八片尖皮縫成的圓形殼兒，殼中塞個豬膀胱，吹氣後便鼓脹起來，彈跳甚有勁道。場上孩童大多只有七八歲年紀，各自飛奔逐鞠，競爭激烈，兩營互有勝負；到了最後一刻，更是足來腿往，你爭我奪，鞠在兩營之間飛轉不止，戰況緊急，孩童們大呼小叫，各自為同營伙伴打氣。

正當雙方勢均力敵，局勢緊繃之際，一個紅衣男童陡然脫穎而出，但見他一個箭步，搶在眾孩童之前，身手矯健，奔走如飛，鞠不知怎地已盤在他的腳下。他舉足踢去，那鞠沖天飛起，直入東方龍門。

這關鍵的一鞠決定了兩營勝負，白虎營的孩童們歡呼如雷，衝上前簇擁著紅衣男童高呼：「白虎得勝！白虎得勝！」

那紅衣男童身形並不高，但體態結實，頭臉衣衫上全是塵土，看不清面目，只見他笑得露出一口白牙。仔細瞧去，這孩子的衣著比其他孩童整齊乾淨許多，似乎並非一般小兒，但他與同營伙伴勾肩搭背，狀極親近，顯是長年廝混一處、熟稔非常的友朋。

就在這時，三五個壯碩的男孩兒大步奔上前來，張開雙臂，攔在那紅衣男童身前。領頭的男孩高聲喝道：「慢著！小虎子，你小子的靠著搞鬼作弊才踢鞠進門，我們全都看得清清楚楚。我們青龍營沒輸！有種再比過！」

眾男童抬頭望去，見這五個男孩兒都是青龍營的蹴鞠能手，個頭高大，來勢洶洶，顯然不服輸，結夥找碴兒來了。

白虎營的孩童們彼此望望，都有打退堂鼓之意，有的說道：「小虎子，咱們快走吧！」有的道：「走，別理他們！」

紅衣男童小虎子卻雙眉一豎，雙手扠腰，直直望向那領頭的男孩，說道：「我什麼時候作弊搞鬼了？不如我和你一對一單挑，這會兒大夥兒幾十對眼睛一齊望著，誰也不能動手腳弊，如何？」

那領頭男童名叫大牛，頓時挺起胸，大聲道：「好，我不怕你，就跟你單挑！」

就在此時，青龍營中一個瘦小男孩忽然走上前來，抬起頭，雙眼直視小虎子，高聲道：「我來挑戰他吧！」

青龍營的孩童見這瘦小男孩兒出頭，先是一怔，隨即拍手歡呼，此起彼落地說著：「六兒，六兒！」「給他點顏色瞧瞧！」「六兒，好好教訓他一頓！」

這名叫「六兒」的瘦小男孩看來貌不驚人，比小虎子還矮了半個頭，但顯然是青龍營公認一等一的蹴鞠好手，青龍營的孩童對他十分推崇尊重，連大牛都退開了一步，不敢跟他爭先。

小虎子向六兒打量去，心想：「這六兒我見過幾回，腳下甚快，方才鞠賽之中唯一能跟得上我的就是他了。若不是他同營那些傢伙不懂得配合，多半能給他搶先奪分。哼，即使是大牛換成六兒來挑戰，我也不會輸！」當下高聲道：「好！我就跟你比上一比，瞧瞧是誰厲害！」

旁觀兩營孩童都高聲鼓噪起來，白虎營的高喊：「小虎子，小虎子！」青龍營的則大叫：「六兒，六兒！」

孩童們的呼聲略歇，便有孩童開口問道：「這場單挑，如何比法？」

小虎子搔了搔頭，說道：「我將這鞠往空中扔去，你我同時上前搶，誰先搶到鞠便算勝出，如何？」

六兒立即搖頭說道：「不成，這麼比我吃虧！你可以想將鞠往哪兒扔就往哪兒扔，怎麼公平？」

小虎子微微一呆，他從沒想過要如此作弊，聽六兒出言質疑，不知該如何回答，當下只回道：「那你說怎麼比？」

六兒瞪著他，說道：「鞠放在場中央，你站在西門，我站在東門，我們同時起步搶鞠，將鞠踢進對方龍門的便算勝方，如何？」他言語清楚，相比其他孩童的大呼小叫、滿口粗言穢語，顯得斯文伶俐得多。

小虎子暗想：「他仗著自己奔得快，才提議這麼比法，但我腳下也不慢，怎麼會怕？」當下說道：「好！就照你所說的來比！輸了可不能再怪我，也不能耍賴不認帳！」

六兒皺起眉頭，說道：「哪有這許多閒話好說！開始吧！」

小虎子捧起手上的鞠，對著殼上尖皮口子往裡面的豬膀胱吁氣一吹，鞠便膨脹了一些，彈跳起來更加有勁。他小心翼翼地將鞠放在空地中央，確定離東西兩門距離相等，才和六兒各自走到東西兩方的龍門之前。

大牛主動出來擔任評判，站在空地中央，高高舉起一隻手，叫道：「我數到三便起步。一，二，三！」

「三」字還未出口，六兒已彈跳而出，直往鞠奔去。小虎子也不遑多讓，瞬間舉足快奔，兩人一左一右，一齊往場中的鞠疾衝而去。

六兒個頭較小，腳下卻快捷無比，比小虎子快了一步來到鞠旁，當先奪得鞠。小虎子加快腳步直搶而上，伸足去勾六兒的腳踝，奮力試圖將鞠奪回。六兒反應極快，立即將鞠往空中一踢，隨即閃身避開小虎子的一勾，再迴旋轉身，一足接住鞠，便往西門踢去。小虎子急追而上，猛然一衝，竟然快步搶到了六兒身前，伸腿一勾，鞠便轉到了他的足下。

兩人在塵沙中你來我往，近身而搏，旁觀孩童只見足影晃動不止，看得目眩神馳，紛紛高聲不絕叫喊助陣。

一陣搶奪之下，六兒眼見無法將鞠奪回，忽然伸左腳一踹，正正踹在小虎子的腿脛之上。小虎子吃痛，大叫一聲，腳下一個踉蹌，六兒乘機搶過鞠，飛快地將鞠往西方龍門踢去。

小虎子怒罵一聲，趕緊追上，追到六兒身後一步時，矮身一個掃腿，腳尖觸及鞠，將鞠往旁一帶。這一招極險極巧，出腳的位置卻恰恰好，將鞠引離了六兒的足下，他乘機一個打滾上前，伸足搶過鞠，帶著鞠拚命往東方龍門飛奔而去。六兒奮起直追，小虎了知道絕不能再讓六兒追上奪鞠，在離龍門十尺處奮力一踢，鞠竟這麼不偏不倚，直直飛入了東方龍門。

白虎營的孩童歡聲如雷，青龍營則哀鴻遍野。

小虎子奔入龍門撿起鞠，奔回場中，滿面笑容。

六兒臉色煞白，忽然伸手直指著他，叫道：「你作弊，不算！」

小虎子聽他這麼說，只氣得滿面通紅，心想：「明明是你故意踢我小腿，卻說我作弊！」隨即憤憤地道：「你……你故意踢我，輸了還要賴不認！」

六兒神色肅然，對他的指責聽如不聞，說道：「我不服輸！明日下午申時，青龍白虎再次一決勝負，你可別逃！」說完哼了一聲，轉身便走。

青龍營的孩童眼見己方高手挑戰失利，無話可說，心中都忿忿不平，口中出聲咒罵，卻不敢再上前尋釁了。

眾孩童都未曾留意，空地邊上站了一個高高瘦瘦的道士，一身黑色道袍纖塵不染，面目莊肅中帶著一股難言的戾氣。道士深邃的雙目流連在六兒和小虎子身上，嘴角露出一抹笑意，若有所思。

正當白虎營的孩童圍繞著小虎子群相慶賀之時，忽聽騰騰聲響，一個高高胖胖的男童向他們大步奔來。這男童體型沉重，奔跑時直如地震，白虎營眾童們見了都不自禁避開幾步。高胖男孩兒直衝上前，張開雙臂，緊緊抱住了小虎子，呵呵笑道：「小虎哥，贏了！小虎哥，贏了！」

小虎子握拳在那高胖男童的頭上敲了一記，笑罵：「楞子給我放手，你小虎哥沒輸給別人，卻被你抱得快沒氣啦！」

高胖男童這才放手，傻乎乎地笑著，眼神有些渙散，一臉傻氣。光看他的身型，這男童似乎已有十三四歲了，但若瞧他的面貌，便知他年紀尚幼，應當跟小虎子相差不多，約莫八九歲年紀。其他白虎營的孩童站在數尺開外，側眼觀望這高胖男童，他們都知道這名叫楞子的男孩兒身寬體圓，出了名的力大無比，而且還是個傻子，行止難以預料，因此更加危險。

小虎子對楞子卻十分親近，毫不避忌地勾著楞子的脖子，笑嘻嘻地對其他孩童說道：「走！我們去東市吃頓好的，今兒個我請客！」

楞子呵呵笑著，伸出大手抱住小虎子的腰，將小虎子高高舉起，放在自己的肩頭，大步走開。眾孩童聽說有東西吃，一齊歡呼鼓掌，跟在楞子和小虎子身後，嬉笑叫鬧地往北而去，還不忘回頭對青龍營的孩童做鬼臉，譏嘲幾句。

六兒站在空地角落，望著敵人趾高氣揚地離去，心中又羞又惱，恨恨地舉腳亂踢了幾顆地上的石子。

幾個青龍營的孩子走上前來，拍拍他的肩頭，說道：「那小虎子可恨得緊，總有一日我們要找回這個場子！」有的安慰道：「六兒莫惱，我們明日再賽，定能扳回一城！」

六兒咬著嘴唇，抬頭問道：「那個小虎子，他是哪一家的？」

一個孩子道：「賊虎營一夥人都是從西邊來的，卻沒人知道小虎子是哪家的。」另一個孩子道：「聽說他住在親仁坊武相國家附近，可能是再往西南去的哪一戶人家的。」

六兒點頭不語，孩童們相約次日下午再來此一決死戰，便各自散去了。

等其他孩童全都離去後，六兒才快步往東而去，在巷弄間鑽來穿去，從後門回到了自己的家。這是靖恭坊最華貴的宅邸——裴進士府。

六兒奔入後院的柴房中，快手快腳地脫下了一身骯髒的粗布衣褲，從柴堆中找出一套紫色襦裙，趕緊換上了，又踢掉腳上的舊皮靴子，從木桶後頭摸出一雙紫底黃花的繡花鞋兒，匆匆套在腳上。換上一身乾淨衣裙後，人陡然間變了樣，成了個高門閨秀，原來她竟是個女孩兒家。

就在這時，一個僕婦的聲音在後院響起：「六娘子？六娘子？夫人招見您哪！六娘子，您在哪兒？夫人急著找您哪！」

六兒一驚，趕緊伸手抹抹面龐，撥撥頭髮，應聲道：「葉大娘，我在這兒！」

僕婦葉大娘鬆了口氣，趕忙循聲奔到柴房門口，但見六兒站在黑蒙蒙的柴房中，身上衣服雖乾淨整齊，但蓬頭垢面，滿臉塵土汗水。葉大娘只消看上一眼，便知道她又溜出去蹴鞠玩兒了，只嚇得三魂出竅，口中喃喃念佛，手上可不敢慢了，立即去廚下取了溼毛巾替她擦臉，又從懷中掏出梳子替她梳頭，說道：「六娘子，唉！您又溜出去玩兒了！夫人說過多少次了，奴婢可不能永遠替您瞞著哪！」

六兒滿面倔強之色，說道：「怕什麼？照實跟我阿娘說罷了，她能拿我如何！」

葉大娘搖頭嘆道：「我的好娘子，千萬別這麼說話！阿郎和夫人生了五位郎君，好不容易生到妳這個寶貝女兒，疼得如心頭肉一般！不想您跟個男孩兒毫無差別，竟比郎君們更加調皮撒野，夫人怎能不擔心！再說了，您將來可是要入宮的……」

六兒聽到「入宮」兩個字，橫了葉大娘一眼，打斷她的話頭，說道：「別說了！」

葉大娘雖有三十好幾的年紀了，卻對這小小女娃兒十分恭敬，趕緊閉嘴停話，快手替她打理整齊了，才道：「您快去見夫人吧。」

六兒昂起頭，快步去了。

這小名「六兒」的女孩兒姓裴，名叫若然，乃是進士裴度的第六個孩子，也是唯一的女兒。她自幼受父母兄長百般寵愛，嬌橫任性，在家中天不怕地不怕，誰都管不了她。她高興時，便換上一身阿兄穿過的破舊衣衫，溜出後門，與一群街頭孩童蹴鞠玩耍，直到天黑才歸府。她的娘親裴夫人性情溫和嫻靜，完全管不住這個無法無天的女兒，只能成日唉聲嘆氣，束手無策。

這時裴若然逕自來到娘親居室的外廳，站在門口喚道：「阿娘，女兒來啦！」

裴夫人抬頭望向門口，見女兒頭髮衣著雖整齊不苟，但雙頰通紅，額上猶有汗漬，顯然才從外邊胡玩回來，忍不住嘆了口氣，又不好開口責罵，只能叫女兒近前，拉著她的手，苦口婆心地道：「若然，妳都滿七歲啦。上個月宮中送來婚書，告知妳已通過采選，過幾年便要正式入宮了。妳也該懂事些，收斂自己的行止，可不能再這麼任性胡鬧了。尤其得當心，千萬別絆倒跌跤，要是受了傷，破了相，那妳的前途可……可全毀了。」說到這兒，裴夫人聲音不禁微微發顫，不敢想像女兒臉上若破了相或受了什麼大小創傷，將是怎般的滔天災難。

裴若然耳中聽著娘親的諄諄訓誡，知道娘親又開始那些長篇大論、絮絮叨叨的說教了，這番話她已聽過無數遍，更無心再多聽一遍，於是眼光自然而然地飄向窗外，心想：「白虎營的那群傢伙，不知到東市吃什麼好吃的去了？」

裴夫人見她一臉不在意，對自己的言語擺明半點未曾聽入耳去，忍不住又嘆了口氣，說道：「若然啊，娘一手帶大妳五個阿兄，個個知書達禮，溫文儒雅。妳是我們裴家唯一的女兒，我可不能讓妳壞了咱裴家名聲哪。更何況妳將來是要入宮的，宮中規矩嚴謹，妳若鬧出什麼亂子，那可是會牽連全家的禍事！妳再這麼調皮不懂事，阿娘可該怎麼辦？掖庭局傳送婚書的張公公說了，未來這幾年的光陰，妳應當學習德言容功，嫻熟禮儀，端正身心，修飾儀容，做好入宮的準備。妳若還是整日出門胡鬧玩耍，這怎麼成呢？」

裴若然仍舊望著窗外不回話，一心想著：「明兒見到那可惡的小虎子，我定要想辦法贏過他！」

裴夫人又道：「昨兒妳伯娘來，我跟她談起妳的事，她幫我想了個辦法，說可以將妳送到她長安城外的別業住下，請幾位女師傅好好教導妳。那兒環境清淨，人又不多，正好讓妳靜心修養。」

裴若然一聽這話，頓時回過神來。她去過伯娘在城郊的別業，知道那兒除了假山池塘、花草樹木之外什麼都沒有，更加沒有孩童能跟她蹴鞠玩兒，可有多麼無趣！她當然不情願離開長安，只能趕緊說道：「若然不會再胡鬧啦，阿娘請放心，別送女兒去什麼城外別業，只教我跟在您身邊，就足夠學會所有的德言容功了。」

裴夫人雖知道女兒言不由衷，自己這番訓話想必無法讓她輕易就範，但見她答應收斂，也只能見好就收，當下點點頭，說道：「乖孩兒，這事兒以後再說吧。快去換身衣裙，跟阿娘到白雲庵上香去。」

裴若然不情願道：「換什麼？我這身衣裙乾淨得很啊！」

裴夫人皺眉道：「一身汗臭味兒，怎能去拜菩薩？快去抹抹身子，換件新衣衫吧！」

裴若然雖不情願，也只能聽從娘親的話，回到房中讓葉大娘替自己用溼布細擦了身子頭臉，換上另一套精緻華貴的淡紫繡白杏花襦裙，頭梳雙髻，髻上綴著新鮮的紫色小花，再跟著娘親坐上轎子，來到東山上的白雲庵。

裴若然的父親裴度許多年前中了進士，如今被派在外地任職。裴夫人掛心夫君，每個月都來白雲庵上香，祈求菩薩保佑夫君在外地官運亨通，一切平安。因造訪甚勤，裴夫人與庵中的住持心月尼師十分相熟，拜完菩薩上完香後，便來到後堂與心月尼師閒談。

裴若然聽著娘親和尼師閒話家常，愈聽愈氣悶，正想溜出去，忽見一個面目陌生的老尼走了進來，心月尼師和其他小沙彌尼都連忙起身行禮，口稱「上人」。裴夫人見這老尼氣度不凡，心想這定是別處來的有道尼師，便也起身行禮問訊。

那老尼與裴夫人寒暄了幾句，眼光落在裴若然身上，盯著她瞧個不停，忽然對裴夫人道：「裴夫人，貧尼說句不中聽的話，請夫人見諒。令嬡面相水靈通透，只可惜今生錯生了女兒身。裴夫人，請您將令嬡交給貧尼吧。」

裴夫人一聽，立即擋在了女兒身前，口中說道：「多謝師太好意，但我家中就這一個女孩兒，她阿爺是絕不會……絕不會讓她離開家的。」

老尼微微一笑，說道：「您和裴進士就算是把她鎖在鐵箱子裡，她也會被人偷走的。」

裴夫人臉上變色，慍道：「師太何出此言？小女已入選采女，過幾年便要入宮服侍天子，師太出此戲言，不怕干犯大禁麼！」

老尼臉現慈悲之色，合十說道：「入選采女，只怕是禍非福。讓貧尼帶走她，勝過入宮或被旁人帶走，還請裴夫人善加考慮。」說完一行禮，轉身出房而去。

裴夫人心中忐忑不安，忙問心月尼師：「那位老師太是何方神聖，怎地出言如此無禮？」

心月尼師連忙合十，致歉說道：「懇請夫人海量包涵，切勿介懷！這位老尼師乃是大報恩寺的前任住持，在佛門中地位甚高，這幾日前來敝庵掛單，就快離去了。她年紀老邁，有時言談高滿，夫人千萬別放在心上。」

裴夫人這才稍稍放心，啐道：「我專程來拜菩薩，不想卻遇上這等怪人怪事！」但她心神不定，無心再與心月尼師閒談，趕緊帶了女兒回家。到家之後，想起古怪老尼的言語，又想起曾聽人說起新近幾宗幼童遭人偷拐的怪案，只擔心得六神無主，趕緊向親朋好友詢問請託，盼能讓女兒暫住在什麼隱密之處，以防被那怪老尼劫走。

裴若然卻若無其事，一點兒也不害怕，反而對娘親道：「阿娘，妳別擔心，就算有人偷走了我，我也會自己逃走，覓路回家的。」

裴夫人嘆口氣，伸手摸摸女兒的頭，說道：「妳一個女孩家兒，性子可比妳所有的阿兄們都剛強！」心中卻不禁暗想：「恐怕正如那怪尼所言，若然性格太過剛強，全不似個女孩兒，只怕是禍非福啊。」

裴夫人連日掛念那老尼的言語，委實擔足了心。所幸十多日過去了，什麼事都未曾發生。裴若然見娘親擔憂，又怕娘親聽了伯娘的話，將自己送去什麼城外的偏遠別業住下，這十多日都盡量忍耐著，未曾溜出去蹴鞠玩耍。她雖掛念青龍白虎的鞠賽，一心想找小虎子雪恥，卻也只能勉強克制，乖乖待在家中。

然而，就在十五日後的一個夜晚，裴若然忽然失蹤了。

陪伴服侍她的僕婦丫頭們都說當夜毫無動靜，但六娘子的床鋪整齊，似乎從未睡過，人也一去無影，消失無蹤。

裴夫人焦急若狂，猜想她定是被那古怪老尼擄走了，次日立即趕到白雲庵，質問那位老尼的行蹤。不料心月尼師卻道：「裴夫人爲何問起？那位老尼已於三日前坐化，遺骸仍在白雲庵，正準備火化後歸葬東山呢。」

裴夫人不敢置信，直到心月尼師讓她親眼見了老尼的法身，她才不得不信。然而究竟是誰將她的女兒劫走了？又是爲了什麼？

她趕緊與丈夫裴度通信報訊，又急找了丈夫的大嫂、若然的伯娘商量。

伯娘得聞姪女失蹤也嚇得不輕，妯娌兩人都心知此事絕對不可對外聲張，尤其裴若然剛剛選中采女，眼下忽然莫名其妙地失蹤，定會驚動皇宮，朝廷或將大舉查訪，引發種種流言蜚語，恐將重重影響裴度的仕途。妯娌倆在裴府中祕密商議，決定將此事暗壓下去，隱而不告。

伯娘思慮一陣，建議道：「我們便這麼跟外人說，妳這做娘親的爲了女兒的前途，將若然送去了我城外的別業長住，聘請女師傅細心栽培教導；若然專心修習，足不出戶，拒不見客，如此外人應當不會起疑。」

裴夫人忍不住哭道：「然而如此下去怎麼了局？若然人都不見了，這事情瞞得了一時，可瞞不了一世哪！」

伯娘較為冷靜，伸手握住裴夫人的手，安慰道：「弟妹且莫擔憂。六娘吉人自有天相，或許哪天便回來了，毫髮無損也說不定。」

裴夫人仍舊哭得無法自制，抽泣道：「要是……要是她沒回來呢？」

伯娘嘆了口氣，壓低聲音，說道：「城外地方僻靜，小女娃兒染了什麼風寒疾病，一病不起，也是有的。如果幾年後當真找不回若然，咱們就這麼跟宮裡報說便是。」

裴夫人聽了，更加淚流不止，彷彿女兒此刻已躺在病床上，奄奄一息，無力回天。她內心掙扎不已，無法決定自己是寧願女兒一病不起，還是期盼女兒仍活在世間，卻生死未卜？只能哭道：「我只盼若然平安無事，莫要受到任何損傷！」

伯娘一邊安慰，一邊催促她早做決定。裴夫人終於收淚，妯娌便開始商議細節，談定如何向宮中通報，對家人和外人又該有什麼樣的說辭。

兩人都未曾料到，之前閒談中提起的計畫竟派上了用場；只不過主角裴若然並非真正被送去了伯娘城外的別業長住，學習德容言功，修身養性，而是無端離奇失蹤，下落不明。

第二章 遭擒

卻說那日青龍白虎二營鞠賽過後，小虎子坐在大個子楞子的肩頭，在一群同營伙伴的簇擁下，熱熱鬧鬧地來到東市一家餅舖子前。小虎子從懷中掏出一把銅錢，豪爽地道：「今日我請大夥兒吃胡麻甜餅，要吃多少儘管取，吃個飽爲止！」

孩童們一聲歡呼，紛紛伸手去取餅，個個吃得滿臉滿嘴都是胡麻甜醬。眾孩童意猶未盡，各自多取了幾塊胡麻餅兒捧在手中，前呼後擁地來到市場邊的大樹根旁坐下，興高采烈地談論起今日的鞠賽，以及小虎子戰勝六兒的英勇事蹟。

小虎子想起自己和六兒單挑時，腿上被他狠狠踢了一腳，當下掀起褲腳，立見腳脛上青紫了一大塊，摸上去辣辣生疼，心中好生惱怒，說道：「你們看！這是單挑時給六兒踹的。」

眾孩童圍上來觀看，一個吐舌道：「腫得這麼大！」另一個道：「看不出六兒那小子如此狠心！」

小虎子憤憤地道：「是啊，六兒那小子出腳好狠，當眞可惡！他是哪一家的？」

眾孩童你瞧瞧我，我瞧瞧你，竟然都不知道。

小虎子甚覺奇怪，說道：「我見他常來空地參加鞠賽，總有一年多的工夫了，怎地沒人知道他是哪一家的？」

一個孩童道：「東邊都是大戶人家，深門大院的，院子裡都住著些什麼人，誰也搞不清楚。」另一個道：「我只見過六兒來空地蹴鞠，平日很少見他在街上閒逛，搞不好是哪家大管家的孩子也說不定。」

小虎子心中好奇，打定主意：「下回鞠賽結束後，我裝做若無其事，悄悄躲在巷子裡，等他離去時便偷偷跟上，定能發現他是哪一家的。」

然而次日下午六兒並未出現，青龍營雖奮力拚搏，白虎營仍大獲全勝。之後的七八日中，六兒也未露面，青龍白虎兩營各有勝負。小虎子當然不會知道裴家六娘子隨娘親上白雲庵、遇見古怪老尼、被娘親禁足的前後，只感到十分奇怪。他向青龍營的孩童打聽，他們卻也不知道六兒的來歷，只道：「他總是獨個兒來，獨個兒去，話又不多，我們誰也不知道他的家門。」

約莫過了半個月，這日下午，小虎子、楞子和其他伙伴相偕在東市晃蕩，忽聽人聲喧鬧，有人叫道：「清市！清市！」

小虎子等孩童都見識過長安城的官差時不時會大張旗鼓地闖入市場，號稱捉拿私販竊賊，其實是來向商販勒索收賄。一個孩子笑道：「嘿！清市麼？又有好戲可瞧了！」一群孩童又是興奮，又是好奇，一陣起鬨之下，決定一起去市場瞧瞧熱鬧。一群孩童彼此推擠著來到東市，只見市場上的攤販個個唉聲嘆氣，掏出銅錢數著，準備打發官差。

過不多時，果見十多名官差全副武裝，手提棍棒，從鬧市中呼喝而來，威武得很。孩童們只道官差是虛晃一招，呼喝幾聲，取得賄賂便離去，不料這回情勢卻頗爲不同；官差們並未向商販索賄，卻四處搜尋，一見到街邊衣衫襤褸的小乞兒，便舉棍胡亂打一頓，綁起帶走。

小虎子等都看得心驚肉跳，一個孩童顫聲問道：「這是怎麼回事？官差怎地淨抓小孩兒？」

另一個孩童道：「聽說皇族貴宦出遊前，總會派官差到市集上將老的、小的乞兒全數捉走，好讓市容整齊一些，免得大官們看了不喜。」

前一個孩童擔心地問道：「捉去哪兒？會放出來麼？」

另一個道：「大約就關入長安大牢吧？我想一兩日便會放出來的，否則牢房得餵飽這一大群乞兒，花費可不小啊。」

小虎子見那群官差漸漸接近，心中一陣不祥，說道：「他們往這兒來了，快走！」一群孩童趕緊蹲低身子，往東市的出口狂奔而去。

小虎子奔出數十步，忽然注意到楞子不在自己身旁。他趕緊回頭，卻見楞子仍站在大樹下，正津津有味地舔著自己十根胖胖的手指。小虎子暗叫不好，趕緊回頭奔去，卻已太遲；但見兩個官差來到楞子身後，一人舉棍朝他頭上猛擊一下，楞子一呆，伸手摸頭，那兩個官差已將楞子推倒在地，取出繩索將他綁了起來。

小虎子又驚又怒，高聲叫道：「放開他！」猛衝上前，往一個官差的背心撞去。那官差不防，被撞得跌倒在地。

小虎子趕緊拉起楞子，用力推著他的屁股，叫道：「快走！快走！」楞子原是傻的，完全不明白發生了什麼事，只呆在當地不動，臉上露出一片茫然之色。小虎子推他不動，心中大急，這時其他官差都已圍了上來，舉起差棍，紛紛喝罵道：「賊小子大膽，竟敢衝撞官差！」「賊乞兒拒捕，先打一頓再說！」

小虎子被幾個成人團團圍住，自知難以逃出，連忙叫道：「我不是小乞兒！我是武家……」話還沒說完，官差已舉棍往他和楞子身上猛烈亂打，將兩人打得匍匐在地。

小虎子頭上身上挨了好幾棍，疼痛難忍，只能抱著頭，在地上縮成一團。等官差的棍棒終於停歇後，他才敢抬頭睜眼，只見遠處一群官差仍在揮棍呼喊，捉拿四散逃跑的街頭乞兒小童，幸而白虎營的同伴早已警覺，都已飛奔而去，逃得遠了；其餘幾個不認識的街頭小乞兒就沒有這麼幸運，一一被官差捉住掀倒在地，綑綁起來。

小虎子心想：「他們只捉乞兒，我並非乞兒，只消說出我的家世，他們自會放我走。」當下爬起身，正要向面前的官差開口解釋，不料一個官差站在他身後，以爲他又想反抗，立即舉棍重重打在他頭上。小虎子感到後腦劇痛，眼前一黑，就此不省人事。

等小虎子醒過來時，只覺全身火辣辣地疼痛，從頭臉到胸腹，從手臂到雙腿，無處不痛，痛得他恨不得自己永遠不要醒來。疼痛之中，他感到身子顛簸不止，似乎置身一輛馬車之上。他試圖移動手腳，才發現手腳都被麻繩綁住，不禁大驚：「我動不了，我被人綁起捉走了！」

他勉強鎮定下來，轉頭看去，但見所處的馬車車廂甚大，身邊還有不少孩童跟自己一般，被粗麻繩綑綁著躺在車廂中，雙目緊閉，不知死活。

小虎子四下張望，見到遠處躺著一個巨大的身形，看來似乎便是楞子。他心中一跳：「楞子也被捉住了！」又想：「被捉住也好，至少他還活著，沒被那些賊官差打死。」又想：「他們要將我們送去何處？長安的大牢麼？我該如何逃脫？主母若是得知我被官差捉走關入大牢，定會立即將我趕出武家大門，再也不要見到我！這可遂了她的心願啦！」

他想起主母，心頭不由升起一股深刻的恐懼、厭惡及憤恨，只能逼迫自己不去想她，也不去想武家大宅中的種種混帳事兒。

馬車不斷搖晃前行，過了許久許久，始終未曾停下。小虎子身上陣陣疼痛，頭腦暈眩，只想出聲呻吟，但喉嚨乾渴，發不出聲音來。如此又搖晃了許久，他才在疼痛中再次昏厥過去。

又過了不知多久，小虎子時醒時睡，醒時感到馬車偶爾搖晃前行，偶爾停止不動；有時感到外面淅瀝淅瀝地下著雨，習習涼風吹入，有時炎熱到全身布滿了汗水，整個人如要融化似也。小虎子心中越發恐懼疑惑：「這車走了總有大半日了，長安大牢不至於這麼遠吧？他們究竟要帶我們去往何處？」

他聽見馬車前座有幾個男子的聲音彼此交談，但模模糊糊地聽不清楚，卻始終沒有人來車後查看他們這群孩童的死活。小虎子轉頭四望，見其他孩童仍舊昏睡未醒，心中動念：「即使被打昏，這麼長的工夫也該醒過來了吧？莫非他們被下了迷藥？」

他長年在街頭廝混，曾聽街頭地痞無賴說起過盜匪竊賊的手段，知道有種迷藥能讓人昏睡個十日十夜都不醒，一時心中忐忑：「啊喲不好，莫非我被什麼黑道賊人擄了去？但是，擄走我的不是那些來清市的官差麼？怎地會變成了盜賊？」又想：「官差也好，盜賊也好，捉一群乞丐兒小童來做什麼？」

他想破頭也想不明白，眼珠轉了一圈梭巡，發現頭旁的車板上有個小凹陷處，偶爾積了些淺淺的雨水。他習慣了身上疼痛，也習慣了全身被麻繩捆綁，甚難動彈，但最難忍受的是口渴，一見到車板上積水，便趕緊將頭湊過去啜吸一些，並祈求老天趕緊再多下幾場雨。

如此過了不知多久，在小虎子奮力掙扎之下，麻繩鬆動了些，但也只能讓他的頭可以左右轉動，手腳可以略略抬起而已。他身上各處仍舊疼痛不已，幸而知覺已麻木了些，勉強能夠忍受。他心想：「我被那群鬼官差毒打一頓，只希望骨頭沒斷，筋肉未損。至於瘀傷腫痛什麼的，只要我躺在這兒不動，應該便會慢慢痊癒吧？」

天快黑時，馬車忽然停下，終於有人來到馬車後，掀開車帘，往內觀望。小虎子趕緊閉上雙眼，假裝昏迷，等了一陣，才眼睜一線偷偷望去。只見來人有兩個，一個矮胖，一個光頭，都身穿黑衣，面目猙獰，顯然並非官差，應是盜匪一流。兩個黑衣人一一翻動檢視車上孩童，確認孩童未曾死去，才點頭離去，放下了車帘。

小虎子心想：「這兩人絕非善類，他們抓住我們這群孩子，不知打算帶去哪兒？若要殺死我們，早早動手扔在荒郊便是，何必大費周章將我們綁起運走？」

想著想著，小虎子忽覺手臂一緊，一人抓住了他的左臂，使勁一扯，將他直扯下車去，跌在硬土地上。小虎子跌得眼冒金星，忍不住驚叫出聲。

他睜開眼，正見到那矮胖子低頭望著自己，咧開嘴，露出一口爛牙，說道：「我沒看錯，這個果然是醒的！」

旁邊的光頭歪眼斜嘴，長相甚是醜陋。他豎起拇指，讚嘆道：「屠大爺好眼光！」

矮胖子甚是得意，說道：「我跟著大首領辦事已有七八年了，什麼詭計沒見識過？誰也瞞不過我屠狗夫的法眼！」

那醜陋光頭說道：「可不是？這小子奸詐得很，躺在那兒裝死，但如何瞞得過屠大爺的法眼？」語氣中滿是奉承諂媚之意。

矮胖子顯然很喜歡聽人奉承，咧嘴笑了笑，又皺起眉頭，說道：「這可怪了，金婆婆的迷藥怎地對他無效？」

醜陋光頭道：「確實奇怪得很，車上其他小子都昏睡得跟死人沒有兩樣。」

矮胖子又望了小虎子一陣子，才一拍腦袋，說道：「是了，你瞧，這小子鼻青臉腫的，想必被那些狗官差狠打一頓，昏了過去。他並非聞了金婆婆的藥才昏去的，因此才這麼快便醒轉了過來。」

醜陋光頭繼續奉承道：「屠大爺料事如神，小僧佩服至極。」

小虎子聽他自稱「小僧」，心想：「原來這光頭不是禿頭，卻是個僧人。」

矮胖子道：「路程還有三四日，咱們該拿他怎麼辦？」

醜陋僧人道：「屠大爺神機妙算，小僧一切聽屠大爺指令，絕不會出半點差錯。」

那矮胖子的渾號叫做「屠狗夫」，客氣的便稱他一聲「屠狗爺」，但名字中有個「狗」字畢竟頗爲難聽，因此那滿口阿諛的僧人只稱他「屠大爺」。

屠狗夫想了想，問僧人道：「你說如何？」

醜陋僧人道：「若怕他惹什麼麻煩，不如就地殺了，扔在路邊便是。」

小虎子大驚失色，心想：「這僧人開口便要殺人，哪有半點出家人的樣子？」

幸而屠狗夫搖頭道：「大首領命我們去京城捉走二十個孩童，那些官差無用得緊，只捉到十七個，要是再死一個，一下子少了四個，大首領定會大發雷霆。」

醜陋僧人連忙改口道：「屠大爺說得是，那麼就絕對不能殺他了。」

屠狗夫沉吟道：「但也不能放鬆戒備，讓他給逃跑了去。不如將他綁牢一些，蒙上眼睛，塞上耳朵，讓他聽不著看不見，無法動彈，便跟昏睡過去也沒兩樣。」

醜陋僧人讚道：「屠大爺智計過人，此計大大可行。」

小虎子感到肚中飢餓，口渴難忍，若眞讓他們這麼一搞，自己哪能撐得過三五日？轉眼便要餓死渴死了，於是他連忙開口說道：「兩位大爺，我也不知道自己爲什麼會醒來。你們要我繼續睡，我就繼續睡，絕不給你們添麻煩，能不能別綁我啊？」

屠狗夫皺眉道：「你醒都醒了，我們手邊又沒有金婆婆的藥讓你繼續昏睡，哪能安心？」

小虎子一時不知能說什麼，便道：「我既然已經醒來了，不如便幫著兩位大爺幹點活兒可好？」

屠狗夫懷疑道：「你能幹什麼活兒？」

小虎子道：「我會煮飯打雜，餵馬洗馬，看守大車，兩位要我幹什麼活兒，我都願意。」

屠狗夫和僧人兩個聽了，對望一眼，心中都想：「往後有這小子差遣幹活兒，咱們都可以輕鬆一些，何樂而不爲？」

屠狗夫側眼望向小虎子，說道：「若鬆綁了你，怎知你不會乘機逃走？」

小虎子道：「兩位爺，我……我不知道怎麼逃走。」

屠狗夫見他樣貌老實，心想：「他一個小孩兒，全不認得東西南北，身上又沒銀錢，能逃去哪兒？當然還是得跟著我們，諒這小孩兒也不敢到處亂跑！」於是點頭道：「好，那就這麼辦吧！你若敢逃，我立刻便殺了你！」當下命僧人解開他的綁縛，指著一旁的小溪，說道：「去！去那小溪裡，將身上的塵土血跡給沖洗乾淨了。」

小虎子被綁縛了不知多久，僧人剛剛解開他的繩索時，一時只覺手腳麻痺，難以動彈，掙扎了好一會兒，才終於爬起身。他抬頭一望，但見身處一片荒郊野地之中，大車由兩匹馬拉著，停在一條狹窄的土道之旁，四周杳無人煙，放眼只有雜樹野草，看來已離長安城頗爲遙遠。

他一跛一拐地走到小溪旁，脫下衣褲，蹲下身子，開始洗刷骯髒不堪的頭臉身體，一邊查看身上痛處。他見身上腿上多處瘀青疼痛，自是在市場上被那群官差棍打所致，幸而都不甚嚴重，似乎並未損傷筋骨。洗淨後的他感到精神一振，穿起衣褲，捲起袖子，立即開始幹活兒。

這日從傍晚直到深夜，小虎子奔前奔後，替屠狗夫和僧人打理諸事，從洗馬餵馬、清理車輪，以至煮水造飯、守衛大車、清點人數，什麼都做得又快又好。

那醜陋僧人名叫「行腳僧」，慣於奉承服侍屠狗夫，如今有個小子來服侍自己，自然大感舒服妥貼，對他讚不絕口：「小子手腳勤快，什麼活兒都幹得。屠大爺當眞有眼光！」

屠狗夫也對小虎子十分滿意，說道：「小子傻模傻樣，人倒是挺乖覺老實。我屠狗夫果然眼光獨到，平白替咱們多添了一個幫手！這麼一來，咱倆可輕鬆快活得多了。」

之後數日，大車繼續在荒郊土道上前行，屠狗夫和行腳僧已對小虎子十分信任，什麼事都交給他去辦，自己蹺起二郎腿，坐在大車前座悠哉閒聊。

小虎子被那群官差棍打一頓，受傷原本不重，幾日過後，便已痊癒了七八成，手腳都使得。他雖老實純厚，卻非傻子，自然動了逃亡的念頭。他時時往車外望去，估量此刻離長安已有多遠，盤算自己該如何才能尋路逃回長安。他心中籌思：「我若趁他們睡著時，半夜偷偷溜走，他們想必要到天明才會發現。我沿著這土道奔去，應當便能逃回長安城。我躲回家中，諒他們也找我不著。他們當我是個街頭小兒，怎想得到我家竟是武相國府！我只消不出門，諒這些盜匪也不敢闖入相國府抓我。」轉念又想：「那楞子怎麼辦？我可不能丟下他不管，自顧自逃生去。」

他曾一一查看車上孩童的臉面，知道除了楞子之外，其餘孩童一個也沒有見過。偌大個長安城，街頭市場上原有成千上百個乞兒小童，官差胡亂抓了十多個，他自然不可能全都識得，況且當時他和一群白虎營的鞠友在一塊兒，親眼見到友伴們全數平安逃走，這些被捉來的都是他未曾照過面的孩童。

既是不認識的孩童，他自也無心理會，但他無法扔下楞子，要逃跑一定得帶上楞子。他曾多次試圖喚醒楞子，卻如何也推他不醒，心中焦急：「那金婆婆用的不知什麼藥，讓楞子昏睡得跟躺在路邊曬太陽睡懶覺的癩狗一般，叫也叫不醒，踢也踢不動，這可怎麼辦是好？」

他心中籌思：「我要單獨逃跑並不困難，但要將昏迷不醒的楞子一起救出，便是千難萬難。若要帶走楞子，我勢必得先騙過屠狗夫和行腳僧兩人。這兩人都是身高體壯、殺人不眨眼的盜匪一流，我怎麼鬥得倒這兩個成人？倘若一不小心，讓他們起了疑心，他們隨時能下手殺死我。」他自知身處險境，戰戰兢兢，不敢輕舉妄動。

如此過了三日，小虎子還是想不出如何才能帶著楞子一起逃脫的法子，一籌莫展，只能繼續乖乖服侍屠狗夫和行腳僧兩人。有時他坐在大車上，望著窗外景色搖搖晃晃地從眼前掠過，心想：「或許離開長安，離開武家，也並非壞事。我在武家待了這許多年，哪有一日過得開心？主母恨不得我永遠消失，其他人也從沒給過我好臉色。只有楞子，整個武家裡只有楞子對我好。這屠狗行腳兩人不知要帶我們去往何處，或許是個比武家更好的所在也說不定。」這麼想著，便覺得自己被強盜擄走或許並非壞事，甚至對未來生起了些許憧憬。

這日傍晚，三人帶著大車在一個村莊外落腳，小虎子剛從河邊提了水準備洗馬，忽聽一個沙啞粗糙的聲音在車後響起：「屠狗！行腳！人數足了麼？」

屠狗夫聲音恭敬，連忙答道：「啓稟大首領，人都在車上了。我們在長安一共捉了二十個，用金婆婆的藥迷倒了，但途中有三個不知怎地死了，我們怕屍體腐爛發臭，給扔在路邊了。」

那沙啞的聲音嘿了一聲，說道：「只剩十七個？我瞧瞧。」接著便傳來車帘掀開的聲響。

小虎子這時正提著水桶來到馬旁，趕緊放下水桶，蹲下身子，從馬腿下偷瞧。但見來人是個身穿黑色道袍的中年道士，臉色蠟黃，眉目甚是端正慈和，似乎是位有道高人，與他沙啞的嗓音殊不相襯。

道士探頭望向車中，伸指點了點，說道：「只有十六個。」

屠狗夫和行腳僧對望一眼，眼光都不禁落在小虎子身上。

道士一轉頭，望見了躲在馬腿後的小虎子，皺眉問道：「那孩子是誰？」

行腳僧自以爲精明，忙道：「這是村裡的孩子，主動來幫我們提水洗馬的。」

道士豎起眉毛，臉上閃過一絲殺氣，冷冷地道：「我叫你們行事隱密，莫非你們每經過一個村落，便叫當地的孩子來替你們洗馬？」

屠狗夫見道士面色不善，連忙揮手打了行腳僧一巴掌，罵道：「混帳！大首領面前，竟敢欺騙隱瞞！」對道士恭恭敬敬地道：「啓稟大首領，這小子也是長安城中捉來的，當時被官差打昏了，沒聞到金婆婆的藥，因此半路醒了過來。他倒也乖覺，一路乖乖跟著幫手幹活兒，沒敢逃走。」

道士眼神淩厲，瞪向屠狗夫，說道：「因此這一路經過什麼地方，他都見到了？」

屠狗夫吞了口口水，不知該如何回答，心中暗暗惱悔：「早知道這小子會惹出這許多麻煩，當時爽快一刀殺了便是，眼下可來不及了。」

道士冷冷地道：「我只道你有點兒腦子，原來竟愚蠢到家！小子清醒過來，你不早早殺死，卻讓他一路跟著，眼看沿途風景，耳聽你們閒聊？」行腳僧低頭不敢言語，屠狗夫額頭上汗珠一滴滴落下，兩人顯然都對這道士敬畏恐懼至極。

道士喝道：「還不快動手解決了？」

屠狗夫立即從腰間拔出短刀，應道：「是，我這便去宰了小子！」

小虎子聞言一愣，這才醒悟過來：「糟糕，道士要屠狗殺我滅口！」一急之下，馬刷子都來不及扔，轉身拔腿就奔。

屠狗夫大步往小虎子追去，喝道：「小子給我停步！」

小虎子對自己奔行之速頗有信心，知道許多成人都追自己不上。沒想到才跑出四五丈，便覺後領一緊，被人提了起來，重重摔在地上。

小虎子想翻身爬起，但覺背心一重，已被一隻腳牢牢踩住，卻是被屠狗夫給逮住了。

屠狗夫大聲喝道：「想逃？好大的膽子！」舉起短刀，便要斬上小虎子的後頸。

小虎子驚慌至極，不知所措，危急中只能放聲大叫：「別殺我別殺我別殺我！看在我服侍你好幾日的苦勞上求求你別殺我！」

屠狗夫只想早早結束他性命，免得夜長夢多，被大首領責怪處罰，罵道：「奶奶的，死到臨頭還囉哩囉嗦！」舉起短刀，重重揮下，小虎子嚇得閉上眼睛，雙手緊緊握拳，等待這死亡的一擊。

就在這時，道士沙啞的聲音在頭上響起：「慢著！」

屠狗夫頓時停刀，回頭望向道士，恭敬地道：「大首領有何指示？」

道士走上前來，蹲下身，伸腳一踢，將小虎子翻過來，變成仰天躺在地上。小虎子睜眼望去，但見道士蠟黃的臉面就在三尺開外，接著咽喉一緊，卻是那道士伸手掐住了自己的喉頭。小虎子呼吸困難，心知道士的手指只需稍稍用力，便能掐斷自己的咽喉，送自己去見閻羅王。他不敢說話，也不敢掙扎，只睜眼望著道士，全身抖個不止。

道士蠟黃的臉容顯得極爲冷酷，之前的溫和慈祥老早消失無蹤，簡直是張凶神惡煞的臉龐。他低頭望著小虎子，皺起眉頭，仔細端詳著他的面貌，開口問道：「你叫什麼名字？」

小虎子聲音嗚咽，答道：「我……我叫小虎子。」

道士點點頭，說道：「小虎子。我瞧你身手靈便，奔走挺快的。我可以讓你活下去。你想活麼？」

小虎子面臨生死存亡之際，心中恐懼無比，立即嘶聲道：「我想活！」

道士嘿了一聲，略略放鬆了手指。小虎子感到咽喉一鬆，知道自己得捉緊機會說話，連忙又道：「我想活，不要殺我！你要我做什麼，我都願意！」

道士聽了，仍舊不作聲，似乎在思考什麼。小虎子心知自己的性命全繫於這道士的一念之間，心神緊繃，額頭冷汗直冒，卻不知道還能說什麼，才讓這道士答應饒己不殺。

道士望著他好一陣子，才沙啞著嗓子道：「好！我便讓你活下去。你往後便稱我『大首領』。我送你去石樓谷，你在谷中認眞練功，努力過三關。你若過得了三關，便可成爲我的入室弟子，進入我道。你願意麼？」

小虎子完全不明白他說的「過三關」、「入室弟子」、「進入我道」是何意義，也不知道一個道士爲何會自稱「大首領」，只知道自己可以活下去，哪管未來如何，急切地連連點頭。

那號稱「大首領」的道士似乎滿意了，轉頭對屠狗夫和行腳僧道：「好！便讓他入谷去。此後如何，就看他的造化了。」

屠狗夫和行腳僧都鬆了一口氣，連聲答應。

於是小虎子回到車上，跟著大首領、屠狗夫和行腳僧繼續趕車前行。他險些丟掉一條小命，嚇得厲害，幹活兒更加勤快，小心謹愼，生怕惹那肅穆恐怖的大首領不快，又改變心意要下手殺死自己。

馬車又行了兩日，這日清晨，馬車開始走上坡，似乎進入一片山區。小虎子偷眼望去，見那山道狹窄崎嶇，馬車走得愈來愈顛簸。如此行了大半日後，山路愈來愈狹隘陡峭，馬車再也無法駛去。

大首領對屠狗夫和行腳僧二人道：「其他十六個，你們負責運了下去。」對小虎子道：「你！跟我來。」當先往山上行去。小虎子連忙舉步跟上，但大首領腳下極快，他轉眼便落後了十餘丈。

走出一段，大首領嫌小虎子行得太慢，站在當地負手等候，待小虎子追上，便伸手抓住他的衣領，將他提在半空，舉步飛一般地往山上奔去。小虎子從未如此迅速地奔行，心中驚奇萬分，暗想：「這大首領武功當眞厲害，提著我還能奔得這麼快！」

行至將近山巓，兩人來到一個懸崖邊上，大首領往下一指，說道：「我要帶你去的地方，便是那個山谷。」

小虎子忍不住問道：「敢問大首領，我便是要在這山谷中認眞練功，努力過三關麼？」

大首領道：「正是。我的手下聚集了兩百名孩童在谷中練功，你須得在眾孩童中冒出頭來，拔得頭籌，才能過關。」

小虎子微微一怔，心想：「兩百個孩子？除了我和其他從長安捉來的十六個，其他的不知都是從哪兒來的？」他點了點頭，忍不住問道：「如果過不了關呢？」

大首領冷冷地道：「過不了關的，全數送到北方去墾荒充軍，一輩子別想回到中原！」

小虎子一驚，鼓起勇氣，又問道：「倘若過了三關，我就可以回家了麼？」大首領哈哈一笑，笑聲嘶啞，說道：「你若過了三關，我一定讓你回家。」

小虎子點了點頭，心底生起一絲微薄的希望。

就在這時，大首領忽然伸手抓住小虎子的背心，躍身跳落山谷。小虎子驚呼一聲，感到身子如騰雲駕霧一般，直直往山谷中飛落。大首領身形猶若猿猴，一時踏在凸石，一時攀援樹枝，快捷無倫地往山谷飛落而去。小虎子又驚又怕，偷偷睜眼四望，但身周雲霧繚繞，望出去一片白茫茫地，什麼也看不清楚。

如此飛了一段，才終於落到谷底。小虎子頭暈眼花，雙腳一著地，便幾乎軟倒，趕緊伸手扶著山壁，才勉強站著，但全身簌簌發抖。

大首領向著遠處呼嘯了一聲。不多時，便見一個全身黑色衣褲、腰繫紫色巨帶的大頭男子奔了過來，恭敬地向大首領行禮，說道：「斗箵徒拜見大首領！」

小虎子見這斗箵徒身形不高，一顆頭顱奇大無比，與他短小的身子完全不成比例，長相極爲古怪，忍不住瞪著他瞧了許久。

大首領道：「還有十幾個，這兩日便會到齊。這個就歸在你伍下好了。」說著將小虎子往那大頭男子一推。

那大頭男子斗箵徒恭敬行禮，說道：「謹遵大首領吩咐！」走上來抓住小虎子的臂膀，拉著他向前走去。小虎子心中一陣驚慌，回頭想對大首領說句話，那人卻早已不見影蹤了。

第三章 豹三

小虎子身不由己，被那大頭男子斗筲徒拉著來到一片平地上。

只見這平地好生廣闊，比武相國府的前院還要大上數倍，足可容下幾十個蹴鞠場；平地上一群群的都是人，仔細一看，竟然全是孩童。那些孩童們約莫七八歲，都跟小虎子自己差不多年紀，身上穿著跟斗筲徒一模一樣的黑衣黑褲，只是腰帶不是紫色，而是白色。小虎子初看時，以爲孩童全都是男孩兒，之後才留意到其中幾個孩童的面貌秀氣，身材纖瘦，似乎是女孩兒，卻無法十分確定。所有孩童的衣著頭髮都是一般樣式，不是剃光，就是用條粗繩紮在腦後，不易分辨男女。

在數百個孩童之中，夾雜了數十個身穿黑衣紫帶的男子，跟他身邊的斗筲徒一般裝束，正各自對著一群群的孩童呼喝叱罵，督促他們認眞動作。小虎子這才發現，所有的孩童都在練功，有的蹲著練馬步，有的練一字馬，有的縱躍，有的倒立，不一而足。

小虎子雖已聽大首領說過他的手下聚集了兩百名孩童在谷中練功，但一時之間見到這麼多孩童齊聚於谷中，也不禁驚詫震撼：「大首領所言不假，他當眞抓了幾百個孩子來此練功！這卻是爲了什麼？」

未及多想，斗筲徒已拉著他來到東首，對著一夥四個孩童喝道：「豹三伍，集合！」

那四個孩子正蹲著馬步，聽見斗筲徒的呼喊，立即跳起身，快步奔上前，排成一列，一齊向斗筲徒抱拳爲禮，齊聲道：「參見伍長！」接著個個垂手肅立。

小虎子從未見過如此紀律嚴明的孩童陣仗，頗吃了一驚，小心向他們打量去，見這四個孩子個個神情肅穆，目光直視，不敢稍動。四人的衣著都是清一色的黑衣黑褲、腰繫白帶，其中一個身形較爲纖細，一張圓臉，看來是個女孩兒；其他三個男孩兒一個高大，一個肥壯，一個瘦削，那高大的看來已將近九歲。

那「伍長」斗筲徒點點頭，說道：「很好！我們這伍的弟兄都到齊了。這是我們伍中的第五個弟兄，叫做阿五，聽清楚了麼？」說著向小虎子一指。

眾孩子齊聲答道：「聽清楚了！」

小虎子心中懷疑：「我有名有姓，爲何要叫我什麼『阿五』？他們跟我無親無故，又是什麼『弟兄』了？」

斗筲徒指著那一排四個孩子，對小虎子道：「這是『豹三伍』的阿一、阿二、阿三、阿四。」

小虎子這才恍然：「這裡人人都沒有名字，只有號數。」又想：「其他從長安城被捉來的孩子也將被編入不同的伍，改叫什麼阿一、阿二麼？不知楞子如何了？」

他眼見這四個「弟兄」神色冷肅，心想：「我不知得跟這四個傢伙相處多久，還是該友善一些才是。」當下向四人行禮，說道：「四位弟兄好。」

然而那四個孩子都未曾望向他，也未曾答應，更加未曾回禮。

小虎子臉上發熱，正皺眉暗想：「這些傢伙忒地無禮！」斗筲徒已厲聲對他喝道：「蠢蛋！快給我閉上嘴！來此谷中後便不准言語，除了回答我的問題之外，禁止與任何人交談，明白了麼？」

小虎子不禁一呆，想開口詢問為何不准說話，但想起問這一句也是破戒，便趕緊又閉上嘴。

這時那斗筲徒已從山壁旁的一個木箱中取出一套破破舊舊的黑色衫褲，一條白色腰帶，扔過去給小虎子，說道：「換上了，去站在阿四身邊。快！」

小虎子伸手接住，左右張望，正想著自己不知該去何處換衫褲，斗筲徒已喝道：「就在這兒換，快！」

小虎子嚇了一跳，趕緊脫下從家中穿來的紅色衫褲，換上那套黑色衫褲，隨手綁好了白色腰帶，奔過去站在阿四身邊。他平日蹴鞠玩耍、泅水嬉戲，往往在伙伴面前脫得赤條條地，自是半點不覺難堪。那四個孩童並未望向他，雙眼始終直視前方，彷彿四個訓練有素的士兵。

斗筲徒眼光掃過五人，神情凶悍，厲聲說道：「我再說一次，給我聽清楚了！除了回答我的問話之外，任何時候都不准跟伍中弟兄或谷中其他任何弟兄談話、打手勢或做表情，違者重罰。聽清楚了麼？」

四個孩子齊聲答道：「聽清楚了！」

小虎子也連忙跟著答應了，心中更加不解：「不准跟別人談話，連打手勢都不可以？

那不是很不方便麼？這地方爲何會有如此古怪的禁令？」

但此時也不由得他多想，斗筲徒已高聲喝道：「豹三伍聽令！」

五個孩子齊聲答道：「聽令！」

斗筲徒道：「方才練了『腿功』，接著練『走功』。所有弟兄，沿著山谷邊緣疾走五圈，誰最後回來的，吃我十板子！聽清楚了麼？」

這回五人齊聲道：「聽清楚了！」

斗筲徒舉起手，叫道：「去！」

四個孩子同時拔步，往山谷邊緣奔去。小虎子微微一呆，連忙舉步追去，跟上其他四個孩童，唯恐落在後頭。

這山谷比小虎子想像中還要大，一眾孩童奔了約莫一盞茶時分，才終於來到山谷邊緣。此地有條寬五六尺的土徑，土地堅實，似乎正是給孩童們奔踏出來的。

這時他們已離開了那大頭伍長斗筲徒的視線，孩童們都略略放慢了腳步，有的甚至停下喘息。小虎子見其他四人雖仍不敢彼此言語，卻顯然頗有默契，彼此等候，等大夥兒都休息夠了，才繼續沿著土道奔去。

奔出一段後，中途經過一道瀑布，瀑布下有幾個深潭，甚是清澈。四個孩童紛紛在潭旁停下喝水，小虎子也跟著停下，俯身喝了好幾口冰涼的潭水，精神稍稍振奮了些。

他見到其他孩童從地上撿起什麼物事，放入口中吃了起來，低頭望去，見到地上有不少從樹上掉落的桃子，趕緊蹲下身去，撿了一粒還沒爛的桃子，張口便吃，三兩口便將那個桃子吃個精光。此時正是早春，桃子還未成熟，又酸又澀，他卻吃得津津有味。

小虎子感到腹中飽實了一點，抬頭一望，但見頭上是棵桃樹，樹上結了不少桃子，心想：「以後倘若肚子餓了，可以來瀑布這兒摘桃子吃。」

其他孩童在瀑布旁喝夠了水，又繼續沿著土道奔去。小虎子振作起精神，舉步跟在他們身後。眾孩童經過一座黑沉沉的森林邊緣，足足奔了半個時辰，才奔完山谷一圈。

小虎子置身於此陌生之谷，身周全是陌生之人，連東南西北都分不清楚，只能跟在那幾個孩子的身後埋頭快奔，不敢超前，也不敢落後太多，生怕迷了路。他心中有無數疑問，極想向其他孩子詢問，但是想起斗笥徒所說「禁語」的規定，只能勉強忍住了。

又過了半個時辰，才終於奔完了兩圈。小虎子生性好動，平日半刻也坐不住，總在外頭蹴鞠玩耍直到天黑才回家，但也從未毫不停歇地奔走這麼長的路，直奔得氣喘吁吁，全身如要散開一般，心中估算：「一圈要半個時辰，五圈不就要兩個半個時辰！我怎麼可能疾奔那麼久？何況我方才只吃了五顆桃子，哪有力氣繼續下去！」他抬頭望去，但見其他孩童雖然並不互相交談，也不彼此相望，但都氣喘吁吁，顯然都離筋疲力盡不遠了。

他並不明白大首領爲何要將自己送到這谷中，也不知道自己爲什麼非得聽從那斗笥徒的命令奮力疾奔，滿心惶惑恐懼，愈想愈覺得自己不可能奔完五圈，只能勉強撐著，心中直想：「那大頭說了，最後一個回去的得挨十板子，我可千萬不能落後！」於是繼續逼迫自己，擠出全身所有的力氣，拚命往前奔去。

那叫做阿二的男孩兒體形肥壯，奔完兩圈後，便已面色發白，口中吐沫，遠遠落在後頭。小虎子見了，稍稍安心，暗想：「至少挨打的不會是我。」

奔到第四圈時，只有高大的阿一、瘦削的阿四和小虎子三個還奔在一塊兒，阿二和阿三都已沒了影蹤。小虎子記得阿三是個女孩兒，體力較差，略略放心。

三人奔完五圈時，已過了午後。斗筲徒站在當地等候，手中持著一塊厚厚的木板，搖頭罵道：「太慢，太慢！這麼慢吞吞的，怎麼過得了關！」又問道：「其他人呢？」

阿一喘著氣，回答道：「回答伍長，他們……他們還……還在後面。」

伍長拍著手中木板，發出啪啪聲響，臉色越發難看。

又過了一頓飯的工夫，女孩兒阿三回來了。伍長瞪著她，罵道：「別以爲妳是女娃兒我便會手軟！下回妳再奔得這麼慢，我照樣打十板，聽清楚了麼？」

阿三已累得喘不過氣來，一張圓臉漲得通紅，聽了伍長的話，連忙站直了身子，高聲道：「聽清楚了！」

又過了半個時辰，阿二才慢慢奔了回來。說是奔，更像是行；說是行，更像在磨蹭。他彎著腰，弓著背，一步一蹭，看來似乎連走路都沒力氣了。

斗筲徒臉色鐵青，看到阿二，二話不說，便往地上一指。阿二早已累得全身脫力，見到伍長，便如偷油耗子見了貓，全身一軟，趴倒在地。

斗筲徒高舉木板，啪一聲狠狠地打在阿二的臀上，阿二慘叫一聲。伍長接著又是一板打下，阿二這回已叫不出聲，只在地上抽搐扭動。如此十板打過，阿二癱在地上的肥胖身軀再也不動了。

小虎子平日在街頭廝混，不時見到孩童小廝遭成人打罵，拳打棍打都見過，但下手如此狠辣、打得如此慘酷的情狀，卻是見所未見，聞所未聞，只看得他臉色發白，肚中翻滾欲嘔。他想上前探視阿二是否已被伍長打死了，卻又不敢。他偷眼望向其他人，只見阿一、阿三、阿四都直挺挺地立著，眼睛雖望著阿二，臉上卻毫無表情。

小虎子心中忽然明白：「若非有阿二墊底，挨打的就是我們其中一人了。」想到這兒，心中暗感慶幸，對阿二的同情不禁淡了幾分。

斗筲徒罵道：「沒用的東西！阿一，阿四，將他拖回山洞去！阿三，阿五，跟我去木樁練『躍功』。」

阿一和阿四答應了，走上前，將半死不活的阿二半抬半拉地拖走了。

小虎子望著阿二離去的背影，暗暗吞了口口水，心想：「希望下回挨棍昏倒，被人拖走的不是我！」又想：「方才他們蹲馬步，那是『腿功』；之後奔山谷，那是『走功』；如今這『躍功』又是什麼？」

未及多想，斗筲徒已領著他和阿三來到西首的一片空地上。但見地上立著四五十支高高低低的木樁，高的有成人那麼高，矮的也比他自己要高上一些。每支寬約三寸，剛好能容下孩子的一隻腳掌。

斗筲徒指著一支木樁，說道：「上去！按著數字跳躍，不准停。誰敢停下，或是跌下木樁，誰就吃板子！」

小虎子和阿三齊聲答應，阿三縱身一躍，當先跳上了那支木樁。她低頭找著數字，跳躍到下一支，身形十分緩慢笨拙。

小虎子不知道該如何跳上木樁，只能手腳並用地攀爬上去，極爲狼狽。他在那木樁上顫巍巍地站起身，低頭望去，這才見到每支樁上都寫有數字，腳下那支望不見，想必是「一」，旁邊的木樁上面分別寫著「二」、「三」，直到「五十」。他一邊找著下一個數字，一邊從一支木樁躍到另一支。木樁有些相隔半尺，躍去不難；有些卻相隔三四尺、五六尺，跳躍過去便十分困難了。他準備從十二樁跳上十三樁時，見兩支木樁相隔甚遠，遲疑了一會兒，屁股立即便吃了斗筲徒一板子，登時跌下樁去。斗筲徒下手甚重，小虎子只覺臀上火辣辣地好不疼痛，忍不住哀叫起來。斗筲徒高聲叱罵：「叫什麼？鬼叫有什麼用？給我好好躍樁！立即回去樁上！」

小虎子重新攀上樁去，他和阿三兩個或因停留太久，或因跌下木樁，各自吃了三四板子。阿三是個女孩兒，被打得滿面通紅，哭得淚眼模糊。小虎子原本也痛得想掉淚，見到阿三哭得淒慘，便勉強忍住了，一邊躍木樁，一邊咬牙告訴自己：「我得小心！不能再跌下去了！」

不一會兒，阿一和阿四回來了，斗筲徒監督著四個孩童在木樁上跳躍，不斷揮板責打停下或摔下的孩童，直到傍晚還不讓他們休息。小虎子在長安家中時，成日與街上小童們滿城亂走亂逛，蹴鞠嬉戲，因此身手還算伶俐，跳躍也還使得，但仍挨了幾十板子，屁股兩邊都腫了起來。

天全黑以後，孩子們連木樁上的數字都看不見了，斗筲徒才讓他們下樁，領他們來到一個山洞中。小虎子見到阿二躺在洞裡的一張草蓆上，仍舊昏迷不醒。斗筲徒並未去查看阿二的狀況，顯然對他的死活毫不在意。

斗筲徒命令孩子們坐下。四個孩童一邊坐倒，一邊紛紛哀叫，有的是腿疼難忍，有的是屁股一片青紫，一坐下便疼得要命。

斗筲徒怒道：「閉上嘴！誰敢再哀叫的，就沒東西吃！」眾人立即噤口，一聲都不敢再吭。

斗筲徒從一個粗糙的麻布口袋中取出一疊乾硬的大餅，給孩子們一人發了三片，充做晚膳。

小虎子接過了餅，這才發現自己有多麼飢餓，狼吞虎嚥地吃下了一片。那乾餅以粗麥粉捏成，未加調味，毫無味道，甚至因存放太久而有些變了味兒，十分難吃，但他已餓得顧不了那麼多，只想先吃下肚再說。他火速吃完了三片，肚子仍咕咕作響，卻見斗筲徒顯然沒有多發幾片的意思，他也不敢開口索求多一片大餅。

斗筲徒不等他們吃完，便下令道：「去泉水沖洗身子，洗完後立即回來睡倒！」

四個孩子齊聲答道：「是！」一邊抹著嘴巴，一邊跳起身，奔出洞去。

小虎子跟著其他孩童奔去，來到洞旁七八丈外的一處泉水旁。那泉清澈冰冷，泉下的池子有五六丈見方。孩童紛紛脫下衣褲，跳入冰冷的泉水。小虎子也依樣而行，在泉水中飛快地洗淨了身子，穿上衣褲，綁好腰帶，又各自去遠處的茅房大小解了，便奔回山洞之中。

斗筲徒站在洞口等候，手中揮動著木板，厲聲喝道：「快些，快些！全都給我躺下，躺倒後便不准再動，動一下打一板！」

四個孩子趕緊一人在一張草蓆上躺下，再也不敢稍動。這山洞不大，剛好夠他們五個孩童睡倒。

小虎子此時已累到極點，什麼也不能想，全身筋肉痠痛疲乏，就算想動也動彈不得，一躺倒在草蓆上，便沉沉睡去，不省人事。

次日清晨，天還沒亮，斗筲徒的吼聲便在洞口響起：「一群懶蟲！立即給我起來！」五個孩子一齊嚇醒，慌忙爬起身。這時昨夜昏倒的阿二也醒了，慌慌張張地跟著大夥兒爬起身。小虎子感到全身發疼，兩條腿又痲又重，連走路都甚是困難。他偷眼望向其他孩童，但見他們的情狀並不比自己好上許多。

斗筲徒對他們的慘狀視如不見，催促他們去山洞旁的泉水處洗臉漱口，之後便帶著五個孩子來到一片峭壁底下，說道：「今日練『攀功』。你們從這兒攀上去，直到山腰的平臺，再攀下來。上下一共二十次，去！」

五個孩童立即手腳並用，往山壁上攀去。小虎子在家中時常常攀牆、攀樹、攀涼亭，頗善於攀爬，卻從未攀爬過山壁。不過這難不倒他，他很快便找到攀爬的訣竅，就是要預先找定可供手腳借力的突出石塊，沿著計畫好的路線攀上，熟悉落手落腳之處後，便很容易能攀到平臺上了。

小虎子攀著山壁，心中一動：「這山壁若能攀上，或許我能攀出這個山谷，逃回家去！」然而當他來到平臺上後，看見自平臺以上的山壁陡峭嶙峋，筆直而上，高逾百丈，而剛才這面山壁已是最容易攀爬的了，其他幾面山壁更加險峻，連這平臺的高度都難以攀上。

他只得死了這條心，跟著其他孩童上上下下，攀了兩個多時辰的山壁，斗筲徒才讓他們回山洞去，一人發了一碗冷冷黏黏的大米粥，算是早膳。之後又是一整日的鍛鍊，先是揹著一筐土石繞谷奔兩圈，稱爲「負功」；之後在冰冷的溪水中來回泅水一百次，稱爲「涉功」。這日又是練到天黑才得歇息。

這夜小虎子躺在草蓆上，感到自己的身子從未如此疲累過，然而最累的卻是他的腦子，他的腦中盤旋著無數的疑問，卻不能向人詢問，疑問愈滾愈大，直讓他整個頭顱幾乎要炸開。他不知道自己究竟爲何被捉來此地，眾孩童又爲何要從早到晚練功？他的好友楞子到哪兒去了？「豹三伍」另外四個孩子，還有其他百來個孩子，都是從哪兒來的？是跟他一樣從家中被捉來的麼？怎地他們都不想家、不想父母？他還得在這山谷中待上多少時日，會不會永遠回不了家，甚至死在這兒？

小虎子這時已有覺悟：「我被那群賊人帶來這離家不知多遠的深谷之中，白日在那大頭伍長的監督下不停練功，夜晚累得癱倒在地，昏睡不起。要逃脫此谷，覓路回家，簡直毫無可能！」

他想到此處，頓時陷入難言的消沉絕望。他躺在蓆子上，久久無法入睡，遠遠聽見有孩童的哭聲傳來，不禁悲從中來，也想放聲大哭，又怕被斗筲徒或其他孩子聽到，只能勉強忍住。他心想：「我想回家！我想我的臥房，我的床鋪，我的被子。我想回家！主母對我雖壞，但她可比那凶暴殘酷的大頭鬼好上太多了，至少主母不曾用棍子痛打我。」

城安街上的小童們大都不知道，小虎子的家便是位於親仁坊的武相國府。他的親生父親便是鼎鼎大名的武元衡武相國，但他的娘親卻不是武相國的元配夫人——相國府的「主母」武夫人。小虎子年紀大些之後才知道，自己的阿爺武相國被派到遙遠的蜀地擔任西川節度使，已有許多年未曾回到長安了。小虎子是在蜀地出生的，因娘親懷胎時夢見白虎，一出生便給他起了個小名「小虎子」。他還在襁褓中時，便被阿爺派人送回長安，讓武夫人撫養照顧。武夫人自己膝下無子，連女兒也未曾生下半個，武相國為了延續香火而在蜀地納妾生子，原是天經地義之事。然而令武夫人憤恨難堪的是，武相國一到蜀地，便與豔名遠播的女詩人薛濤交往甚頻，兩人之間也不避嫌，互贈了多篇纏綿悱惻的詩文，傳遍京城，膾炙人口，自然也傳到了武夫人耳中，令她顏面無光，無地自容。

當這疑為薛濤之子的嬰兒被送回長安武相國府時，武夫人未曾親手將這嬰兒掐死，已算得十分自制了。可想而知，武夫人對這生母不明的孽子打從心底厭惡仇視，待他嚴厲苛責，刻薄之極，不但沒讓他讀書學藝，甚至連吃的用的也跟家中小廝相差不多。當時官宦人家的庶出之子地位原本便甚低，何況這孩子連生母是誰都不知道？加上這孩子說話晚，反應慢，看來似乎蠢笨無比。因此武相國府自主母以下，不論管家僕婦、丫鬟小廝，個個都對這私生子萬分瞧之不起，從來沒當他是主子，更常當著他的面譏嘲訕笑於他。

小虎子從懂事起，便很清楚主母和武相國府中的每個人都對自己嫌惡非常，巴不得自己早早消失，免得礙事礙眼。即使他有些魯鈍，卻也很清楚自己的處境，爲了逃避武家諸人的厭憎譏嘲，小小年紀就偷溜出家門，整日與街頭小童伙伴們廝混胡玩，不到天黑不肯回家。武夫人無心管他，便任由他在外胡鬧，只裝做不知道。

漸漸地，小虎子只在夜晚才回家睡覺，白日便在城裡玩耍廝混，因此染得一身市井氣，完全沒有半點官宦子弟該有的教養儀態，而長安城街頭的孩子們也都不知他便是武相國家的私生兒子。他沒讀過幾本書，唯一讀過的，只有一卷阿爺的《臨淮詩集》，另有一卷他親生娘親薛濤的詩集《錦江集》，這兩本集子都是當年他離開蜀地時，武相國託人給他帶在身邊的。小虎子離蜀赴京時還在襁褓之中，自然不知道什麼詩集；五歲以後，漸漸明白事理，體悟到這兩卷詩集乃是他和遠在蜀地的阿爺和阿娘之間唯一的聯繫，便常偷偷取出詩集，細細翻閱，並請家中記帳的帳房一句句讀給他聽。他知道自己資質不佳，只能靠勤奮補足，將詩句一遍又一遍地讀誦，直讀上數千遍，硬逼自己背下。因此他年紀很小時，便懂得背誦父親所作的「鶴巢深更靜，蟬噪斷猶喧」、「風翻涼葉亂，雨滴洞房深」；和娘親的「綠英滿香砌，兩兩鴛鴦小。但娛春日長，不管秋風早」等名句，藉以思念遠在天邊的雙親，也藉此識得了不少字。

武家的帳房憐他孤苦，對他還算和善，願意帶他讀念詩句，教他認字。但帳房事忙，也抽不出多少工夫教他，又一直害怕被主母武夫人發現後發怒責罰，因此等小虎子年紀大一些後，帳房便開始疏遠他，對他不再理睬。

帳房有個兒子，天生癡呆，就是楞子。楞子乃是武家上下唯一一個真心對小虎子好的人。當所有人都如瘟疫般躲避小虎子時，只有楞子因爲什麼也不懂，總是笑嘻嘻地拉著小虎子的手，帶著他在園子裡遊逛，還讓他坐在自己的肩頭，捉樹梢上的蟬兒玩耍。

楞子只比小虎子大一歲，但是可能因爲沒長腦子，只長身子，比小虎子高出兩個頭，寬上三倍不止。每回兩個孩子走在街頭，只要有楞子在身邊，街上的孩童便不敢欺侮小虎子。但有時街頭頑童也會嘲笑楞子癡呆，向他扔石子、做鬼臉，小虎子氣憤不過，總要上前跟那些頑童拚命，狠狠打上一架，絕不輕易放過。楞子對小虎子滿心感激，兩個孩童雖是一主一僕，但感情眞摯，直比同胞兄弟還要親厚。

這時小虎子躺在黑暗的山洞中，想著街頭的玩伴，想著昔日衣食無憂的生活，想著帳房和不知下落的楞子，想著想著，終於忍不住哭了出來。他性子單純，平日極少哭泣，但這一哭起來，便哭得不可收拾，但聽遠處山洞也傳來此起彼落的哭號，在夜空中交織成一片淒慘的童哭之聲。

斗筲徒並未進來責罵或喝止，洞中其他四個孩童也只默默聽著小虎子的哭泣聲，並不理會。

過了好一會兒，才聽一個粗嗓子的伍長在山洞外喝道：「要想回家，就得練好功夫，通過三關！過不了三關的，全都回不了家！」

小虎子一邊哭著，一邊心想：「那『大首領』也提起什麼過三關，說過完三關就能回家。我們被關在這見鬼的山谷裡，什麼時候才能過完三關，什麼時候才能回家？我眞想再次跟伙伴們一塊兒，去空地上蹴鞠競賽！」他心中充滿恐懼絕望，只哭得更加傷心了。

哭了不知多久，他感到一股疲倦襲上，終於昏昏沉沉地睡著了，卻於夢中不斷複誦著「過三關」、「過三關」三個字。

第四章 互助

禁語的規矩十分嚴格。小虎子來到谷中第三天，便見到兩個孩子被脫光了衣衫吊在樹下，手腳被縛，嘴巴也被白色腰帶給綁上了。一個伍長宣布道：「這兩個弟兄昨夜在山洞中偷偷說話，被伍長發現，處罰是十下鞭子！誰敢再犯的，依樣處罰！」於是當著所有孩童的面，將兩個孩子各抽了十鞭，抽得兩人皮開肉綻，鮮血淋漓。其餘孩童見到了，俱皆驚懼不已，此後更加小心謹慎，絕對不敢開口跟人說話。

小虎子想家想得厲害，連續又哭了好幾個夜晚。但日子久了之後，他發覺哭泣也無濟於事，只知道自己在這山谷中又多待了一天，回家的希望又少了一分。大約十日之後，小虎子不再哭了，他開始相信自己可以通過三關，他告訴自己一定要好好活下去，熬到過完三關、可以回家的那一日。

此後許多日子，豹三伍的五個孩子在大頭伍長斗筲徒的呼喝責打之下，在山谷的各處苦練各種功夫。小虎子不能跟任何人說話，只得獨自面對心中的焦慮恐懼、孤獨害怕，日子極爲難熬。尤其是孤獨，有如一道甩不去、掙不脫的枷鎖，牢牢地嵌在他的脖子上，令他時時透不過氣來。

他放下了想家之情後，才慢慢開始觀察身處的山谷。這山谷占地廣大，他暗自估算，谷底至少有京城的十多個坊加起來那麼大。他看著日出日落，摸清了方位，知道豹三伍居住的洞穴是在北方的山壁之中，那兒大大小小共有四十來個洞穴，相隔甚遠，住著不同伍的孩子。居處洞穴之東不遠處有幾處泉池，清晨傍晚大夥兒都來這兒沖洗；再遠一些有一排土坑茅房，供孩子們大小解。

居處洞穴的西方行出約三十丈，有個很大的洞穴，小虎子練「走功」時曾經過洞前，好奇地往洞中探視，見到裡面堆滿了麻袋，想是藏放乾糧之處。一旁有個較小的洞穴，充做廚灶；早晚有伍長在這兒煮水、煎餅、熬粥，讓孩童們配著肉乾或菜乾吃下。有時他們以木碗盛粥，吃完後便得到廚灶洞外的清泉將木碗洗淨了，放回廚灶洞，才准離去。從藏糧洞和廚灶洞往西過去，另有一個巨大的洞穴，斗筲徒說那是禁地，不准孩童接近。

山谷的東方有道瀑布，瀑布下是一泓清淨的潭水，少有人去，只有練「走功」時會經過；再往東南方去，則是一片濃密的樹林，陰暗詭異，傳說夜間常有妖魔鬼怪出沒；山谷南方則是一片黑汪汪的沼澤，沼澤連接著樹林，更加陰森，誰也不敢單獨去那兒。

日子一天天過去，小虎子逐漸熟悉谷中的作息，知道每日天一亮就得起身，聽從斗筲徒的指令，依次練習腿功、走功、躍功、攀功、涉功、負功等「六小功」，直到日落。除了早晚兩餐之外，完全不得歇息。他習慣了谷中作息之後，日子便稍稍好過了一些；即使不准跟伍伴說話的規定甚難遵守，但他們一整日忙著練功，每夜都累得雙眼發黑，全身疼痛，一倒下便睡著，也沒有工夫或精力跟伍伴們閒聊。

小虎子原是蹴鞠好手，手腳輕捷，精力過人，這「六小功」並難不倒他，他很快便將每樣功夫都練得十分純熟，輕易成爲伍中樣樣第一的好手。

每回練「走功」時，他眼見阿二總是落後，次次挨打，雖慶幸自己不必挨打，但也不禁暗生同情，心想：「我眼見同伍的伙伴被打得這麼慘，卻不肯伸出援手；日後輪到我遭殃時，他們想必也會撒手不管，如此下去怎麼成？」

他自幼在街頭廝混，終日與鞠友小童們相處，已明白世間有伙伴朋友的重要。此時他已不似剛進谷時那麼陌生害怕，便開始想辦法幫助同伍的阿二。

這日一群五個孩子練「走功」時，小虎子故意奔得慢些，跟在阿二身旁，趁左近無人時，對他低聲道：「你盡力跑，別擔心，今兒我來殿後。」

阿二睜大了眼，簡直不敢相信自己的耳朵，感激得眼淚都快滾出來了，嘴唇顫動，不知該說什麼話才好，實則他也不敢開口說任何話，生怕破了禁語的規定，慘遭鞭打。

小虎子一笑，拍拍他的肩頭，故意放慢腳步，落在後頭。這日奔完山谷，阿二是倒數第二個回來的，被稱爲「阿五」的小虎子最後回來，一副氣喘吁吁、上氣不接下氣的模樣。

斗篷徒皺眉罵道：「阿五！你平日都奔在最前頭，今兒是怎麼啦，奔得這麼慢？」

小虎子斷斷續續地回答道：「啓稟伍長……我……我肚子疼……疼得緊……」說著彎腰捧著肚子，滿臉痛苦之色。

其他四個同伍弟兄都睜大眼望著他，又彼此望望，頓時明白他是假裝的，也明白他這麼做是爲了讓阿二少挨一頓打，都不禁又是驚訝，又是不敢置信。

斗筲徒看著小虎子痛苦萬分的模樣，揮手道：「要拉肚子便快去！別屙在褲子上！」等他回來後，仍舊打了他十下板子，下手卻並不很重。

之後小虎子便不時蓄意替阿二殿後，挨了斗筲徒幾頓好打，卻贏得了一伍弟兄的敬佩。

這五個孩子原本互不相識，又不准言語，彼此間陌生疏遠得緊；那幾回小虎子主動出手幫助伍伴，對同伍弟兄逐漸有了潛移默化之效。阿一身形高大，奔行跳躍負重都行，就是不擅水性，每回泅水都掙扎不已，喝下一肚子的水。他個性沉靜自守，神態冷漠，不大理會別人，但在見到小虎子代替阿二挨打之後，似乎深受觸動，三日後練「走功」時，他竟自願殿後，代替阿二挨打。阿三阿四見了，都不禁暗暗稱奇。

阿二體態肥壯，奔行緩慢，但力氣甚大，頗能負重。他也開始在暗中對伍伴伸出援手，每回練「負功」時，他便從其他伍伴的包袱中取過幾堆土石，放入自己的包袱中，好讓其他弟兄輕鬆一些。

小女娃阿三最不擅躍樁，每回練「躍功」時總要從樁上跌下七八次，挨斗筲徒一頓好打。小虎子在練了十餘日之後，「躍功」便大有進境，在樁上跳躍如飛，再也不曾跌下。他看不過眼阿三老是挨打，便想辦法幫她點兒忙；先是趁大頭伍長不留心時，向阿三示範跳躍前如何屈腿使勁，落下後如何穩住身子；又在每回她跳樁快要跌下時，便偷偷扶她一把，若是相隔太遠無法扶她時，往往便故意跌下樁，讓斗筲徒來打自己，放過阿三。阿三對小虎子感激涕零，每回小虎子代替她挨打，她便趁斗筲徒看不見時，偷偷伸出手去握握小虎子的手，示意感激。阿三跳樁雖笨拙，卻頗擅攀爬，攀崖攀繩都難不倒她，便也開始幫助不擅攀功的阿四。

阿四瘦削虛弱，手無縛雞之力，攀崖總是攀不上去，但他水中功夫甚好，能潛入水中許久都不探出頭來，在水中迅捷如魚。他見其他弟兄有不善泅水的，便也暗中幫忙，指點他們如何換氣，如何划水等技巧。

自從小虎子開始代替阿二挨打以來，弟兄們逐漸建立起了新的默契。大夥日夜練功，不管再辛苦難捱，都盡量不讓某個伍伴連續兩日挨打。前一日挨了打，這一日又落後或跌下樁，便一定有人出頭代替他。而由誰出頭也自有不成文的規定，兩日都沒挨過打的，便會自行出頭代替伍伴挨打。如此五個人輪流挨打，不但能夠分擔彼此的痛苦和恐懼，挨了打也有足夠時日恢復痊癒，繼續第二日的苦練，不致因挨打過多而倒下不起。

如此一個月過去，豹三伍的五個弟兄暗中互助，彼此信任，即使在斗筲徒跟前不敢顯露出半點彼此關懷或友善之意，五人間的情感卻日益深厚堅固，對「阿五」小虎子也越發尊重感激。

有幾回，小虎子偶爾遠遠見到別伍的孩童跟隨各自的伍長在谷中苦練「六小功」。他留意傾聽之下，發現每伍都有自己的伍號，他自己的伍叫做「豹三伍」，他曾聽見其他伍長有時呼喊的是「虎一伍」，有時是「狼四伍」，也不知道這谷中究竟有多少個伍。每個伍住在不同的山洞之中，由不同的伍長帶領。夜晚時，伍長們便躺在山洞外，監視著各自的伍員。不同伍的孩子相遇時，彼此最多用眼睛望望，絕不敢招呼言語，形同陌路。

小虎子很快便發覺，他們豹三伍的伍長斗筲徒雖嚴厲，卻非谷中最凶殘的一個伍長。谷中每個伍長都是一般嘴臉，除了喝罵責打、威逼本伍孩童日夜練功之外，對他們的飲食生活漠不關心。谷中的孩童大都只有七八歲左右年紀，很多連梳洗穿衣都不大會，吃喝拉撒也不大能完全自理，也有受傷的、生病的，更加不知道該如何照顧自己。伍長們對這些一概不聞不問，孩童間又不能彼此說話，即使傷了病了，或是需要什麼幫助，也無法向同伍的孩童求助；若去向伍長述說，伍長也只會滿臉不屑地將孩童喝叱一頓：「撒什麼嬌！這兒可不是你家！就這一丁點兒傷，一丁點兒病，就來跟我哭訴？你還是早早滾出谷去吧！這兒不是你能待的地方！」

小虎子看在眼中，只能慶幸自己眼下並未有何傷痛疾病，也明白了在這山谷之中，不管出了什麼事，伍長都不會在意他的死活，只會讓他自生自滅。他心中暗思：「說實話，這跟我在相國府中的處境並無太大的差別，一切都得靠自己，靠朋友。想來世間處處都是這樣的。」

此後他更加盡力照顧同伍的四個伙伴，不只在練功上，連生活中大小諸事、飲食睡眠，他都想盡辦法讓大夥兒過得好一些。即使斗筲徒凶狠暴戾，整日咆哮打人，但他們五個孩童都已省悟，只要彼此扶持，互相照顧，便沒有撐不過的苦頭、跨不過的難關。

小虎子也開始留意谷中其他伍，想知道跟自己一起從京城被捉來的孩童都如何了。他偷偷觀察其他伍的動靜，隱約認出了幾個跟自己同車從京城被捉來的孩童。楞子個子高大，原本十分好認，小虎子卻始終未曾見到他的身影。

在小虎子入谷後的一個半月左右，他遠遠見到一個孩童在木樁上跳躍，身形輕巧靈快，心中一動：「這人的臉面好熟，莫非我認得他？」

小虎子凝目望去，但見那孩童的髮式和其他孩子不同，竟然梳著整齊的雙髻，是個女孩兒；再仔細瞧去，這女孩兒面目清麗，身形纖細，跟自己差不多年紀，可他就是想不起她是誰，在何處見過。他伸手拍拍腦袋，暗道：「我待在這谷中，腦子可是愈來愈鈍了，將過去的事兒都快忘光，才會想不起這小女娃是誰！」

這時斗筲徒出聲呼喝，小虎子趕緊專注傾聽伍長的指令，隨著同伍的孩子一起蹲馬步練「腿功」。

那天夜裡，小虎子躺在山洞裡的草蓆上，努力回想自己在長安時認得哪些個小女娃，怎會想不起今日見過的那小女娃究竟是誰？他一一想去，在城中街頭閒晃的大多是男孩兒，也有少數幾個家裡賣菜賣酒的女孩兒，偶爾在市上跑腿或招攬顧客；平日來蹴鞠的也都是男孩兒，從沒見過女孩兒蹴鞠的。

想到蹴鞠，小虎子不禁想起在空地上「青龍營」和「白虎營」對決的幾場精采鞠賽。忽地他腦中靈光一閃，猛然想起：「我知道那是誰了！那是六兒！是了，她抿起嘴時那倔強的模樣，定是六兒無疑！」

小虎子心中又是驚訝，又是興奮：「六兒怎會是個女娃兒？她怎地也被綁來了這山谷？」

再次見到六兒，不禁觸動了小虎子心底關於長安和武相國府的種種記憶。他自從入谷以來，日子過得極為單調辛苦，身子疲累難忍，心中孤獨疑惑，只能盡量封閉自己的心思，不去回想往年家中的人物舊事，逼迫自己將過去全數忘卻，免得觸動傷心事，再次哭泣難止。此時陡然見到一個家鄉舊識，他才驚然想起自己並非自出生以來便活在這山谷中的，而是有家、有朋友、有過去的。即使見到六兒並不能讓他離出谷回家更近一步，卻令他自心底升起一股新的祈望。冥冥之中，六兒好似蓄意在此時此刻出現在他的面前，提醒他不要忘記自己是誰。

小虎子暗暗對自己說道：「我是武相國的兒子，我叫武小虎，不是什麼『豹三營阿五』。我得時時提醒自己，不要忘了自己是誰！」

上回匆匆一瞥之下，小虎子並不記得六兒身屬哪一伍，此後過了許多時日，都未曾再次見到她。他心中暗暗後悔：「我怎地未曾留心聽清楚？這谷中看來共有幾十個伍，也不知下回能不能再見到她！」

於是他開始更加細心觀察，每回遇見其他的伍，便注意聆聽對方的伍號，終於慢慢摸清楚了，這谷中的孩童分為豺、狼、虎、豹、熊、羆、鷹、獅八行，每行有五個伍，伍號便是豺一、豺二以至豺五；每伍都有五個孩童，算算共有兩百個孩童。

小虎子心想：「大首領說過，他聚集了兩百名孩童在谷中練功，果然不假。」又想：「當時官差在京城東市捕捉了我們十七個乞兒小童，交給屠狗夫和行腳僧送來這山谷，想是知道幾個乞兒小童即使失蹤了，也不會有什麼人留心或追查。他們自然料不到我是武相國家的，糊里糊塗將我也捉來了此地。不知阿爺或主母曾否報官尋我？但那馬車在道上行走了至少十多日，這山谷想必離京城甚遠，他們就算派人來找，只怕也找我不著。」

小虎子想到此處，不禁心中一沉。又想：「大首領和他的手下多半也在其他市鎮鄉村捉擄孩童，從各地送入山谷。他們花了這麼大的心血，將兩百個孩童聚集在這隱密的山谷中，又讓那些黑衣紫帶的伍長督促我們苦練六小功，究竟是爲了什麼？」

他想不明白，卻知道自己必須找到答案，才能多一分出谷的希望。

小虎子繼續留心，終於發現了六兒所屬的伍是「鷹二伍」。他在暗中觀察六兒，見她總是沉穩安靜，面無表情，似乎無憂無懼，無喜無怒，完全看不出她心中在想什麼。小虎子記得在長安空地上青龍白虎對決結束後，她曾出頭單挑自己，身手靈活迅捷，拚勁十足，甚至不擇手段，暗中踹了自己一腳，簡直無法想像她會是個女娃兒。他心中好奇無比，極想知道她一個小女孩兒，怎會扮成男孩兒到空地上跟大夥兒蹴鞠競賽？她又是如何被大首領他們捉來此地的？她出身如何，想不想家？

小虎子想方設法試圖接近她，但各伍的住處相隔甚遠，每伍從早到晚都有伍長盯著，不能擅自離伍在谷中亂走，因此他始終沒有機會去尋六兒。

又過了一段時日，時令已入夏季，氣候漸轉炎熱，眾孩童來到谷中已有三個月了。這日清晨，四十個伍長們將兩百個孩子集中在山谷西方的空地上，命他們靜立等候。孩童們訓練有素，站得整整齊齊，肅立等候，不敢稍動。眾人見他們正站在谷西最大的山洞之前，知道那是弟兄們平日不准接近的禁地，大夥兒心中都不免惴惴不安，不知將有什麼大事發生。

小虎子見全谷孩童都聚集在此，心想：「楞子倘若也入了谷，定然也在這兒。」他偷偷游目四望，盼能找到楞子。然而各伍孩童散開而立，分布甚遠，他個子又矮小，始終未曾見到楞子高大的身形。正環望時，屁股一痛，卻是被大頭伍長狠狠打了一棍。大頭伍長喝道：「東張西望什麼！給我站好了，眼望前方，不准再動！」小虎子屁股吃痛，只得乖乖站好，不敢再四處張望。

不多時，一個黑衣道士從禁地山洞中走出，跨上一個高臺，面對一眾孩童而立。這人膚色蠟黃，眉目端正慈和，小虎子頓時認出，這人正是將他送入谷中的那個道士，也就是所謂的「大首領」。

大首領一出現，四十名黑衣紫帶伍長立即跪倒拜下，口稱：「屬下拜見大首領！」兩百名孩童之前已得到各自伍長的指令，連忙跟著跪下，向大首領磕頭參見，口稱：「拜見大首領！」

大首領揮揮手，說道：「起身。」他的聲音跟小虎子記憶中一般嘶啞粗糙，有如磨砂，語氣充滿威嚴。眾伍長和弟兄們紛紛站起身，再次肅立靜聽，畢恭畢敬。

大首領向眾人環望一周，目光如電，一眾孩童都不敢仰視。大首領環望完後，緩緩說道：「三個月後，本谷將舉行第一關。此地兩百個弟兄中，只有三十六人能過第一關。過關的弟兄將繼續留在谷中練功，過不了關的，全數送去北方幽州充軍！」

大首領這話一說，恐懼興奮之情如風一般掃過群童。即使孩童間實施禁語令，仍不免發出一陣嗡嗡聲響。

小虎子站在孩童群之中，忍不住往左方望去。他之前便已留心，六兒就站在他左方不遠處。小虎子偷偷望向她，但見她臉上和平時一般，一片平靜淡漠，更無半絲恐慌之色。

小虎子不禁暗感驚佩，心想：「她怎能如此鎮定，一點兒也不怕？」又想：「她定然已有過關的把握，才能如此鎮定。」

想到此處，小虎子心中不禁有些慌亂；斗筲徒確實曾提起過第一關之事，他過去幾個月雖將過關這事兒放在心上，卻不料第一關就要在三個月後舉行！

大首領宣布完後，伍長們便率領各伍弟兄們再次跪拜行禮，恭送大首領離去，接著便分伍散開，繼續督促各伍弟兄練功。

小虎子心中盤桓著種種關於第一關的疑惑，心想：「第一關究竟要做什麼？既然我們整日練六小功，這第一關想來定然與六小功有關。但是過關時將如何挑選那三十六人，我又該如何才能過關？」他打定主意：「還有三個月，我得想法子探聽出第一關到底要考校些什麼，預先準備，確定自己能夠過關。」

他想不出什麼好辦法，唯一想到的辦法就是求助於同伍的弟兄。於是他趁練習「走功」時，招呼四個同伍弟兄來到瀑布旁的桃樹下歇息，率先說道：「三個月後就要過第一關了，你們有誰知道第一關要考校些什麼？」

豹三伍的弟兄平日互相幫助照顧，卻從未眞正開口交談，這時聽小虎子大膽開口說話，都不禁驚訝恐懼，互相望望，四人都靜默不語。

小虎子見他們不敢違反禁語令，想起自己往年在長安空地上激勵鞠友合作取勝的情景，當下說道：「我們誰也不想被送去北方充軍，永遠回不了家，是麼？」

見四人一齊搖頭，小虎子又道：「若要過關，那咱們便要一起過關；若過不了關，大夥兒全都過不了關。我們五個一定要互相幫忙，才能達成目標。」

阿一至阿四對小虎子都十分心服，心想：「我們五人當中，最有把握過關的就是阿五。他願意跟我們通力合作，讓大夥兒全都過關，我們自得盡心盡力，互相幫助，彼此合作才是。」於是都點了點頭。

小虎子精神一振，說道：「既然如此，我們誰也不會去告發誰，就不用去怕那禁語令了。咱們得開口說話，才能商議計策，幫助彼此過關。」

阿一至阿四顯然害怕充軍甚於被發現違反禁語令，體態肥壯的阿二終於開口了，苦著臉說道：「我想第一關定會測試咱們的走功，想必得走挺長的一段路。」

阿一抱著手臂，高大的身形靠在山壁上，沉吟道：「山谷這麼大，怎知過關時要走哪一段路？」

圓臉女娃兒阿三道：「我們練了那麼久的涉功，過第一關想必會經過一條溪水。谷中只有一條小溪，因此這條路定會經過那條小溪。」

瘦削的阿四似乎比較機伶，說話甚快，搶著道：「我們攀功也練了不少，他們定會讓我們攀一段山崖，或許就是小溪後的那座山崖也說不定。」

小虎子聽他們想到的可比自己詳細多了，連連點頭，說道：「說得是，說得是！大夥兒一塊動腦筋，事情就容易多啦。」

阿四道：「不如這樣，未來這十日中，大夥兒努力打探第一關要考校什麼，每回練走功奔完第二圈，我們便來這桃樹下聚會，告知彼此聽聞了些什麼消息，一起商量對策。」

其餘四個孩童都答應了。他們生怕被斗筲徒發現，不敢耽擱太久，計議已定，便趕緊沿著土道繼續奔去。

小虎子眼見豹三伍的同伴們全數同意合作，彷彿回到長安城空地上「白虎營」孩童齊心協力，贏得鞠賽的景況，心中甚是高興。

他當時並不知道，全谷四十個伍中，只有「豹三伍」的五個孩子彼此信任，交情深厚，相約互助合作，互不捨棄，一同過關。其他各伍都未能繞開禁語的規定，不敢開口交談，更不曾向伍伴伸出援手，因此始終將伍伴當成敵人對手，彼此競爭，甚至互相陷害。

第五章 難友

裴若然完全不知道自己是怎麼來到這山谷中的。她和小虎子那一車十六個孩子情況相差不多，都是中了迷藥，陷入昏睡，不省人事，醒來時人已在這陌生的山谷了。

她隱約記得那天晚上，她百無聊賴地坐在臥房的書桌前讀誦《女孝經》，呵欠連連，正準備就寢時，忽然聽見背後傳來一聲冷笑。她一驚回頭，卻見一個老婦靜悄悄地站在自己身後，冷冰冰地望著自己。裴若然還道自己在做夢，或是見了鬼，正待跳起身，便覺頭昏眼花，一頭栽倒。

昏迷之中，她彷彿見到兩個人的臉容在眼前晃動，一個是一身黑色道袍的道士，面色蠟黃，容貌端正，神色冷肅；另一則是個老婦人，一頭白髮。兩人直盯著她瞧，她隱約聽見道士說道：「切不可讓她清醒過來。藥再下重些？」

那老婦聲音冰冷，說道：「再下重些，只怕醒轉不來了！」

道士點點頭，說道：「我對她寄望甚高。若調教好了，十三歲前後送回家去，絕對是奇貨可居！千萬別搞砸了！」

老婦撇撇嘴，說道：「送入谷中的，十個不到一個可以存活。你別寄望太高！」

道人不再言語，走了開去，老婦冷笑著，也離開了裴若然的視線，她又模模糊糊地沉入了夢鄉。

裴若然覺得自己彷彿睡了很久很久，好似這一輩子從來沒有這麼疲倦過，眞想永遠就這麼睡下去，再也不要醒來。睡時她不斷地做著夢，做完又全數忘卻了。她感覺自己好似被困在一個又一個的夢境之中，努力掙扎想清醒，卻無論如何也醒不過來。

當她眞正醒來時，發現自己躺在一個山洞中，地面堅硬，山壁凹凸不平，整個山洞陰暗而溼冷。她第一個想到的，是自己被那古怪老尼捉了去，關在東山白雲庵後的哪個山洞裡。她趕緊爬起身，想下山逃回家去，但是當她往洞外看去時，才發現自己身處一個全然陌生的山谷之中，樹木蒼鬱，山壁陡峭。她抬頭望去，這山谷似乎有數百丈深，四周都是高聳入雲的峭壁，天空看來非常遙遠。

她隱約想起睡夢中曾見過兩張臉，似乎是一個道士和一個老婦人，他們說了一些話，好似提到過什麼山谷，但卻完全想不起細節了。

裴若然腦中一片混亂，她很快便意識到自己的處境極爲不妙——有惡人將她從家中拐走，送入了這個不知名的山谷。她心中動念：「誰有這麼大的本領，將我從家中拐走？阿娘在哪兒？她在家裡找不到我，一定嚇壞了，擔心得要命。她定會趕緊傳信給阿爺，或找伯娘求救。」又想：「伯娘多半會讓阿娘報官。阿娘若已報官，官差想必能找到這裡，將我救回去。」想到這兒，她勉強鎭定下來，不讓自己陷入恐慌。

她聽到洞外隱隱傳來人聲，卻始終沒有人進來看她。此時她腹中已飢餓難受得緊，便鼓起勇氣站起身，走出洞外。

當時似乎是中午時分，一個身穿黑色衣褲、腰繫紫帶的男子站在洞外不遠處。那男子轉頭見到裴若然，挑起眉毛，說道：「可終於醒了。我還以爲妳永遠不會醒來了呢。金婆婆用藥也未免太霸道了些！」

裴若然聽見「金婆婆」和「用藥」等字眼，彷彿有些印象，卻什麼也想不起來。她抬頭望向這黑衣男子，但見他身形高大，虎背熊腰，一張方臉，神情剽悍，卻是從未見過，心想這大約是捉走她的惡人的同夥，心中怦怦亂跳，抬眼向他瞪視。

方臉男子皺起眉頭，不耐煩地道：「既然醒了，便該開始練功了。跟我來！」他見裴若然站著不動，大步走上前來，粗魯地抓住了她的手臂，喝道：「還不快走！」

裴若然驚呼一聲，努力掙扎，卻甩不脫方臉男子的手，被他拉著跌跌撞撞地往前走去，加入了另外四個孩童。她很快便發現，自己和這四個孩子屬於同一伍，稱爲「鷹二伍」。

之後起早睡晚、整日練功、挨罵挨打、恐懼孤獨，裴若然所吃的苦和谷中其他百多個孩子並無兩樣，但她卻比其他孩童更能夠咬牙忍耐，更能承受煎熬。她雖出身官宦之家，自幼養尊處優，受到父母兄長的百般寵愛，但她天性堅毅，剛強獨立，從來不是個嬌貴軟弱的千金。她明白自己身處陌生險惡之地，知道必須收藏起內心的軟弱，努力堅強起來，設法保護自己，才能生存下去。

頭幾個夜晚，她聽見別的孩子哭聲迴蕩，自己也想哭得緊，但卻強忍住了，一滴眼淚也未曾流過。跟她同一伍的有個瘦弱的小女孩兒，在洞穴中哭得撕心裂肺，直至夜深。裴若然聽得難受，只能掩住耳朵，裝做聽不見。

如此過了十餘日，這日方臉伍長忽然叫了她過去，說有人要見她。裴若然心中大奇：「什麼人要見我？這人是來救我出去的麼？」

她心中七上八下，忐忑不安，混雜著幾分希望和害怕，跟隨方臉伍長來到山谷西方的一個巨大山洞之中。她見洞中坐了一個黑衣人，做道士打扮，面目慈和，臉帶微笑，卻是從未見過。

道士讓裴若然坐下，微笑說道：「六娘子不需擔憂，貧道道號無非。」聲音沙啞，十分特異。只看外貌，這道士似乎不是壞人，但聽他開口說話，裴若然卻不寒而慄，覺得這人渾身散發著一股難言的邪氣。

道士又道：「這回入谷，是令堂託我來見妳的。」

裴若然聽他提起娘親，心中一跳：「他認識我阿娘！他是來救我回家的！」陡然希望大增，脫口道：「我阿娘讓你來帶我回家麼？」

道士微笑搖頭，說道：「不是的，妳還不能回家。六娘子，妳來此已有十多日了，感覺如何？」

過去這十日中，裴若然已思量了千百遍，猜想自己究竟爲何會來到這山谷，是誰抓了自己來，又是爲了什麼？她親眼見識到那方臉伍長的凶惡殘暴，孩童們的日夜操練、恐懼痛苦，這時她聽那道士問自己「感覺如何」，完全不知該如何回答，更不知道能否信任這個人。

道士又道：「妳不必疑慮，令堂只是讓我來看看妳在此地適應得如何。我是奉了令堂之命，才將妳帶來這谷中受訓的。」

裴若然聽了這話，不禁一怔，心想：「阿娘就算要送我離家，又怎會讓個陌生人將我迷倒帶走？又怎麼可能甘願將我送來這野蠻恐怖的山谷裡吃苦受罪、練功挨打？」又想：「我從未見過這道士，他當眞認識我阿娘麼？說不定他的話全是一派謊言，我若信以爲眞，便是上了他的當！」她滿心疑慮警戒，瞪著那道士，緊閉著嘴，不肯回答。

道士見她不答，也不再問，繼續說道：「六娘子想必知道，裴夫人擔心妳頑劣不改，不知收斂，將來入宮會難以適應、惹出麻煩。因此她不得不痛下決心，託我帶妳來此山谷受訓數年。等妳出谷之後，正是入宮的年齡。未來這些時日中，妳會過得辛苦些，日日都得跟其他孩童一起受訓練功，但是經過這兒的訓練，將來妳入宮的道路便會走得順遂平安，一帆風順了。」

裴若然聽那道士說「受訓數年」，心中一寒：「他們打算將我留在這兒好幾年！」她愈聽疑心愈重，仍舊瞪著那道士，一聲不出。她當然知道娘親曾想過將自己送去伯娘在城外的別業暫住，專心學習德容言功，但她絕不相信娘親會將她託付給一個陌生人，遑論這個詭異古怪、一身邪氣的黑衣道士！更不相信娘親會送己來此危險之地受訓，隨時有受傷破相之虞；況且孩童們在這兒練的所謂「六小功」，也跟娘親要自己學的「德容言功」扯不上半點關係。

道士見她滿面懷疑，只微微一笑，面色自若，說道：「夫人知道妳不會相信，因此寫了一封信，讓我轉交給妳。等妳學藝有成，過了三關，便可以回家與父母家人團聚了。」說著從懷中取出一封信，遞過去給她。

裴若然接過了，展信觀看，但見信中似乎確是娘親的字跡，寫道：

「若然吾女：無非道長乃得道高士，當世仙人。為汝前途，特託汝予道長，盼汝沐其教化，去除陋習，修身養性。汝應恭謹順服，悉從其命，一無所違，盡心學藝，速過三關。祈汝自愛，盼早日習成歸家。娘字。」

裴若然將短信讀了三遍，心中陡然生起一股強烈的怒火：「這些人可惡至極，竟大膽到模仿我阿娘的字跡，假造這封信給我看，以為這樣便可以騙得倒我！」她咬緊嘴唇，勉強壓下心頭怒火，不令憤怒顯露在臉上。

道士等她看完，便伸手將信取回，折起收入懷中，微微一笑，不再多說，揮揮手，示意她可以離去了。方臉伍長走了進來，將裴若然帶出山洞，回到鷹二伍中。

裴若然坐在山洞中，全身顫抖不止，心頭怒火如焚。她自然不信娘親會蓄意將自己送來這詭異恐怖的山谷，也不信娘親會將自己託付給那個古怪邪惡的道士。即使她年紀尚幼，卻也知道裴家乃是官宦大族，阿爺是當朝進士，官至河南府功曹，五個阿兄中有三個都已派任官職，自己也已是采女，娘親出身名門大戶，自不會識得這等江湖道士，更不可能自願將女兒送入這野蠻荒僻之地。那她為何會來到此地？其實她心底早已隱約猜知實情——她是被以道士為首的一群惡人擄來這兒的，為了她無法臆測的邪惡因由。

她只能暗暗祈求，在娘親報官之後，官差或家人會找到這山谷，將自己救出去。然而幾個月飛一般地過去了，始終沒有任何人來救她，甚至未曾見到任何人出入這山谷，這山谷彷彿與世隔絕，全無出路。她等待獲救的時日愈來愈長久，心中的希望也愈來愈微薄。她不知道自己將在這殘酷可怖的山谷中待上多少年的光陰，才能離開？她不敢去想，只能一日一日地捱，一日一日地過下去。

之後的時日中，她跟著鷹二伍的伙伴日夜苦練六小功。那方臉伍長殘忍心狠，似乎特別喜歡揮棍打人，每回有孩童練走功、涉功落後，或練躍功、攀功時跌下，一定遭他一頓毒打，直打到昏厥過去，腿上血肉模糊，第二天疼痛得更爬不起來。裴若然盡量不落後、不跌下，但有一回她不小心從木樁上失足跌落，頓時被方臉伍長狠打了一頓，只打得她滿地滾逃，哀叫不絕。方臉伍長似乎就喜歡聽孩子哭叫求饒，裴若然發現自己愈躲避愈嚎叫，他便打得更用力，只能拚命咬牙忍住，留在原地任他毒打，咬緊牙關，不肯叫出聲來。

她日日滿懷恐懼，全身受累疼痛，只能盡力順從聽話，努力專注於練功，什麼別的都不去想。她雖打從心底不信道士的那番鬼話，卻知道自己唯有信了道士的言語，心裡才能稍稍好過一些，至少她可以假裝娘親知道自己在這兒，假裝有一日娘親會認爲自己受夠了訓，徹底改掉了陋習，過了什麼三關，決定將自己接回家去。唯有如此相信，她才不至於陷入徹底的絕望。

又是半個月過去了，裴若然不敢跟同伍的孩童說話，內心孤獨憂慮、如火燎原，幾乎無法撐下去。這日她練「負功」時跌了幾跤，被方臉伍長狠打了一頓，夜晚雙腿疼得無法入睡，只能趴在蓆子上，勉強忍住不出聲呻吟。正當痛苦難熬之際，她感到有個人來到自己身邊，一驚抬頭，月光之下，但見那是睡在自己隔壁的阿三。這阿三生著一張瘦長臉，一雙小眼，樣貌頗爲醜陋。他低聲道：「別動，很痛吧？我給妳抹點兒樹葉汁，明日就不痛了。」

裴若然見他咧嘴而笑，神色友善，稍稍放下戒心。她全沒想到竟有孩童膽敢違反禁語令，開口對自己說話，連忙轉頭四處張望，生怕被方臉伍長發現。

阿三猜出她的心思，低聲道：「別擔心，大夥兒全都睡著啦，我聽見伍長和其他伍長走遠去了。沒事的。」

自從裴若然來到山谷以後，整日耳中只聞方臉伍長的斥責吼罵，這是她第一次聽見人細聲和氣地對自己說話，心中陡然一酸，眼眶發熱，險些掉下淚來。

阿三在黑暗中捏了捏她的肩頭，說道：「別動，我給妳上藥。」他替她捋起褲子，往她腿上傷處塗抹了些汁液。裴若然感到挨打處疼痛難忍，有如火燒椎刺一般，只能勉強咬牙不叫出聲。

阿三低聲道：「忍著點兒，忍著點兒。這傷藥的製法是我家鄉一個老乞丐教給我的，靈驗得很，保證明日就不痛了。」他手裡一邊抹著藥，一邊問道：「喂，阿五，妳家裡都有些什麼人哪？」

裴若然知道他試圖引開自己的心思，好讓自己暫且忘記疼痛，便回答道：「我有阿爺阿娘，和五個阿兄。」

阿三笑道：「五個阿兄？那有多好啊！妳一個女孩兒，可堅強得緊。這一個月來，我沒見妳哭過一次。一頓打算得什麼？一咬牙就撐過去了。」

裴若然點了點頭，低聲道：「我會撐過去的。我要回家。」

阿三點頭道：「妳要回家，就得努力過三關。只有過了三關的弟兄才可以回家。」

裴若然想起那道士也曾對自己說過同樣的話，心中生起幾分希望，問道：「過了三關就能回家，這是眞的麼？」

阿三聳聳肩，說道：「我聽伍長他們都是這麼說的，自然是不假的了。」這時他已替她抹完了藥，拉好褲腳，說道：「好啦，早些睡吧。」

裴若然此刻感到雙腿挨打處痲痲癢癢地，劇烈疼痛似已過去，滿心感激，低聲道：「謝謝你。」

阿三笑道：「不必謝我，我也只會這一招。下回我教妳如何榨取這樹葉汁，療傷止痛很有用的。」

裴若然不禁露出微笑，心中一陣難言的安穩愉悅，好似忽然回到了自己家中一般，心中對阿三充滿了親厚感激之情。她累了一整日，一股疲倦襲上心頭，很快便昏昏沉沉地睡著了，夢中不斷想著「阿三」、「回家」和「過三關」。

接下來的日子裡，阿三教了她許多事。他悄悄告訴裴若然：「不必怕那方臉伍長。只要我們認眞練功，伍長便不會傷害我們。妳乖乖聽話，服從指令，埋頭苦練，就不會引起伍長的注意。平日臉上不要露出表情，不管伍長說什麼、做什麼，或是其他弟兄做了什麼、發生了什麼，妳都平靜安穩以對，就不會有事。」

裴若然對阿三的言語深信不疑，於是她花了很多很多的力氣，努力讓自己臉上不露出任何表情，將一切恐懼、悲哀、懷疑、傷痛全都藏在心底深處，細細埋好壓平，不讓它們浮現冒出。有時埋藏得太好，甚至連她自己都不知道自己的心裡有何感受，只餘一片空白。然而阿三似乎總能猜知她心底的想法，往往在夜深後偷偷來到她身旁，或伸手捏捏她的肩膀，或輕聲安慰鼓勵，或替她在挨打的瘀痕上敷藥療傷。即使只是短短三兩句，已讓裴若然感到無比溫暖。

裴若然對阿三衷心感激。是阿三拉了她一把，在她最低沉絕望時，替她指出了一條路，讓她能夠堅強地走下去；在她最孤獨恐懼之時，給了她溫暖眞誠的友情，讓她能夠繼續抱持著微薄的希望。裴若然衷心感謝阿三對她的關懷照顧，在這段剛入谷的艱難時日中，阿三是她最大的恩人，最要好的朋友。

當裴若然見那道士再次來到谷中，宣布第一關將於三個月後舉行時，心中激動難平，暗想：「這山谷不是人待的地方！唯有過了三關，才能脫離苦海，早日回家。那道士說只有三十六個弟兄可以過關，因此我不只要成爲伍中最優越的一個，更須成爲兩百弟兄中最優越的三十六個之一，才能過關！」

自此之後，她練功的心態便有了極大的轉變。之前三個月中，她摸清了方臉伍長的習性，伍中弟兄做得最好的並不會得到讚賞，但是最差的一定會遭到處罰。為了避免受罰，她只求盡力不落後、不犯錯便是。然而此刻她才倏然明白，不落後、不犯錯並不足夠，她必須成為最快、最好、最前頭的那一個，才能通過第一關，離回家更近一步。此後不論是奔山谷、攀山壁、涉溪水、躍木樁，她都搶頭爭先，一定要第一個走完、第一個攀上、第一個涉過、第一個躍完所有的木樁。

當年在長安家中之時，裴若然不時偷溜出家門和街頭孩童蹴鞠較量，知道自己矯健敏捷，身手絕不輸同齡的男孩兒。因此她雖是個女孩兒，在谷中孩童之中年紀又偏幼，體魄卻毫不遜色其他孩童，加上滿懷爭勝之心，很快便成為鷹二伍中最優秀的弟兄。但她並不滿足於此，仍舊拚命練功，自許成為兩百個弟兄中最優秀的一個。

裴若然心中懷抱著堅定清楚的目標：「我要過關回家，回到阿爺阿娘的身邊。一切練功的艱苦、禁語的寂寞、想家的悲愁，全都可以埋藏在心底深處，不讓它們煩擾我的心神。」

她不並似小虎子那般熱情好友，除了阿三偶爾會在夜深時安慰她之外，她跟其他同伍弟兄既不言語，也無眼神交流，將自己封鎖在孤獨憤懣之中，咬牙撐持，度過漫長的每一日。

第六章　過關

第一關比試很快便到來了。在裴若然入谷大約六個月後，一個夏末秋初的清晨，伍長們將兩百名弟兄聚集在山谷中的空地上。裴若然見地上已畫了一條筆直的紅線，寬約三寸。眾孩童都低頭望著那條紅線，在一片靜肅中，各自猜測那紅線究竟是何用途。

但見一個伍長跨上前來，面對著弟兄，高聲宣布道：「第一關的比試規則如下，以我吹號爲令，弟兄們從這紅線後起步，奔至山谷邊緣的山壁下，涉過溪水，攀到山腰平臺上，取得一顆松果，再攀下山壁，奔回紅線。最快回到此線的三十六個弟兄，便算過了第一關，能夠繼續留在山谷中練功，準備過第二關。其餘過不了關的，全數送到幽州充軍。聽清楚了麼？」

兩百個弟兄齊聲答道：「聽清楚了！」聲音不免因緊張而顫抖。

其他孩童們都未曾注意，豹三伍的五個弟兄彼此偷望一眼，嘴角露出一抹微笑。第一關要考校些什麼，他們早已查得一清二楚，並曾詳細盤算過關的計策，胸有成竹。

裴若然完全未曾留心其他的孩童。她感到手心冒汗，心跳加快，暗自籌思：「第一關只不過要考校我們的走功、涉功和攀功，並不十分困難。我想成爲最快奔回的三十六個弟兄之一，應當不是。」

那伍長更不延遲，舉起一支號角，高聲道：「大夥兒在紅線後準備，聽見我的號聲，便可出發過關。」

眾孩童紛紛一擁上前，擠在紅線之後。

裴若然心中動念：「大夥兒一起衝出去，定會互相推擠，你爭我搶，陷入混亂。我得避開人群，快些搶在前頭，才不致與眾人擠撞在一塊兒。」她打定主意，當即快步奔到右首人群較少處，站在紅線之後，蓄勢待發。這兒雖然離山壁較遠，但人也較少，較不擠迫。

那伍長不等所有的孩童準備好，便已吹號，號聲劃破谷中的寂靜，兩百個孩子一齊往前衝去，一陣混亂之下，立時便有幾個孩子被後面的孩子推倒，撲跌在地，後面的十幾個孩子跟著被絆倒，滾成一堆；也有的孩童踩在跌倒孩童的身上直奔而過，但已慢了許多。

裴若然避開人潮最多之處，往右側奔去，並未受阻。這兒路途雖較遙遠，卻因無人阻擋，奔起來順暢快速得多。她當先涉過溪水，來到山壁之下。她在過去六個月中已攀過這山壁無數回，立即找到容易攀爬的一處，奮力往上攀去。她感到手臂微微發抖，手心滿是冷汗，攀爬起來頗為溼滑，只能將手心的汗水擦在褲子上，深深吸一口氣，定下心神，繼續往上攀去。

她攀到十多丈高處時，便聽山壁下傳來驚呼喝罵之聲。她忍不住好奇，低頭一望，但見許多孩童在山腳之下擠成一團，爭先恐後地搶著往上攀，先攀上的踩著下面的人，下面的人則伸手去抓上面的人的腳踝，想將他們扯下來，彼此叱罵，甚至大打出手。

裴若然暗自慶幸：「幸好我早了一步攀上山壁，已較其他人高出十餘丈，不須跟他們互相踩扯推擠。」

她轉頭一看，發現遠處另有一個身形正從山壁的左首攀上，已攀到和她差不多高之處。這人顯然和她一般心思，想到要預先避開人群，避免推擠爭搶。那人身手靈活，但因太過遙遠，看不清楚面目。

裴若然甚感驚奇，心想：「那是誰？竟還有別人想得到要避開人群！」又想：「我可不能輸給了他！」她趕緊繼續往上攀爬，很快便來到了半山腰的平臺之上，但見平臺上已有十多個伍長等候著，一個伍長見到她，便往地上一指。她低頭望去，平臺地上放了好幾籃的松果，趕緊伸手取了一顆，塞入懷中，找了個人不多處，往下攀爬。

她才攀下數丈，便見左方十多丈外有個身形胖大的男孩兒正往上攀來。裴若然依稀記得見過他的面目，那男孩兒體格魁梧肥大，簡直不像個八歲的男孩兒。但聽那胖大男孩兒口中大聲嚷嚷著什麼，喊的似乎是：「放手，放手！」

裴若然仔細一瞧，只見一個男孩攀在那胖大男孩兒身下的山壁上，似乎伸手捉住了胖大男孩兒的腳踝。

胖大男孩兒大叫大嚷，神情惶急驚恐，忽然腳一蹬，踩中他身下那男孩兒的手掌。只聽一聲慘叫，下面那男孩兒一鬆手，竟從山壁上跌了下去。裴若然心中一緊，心想此處離地有數十丈之遙，那男孩兒如此跌將下去，不死也必是重傷。她心中怦怦亂跳，暗想：「大夥兒都想過關，都會情急拚命。若換成是我，大概也會將抓住我的人踹下山去吧。」

但見胖大男孩兒張大了口，低頭望去，臉上卻並無半絲驚詫或歉疚之色，只露出一片茫然。

其餘攀在山壁上的孩童目睹那弟兄跌下山壁的一幕，全都嚇得呆了，盡量遠遠避開那胖大男孩，不敢接近。

裴若然急著要過關，無暇多看，繼續飛快地往下攀落。頭上山壁仍不斷傳來弟兄們大呼小叫之聲，聽來極為驚悚危險，她全不理會，一心只想著要趕緊回到紅線，通過第一關。她落地之後，更未想到要去查看方才那跌下山崖男孩的死活，只顧拔腿快奔，涉過溪水，回到紅線之後。她轉身一看，才發現自己竟是第一個奔回紅線的弟兄。

一個伍長走過來，向裴若然伸出手。她一邊喘息，一邊望著伍長，不明白他向自己要什麼。

那伍長不耐煩地道：「松果呢？」

裴若然這才醒悟，趕緊從懷中掏出松果，遞給伍長，心想：「幸好沒弄丟了。」

伍長點點頭，問道：「哪一伍的？叫什麼？」

裴若然回答道：「鷹二伍，阿五。」

那伍長用小刀在一塊木板記下了，又去查看第二、第三個奔回弟兄的松果，並詢問他們的伍名號數。

裴若然靠在山壁上喘息，望著弟兄們一個個奔回，直到第三十幾個，才見到一個男孩兒奔回紅線。她瞇起眼睛，心想：「是他！」

裴若然當然認得這個男孩子。他便是小虎子，長安空地蹴鞠大賽中敵營白虎營的頭號好手，兩人單挑時勝過自己的那個傢伙。她數月前便曾遠遠瞥見了他，一見到他那耿直的神氣，立即便認出了他就是長安城白虎營的小虎子。她之後也曾在谷中見過他幾回，但她想自己當年溜出門蹴鞠時都著男裝，如今這身黑衫黑褲不分男女，她在谷中又總是頭梳雙髻，做女孩兒打扮，小虎子一定不認得自己，而且她牢牢記得這男孩兒曾在單挑時勝過自己，對他心存顧忌，因此從未想過要去找他相認敘舊。

但見小虎子向那伍長報了伍名號數後，便一屁股坐倒在地，全身大汗淋漓，不斷喘息。裴若然見他衣衫破了好幾處，臉上手上都是血痕，想是在攀崖時刮傷了，心中不禁暗暗瞧他不起，暗想：「這麼遲才奔回，他也不過如此！不過奔段路、涉段溪、攀段山崖，何至於累成如此，還受了傷！」

她收回目光，心中又不禁好奇：「他怎會也來到這山谷中？也是跟我一樣，被人捉來的麼？」

她又去望一個個奔回來的弟兄，心中越來越焦急：「阿三呢？我在涉水過溪那時，還見他跟在我身後，相隔數丈。他在哪兒，怎地還沒回來？」

不多時，已有三十多個弟兄奔回紅線。裴若然見到那在山壁上踹人跌下的胖大男孩兒已然奔回，也見到小虎子跳起身，衝上前握住了胖大男孩兒的手，兩人挨著一起坐下，狀極親近，卻始終不見阿三的影子。

裴若然望著那胖大男孩兒，隱約記得在長安空地蹴鞠賽時，曾見過這個身形異常高大的男童坐在場邊，想起他當時便和小虎子十分友好。她心中一動，腦中忽然閃過那胖大男孩將另一個男孩兒踹下山崖的一幕，心中陡然閃過一個可怕的念頭：「難道當時跌下的人竟是……竟是阿三？」

她全身冷汗直冒，想立即奔回崖腳尋找阿三，卻四肢僵硬，無法動彈，只能勉強告訴自己：「不是的，那一定不是阿三。一定不是他！」

不多時，已有一百多個孩子奔回紅線，站站坐坐地散在各地喘息，再也沒有其他的弟兄奔回了。

但聽一個伍長宣布道：「好！頭三十六個回來的弟兄過了第一關。其餘的全數未能過關，今夜便離開山谷，送往幽州充軍！」

話聲方落，登時哀鴻遍野，一百六十來個未能過關的弟兄一齊哭號起來，哀聲震天。裴若然趕緊轉過頭，不敢去看那些孩童的臉色。然而她心中最擔憂的，是她始終未曾見到阿三的身影，不知道阿三的死活。她站起身，墊起腳尖張望，盼能見到阿三平安回來。

就在這時，幾個伍長走近前來，裴若然聽見其中一個說道：「一共跌了三個。一個摔斷了雙腿，一個跌斷了手臂，都不行了。第三個折了頸子，當場斷氣。」

另一個伍長問道：「哪個死了？」

前一個伍長答道：「是鷹二伍的，應該是阿三。」

裴若然腦中轟的一聲，眼前發黑，全身脫力，靠著山壁，緩緩坐倒在地，險些暈去。

其他過了關的孩子都坐在左近喘息，未能過關的則聚集在不遠處哭泣哀叫，完全沒有人注意到她情狀有異。

裴若然呆呆地坐著，全身冰冷，忽然不可自制地顫抖起來。她無法相信阿三已經死了。她從小到大沒見過什麼人死去，連家裡養的馬和狗也沒有死去的。她雖聽見伍長們說阿三死了，卻並不十分明白死亡的意義，也不知道該如何面對好友的驟逝。

阿三是她在這谷中最親近的人，也是唯一的好友。她初來谷中時，日日在驚恐害怕中度過，夜夜孤獨痛苦，強忍眼淚。幸虧有阿三盡心照顧著她，治療她的棍傷，扶持她的軟弱。如果沒有阿三，她絕對無法在谷中撐過這許多時日。

但是阿三已經死了，她親眼見到他跌下山壁，卻未曾過去多望他一眼！當時她心中甚至動過這樣的念頭：「倘若換成我，我也會跟那胖大男孩一樣，將抓住我的人踹下山去。」

裴若然抱住頭，心中只有一個念頭：「我一輩子也無法原諒自己。」

小虎子和豹三伍的其他四個弟兄全數成功奔回紅線，過了第一關。他們過關前便已討論過，依著阿四的意思，決定故意分散開坐，各自靠著山壁喘息，避開彼此的目光，好似完全不認識一般。然而其實他們此刻最想做的，是衝上前抱在一起，高聲歡呼，盡情慶賀一番。他們五人能夠同時過關，當然是取了巧、使了詐的。在五人合力探聽之下，他們幾日前便已知道第一關要考校什麼，奔走的路段、渡涉的溪水、攀爬的山崖，整條路線他們都已查得一清二楚，甚至去當地探勘多次，討論互助合作、一起過關的策略。

第一關開始之前，他們便決定三個人從東首出發，兩個人從西首出發，避開人群；涉溪那時，擅長泅水的阿四幫助水性不好的阿一和阿二泅過溪水，而眞正攀上山崖平臺的，只有擅長攀功的阿一、阿三和小虎子三人。

他們三人約好同時攀到平臺上，阿一在取松果時故意打翻了一籃松果，趕忙道歉，趴在地上幫忙收拾，引起一陣騷動；阿三和小虎子兩人便趁伍長們不注意時，偷偷多取了幾顆松果，塞入懷中。三人分別攀下山崖，將多取的松果交給阿二和阿四，五個人再次互助合作，泅過小溪，往回奔去。

一切進行順利，阿一、阿二、阿三和阿四遠在其他弟兄之前早早奔回了紅線。唯一的意外，是小虎子在出發前夕，在人群中竟瞥見了楞子。他又驚又喜，興奮至極，然而當時人多混雜，孩童們爭先恐後地向前奔去，他不可能去跟楞子相認，只能不斷留心楞子人在何處。終於，在攀下山壁之時，他找到了楞子，快手快腳地往楞子攀去，打算跟楞子打招呼。

然而他最先目睹的，是楞子將一個瘦臉男孩兒踹下了山崖，不禁大驚失色。當時情勢混亂，小虎子也未曾見到究竟楞子是蓄意將人踹落山崖，還是那男孩兒抓住了楞子的腳踝，而楞子爲了自保而不小心將對方給踹了下去。

接下來他看到的景象更讓他怵目驚心。楞子又往上攀了數尺，便再也攀不上去了，掙扎了一會兒，巨大的身子陡然往下滑落，撞到了另一個小個子男孩兒。只聽一聲慘呼，那小個子直跌下崖，恰好經過小虎子的身旁。小虎子不假思索，立即出手抓住了那小個子的衣領，將小個子一撈一甩，扔往一旁的岩石，救下這男孩兒一條命。然而頭上的楞子搖搖欲墜，忽然腳下一鬆，身子再次往下跌，正向著小虎子撞來。

小虎子驚叫：「楞子！」

楞子聽見他的聲音，即使身子在半空中，仍喜叫道：「小虎哥！」

小虎子趕緊伸手去擋，但他如何阻得住楞子急速下跌的龐大身軀？這一擋不僅沒能擋住楞子，自己也跟著滑下數丈，兩人的臉上、身上都被山壁上的石頭刮得全是血痕。幸而小虎子終於抓牢了一塊突出的石頭，減緩跌勢，攀伏在山壁上。他才剛穩住身子，便見楞子從自己身旁跌下。小虎子立即伸出手，緊緊抓住了楞子的左手臂，楞子便這麼臨空懸掛在山壁之旁。

楞子抬起頭，見到小虎子右手抓著自己的手臂，左手摳著一塊突出的石頭，不斷喘氣，滿面汗水。楞子只嚇得面色慘白，張口大叫：「我要摔死啦！我要摔死啦！」

小虎子咬著牙，低頭安慰道：「楞子別怕，你不會摔死的，我絕不放手！你的腳踩得到麼？」

楞子雙腿亂踢，盡力尋找能夠落腳之處，卻無法踩上任何足以借力的石塊。小虎子又道：「楞子，右手，用右手去抓石塊！」

楞子聽了，慌忙伸右手在山壁上亂抓，然而唯一能夠讓他抓住的石塊，卻離他伸直的右手還要高出五六寸。他努力伸長手臂去抓，卻始終搆不著，焦急地叫道：「我搆不著，我搆不著！」

小虎子左手緊緊摳著石壁，右手使勁抓著楞子的左臂，楞子體型沉重，小虎子的手臂已開始發抖，自知支撐不了多久，便會隨著楞子一起跌下山崖，雙雙跌死。其他攀在山壁上孩童看在眼中，紛紛呼喊驚叫，等著瞧小虎子何時會放棄鬆手，讓那大個子獨自跌死。

然而小虎子卻不肯鬆手，他大大地吸了一口氣，單用一隻左臂，雙腳腳尖抵在山壁凹處借力，硬將自己和楞子一寸寸往上拉去。他使出全身的勁道，咬牙苦撐，才終於往上升了半尺，楞子的右手也終於能搆到那塊救命石頭，穩住了身形。兩人又掙扎了半晌，才各自攀到可以稍稍停留歇息之處。

小虎子喘了口氣，問道：「抓穩了？」

楞子點點頭，小虎子這才鬆開了他的手臂，兩人相視一笑，即使身處艱危的山壁之上，他們的心境卻如同回到了長安城武相國府中之時。

小虎子終於找到了楞子，興奮難已，立即從懷中掏出一顆松果，塞入楞子的懷中，攬著他的頭頸，在他耳邊道：「楞子，快跟著我往下攀，我們一起過關！」

楞子傻傻地將那顆松果塞入懷中，點了點頭。

於是小虎子協助楞子攀落山崖，領著他穿涉溪水，兩人一起奮力奔回紅線。楞子原本搞不清楚什麼過關不過關，然而在小虎子的催促帶領之下，拚了命地撒腿快奔，剛剛好是第三十六個跨過紅線的弟兄，險險過了第一關。

豹三伍的阿一至阿四見阿五一直未曾回來，都甚感慌張焦慮，不知道發生了什麼事；

阿五原本一直領先，爲何至今仍不見他的人影？

四人分散而坐，眼光直直地盯著紅線，在第三十多個弟兄奔回後，終於見到小虎子快步奔回紅線，這才各自吁了口氣。

小虎子重遇楞子，欣喜若狂，不理會伍長們的目光，伸手握著楞子的大手，挨著他的身邊坐下，心中只想：「謝天謝地，讓我在攀下山壁時見到了楞子，並幫助他過了第一關。若非如此，他就要被送到北地墾荒充軍去，或許此後我就再也見不到他了！」

想到此處，他更緊緊握住了楞子的手，滿心激動歡喜。

第七章 門規

第一關結束後，伍長們命三十六個過關的孩童換上乾淨的衣褲，讓他們來到山谷西側的巨大山洞中聚會。

這山洞原是禁地，除了裴若然曾來此面見大首領之外，其餘弟兄都是第一次進來。孩童們警戒而好奇地四處張望，但見這洞穴極高極大，正中設了一座神壇，壇上供著四尊十多尺高的彩色塑像，個個全身戎服，手持大刀，威風凜凜，面目黝黑，虬髯鬈髮，看來不似中土人士。

三十六個孩童中，只有裴若然無心觀看洞中擺設，只茫然望向洞外。她見到遠處東南方山壁之上垂下了一條長索，索的末端綁著一個竹籃；伍長們命未能過關的孩子排成一列，五個五個坐入籃中，拉拉長索，上面的人便將竹籃拉扯上去。

裴若然當年在昏迷中來到谷裡，並不知道自己是怎麼落入這谷的，這時才恍然：「原來出入這裡如此不易，須得有人從谷外牽引竹籃，才能進出。」

她極想知道伍長們將如何處置阿三。她凝望著洞外，見到所有沒過關的孩童全都坐竹籃出谷去了，也見到伍長們並未將阿三的身體以竹籃運出谷去，而是將他抬去山谷南方的沼澤旁，大約是就地埋了。

裴若然怔然望著他們抬走阿三的身子，想起前一晚阿三還活著，還在黑暗中悄悄對她說話，維繫著她過關回家的希望；如今他卻不能動彈、不能言語，身子被埋在地底，再也不能回家了。

她極想去再看阿三一眼，卻又不敢，內心掙扎煎熬不已。她須得用盡心力，才能繼續掩藏心底的恐懼、悲痛及悔恨，不讓任何情緒在臉上顯露出來。她心中亂成一團，種種恐怖的念頭此起彼落：「阿三死了，唯一關心照顧我的朋友去了，我該怎麼辦？下一個死去的會是誰？是我麼？我能夠活著出谷麼？我能夠活著回家，再次見到阿爺阿娘和阿兄們麼？」

裴若然不敢承認，事實上，這時她心中自憐自傷的情緒，遠遠多過她不理會摯友死活、未曾去看他最後一眼的慚愧自責。

就在裴若然沉浸於自憐自傷之中時，大首領率領著六個身穿黑衣男子走入了石洞。三十六個過了第一關的弟兄立即安靜下來，肅然而立，裴若然也不得不暫時撇下悲緒，凝神望向面前這七個成人。

但見大首領仍做道士打扮，相貌莊嚴。他身後那六個黑衣人腰上繫的腰帶不是紫色，而是朱色，六人面目都很陌生。谷中原本有四十個伍長，各自帶領四十個伍；如今只有四五個伍長站在石洞外守衛，其餘都已跟著未能過關的孩童們出谷去了。

來到谷中的這些時日，裴若然雖一心想要過第一關，卻從未認眞想過完第一關後會發生什麼事。這時她望著大首領，一顆心怦怦亂跳，想起大首領曾來到谷中，向自己出示那封假造的娘親親筆信，也曾來此宣布第一關將於三個月後舉行。她心想：「如今第一關過完了，谷中只剩三十六個過了關的孩子，他打算如何處置我們？」

大首領站在神壇之前，神態威嚴，弟兄們都戰戰兢兢，不敢仰視。他向三十六個弟兄環望一周，才嘶啞著嗓子說道：「諸位弟兄！過去六個月中，你們刻苦勤奮，認眞練功，因此能夠通過第一關。這兒三十六個弟兄，個個都是通過考驗的可造之材，今日便可拜入我四聖門下，成爲我門下弟子。」

眾弟兄一齊跪倒拜謝，口稱：「叩謝大首領栽培之恩！弟子感恩戴德，粉身難報！」聲音在山洞中迴響不絕。

裴若然跟著跪倒拜謝，口中也跟著念了謝辭。她從未聽過「四聖門」，心中好生狐疑：「先前只說過了三關便可回家，從沒聽說還得入什麼『四聖門』。這四聖門究竟是什麼東西？」

大首領在一張交床上坐下了，對身後一個身形矮胖的黑衣人做個手勢。那矮胖子走上前來，面對著眾孩童，咳嗽一聲。三十六名弟兄頓時靜了下來，屏息傾聽。

矮胖子臉上帶笑，看來有些滑稽。他朗聲說道：「我姓屠，往後你們稱我『屠老大』便是。」

弟兄們一齊行禮，稱呼道：「屠老大！」

屠老大又道：「恭喜各位弟兄今日過了第一關。奉大首領之命，今日便在此四聖洞中舉行入門儀式，並宣布四聖門門規。」

眾孩童轟然答應。

屠老大道：「眾弟兄在四聖像前跪下，聽宣門規！」

裴若然這才留意到神壇上供了四尊五彩塑像，她不知道這四個塑像是什麼人，也不知道為何稱他們為「四聖」，只跟著其他弟兄跪倒在地，向著「四聖」磕了三個頭，跪在當地，傾聽屠老大宣布門規。

屠老大道：「本門規矩共有三條，大夥兒聽好了，隨我誦念。」

三十六個弟兄齊聲答應。

屠老大誦念道：「弟子今日在四聖尊前，立誓遵從本門三條門規。第一條，『服從門主，永世不違。』」

眾弟兄齊聲複誦了一遍。屠老大解釋道：「門主就是本門的主人。這第一條門規，是說你們必須服從大首領的指令，一生一世絕不違背。」

三十六個弟兄一齊答應，轉頭向大首領望去，眼神中滿是敬畏。

裴若然臉上不動聲色，心中卻想：「一生一世服從大首領？我以後是要回家入宮的，怎麼可能一生一世服從他的指令？」

但聽屠老大續道：「第二條，『弟兄互助，不可相殘。』這是說弟兄之間必須互相幫助，齊心協力完成大首領的指令，絕不可互相殘殺。」

裴若然聽了，不禁一呆，暗想：「互相殘殺？弟兄間怎會互相殘殺？」隨即想起阿三被人踹下山崖的一幕，心中一陣揪痛，眼光不由自主落在那胖大男孩兒的身上，胸口頓時充滿仇恨憤怒：「是他害死了阿三！不可互相殘殺？我才不理會這什麼門規，我遲早要找那大個子報仇！」

她口唇微動，假作誦念，耳中聽著其他弟兄高聲複誦了那第二條門規。

屠老大又道：「第三條，『對敵須狠，趕盡殺絕。』這條門規是說，我們對敵人絕對不能有仁慈之心，一定要將敵人殺個乾淨，不留活口。」

裴若然聽了這第三條門規，不禁心驚肉跳，暗想：「什麼趕盡殺絕？敵人又是誰？大首領究竟要我們做什麼？」

眾弟兄齊聲答應，誦念完第三條門規，又在四聖前磕頭立誓，一世遵守四聖門的三條門規。

裴若然也跟著行禮如儀，心中卻暗懷僥倖，相信自己有一日終將出谷回家，這些什麼古怪的門規都不過是一時兒戲，不必當眞。

儀式完畢後，屠老大道：「此後每日清晨卯時初，弟兄們準時在四聖洞中集會，一齊在四聖前膜拜祝禱，複誦三條門規，日日如此，一日也不可荒廢。」弟兄們轟然答應。

屠老大擺擺手，又道：「今日過關的三十六名弟兄，已成爲本門弟子，離入道又近了一步，大首領特賜予你們青色腰帶，並頒賜名號。你們以後便不再叫阿一、阿二了，而以『三十六天罡』爲名。」

弟兄們都甚感新奇，極想知道這「三十六天罡」是什麼。

屠老大手中持著一塊木板，說道：「弟兄們，我叫到你時，便上來向大首領叩拜，恭領青色腰帶和新賜名號，聽清楚了麼？」

三十六名弟兄一齊答道：「聽清楚了！」

裴若然側眼望去，見身旁的弟兄個個激動振奮，她卻無半分興奮之情，心想：「又換名字，又換腰帶，大首領到底想幹什麼？」又想：「什麼叫做『離入道又近了一步』？我們才入了什麼『四聖門』，莫非未來還要入什麼道？」

但聽屠老大道：「狼三伍阿二上前來，領取腰帶名號！」

一個男孩兒走上前，向大首領跪倒叩拜。這男孩兒體型壯健結實，濃眉大眼，高鼻大口，雙眼呈碧色，頭髮鬈曲金黃，顯非中土血統，不知出身北方哪個外族。

大首領遞給他一條青色腰帶，說道：「你以後便叫做『天魁星』。」

那黃髮男孩兒高聲應道：「是！天魁星拜謝大首領賜名賜帶，粉身碎骨，無以報答！」一口漢語倒是說得字正腔圓。他恭恭敬敬地雙手接過腰帶，立即解下身上的白色腰帶，改繫青色腰帶，神情極爲驕傲自豪。

屠老大又依次喚了不同的孩童上來，大首領一一賜帶賜名：「你是天罡星。你是天機星。你是天閒星。」弟兄們一一上前領帶稱謝，儀式甚是莊重肅穆。

裴若然見到小虎子是第七個被叫上去的，新的名號是「天猛星」；下一個便是那害死阿三的大個子，新的名號是「天威星」；自己的新名號則是「天微星」。

大首領分派完新名號和青色腰帶之後，一群弟兄再次向大首領跪倒拜謝。大首領站起身，指著身後的數名黑衣人，說道：「此後便由這六位老大帶領弟兄們繼續練功。弟兄須聽從老大的指令，不可違背。」

眾弟兄齊聲答應。裴若然心想：「不知這六個老大，是否跟之前的伍長一般狠心無情，打起人來毫不手軟？」

大首領又伸手指向洞口，說道：「此外，本座特意聘請了四位師傅來此傳授弟兄本事，你們須勤下苦功，修習高深武藝，準備過第二關。」

眾弟兄一齊轉頭，順著大首領所指處望去，只見洞口不知何時多出了四個人，腰上也繫著亮眼的朱紅色腰帶，形貌各異，氣度儼然。

但聽屠老大朗聲道：「三十六天罡，快向地、水、火、風四師跪拜磕頭爲禮！」

三十六名弟兄都不知這「地水火風四師」是何方神聖，但都十分乖覺，立即向著「四師」跪倒磕頭。

裴若然向那四位師傅打量去，但見一個高大壯碩，一個瘦長髮白，一個矮矮胖胖，一個黝黑精壯，也不知道誰是誰。

大首領道：「這四位師傅將傳授弟兄們種種高明的武功。每隔一段時候，便將舉行比試，讓四位師傅考校你們的功夫。第二關將在兩年後舉行，屆時將只有八個弟兄可以過關。盼弟兄們認眞學武練功，好自爲之！」

裴若然聽了，心中不禁一緊：「只有八個弟兄可以過關？我將是那八個中的一個麼？」又想：「兩年後？爲何要等這麼久才過第二關？我還得在這谷中多待兩年，第三關更不知道什麼時候才能過了！」心中湧上一陣難言的失望焦躁，不知要如何再熬這兩年。

大首領說完，便自起身離去，弟兄們一齊跪拜恭送大首領。

大首領離去後，屠老大拍拍手，讓弟兄們望向他，宣布道：「今日重新分營，三十六天罡以六人爲一營，共分成六營。弟兄間彼此之間可以言語，但是不准說笑，不准嬉鬧，不准爭吵，也不准在練功之外對打過招，禁止傷害彼此。違者依門規嚴厲處置，再犯者逐出門戶！」

眾弟兄聽說不再禁止言語，都甚感驚奇，高聲答應了。於是六個腰繫朱色腰帶的「老大」分別走上前，叫喚各營弟兄。

一個身穿黑色僧服的光頭走了出來，長得歪眼斜嘴，甚是醜陋。他高聲喚道：「天富星！」

人群中無人答應，過了一會兒，一個小個子男孩才如夢初醒，慌忙答道：「是！」

醜陋僧人笑道：「大夥兒剛剛領取新名號，想來尚未記憶清楚。天富星，下回叫你不應，可是要罰的！」

其餘孩童聽醜陋僧人語氣輕鬆，都笑了起來，那天富星也摸著頭傻笑。

醜陋僧人喊的下一個弟兄正是「天猛星」，也就是小虎子。

小虎子連忙答道：「是！」走到天富星身邊。他望向醜陋僧人時，神色顯得有些戒慎恐懼，頗不自然，裴若然不知其中原因，暗覺奇怪。

醜陋僧人又喚了另外四個弟兄的名號，分別是天英星、天貴星和天滿星和天威星；其中天英星和天滿星是女孩兒，天貴星是個矮壯的男孩兒。那天威星身形高大，裴若然看得親切，正是那個將阿三踹下山崖跌死的大個子。

她見到小虎子和那大個子天威星站得很近，神態顯得十分親密，不禁瞇起眼睛，心想：「害死阿三的仇人就在那兒！他是小虎子的好友，卻害死了我的好友！」

那一營六名弟兄齊集之後，便被醜陋僧人帶了開去，換成先前開口說話，身材矮壯的屠老大出來，叫走了六個弟兄；之後一個花鬍子老大站出來，叫喚弟兄的名號。叫了三四人後，便叫到了裴若然的新名號「天微星」。她木然地走上前，站在其他幾個弟兄身旁。

花鬍子將裴若然和其他五個弟兄召集在一處，說道：「從今以後，你們六人便屬一營，叫做『玄武營』。我是你們的老大，你們可以叫我鬍子老大。你們彼此之間可以說話，但是不可交友結黨，也不可彼此傷害，聽清楚了麼？」他語音低沉，言語甚有威嚴。

裴若然心想：「禁語半年之後，現在忽然又讓我們彼此說話了，卻是為何？又說不可結交，還說明了不可互相傷害，那就是得將彼此當敵人的意思了。」又想：「第二關只挑出八個人，那麼每營最多只有一個或兩個弟兄可以過關。他們當然全都是我的敵人。」

她肅然而立，面無表情地望著眼前的五個敵人。她隱約記得，他們的名號分別是天空星、天速星、天異星、天究星和天殺星。這幾個弟兄她都不認識，她之前所屬的鷹二伍中，除了她之外，沒有一個能過第一關。裴若然面對著身前的五人，知道自己此刻絕不能示弱，於是強打起精神，保持臉上毫無表情，以最沉穩冷靜的眼神向這些人打量去。

她默默記憶這五人的模樣名號，天空星高大英俊，相貌堂堂；天速星高瘦修長，神色中滿是掩藏不住的焦躁；天異星是個頭矮小、面貌奇醜的女娃；天究星身形矮胖，一臉奸滑；天殺星蒼白清秀，一頭長髮披散在臉上，眼神冷酷，整個人散發著一股陰森的寒氣。

裴若然心想：「我和鷹二伍的四個伍伴相處了六個月，接著那一伍便散了，阿三死了，其他人都被送出谷去了。不知我和這五個新弟兄相處一年之後，誰會活著，誰會被送出谷，誰能過得了第二關？」隨即下定決心：「能夠活著過關的，當然是我，不會是別人！」

這時天色已晚，鬍子老大領著裴若然等玄武營的弟兄來到一個新的山洞。洞中地上已鋪了六張草蓆，其他五人各自占了山洞深處的草蓆，比較不當風。裴若然看在眼中，也不去跟人爭搶，等別人都占了草蓆，才在最靠近洞口的草蓆躺下。

她望著洞外漸漸暗下的天色，心思陷入一片難言的頹喪消沉。想著逃出這裡顯然是絕無可能之事，她從未見到任何外人進入谷來，也未見到任何人出得谷去，這山谷想必隱密非常。她也知道要出入此谷，必得乘坐瀑布旁以繩索吊下的竹籃，也得有人從谷外拉扯繩索才能出去。

她心想：「我已在這谷中度過了六個月，過了第一關，第二關要等到兩年之後，第三關更不知將在何時。我究竟什麼時候才能回家？阿娘到底知不知道我在這谷中？她何時才會派人來接我回家？還是她根本不知道我在這兒，我不該再繼續欺騙自己了？」

她想起阿三曾多次勸慰自己，告訴自己只要過完三關便能回家。一想起阿三，她不禁悲從中來，趕忙轉身面對洞口，咬緊牙關，悄悄將淚水吞入肚中。她深深相信，她再也不會有朋友了，只有敵人。她再次陷入孤獨的深淵之中，無法自拔。

第八章 練武

第一關過後，不再分成五人一「伍」了，變成了六人一「營」。三十六個弟兄分成六營，營的名稱分別為青龍、白虎、朱雀、玄武、麒麟、貔貅。小虎子得知自己的新名號是「天猛星」，被分配在「白虎營」，不禁哭笑不得，想起當年長安城空地上蹴鞠大賽的兩方死敵正是「青龍營」和「白虎營」，自己被捉來這莫名其妙的山谷，竟再次身屬「白虎營」，當真是世事難料，有如遊戲。

所幸好友楞子也被分配在白虎營，改名為「天威星」。小虎子暗暗高興，知道自己未來能就近照顧楞子，放心了許多。

他留心傾聽，得知豹三伍的其他四個弟兄被分散在不同的營中：阿一叫天勇星，被分在貔貅營；阿二叫天壽星，被分在麒麟營；阿三叫天捷星，被分在朱雀營；阿四叫天哭星，被分在青龍營。小虎子自然也留意到，六兒的新名號是「天微星」，所屬的營是玄武營，那營的弟兄小虎子一個也不認識。

正當各營的老大準備將手下弟兄們帶出洞時，大首領忽然出現在四聖洞口，神色嚴厲，舉起手中的木板，沙啞著嗓子道：「慢著！屠狗夫，你將豹三伍的五個弟兄全數叫來見我，將他們的伍長也一併叫了來！」

小虎子瞥眼望向大首領手中的木板，頓時想起伍長當時記下三十六個過關弟兄時，用的便是這塊木板，心中一跳：「莫非大首領發現豹三伍全數過關，起了疑心？」

但聽屠狗夫高聲呼喚：「原本豹三伍的阿一至阿五，即刻出列！」

小虎子和其他四個弟兄只能硬著頭皮走出來，在大首領面前站成一排。之前豹三伍的大頭伍長斗筲徒也被叫了進來，如履薄冰地站在一旁。

大首領眼光嚴厲，向五人掃視一周，緩緩說道：「豹三伍五個弟兄全數通過第一關，此事頗不尋常，我懷疑其中定有弊病。這五個弟兄原本就認識彼此麼？」他說著往斗筲徒望去。

斗筲徒聽大首領這麼說，嚇得六神無主，搖著大頭，支支吾吾地道：「這……啓稟大首領，我不知道他們是否相識，照理應該彼此不識吧？作弊麼？這個……這個應當不會吧？過第一關時有那麼多伍長在旁監視，誰也……誰也無法搞鬼的。」這幾句話說得語音發顫，全無信心。

大首領望向豹三伍的五個弟兄，厲聲道：「你們爲何能全數通過第一關？是否曾一起共謀合作？老實招供，否則全數嚴刑懲罰！」

阿一至阿四都嚇得全身發抖，不知所措。小虎子也嚇得不輕，說不出話來。

大首領眼光落在小虎子身上，目光凌厲，冷冷地道：「你！這是怎麼回事？說！」

小虎子心中一緊，只能戰戰兢兢地道：「啓稟大首領，我來自長安，不知道其他人來自何處，入谷之前我並不……並不認識他們。」

大首領哼了一聲，說道：「我記得你來自長安。入谷前不認識，入谷之後呢？你們曾經開口言語，共謀過關麼？」

小虎子不懂得如何說謊，只能閉嘴不語。這時比較機伶的阿四開口了，說道：「大首領在上，谷中禁語，因此我們從不曾彼此言語。從早到晚都有伍長在旁監督，弟兄之間絕對不曾觸禁犯規，此事伍長可以作證。」

其餘豹三伍的弟兄聽了，都趕緊點頭表示贊同。斗筲徒也只能跟著點頭，他確實從未親耳聽見他們五人開口交談。豹三伍所有的祕密商議都是在練走功之時，躲在偏僻無人的瀑布旁桃樹下發生的。

阿四見大首領未曾發話，勇氣略增，續道：「至於爲何我們五人能夠全數通過第一關，我認爲應歸功於伍長引領有方，督導嚴厲，使得本伍弟兄個個認眞練功，不敢懈怠，因此人人進步神速，全數過關。其他伍的伍長倘若也和本伍伍長一般盡責，想必也能令手下弟兄全數過關。」

斗筲徒粗暴苛刻，對手下弟兄冷酷殘忍，打起人來從不留情，五個弟兄都對他深懷憤恨，全無半絲好感，但這時爲了不讓大首領起疑，也只能紛紛點頭表示贊同。

大首領聽了阿四這番話，輕哼一聲，轉頭瞥了斗筲徒一眼，冷冷地道：「你幹得不錯啊，竟獲弟兄們一致擁戴！」

斗筲徒受寵若驚，連忙行禮道：「大首領過獎了，小人擔當不起。小人只不過遵從大首領的指示，盡心盡力，全心教好這五個弟兄，實在……實在不敢居功。」

大首領嘿了一聲，不再多說，擺擺手，說道：「退下吧。」似乎決定放過豹三伍全體過關的奇事，不再追究。

小虎子大大地鬆了口氣，心想：「幸好阿四機伶，說出那番話來。要是讓我來說，一定會露出馬腳，大夥兒全要遭殃。」

小虎子經歷一番起伏，離開四聖洞後，便跟著行腳僧來到了新的山洞。白虎營的老大便是小虎子曾在路上服侍過的行腳僧。他背心仍淌著冷汗，但心跳漸緩，稍稍鎮定下來，心中若有所悟：「我們豹三伍團結一心，互助合作，共謀過關，或許這正是大首領最最忌諱的，因此才有什麼禁語令，不讓弟兄們互相認識結交。伍長們又總是痛打練功最差的弟兄，好讓其他弟兄們嚇得只想找代罪羔羊，不敢對彼此伸出援手。」

他望著五個新的同營弟兄，心想：「但是若我們不同心協力，如何能撐過未來一年，撐到第二關？如今白虎營中已有我和楞子了，要團結另外四人應當不難。只要我們互助配合，一定能一起通過第二關。只是我們須得小心，不能再讓大首領他們起疑心了。」

他又想：「之前那大頭伍長斗筲徒冷酷暴躁，以打人爲樂，簡直就是個瘋子。但這行腳僧也不是什麼好東西，只怕未來的日子不會好過一些。」

他戰戰兢兢反覆思量，卻渾然不知橫在自己面前的困難關卡，遠遠超過他的想像。

過關後的第一個夜晚，裴若然和玄武營的弟兄們躺在山洞中，一片靜寂。谷中嚴厲禁語了六個月，這時剛過完第一關，大夥兒還不大敢彼此開口交談。之前各伍伍長夜晚總是守在洞口之外，監視一伍的弟兄；如今各營的老大夜晚卻不再監視營中弟兄，只讓他們各自回洞歇息，自己去別的洞中就寢。

靜了好一陣子，終於有人打破了沉寂。率先開口的是天空星，他笑了笑，說道：「喂，禁語令不是解除了麼？怎地大夥兒都變成啞巴啦？」

聞言其餘人都不禁笑了，洞中氣氛頓時輕鬆了許多。裴若然抬頭望去，記得天空星是那個身形高大、外表英俊的男孩兒，面容看來頗爲溫和友善，對他不禁生起幾分好感。

天空星又道：「咱們既然成了同營，也是有緣。我以前姓什麼叫什麼，我可完全記不得啦，新的名號是天空星。」他說完大方地望向其餘弟兄，顯然意在邀請他們一一自報名號。

其餘弟兄各自報了新的名號，天空星便問道：「天速星，你老家在哪兒，滄州還是魏州？」

天速星身子高瘦，倚牆而坐，雙手一會兒互相揉搓，一會兒摸鼻搔頭，顯得十分焦躁不安。他聽天空星問起，連忙回答道：「我老家麼？我、我、我老家在青州。」說話甚快，有點兒結巴。

天空星嗯了一聲，說道：「青州？我知道，那是淄青節度使的地盤。」

天速星道：「是、是。天空星，你、你老家又在哪兒？」

天空星微微一笑，說道：「我的老家？除了魏州，還能是哪兒？」言下透出難以掩藏的自負。

裴若然聽了，心想：「魏州？那是什麼了不起的地方，他為何如此得意？」

天速星十分吃驚，說道：「魏、魏州？魏博可是、可是北方勢力最、最大的藩鎮哪！」

天空星哈哈一笑，盡力掩藏滿臉得意之色，說道：「你說得沒錯。我們家三代居於魏州，代代侍奉魏博節度使。我阿爺阿娘得知我能來石樓谷，高興得不得了。你們呢？都是被挑選出來的麼？」

天究星是個小胖子，一雙眼睛閃爍著狡獪之色。他身形臃腫遲鈍，看來不似能走能攀的模樣，也不知是如何通過第一關的。這時他搖搖頭，說道：「我是恆州人。我們那兒可沒有挑選孩童入谷受訓這回事兒。我阿爺阿娘原本不想讓我離家的，但節度使下令每家都得送一個孩子來石樓谷，他們沒法子，只好讓我來了。」

天空星又問天異星道：「天異星，妳呢？」

天異星是個女孩兒，比裴若然矮小許多，一雙小眼分得甚開，豬鼻厚唇，面目奇醜無比。裴若然心想：「這女孩兒醜怪得緊，我從未見過長得如此的女孩兒。」

天異星細聲細氣地回答道：「我是蔡州人，阿爺早死，阿娘養不起我們八個兄弟姊妹，又不想賣了我，只好求人帶我來這兒。」

天空星做個鬼臉，嗤笑道：「賣了妳？只怕沒人肯出錢買吧！若是我，妳倒貼錢子我都不要！」

其餘弟兄聽了，都大笑起來。天異星聽他們譏笑自己樣貌醜陋，臉上微微變色，卻忍住了不敢反駁，還跟著乾笑了兩聲。

裴若然聽天空星出言取笑天異星的相貌，心中暗生警惕，對他的觀感頓時轉變：「這男孩兒並不如他外表那般溫和友善。」

天空星又道：「能來這石樓谷受訓，可是難得的機緣福分，誰能不好好珍惜！我聽我阿爺說，谷中鍛鍊嚴厲，入谷的弟兄大半非死即傷，很多出不了這座谷。然而只要能練成出谷，日後人人都能成為藩鎮主或將軍身邊的貼身護衛，這一輩子可平步青雲了！」

天速星接口道：「是、是啊！我阿爺阿娘說，我們家就指望我、我了。他們說我若能練成出谷，我們一家都能享受榮華富貴，一輩子不必擔憂生計了。」最後兩句說得十分通順，想是聽他父母說過多次，牢牢記在了心裡。

裴若然耳中聽著他們的談話，心中大感驚異。她這時才知道這山谷叫做「石樓谷」，而身邊這五個弟兄全都出身北方藩鎮，父母或自願或被迫，將他們送來此谷受訓，練成之後，便可成為「藩鎮主或將軍身邊的貼身護衛」。

裴若然又是驚奇，又是疑惑：「他們來此之前，都已知道自己要來何處，也知道自己為何而來，只有我完全不知道。大首領聲稱我阿娘託他帶我來此受訓，改除惡習，顯然全是一派胡言。他們大多是在父母同意下被送來此地，而我卻是遭人強擄來的。似我這般背景的不知還有誰？那個小虎子，不知他是自願來的，還是被他父母硬送來的？抑或跟我一樣，是遭人迷倒強擄來的？」

就在這時，天空星轉向裴若然，問道：「天微星，妳呢？妳老家在哪兒？」

裴若然陷入沉思，一時不記得自己已改名爲「天微星」，並未回答。直到天空星又問一次，她才發覺天空星是在對自己說話。她入谷之後便慣於獨來獨往，對什麼人都不敢信任，這時暗生警戒，不願讓他們知道自己的出身跟他們完全不同，便保持一貫的冷漠，面無表情，說道：「大夥兒的背景都差不多，還有什麼好說的。」

天空星凝望著她，嘴角帶著一抹難明的笑意。裴若然故意別過頭不去望他，察覺天空星對自己懷著幾分好奇，也懷著幾分戒備，似乎難以決定是否要如剛才對付天異星那般，藉機羞辱取笑自己一番。最後天空星嘿了一聲，說道：「不肯說便不肯說，有什麼了不起的？」似乎決定輕輕將她放過。

這時天速星問天殺星道：「喂，天、天殺星，你又是從哪兒來的？」

眾人都望向天殺星。天殺星是個身形精瘦的男孩兒，面貌清秀白俊，只是臉頰和鼻梁太過瘦削了些，俊秀中顯得有些單薄。他一頭長髮散亂地披在臉頰和肩膀上，眼神寒冷出奇。裴若然記得分營之後，他始終站得遠遠地，並不望向其他人，也從未開口說話。

這時天殺星並不回答，只躺在蓆子上，雙臂枕在腦後，雙目直視著壁頂，動也不動，好似全未聽見一般。

裴若然暗暗鬆了一口氣：「幸好他們不再追問我，轉去問那個天殺星了。」

天空星的注意力果然轉到了天殺星身上。他呸了一聲，神情不再友善，眉目間露出幾分猙獰，不屑地道：「天殺星這小子，我瞧他腦袋有些問題！過關之後沒聽他開口說過一句話，八成是個啞巴！」

天究星一張小胖臉擠眉弄眼，低聲說道：「依我瞧，這是個『童昏』。我叔叔是個大夫，我見過這等症狀，他說小孩兒長到很大了還不會說話、不會望人，叫做『視無情』或『目無情』。大多是因爲先天不足，心竅不通，才會如此。搞不好這天殺星就是個『童昏』。」

其餘人都笑了起來。天空星滿面不齒之色，說道：「這等癡呆昏愚之人，也能來谷中練功，還能過第一關！哼！我瞧他們挑選弟兄時也未免太輕率了吧！」

幾人見天殺星依舊毫無反應，也不再理他，再說笑了一陣後，便各自睡去。

那一夜，其他玄武營的弟兄都睡熟後，裴若然仍無法入睡。她藉著洞口月光，悄悄在沙土地上將自己的名字「裴若然」三個字寫了數遍，又趕緊抹去，心中暗暗發誓：「他們不斷替我改名，之前是阿五，現在又改成什麼天微星。如此下去，只怕我連自己的眞名都要忘記了。不，我絕不能忘了自己的名字！」

此後每夜她都悄悄在地上用手指寫幾遍自己的名字，告誡自己不能忘了她是裴若然，是長安裴度裴進士的六女兒。

次日清晨，天還沒亮，鬍子老大便叫醒了玄武營的六個弟兄，領他們來到四聖洞外，說道：「從今日起，你們天亮之前便得起身，來四聖洞中禮拜四聖，敬誦門規。之後便到谷東的空地集合，跟隨四師的其中一位學習武功。」

六個孩子齊聲答應。這時其他營的弟兄也已來到四聖洞外，當下三十六天罡弟子一齊入洞，向四聖跪拜磕頭，之後在鬍子老大的引領下誦念門規。

禮拜完畢，天方亮起，鬍子老大領著玄武營的六個弟兄來到谷東的平地上，但見一個高大壯碩的黑衣人候在當地，鬍子老大引介他爲「地師」。

地師約莫三十來歲年紀，神色莊穆。他沉聲道：「我一身拳腳功夫，得自少室山少林寺眞傳。未來這些時日中，我會將一身武藝全數傳授給你們，各營弟子我都將一視同仁，絕無偏私。只要你們認眞練武，不出一年，便能學會我一身功夫。」

玄武營的六個弟兄齊聲答應，個個萬分興奮，躍躍欲試。

於是地師先從步法教起，向他們示範三七步、四六步、弓步、仆步、馬步和虛步等，並讓他們一一試做，加以糾正；當日下午又教他們一套拳法，叫做「羅漢拳」。弟兄們第一次練習步法拳法，甚感新奇，都不願落在人後，學得極爲認眞。

第二日來傳授武藝的是水師。水師高高瘦瘦，整個人如同幾根竹竿搭在一塊兒似的。最奇的是他一頭白髮，看似七八十的老丈，瞧面目卻只有三四十。他帶領弟兄們來到樹林中，說道：「好好瞧著！」接著他縱身輕輕一躍，陡然竄起數丈，穩穩落在一根樹枝之上；足尖再一點，便從這棵大樹縱躍到五六丈外的另一棵大樹之上，身法快若猿猴，準若飛鼠。弟兄們都看得目瞪口呆，不敢置信。

水師輕巧落地後，對玄武營的弟兄們道：「這便是輕功。你們跟著我學上一年，即使無法縱躍上樹，至少也能躍起五六尺高。」

裴若然從不知道輕功竟能練到這等出神入化的地步，驚佩至極，暗下決心要認眞學習輕功。第一日水師先讓弟兄們練樁，這回的木樁和他們以前練「躍功」時的樁不同，每根樁都相隔兩丈之遠。水師命他們來回縱躍一百回，每回落足都需精準平穩，身子絲毫不能搖晃。

第三日來傳藝的是火師。火師矮矮胖胖，不似地師那般壯健厚實，也不似水師那般身形輕盈，看不出有何厲害。他命弟兄們回到住宿的山洞中，說道：「我傳授的乃是正宗少林內家功夫。天下一切武功，皆以內功爲本，外功爲輔。你們學武，必須內外兼修，才能達到武學的至高境界。」

弟兄們聽他言語深奧，聽得似懂非懂，卻也不敢多問。

火師命六個弟兄盤膝坐好，說道：「大夥兒放緩呼吸，凝神聚息。今日我先教你們將氣沉入丹田之中，待你們在丹田內累積了渾厚的氣息後，便可將內息引導至身上各處經脈遊走。」

弟兄們年紀都小，坐著坐著，便感到昏睡難耐，更別說什麼沉氣丹田、導氣運行了。火師脾氣火爆，一見到弟兄打瞌睡，便大聲喝罵，揮棍亂打，直打得弟兄背上肩上全是瘀痕。弟兄們見火師性惡易怒，打人甚狠，打坐時都戰戰兢兢地，更加難以專心，始終搞不清楚究竟該如何練氣。

第四日輪到風師來傳藝。風師中等身材，黝黑精壯，滿面疤痕，形貌剽悍，好似一頭身經百戰的猛獸。他對弟兄們道：「我要教你們的，是如何在對敵時占到上風、如何取勝。拳腳、輕功、內功，不論你練得多好，若是不懂得臨敵時的技巧，不懂得如何尋敵之隙、鑽敵破綻，伺機打敗敵人，又有什麼用處？」

弟兄們都點頭稱是。風師指著高瘦的天速星，說道：「你上前來，出拳攻我。」天速星原本畏縮怕事，聽風師點名自己，只能鼓起勇氣站出來。他也只學過一日的拳法，一日的輕功和一日的內功，這時巍巍顫顫地跨上前，一拳打向風師。只見風師不閃不避，身子連動也沒動，只手腕一撥，便將天速星翻得飛到半空，砰一聲摔跌在地，哼哼唉唉地爬不起身。其他弟兄都甚感驚異，天空星笑罵道：「天速星還不快起來，丟人現眼！」

風師說道：「你們初學武藝，自然會犯這些常見的錯誤。他剛才向我奔來，毫無防禦，破綻大出，因此我不需防衛，也不需使勁，更不需什麼巧妙招數，便能乘虛而入，借力打力，隨手將他扳倒。」弟兄們都點頭稱是。

於是風師讓弟兄一一上前對自己出招，講解如何觀察對手的招式，如何依對手的強弱擬定戰略，何時該守禦，何時該搶攻，講解得十分仔細。之後風師又命弟兄們彼此比試過招，他在一旁指導如何善用己身的優勢，如何找出對方的弱點，把握時機，加以擊破。

最後兩日沒有師傅傳藝，便由鬍子老大帶領玄武營的弟兄溫習之前數日學過的功夫。鬍子老大本身武功甚有造詣，指點弟兄練功時周嚴謹慎，一絲不苟。弟兄們對他十分恭敬，練武時個個專注，不敢懈怠。

裴若然一邊習練各種功夫，一邊暗自思索：「在過第一關之前，我便已猜知，大首領召集四十個伍長率領兩百名『弟兄』在這石樓谷中日夜習練六小功，背後定有重大目的。所謂『過三關』，自是爲了一重重挑選出最合適的孩子；然而最合適做什麼？懂得快奔、攀壁、泅水、跳樁，又能做什麼？」

然而自從他們開始跟四師學武功之後，她苦思已久的答案便較爲明朗了：第一關意在挑選出能走能攀、手腳敏捷、身強體健的孩子，其背後的眞正目的，乃是挑出適合練武的孩子。

數日過去，裴若然已看出這四位師傅確實很有本領，而且傳授武藝時極爲用心，不似之前的那群伍長，口中說是負責照顧弟兄、督促弟兄練六小功，實則他們除了大吼大叫、揮棍亂打之外，什麼正事也不幹。這四位師傅不但有眞材實料，並且有心將弟兄們教會教好。因此每位師傅傳授功夫時，她都更加聚精會神，專心聆聽，埋頭苦練。

第九章 結黨

在裴若然所屬的玄武營六個弟兄中，天空星年紀最長，體格也最爲高大。他學武頗有天分，進境快速，又善於發號施令，不出三五日，便自然而然地成爲玄武營的頭頭兒。高瘦的天速星和小胖子天究星性格乖覺，對天空星言聽計從，甚至主動替天空星清洗衣褲、遞送飲食，成爲他的忠實手下；醜女天異星也極爲乖順，在天空星面前總是俯首屈膝，唯唯諾諾。

裴若然不願成爲天空星的手下，但也無意挑戰他的地位，只能盡量不去招惹他、拂逆他。天空星見裴若然清靈纖瘦，也並未把這小女孩兒看在眼裡，偶爾還會跟她說笑幾句，甚至伸手拍拍她的頭頂，問她練功進展如何，顯露出友善可親的一面。

鬍子老大雖下令弟兄們之間「不可結黨」，實際上卻從未干預同營弟兄間如何相處，即使天空星在玄武營中自居頭頭兒，對其他弟兄發號施令，結黨之行極爲明顯，鬍子老大卻睜一隻眼閉一隻眼，只裝做並未見到，從不干涉過問。

裴若然觀察同營弟兄，發現最古怪的乃是天殺星。他沉默得如同啞巴，別人對他說話，他好似聽不見一般，從不回答，眼神也總是低垂著，很少望向他人。但他偶爾望向其他弟兄時，眼神中總帶著一股空洞陰森的寒意。他對天空星的權威視若無睹，每回天空星命令他去做什麼，他都聽如不聞，面無表情，或逕自轉身走開。

裴若然見了他的情狀，心中也不禁懷疑：「或許他眞如天究星所言，是個『童昏』。」

她冷眼旁觀，知道天空星表面雖友善，但內心自高自大，氣量狹小，天殺星公然不聽從他的指令，挑戰他的權威，她便知道天空星絕不會輕易放過天殺星。

這日晚間，趁著鬍子老大去用膳時，天空星命天異星在外把風，叫了天速星和天究星來助陣，三人一齊闖入洞中，將天殺星逼到山洞角落。

裴若然站在洞外，偷偷往內望去，見到天空星抱著雙臂，惡狠狠地盯著天殺星，喝道：「天殺星，你這回可逃不了啦！你三番兩次故意違抗我的命令，你道我會繼續容忍你麼？立即給我跪下，磕三個響頭！」

天殺星轉過頭去，面無表情，全不回答。

天空星怒喝道：「你聽見了沒有？少在那兒裝模作樣了。再不回答，我便給你一頓好的！」

天殺星仍舊不動，也不出聲。

天空星一揮手，天速星和天究星便一齊衝上，將天殺星壓倒在地。天空星上前拳腳齊落，狠狠揍了天殺星一頓。

裴若然從洞口望見三個弟兄聯手圍毆天殺星，又是驚懼害怕，又是憤憤不平，心中猶豫：「鬍子老大說不可結黨、不可傷害彼此，天空星公然聚眾圍打天殺星，老大怎能放任不管？」

裴若然雖對天殺星並無好感，卻更加厭惡天空星的霸道蠻橫。她正猶疑是否該去向鬍子老大通風報信，替天殺星解圍，一側頭見到天異星蹲在洞口，一張醜臉正充滿戒備地望著自己，顯然正替洞內的天空星等人把風。

裴若然心中雪亮：「我若去向老大報信，天異星定會向天空星告發我。我單獨一人，若跟天空星、天速星、天究星、天異星四人爲敵，絕無勝算。」

她躊躇半晌，終於決定：「還是自保較爲緊要。」當下裝做什麼也沒看見，維持著一貫的冷漠面孔，卻又不敢走開，生怕他們懷疑她去向鬍子老大告狀，於是便靠著山壁坐下，閉目養神。

她耳中聽著天空星等人的咒罵和拳打腳踢之聲，不知爲何，忽然想起了死去的阿三，心中動念：「如果被打的是阿三，我會去幫他麼？」隨即感到一股難言的自責愧疚湧起，「不，連阿三跌死了，我都未曾去看他一眼。倘若他遭人圍打，我一定只會站在一旁觀望，不敢上前攔阻。我就是個毫無用處的膽小鬼！」

想到此處，恐懼羞愧如潮水般淹沒了她，令她全身無法自制地顫抖起來。她清楚知道自己力量微小，絕對無法與天空星一夥人相抗衡。她沒有能耐和勇氣相救好友，也沒有能耐和勇氣幫助天殺星，甚至沒有能耐和勇氣保護自己。

洞中的群毆持續了許久，直到天空星打得盡興了，才對幾個手下道：「夠了！再打下去，怕要打死了他，那可不好對鬍子老大交代了。」

天速星、天究星都笑了起來，天速星道：「還、還是天空大哥好、好心。」

天究星則狠狠地對天殺星吼道：「這回饒你一命，你要是再不聽從天空大哥的指令，下回定要打斷你的兩條狗腿！」

天空星滿意地笑笑，緩步走出山洞，側頭見天微星坐在山洞之外，低頭對她一笑，神色親切，伸出手去摸摸她的頭，微笑問道：「天微星，臉色蒼白得緊，沒事麼？」

裴若然只感到全身汗毛直豎，趕緊低下頭，搖了搖頭。

天空星微笑著，說道：「好乖的女娃兒。」便率領著天速星、天究星和天異星三個手下趾高氣揚地走了開去。

等他們走遠了，裴若然才吁出一口氣，抬頭見到醜女天異星正回過頭，狠狠地瞪著自己，眼神銳利而陰毒。

第二日清晨，裴若然見天殺星臉上鼻青目腫，嘴角也破了一大塊，情狀比她想像中還要淒慘。她心中好生難受，暗覺難辭其咎。全是因爲她膽小懦弱，才讓天殺星遭天空星一夥圍打，被打得面目全非。她心想：「可不是？都是因爲我的膽小懦弱，自私怕事，才讓阿三不明不白地死了，身邊甚至沒有一個朋友替他送終！」

鬍子老大見到天殺星臉上的傷痕，問他發生了什麼事。天殺星卻只別過頭，面無表情，一句話也不說。

鬍子老大又問玄武營其他弟兄，天速星道：「我、我昨夜睡得很沉，什麼、什麼也不知道。」天究星和天異星也搖頭表示不知。

天空星裝出關切的神情，說道：「是啊，天殺星究竟發生了什麼事？我今早起來見到他變成這模樣，可嚇了一大跳。我問他怎會傷成如此，他卻怎麼都不肯開口。大約是他自己摸黑出去上茅坑時，不小心跌傷的吧？」

天空星平時表現得恭謙有禮，乖覺順從，鬍子老大對他的印象甚好，聽他這麼說，便點了點頭，更未懷疑他的言語，不再追究此事，如常帶著六個弟兄練功。

天空星在痛打天殺星一頓後，似乎認爲自己在營中樹立起了無上權威，便不再視天殺星爲威脅。此後他偶爾興起，便率領手下去找天殺星的麻煩，時而搶走他的食物，時而偷走他的衣褲，時而群起而上，合力揍他一頓。

每回天殺星遭天空星等欺侮毆打，他都默默承受，裴若然也默默旁觀。她見天殺星從不屈服，也不出聲求饒，挨打後更不曾向鬍子老大告狀，心中不禁暗暗佩服他的硬氣骨氣，對自己的軟弱膽怯也更感恐懼無力，自慚形穢。

裴若然整日活在驚惶憂悔之中，回想起不久之前她還在長安家中過著養尊處優的日子，生命中最大的決定，不過是早膳要吃烙餅還是米粥，下午要不要偷溜去空地蹴鞠；最大的衝突，不過是偷溜出去蹴鞠而遭娘親訓話。如今她不但得承受想家的痛苦、練功的艱辛、鬍子老大的嚴厲，還得面對天空星及其黨羽的威脅；她必須做的掙扎，是漠視天空星的暴行，對天殺星的處境袖手旁觀，還是抗拒天空星的淫威，向天殺星伸出援手。

她不禁時時徬徨失落，知道自己無法做出如此艱難的決定。在長安家中時，她只道自己性情剛強，堅韌過人；如今她卻清楚知道，自己其實膽小恐懼、軟弱無助至極，只不過是個「好乖的女娃兒」。

數日之後，裴若然發現每回天殺星被天空星等人揍打之後，便會單獨去洞穴旁的泉水邊洗臉。這一日，她終於逼迫自己鼓起勇氣，趁沒有人注意時，悄悄跟著天殺星來到泉水邊，站在一旁，默默地望著他。

天殺星不曾回頭，只自顧自地清洗臉上身上的傷口。裴若然不知道他是否明白自己的心思，也沒有機會開口解釋。他可能並不需要她的同情，但是她卻需要同情他。如果她不對他表露出一絲的關懷，就必須面對一輩子的慚愧、後悔和自責，就如她當時因自私膽怯而不曾去看望阿三最後一眼一般。

過完第一關後，接著便是漫長的學習拳腳、彼此比試。初入谷時，方是春初；九個月過去了，天候漸寒，谷中的冬天終於降臨。老大們從谷外運來了三十六條厚棉被、三十六件厚棉衣、三十六雙皮靴，分發給眾弟兄使用穿著。那棉衣布料雖粗糙，倒也頗能保暖。之前許多弟兄練功時都光著腳，這時土地冰冷，紛紛穿上了皮靴。

不久後，天下起雪來，大雪封谷，竹籃無法上下，谷中四位師傅、六個老大和三十六個弟兄便依靠之前運入谷中的存糧過活。

儘管許多日子裡白雪紛飛，寒冷難耐，眾弟兄仍舊每日學拳練功，從不間斷，從不休息。

裴若然身處玄武營中，日日見到天空星作威作福，欺負弱小，身邊的弟兄沒有一個能說得上話，於是再次將自己封鎖於孤獨之中，全副心思都寄託於練武之上。她只能暗暗慶幸：「幸好學武功比練六小功有意思得多了。」

水師傳授的輕功逐步加深，約莫一個月後，天究星和天異星受資質所限，已無法跟上，輕功再無進展；其餘天空星、天速星、天殺星和裴若然仍能勉強進步，繼續修練更高明的輕功。

火師傳授的內息仍舊高深莫測，沒有人懂得存息導氣的道理，只能依樣閉目靜坐，但大多只是做做樣子，誰也未能積蓄起半點兒的眞氣。

裴若然最敬重的乃是地師和風師。地師乃是四位師傅中最有耐心的一位，他總是不厭其煩地講解種種步法姿勢、拳腳方位和筋肉穴道，即使弟兄學得慢些，他也從不責罵，從不發怒，只繼續多教數遍，直到弟兄們全數學會爲止。

在弟兄們學會了「羅漢拳」後，地師又傳授了一套「光明拳」，一套「擒龍手」，一套「如影隨形腿」。這四套武功雖說是基礎拳腳，但每一套的招式都十分繁複，尤其以「擒龍手」最爲難學。「擒龍手」乃是近身搏擊的小巧功夫，得先學會人身上所有筋肉的走向和三百多個穴道的位置，記清認準，才能一出手便制住敵人的筋肉穴位，令敵人手腳麻痺無力，難以抵抗。

風師教的臨敵技巧更是非常對裴若然的脾性，她總是聚精會神地傾聽風師講述如何觀察敵人的長處短處、破綻弱點，對敵時如何保持沉穩篤定，並開始籌思自己如何才能打敗同營的其他弟兄。

裴若然跟四師學了數月武功之後，終於明白爲什麼大首領要將之前那四十個黑衣紫帶的伍長送出谷去，換成如今的六個朱帶老大了。那四十個伍長並非什麼了不起的角色，武功低微，最多只能對付從未學過武功的孩童。在弟兄們開始學武練功之後，那些伍長很快就不是他們的敵手，勢必管不住他們。而如今這六個朱帶老大的武功雖遠不及地水火風四位師傅，但至少練過幾年功夫，還能制得住這三十六個孩童。

谷中六營弟子輪流跟著四位師傅學習武藝，大多數的孩子都奮力練功，認眞勤奮，但時日一長，弟兄們的進展便有了愈來愈大的區別。其中最惹人注目的，應屬白虎營的天猛星。

裴若然常聽四位師傅說起天猛星，異口同聲地稱讚天猛星勤奮過人，從拳腳、輕功、內功以至對敵計策等，他樣樣認眞苦練，進步神速。每回裴若然聽見師傅們稱讚天猛星，心中都不免又是嫉妒，又是不服，暗想：「天猛星就是那個小虎子。哼，他不過是個頭腦簡單的傻小子，哪有這麼厲害？過第一關時，我是第一個奔回紅線的弟兄，他是第三十幾個奔回的，並無任何出色之處，怎麼師傅們對他如此讚賞？」

有一回，她忍不住問地師道：「請問地師，天猛星究竟如何個厲害法？」

地師臉上露出微笑，顯然對天猛星這個弟子極爲鍾愛欣賞，說道：「天猛星學武的天分並不很高，難得的是他肯下苦功，練功時勤奮認眞，堅苦卓絕，一絲不苟。他學武時有許多不明白的地方，卻不肯放棄，總是向我等詢問每招每式的訣竅和精髓，不問個一清二楚便不肯罷休。問完之後，便將同一招苦練數百遍，下足功夫，次日又再來向我討教新的疑問。如此勤奮認眞的弟子，想我當年在少林學武之時，也沒遇上過幾個，委實難得、難得！」

裴若然越聽越不屑，暗想：「那有什麼了不起？他只不過懂得纏著師傅們問東問西，藉此討得師傅們的歡心，未必有什麼眞實本領。師傅們怎麼就輕易上了他的當？」

她性情高傲強硬，不肯服輸，此後每日練完功，她便蓄意留下，等同營弟兄離去後，便跟小虎子一般，向師傅們詢問各種練武上的疑難，請他們指正點撥。四位師傅見她認眞堅持，武功進展也甚快，便也悉心指點於她。裴若然刻苦練功，絕不懈怠，一心一意想要勝過小虎子。

而天微星對他懷抱的種種仇恨嫉妒、爭強好勝的心思，小虎子自然全不知情。在第一關過後的那段時日中，小虎子的日子過得十分愜意，不論學武或交友，一切都堪稱順遂如意，唯有楞子成了他最大的煩惱。

白虎營的老大便是他的老相識行腳僧。從長安來到石樓谷的途中，小虎子曾與行腳僧相處過一段時光，即使行腳僧曾主張將他殺死棄屍，兩人間畢竟算是有些交情。加上行腳僧懶散隨便，不大理會營中弟兄諸事，除了督導他們練功之外，很少找他們麻煩，弟兄們都鬆了口氣。

小虎子與同營的弟兄很快便混熟了。楞子是他從小一起長大的朋友，親厚如同胞兄弟，自是不用說了，他和其他弟兄很快也建立起了友情。其中以天富星最爲奇特，他對小虎子說的第一句話竟是：「天猛大哥，過第一關時你救了我的命，是我的大恩人，請受我一拜！」說著跪倒便拜。

小虎子搔搔腦袋，實在想不起自己何時救了天富星的命，滿面困惑，連忙將他拉起，問道：「你在說什麼？我一句也聽不懂！」

天富星站起身，望了楞子一眼，猶有餘悸地道：「你不記得了麼？過第一關時，這位天威星從山壁上跌下來，撞得我直摔下去，虧得你伸手抓住了我的衣領，將我甩上山壁，我才沒跌死。」

小虎子這才想起，當時楞子從山壁往下滑落，確實撞到了一個小個子男孩兒，將他撞得直往下跌。自己剛好攀在山壁上，便伸手抓住了那小個子的衣領，將他往旁甩去抓住山壁上的石塊，算是救了他一命。只是楞子隨即再次滑落，將自己撞得直往下跌，因此他也未看清楚那小個子的面貌，這時才知道那是天富星。

小虎子不禁啼笑皆非，只能伸手拍拍天富星的肩膀，說道：「我並非存心救你，稱不上什麼恩人。這等小事，千萬別放在心上！」又問道：「天富星，你是從哪兒來的？」

天富星笑道：「我麼？還能是哪兒來的，我是街頭乞兒出身，老家在淮西。」

小虎子見他矮小猥瑣，一腿的疥瘡，一口的爛牙，看來確實就是個街頭乞兒，心想：「他大約跟長安街頭那些被官差捉來的乞兒一般，也是被大首領他們強擄來此的。」

另一個白虎營的弟兄名叫天貴星，是個膚色黝黑的精實小子。他當時在山壁上親眼見到天猛星解救天富星，也看到他拚命拉著大個子天威星不肯放手，對他十分佩服。天英星和天滿星兩個女娃兒在過第一關前便是同一伍的，感情甚好，過關後仍舊整日黏在一塊兒。兩個女孩兒都是北方人，身形高䠷，粗手大腳，濃眉大眼，配上紅撲撲的圓臉，顯得剛健剽悍。她們對小虎子也頗爲讚賞欽佩，稱呼他「天猛哥」。

小虎子一如既往，盡心照顧白虎營的五個弟兄，不論生活起居或習練武功，他都全力幫助同營的弟兄。此時行腳僧雖負責監督他們練功，但並不隨意揮棍打人，弟兄們不必整日擔驚受怕，日子比之前好過了許多。學武練功雖辛苦，但畢竟少了幾分痛苦恐懼，營中弟兄們互相關照，彼此協助，相處極爲融洽。

然而楞子的情況卻讓小虎子擔足了心。楞子原是傻的，過第一關前在谷中待了六個月，受到不知哪伍伍長的嚴厲管教，日日挨打挨罵，吃不飽，睡不好，受盡虐待，因而傻得更加厲害了。小虎子發現楞子變了不少，不似以往那般開朗愛笑、單純樂觀，轉爲恐懼退縮、不安易怒。小虎子明白他吃了不少苦頭，只能盡力安撫他，對他說道：「乖楞子，好楞子，別擔心，有你小虎哥在，我會好好照顧你、保護你的，以後再也不會有人欺負你或打你了。你放心吧！」

他怕其他弟兄知道自己和楞子往年識得彼此，又叮囑他道：「這地方十分古怪，大夥兒喜歡玩遊戲，全都不叫原來的名兒了，改叫新的名兒。我不叫小虎子，叫做天猛星；你不叫楞子，叫做天威星。你要好好記住，如果叫錯了，別人會笑話你的。」

楞子呆然點頭答應，但他也記不清什麼新名號，此後便叫小虎子「喂」，小虎子知道他從不跟別人說話，聽到他開口，便知道他在對自己說話，也會立即出聲答應。

即使有小虎子盡力照應，楞子癡傻的模樣仍舊太過明顯，很快便成爲弟兄們取笑嘲弄的對象。白虎營的弟兄對小虎子頗爲敬重，不敢當著他的面取笑楞子，背後卻也不免拿楞子的舉止來開玩笑。比如楞子不懂得繫腰帶，褲子總是掉下來，往往光著屁股走來走去；他還喜歡挖鼻子，摳屁股，整天流著口水，說話不清不楚，種種幼稚骯髒、愚蠢粗俗的行徑，弟兄們就算想裝做看不見也不容易。其他五營的弟兄更是明目張膽地對楞子戳指訕笑，甚至公然嘲弄欺侮他。小虎子大爲惱火，幾回險些出頭跟別營的弟兄打上一架，但都被老大們攔阻住了。小虎子爲了保護楞子不受人欺侮，甚感心力交瘁，疲於奔命。

練武功時，楞子徒有一身蠻力，但腦子不行，稍微繁複一點的招式便學不會了。小虎子花了許多工夫盡心教他，楞子卻無論如何也學不會。小虎子只好放棄，告訴他：「你不必學什麼武功啦，你力氣這麼大，只要靠力氣大便能打贏別人了。」

而最讓小虎子擔憂的是，楞子原本溫和善良的性情變得多疑粗暴，與同營弟兄比試時往往不知節制，出力過猛，險些打傷對方；有幾回甚至打紅了眼，不肯停手，須得師傅或小虎子上前拉住他，高聲勸阻，他才氣喘吁吁地停下。

楞子的變化令小虎子十分難受，滿心無奈。而他發現自己的另一個長安舊識——六兒，也有了很大的變化。

小虎子並不知道六兒因楞子害死阿三之事而對他們心懷憤恨，仍舊暗中留心她的一舉一動。谷中原本有兩百個孩童，人多混雜，伍長管束又極爲嚴格，不同伍的弟兄絕少見面；此時只剩下三十六個孩子，跟著同樣的四位師傅學武練功，各營弟兄見面的機會便也多了起來。小虎子發現六兒已不梳雙髻了，頭髮如男孩兒般在腦後紮成一束；她失去了剛入谷時的嬌嫩貴氣，顯得體態結實，精神抖擻，然而她的臉上仍舊是一片冷漠無情，周身散發著一股早慧的沉穩安靜。

六兒的冷淡沉默總令小虎子感到一股難言的敬畏。初入谷時，小虎子曾想去與她相認，問她記不記得在長安空地上一起蹴鞠的往事，問她怎會被捉入這山谷中；但每回他動念想去跟她說話，都被她寒冷的目光和肅穆的神態給逼退。小虎子感覺她望向自己時，眼神中滿是冰冷，有若野貓的目光，疏離中帶著一絲難以掩藏的厭惡。

小虎子心中甚覺古怪：「她爲何如此討厭我？我跟她僅僅是蹴過幾回鞠罷了，哪有什麼深仇大恨？難道她還因爲我單挑勝過她而惱怒？但那是多久之前的事啦，她怎會還記在心裡？那也未免太小心眼，太不合常理了吧？」

又過了一段時日，小虎子留意到六兒不再對自己怒目而視，而是對他視而不見，好似不但不認識他，甚至根本看不見他這個人一般。如此數次之後，小虎子只能罷了，暗想：「這女孩兒高傲古怪，當眞令人難以理解。她以往見到我還露出嫌惡厭棄之色，最近見到我卻好似完全看不見我一般，想來老早將我忘得一乾二淨了。我又何必硬去與她相認？這不是用熱臉去貼人家的冷屁股麼？」

小虎子雖決定不再試圖跟六兒說話，卻仍不免留意她的行蹤。他發現六兒時時與一個面容白淨但性情更加孤僻怪異的男孩子一道。兩人在一起時從不說話，好似並不認識彼此一般，但不知爲何卻總是形影不離。小虎子打聽得知，那男孩兒叫做天殺星，和六兒是同是玄武營的弟兄。

小虎子心中好生奇怪：「六兒一個小女娃，爲何與那古怪的天殺星一道？他們玄武營難道沒有別人了麼？」

但奇怪歸奇怪，他也無暇去管其他營的閒事。此時他已開始迷上了武功，很快便發現自己熱愛武學，即使自知資質不佳，師傅們傳授的種種招式心法他都學得不快，也有許多地方不明白，但他相信勤能補拙，凡有不明白處便向師傅們請問，之後便埋頭苦練。那段時日中，他全身全心沉浸於練武之中，再也無法分心理會其餘諸事。

轉眼到了第二個春天，眾孩童在谷中已度過了一年，日日努力練功之下，個個都高壯了許多。小虎子已滿八歲了，身型日益健壯，有時他望向自己在泉水的倒影，總懷疑自己是不是長得跟阿爺武相國愈來愈像了？他對往年相國府的記憶已然開始模糊，只隱約知道自己的阿爺武相國乃是出名的美男子，高大英挺，風流倜儻，又兼擅長寫詩，名動一時。

然而不管他的阿爺多麼英俊風流，官又有多大，卻始終沒有人來這隱密的谷中救他出去。小虎子不知道自己何時才能出谷，也只能將出谷回家的希望繼續寄託在精勤練武，寄託在通過第二關、第三關之上。

第十章 比試

春日降臨，冰雪融化，谷中的寒氣猶在，但已不再下雪了。

這日清晨，鬍子老大叫了玄武營的六個弟兄過來，說道：「四位師傅有命，今日下午舉行小比試，各營弟兄彼此輪流過招，排出高下。」

天空星身形高大，筋骨強健，學起拳腳功夫來得心應手，自信武功比其他同營弟兄都高強得多。他聽聞後，滿面興奮，立即問道：「請問鬍子老大，排出高下之後又如何？」

鬍子老大道：「此後六個月，每月都將舉行小比試。六個月後將舉行大比試，每營排在第一位的弟兄，便可參加『大比試』，與其他營的首位弟兄一較高下。」

天空星躍躍欲試，側眼向其他弟兄望去，嘴角微撇，露出得意輕蔑之色，顯然相信自己能輕易打敗他們五人。裴若然垂下眼光，故意不回望天空星。她心中清楚，自己在玄武營中最強勁的對手便是天空星。

當日下午，鬍子老大將玄武營弟兄召集在一起，宣布道：「小比試現在開始。比試方法很簡單，每個弟兄與其餘五個弟兄對打一場，共比五場，將對手打倒在地便算取勝，由我評判輸贏。比試完後，以獲勝場數多少決定排名順序。第一場比試對手如下：天空星對天殺星，天微星對天速星，天異星對天究星。」

六個孩童聽了，都不由自主心頭一緊，互相望望，一片靜默。

鬍子老大喝道：「還等什麼？各自就位，開始比試！」

過去半年中，裴若然雖日日與弟兄們練武過招，卻從未有過決勝負、分輸贏的正式比試，這時也不免心跳加快、手心冒汗。她深深吸了一口氣，盡力讓自己沉靜安定下來，告訴自己：「不用害怕，就跟平日練武時那般出招就是了。妳一定能取勝的！」

她深深吐納數回，感到身子放鬆了些，心境也舒緩了些，大步來到天速星面前，擺出架勢。她不敢輕敵，側過身擺出守勢，雙腿站出「三七步」，右腿在前，左腿在後，七分重量放在左腿，三分重量放在右腿；她記得地師曾說過，這個站姿易守難攻，敵人若突然攻擊，她便能立即後退閃避；但若想出招攻擊，雙腿前進就不免稍嫌遲滯緩慢。她雙手握拳，右拳置於面前一尺處，左拳則護住胸口，這也是地師所授，以守為主的架勢。

天速星的臉孔一片蒼白，嘴唇微顫，一下子動動手臂，一下子踢踢腳，和平時一般，顯得極為焦躁不安。他也擺出和裴若然一模一樣的架勢，謹慎戒懼，顯然也不想輸了這第一場比試。

裴若然見天速星和自己一般謹取守勢，微微放心，心中籌思：「天速星總是跟在天空星身旁助紂為虐，貌似凶狠，其實性情頗為退縮懦弱，畏首畏尾，不敢冒進。他手長腳長，攻擊時大占優勢，如今他卻採取守勢，那是自捨其長。是了，他既決定取守勢，我便該搶攻才是。」

想到此處，裴若然立即變換姿勢，轉成重心在前的四六步，右拳收回胸前，準備攻擊。她不等對手反應過來，便一個交叉步趕上前，右拳橫掃，一招「羅漢拳」的「風掣雷行」，一眨眼拳頭便已打上了對手的胸口。

這一拳一擊便中，也頗出裴若然意料之外，心中又驚又喜，這才明白水師命他們日日躍樁的效用；躍樁令她的步法扎實純熟，比試時隨意躍出，便能落在正確的方位，絲毫不差。水師曾說她輕功資質甚佳，加上她用心苦練，身法快捷過人，對敵時果然大占便宜。

天速星見她忽然躍前出拳攻擊，一驚之下，趕緊後退閃避，但已不及，胸口中了一拳，口中咒罵一聲。裴若然既決定採取攻勢，當即緊追而上，左腿跟著一招「如影隨行腿」的「神出腿」，踢向對手小腹。天速星再次後退避開。裴若然見他手忙腳亂，無法反擊，信心大增，繼續搶攻，使出「羅漢拳」、「光明拳」和「如影隨行腿」的招數，拳腳連環攻向對手面、胸、腹、腿，逼得天速星連連退避。

裴若然連續攻了十餘招，略略感到有些氣促。她不敢放鬆，運用火師傳授的調息之法，暗中運氣調息，繼續猛攻下去，每一招都逼得對手不得不招架或閃避。

天速星不料她一個小女娃兒竟有這等勁道，不但身法快捷，而且出招純熟，每一招都攻向自己的要害，逼得他只能招架退避，無法還手，不禁又羞又惱，力圖轉守為攻，挽回頹勢。他大吼一聲，不再後退閃避，拚著被對手一拳打中肩頭，忽然出腿踢向裴若然的小腹。他仗著腿長，準擬這一腿必能踢中對手，即使無法將她踢倒在地，也能將她踹出老遠。

裴若然早已料到天速星會出腿踢向自己的中盤，看準機會，忽然矮身蹲下，雙腳轉為仆步，左腿橫掃而出，正正踢中了天速星的小腿脛骨。天速星一腳踢出，只剩單腿站立，重心原本不穩，被裴若然一腿掃上脛骨，登時仰天跌倒在地。

天速星驚呼一聲，趕緊爬起身，滿面通紅，還待上前過招，鬍子老大已道：「天微星將天速星打倒在地，這場比試由天微星獲勝。」

天速星一張瘦臉漲得通紅，狠狠地瞪了裴若然一眼，開口罵道：「妳、妳、妳……」他氣急太過，竟結巴得罵不下去，只能憤憤地呸了一聲，訕然退下。

裴若然喘了口氣，暗暗慶幸自己搶攻計策奏效，第一場便旗開得勝，打敗了天速星。她轉過頭，見到一旁天空星正與天殺星對打。天空星身形高大結實，力強勁足，拳腳功夫練得甚是麻利；天殺星則蒼白瘦弱，拳腳緩慢無力，完全不是敵手，只有挨打的分兒。

天空星好整以暇，存心賣弄技巧、耍弄對手，故意不將天殺星打倒，拳腳卻不斷落在他的臉上身上。天殺星毫無招架之力，身上不知被打了多少拳、踢了多少腳，情狀極爲悲慘狼狽。

鬍子老大在旁觀望，並未出聲阻止，只皺起眉頭，不耐煩地道：「天空星，快點兒打完了！你這麼拖拖拉拉的，何時才能比完？」

天空星應道：「是！」連出三拳，打中天殺星的臉面、胸口、小腹。天殺星頓時鼻血迸流，雙手捧著肚子，跪下撲倒在地。天空星意猶未盡，又對著天殺星的小腹狠命踢了幾腳，才走了開去，對其他弟兄們露出得意的笑容。

鬍子老大眼見天空星下手狠毒，卻什麼也沒說，只淡淡地宣布道：「這場由天空星得勝。」

裴若然見天殺星被天空星打得如此淒慘，心中大感憤怒不平，暗想：「老大眼見天空星欺凌弱小，卻從不阻止。天空星此後只會變本加厲，更加膽大妄爲！這谷中完全沒有道理可言，大欺小，強欺弱，當眞野蠻至極！弱小者難道就活該被欺負？強者就可以爲所欲爲？」

她來到這谷中已有一年多的時光，早已看得十分清楚，不管是過第一關前的紫帶伍長，或是過第一關後的朱帶老大，都只管督促弟兄練功習武，其餘諸事一概不理、漠不關心，任由孩童們胡鬧亂來。在這沒有成人管束的地方，弱者只能自己想辦法保護自己，自求多福，沒有任何人可以倚靠。

她強壓心中憤怒，轉頭觀看一旁天異星和天究星的對打。天異星身材矮小，天究星體型矮胖，兩人都矮，手腳卻都甚是靈活；天異星招式陰毒，天究星出手狡獪，打了個不分上下。裴若然心想：「這兩個都不好對付。」暗自思索自己該採取什麼策略，才有把握打敗他們。

忽聽天異星尖吼一聲，往前撲去，使出擒龍手的「雙龍取珠」，兩根手指直刺天究星的雙眼。天究星不料對手竟會使出這等陰狠招數，大驚失色，趕緊後退，腳下一絆，跌倒在地，這一場竟是天異星贏了。

裴若然直看得驚出一身冷汗：「天異星的手指若眞的戳到了，天究星的這雙眼睛就要瞎了！」

她向鬍子老大望去，一如預料，鬍子老大並未譴責天異星的陰毒招數，反而點頭道：「好，很好！出手就該快、狠、準，才能取勝！」

裴若然感到背脊發涼：「老大果眞全不在意我們的生死安危，打傷彼此不是大事，取勝才是大事！」心中打定主意：「我得千萬小心，保護自己最爲緊要。我不保護自己，誰也不會出頭保護我！」

她觀察天究星和天異星二人相鬥的情形，已然擬出對付他們的策略。她下一場的敵手正是天究星，心中籌思：「天究星身形矮胖，腳步遲鈍，躍樁時總是踏錯跌下。我應當再次採用快攻策略，逼他自己跌倒。」

於是她擺出四六步，搶先快攻。天究星在她的一陣強攻之下，果然步法錯亂，接連後退，一不小心自己絆倒了自己，裴若然輕易取勝。

裴若然下一場的敵手是天異星，她也已想好了策略：「天異星出手陰毒，我得取守勢，等她出盡攻招，才趁隙反攻。」

這回她一反之前兩場的策略，堅取守勢，等候天異星先攻。天異星見她對敵天速星和天究星時都以搶攻取勝，料想她會再次搶攻；但見天微星擺出三七步站在當地，凝神戒備，毫無搶攻的意圖，不禁頗感驚訝，一時不知該如何反應。

裴若然見天異星眼中閃出一抹奇異的凶光，心中警戒：「我從未招惹過天異星，但她顯然對我暗藏忌恨，出手一定加倍陰險，我得千萬小心。」正想時，便見對手陡然一躍上前，雙手成爪，抓向自己的臉頰。

裴若然知道天異星多使陰險攻招，早已留心防備，果然天異星一上手便是掐喉、戳眼、扳指等擒龍手中最陰毒的招數，裴若然趕緊閃身躲避，任由天異星連續攻了七八招，才找著空隙，陡然出手，側身搶進，一拳打上她的小腹。天異星吃痛，抱著肚子滾倒在地。

裴若然退開一步，望向鬍子老大。鬍子老大點點頭，說道：「天異星倒地，天微星獲勝。」

天異星爬起身，恨恨地瞪著裴若然，眼中閃爍著尖銳的仇恨。裴若然見到她的眼神，不禁背脊發涼，暗想：「我這回打敗了她，她定然更加恨我入骨了。我往後得提高警戒，防備她伺機報復。」

之後數場比試，天殺星接連輸給了天異星和天究星，被兩人打得無法還手；天空星則輕易贏過了天速星、天究星和天異星。這三人都是他的同黨手下，對他十分忠誠恭順，天空星取勝之後，對他們下手便也沒有太過狠辣，算是放他們一馬。

下一場終於輪到裴若然對敵天空星了。她知道自己雖能勝過天速星、天異星和天究星，卻未必是天空星的敵手，暗忖：「天空星身形比我高大，力道也比我強勁，招數純熟則跟我不相上下。我即使奮力一拚，也多半難以取勝。」

她早已有所覺悟，自保乃是在這谷中生存的第一要務，而唯一的自保之道，就是武功強過他人，令他人不敢傷害或爲難自己。她知道自己此時的武功並不夠強，至少不足以與天空星一拚，如今之計，自然是忍讓認輸，以求自保。

她打定主意，便決定再次採取守勢，等候天空星先攻。

天空星自忖必能勝過天微星這個小女娃兒，毫不思索，當先搶攻。裴若然施展輕功，勉力閃避。數十招過去，她全取守勢，只能勉強擋住對手的拳腳攻招，顯然居於下風。

天空星雖不斷猛攻，但裴若然身形靈巧，閃避迅捷，天空星始終無法真正擊中對手，心中大感不耐，忽然逼近前，咬牙低聲道：「天微星，別胡鬧了！早早認輸，不然妳的下場會和天殺星一樣！」

裴若然原本已決定認輸，聽了他這話，想起天殺星的慘狀，胸口陡然升起一股怒氣：「他要我自己屈服認輸，才會放過我。我不是他的同黨，一旦被打倒，他豈會手下留情？定會像對付天殺星那般，乘機狠狠揍我一頓。不，我絕不能輸給他！」

她自知對敵天空星勝算不大，原本不該硬拚，以免受傷吃虧，但她也清楚若不肯屈服，落敗後的下場將會十分淒慘，只能勉強告訴自己：「我過去數月拚命練功，爲的是什麼？不就是要讓自己武功增強，好保護自己不受天空星欺壓麼？這一場比試，我一定要贏過天空星，絕不能認輸！」

她一咬牙，雙眼直瞪著天空星，更不回答，仍舊繼續閃避抵抗。

天空星見她不肯屈服認輸，雙眉一豎，喝道：「這可是妳自找的！」陡然揮拳，擊中了她的肩頭。

裴若然肩頭劇痛，悶哼一聲，趕緊後退數步。天空星冷笑著，並不追上，只握緊雙拳，凝望著她，滿面猙獰之色，陡然大喝一聲，又揮拳攻來。

裴若然想起風師的教導，心想：「他自負必勝，出招定會愈來愈輕慢疏忽。我該留心他的破綻，乘機反攻。」於是繼續採守勢，留心尋找對手的破綻。

果不其然，數十招過後，天空星一拳打向她的面門，自己下盤破綻大出，裴若然當即順勢一蹲，左腿踢出，正中天空星的小腹。

裴若然這一腿使盡全力，踢得極重，大出天空星意料之外，他小腹吃痛，忍不住彎腰捧住肚子。裴若然眼見機不可失，右腿隨即跟上，踢中天空星的小腿脛骨。天空星本已彎著腰，腳下一個不穩，竟一屁股坐倒在地。

鬍子老大口中嘖嘖兩聲，顯得有些驚訝，仍宣布道：「天空星倒地，這場由天微星獲勝。」

天空星又驚又怒，立即跳起身，滿面不可置信之色，大聲道：「不，不，我是不小心跌倒的，她不算贏！我們再打過！我怎麼可能輸給這個小女娃兒！」

鬍子老大微微皺眉，抿嘴不語，顯然在考量他的訴求。裴若然知道天空星擅長諂媚討好，鬍子老大對他向來頗有好感，只怕在他央求之下，眞會偏向他也說不定。她心中怒氣頓起，暗想：「絕不能讓他得逞！」當下高聲道：「他不是自己跌倒的，是被我踢倒的！」

天空星俊臉通紅，轉向裴若然，暴怒喝道：「賤丫頭，給我閉上嘴！這裡哪有妳說話的分兒？我何曾被妳踢倒？老大親眼瞧見，妳竟敢當面撒謊？」

裴若然更不望向他，直望著鬍子老大，說道：「老大看得清清楚楚，請老大裁決。」

鬍子老大思慮一陣，他雖較偏愛天空星，但他畢竟性格嚴謹，當下只揮了揮手，說道：「不必爭了，天空星確實跌倒在地，輸了這場比試。」對天空星道：「每個月都有比試，你下次贏回來便是。」

天空星暴怒如狂，狠狠地瞪著裴若然，直想衝上去將她撕成碎片。裴若然臉上不露任何表情，只冷冷地回望著他。她知道此時此刻，擺出一張毫無表情的臉孔，便是她最強大的護身寶甲。

接著便是裴若然的最後一場比試，對手是天殺星。兩人在場中相對半晌，裴若然當先出招，天殺星隨手擋架，不斷後退。她眼見天殺星防守空虛，攻勢軟弱，似乎根本無心打鬥，心中甚感奇怪：「天殺星性情雖冷漠孤僻，但學武十分認眞，應當不至於如此容易便落敗才是。爲何他比試時毫無鬥志，甘願認輸挨打？」

她對天殺星心存同情，因此出手並未太重，只將他打倒便停手。天殺星落敗之後，臉上毫無羞愧憤怒之色，只是面無表情地走了開去。

當日比試結束之後，高下便已分曉。裴若然五場全勝，穩居首位；天空星雖然身材大占優勢，卻在比試時輕敵輸給了裴若然，只贏了四場，居於第二；再其次是天速星、天異星和天究星，而天殺星五場皆輸，排在最末。

這個排名並不出裴若然的意料之外。她一開始便將同營弟兄們視爲敵人，平日留心觀察同營弟兄練功的進展，每個人的長處、短處、招式、習性，她心中都已有數，更花了不少心思設想如何才能打敗他們。比試之前，她便知道自己有把握能贏過天速星等四人，也知道自己在力拚取巧之下，有機會險勝天空星。

天空星對比試結果卻極爲震驚。他本擬取得首位的一定是他自己，居第二的不是天速星便是天究星，從未想到武功在玄武營中居於首位的，竟會是那個不起眼的瘦小女娃兒天微星。

自此以後，天空星便對天微星滿懷敵意，一有機會便出口嘲弄，蓄意挑釁。即使他未曾公然率眾圍攻裴若然，但對她的敵意仇視卻愈來愈明顯，令她慄慄危懼。她只能盡量不去招惹天空星，盡量不離開鬍子老大的視線，盡量不給天空星向她下手的機會或藉口。

她原本就知道，自己在玄武營中絕不會有朋友，只有敵人。然而此時的情況卻比她預料中更加嚴峻；她身邊的弟兄們以天空星爲首結成一黨，四人聯手起來孤立她、仇視她、陷害她，令她活在無止境的恐懼孤獨之中。

弟兄中唯一不屬於天空星黨羽的，只有天殺星。然而天殺星孤僻怪異，武藝低微，更是天空星欺侮凌辱的目標。裴若然即使在恐懼孤獨之下，也極不情願將天殺星當做自己的同夥。

有一回，裴若然獨自去木樁練躍功，停下歇息時，驚然見到四個人影站在木樁的四角，正是天空星和他的三個黨羽。裴若然手心冒汗，知道自己已被敵人包圍，無處可逃。她游目四顧，周圍並無其他弟兄，鬍子老大也不見影蹤。

她暗罵自己不夠警覺，但此時後悔自責也已無用。她立在木樁之上，強作鎮靜，試圖尋找一條最快捷的逃脫之路。便在此時，她忽然注意到一個人影緩緩走近，那是個身形瘦削、面目蒼白、神色冰冷的男孩兒，正是天殺星。

裴若然心中的第一個念頭是：「太好了！天殺星來了，他們或許會去找他的麻煩，而決定放過我！」隨即又暗暗責備自己：「我怎能這麼想？這不是幸災樂禍，推禍於人麼？」

在五個弟兄的注視之下，天殺星旁若無人，逕自來到木樁之旁，一躍站上木樁，旁若無人地開始練習躍功。

天空星等四人互相望望，都皺起了眉頭。

裴若然暗暗吁了一口氣，鎮定下來，也繼續在木樁上縱躍練功，假作天空星等人根本不在一旁。

天空星開始猶疑，抿嘴思慮一陣，便向手下使個眼色，四人悄悄退去，不多時便都不見影蹤了。

裴若然和天殺星並未互相招呼，也未開口交談，但兩人心中都很清楚：「四人圍攻一人容易，圍攻兩人就難得多了。只要我們兩人在一起，便足以對抗天空星一夥人。」

從此之後，裴若然和天殺星便開始結伴而行。一人若先練完功，便會在當地等候另一人，一起離開，連飲食洗浴也形影不離。在不言不語之中，他們兩人建立起了奇異的默契，互相信任，彼此關照。裴若然在天殺星的沉默陪伴中得到了些許慰藉，對他的孤僻冷漠也漸漸習以爲常，不以爲意了。

自從裴若然和天殺星結伴以來，兩人團結一心，自成一股勢力，天空星等便不敢輕易招惹兩人，也不敢再如過往一般任意欺侮毆打天殺星，但仍不斷對兩人辱罵嘲弄，刻意挑釁。天殺星和裴若然則一律充耳不聞，毫不理會。兩夥人的關係雖對立緊繃，但並未公開毆鬥，暫時互不侵犯。

第十一章 新朋

如此每日練武，每月分營小比試，氣候漸漸轉熱，又到了夏季。谷中日照雖不長，夏季卻甚是潮溼酷熱。不多久，便有好幾個孩子病倒了。裴若然從鬍子老大口中得知，麒麟營一個叫天退星的女孩兒病了數日，始終不見好轉；另外朱雀營的天立星、青龍營的天雄星也相繼患了熱症，高熱不退，但老大們仍舊逼迫他們繼續練功，毫不放鬆。

之後又發生了幾樁意外；朱雀營的天暗星在練樁時跌下，摔斷了腿，須得休養十餘日；貔貅營的天敗星則在比試時被同營的天暴星打斷了手臂，休養許久也未見好轉。

老大們對這些傷病意外似乎毫不在意，也未曾處罰打傷弟兄的天暴星，只將生病和受傷的弟兄們安置在較遠的洞穴，頗有點兒讓他們自生自滅的味道。

裴若然眼看著愈來愈多孩童或病或傷，心情一日比一日沉重恐懼。一回她與天殺星在泉水邊獨處時，再也忍耐不住，脫口說道：「老大們完全不在乎我們的死活！就這一個月來，便有五個弟兄或得了重病或身受重傷，老大們竟毫不在乎！想來這谷中弟兄人多得很，多死幾個他們也不當回事！」

天殺星聽了，一如平時，並不回應，只垂首坐在水池邊，伸手撥弄著冰涼的泉水。

裴若然越說越激動，續道：「老大們讓我們每日比試，互鬥爭勝，見到弟兄打傷彼此也從不責罰，根本就是要我們將彼此當成敵人！我們留在這座谷裡，不病死摔死，總有一日也會被其他弟兄打傷打死！我看大首領根本就沒有讓我們過關的意思，只想讓我們在這鬼地方互相殘殺，直到大夥兒全都死光爲止！」

裴若然氣得站起身，將石子一顆顆踢入泉水中，發洩胸中怒氣。

過了許久，天殺星才抬起頭，直直望向裴若然，開口說道：「不殺彼此，如何過關？」

裴若然聞言好生驚異，這是她第一次聽見天殺星開口說話。她細思天殺星的言語，忽然明白了一些過去她不曾想過的事情。過第一關前，弟兄們之間不准言語，彼此了解不深，情分也淺，當時大夥兒都沒學過武功，加上不知道第一關要考校什麼，自然不會想到要以傷害彼此來增加自己過關的機會。然而在過了第一關後，情勢便大爲不同了，弟兄們全數開始學習拳腳武功，有本事打傷彼此，同時也已知道一年後的第二關跟比武有關，而最終只有八人可以過關；另一方面，老大們對兄弟的死傷並不在意，不但不處罰打傷他人的弟兄，甚至鼓勵所有人在比試時下手須「快、準、狠」，等於在告訴弟兄們殺傷彼此並非錯事，甚至值得嘉獎鼓勵。而此時不再禁語，弟兄之間可以交談，很容易便能結黨結盟；結黨結盟之後，很自然便會想到靠著人多勢眾，聯手合力除去比自己強的弟兄，好讓自己成爲最後能夠過關的八個弟兄之一。

裴若然想到此處，不禁打了個寒顫，說道：「門規中說什麼『不可相殘』，根本是一句空話！過不過關完全不要緊，要緊的是如何活下去！」

天殺星望向她，嘴角露出一抹冷笑，眼中閃著奇異的光芒，似乎在說：「妳終於明白了。」

裴若然確實明白了，要活下去，就不能強出頭。至少在最初這段時日中，即使武功強過他人，也絕對不能顯露身手，引人注意，不然很快便會成爲其他弟兄的眼中釘，甚至成爲全谷弟兄的公敵。她從來沒想到這一點，小比試時盡了全力，在玄武營中排名第一，原來並非好事，甚至頗爲愚蠢。

她望著天殺星冰冷的眼神，忽然又明白了：「他比試時從不盡力，原來是故意的！他存心輸給所有的人，好讓大夥兒認定他功夫奇差，是個容易欺負、不值得害怕的弱者。如此他便不會招惹疑忌，受人暗算。」

裴若然不禁對天殺星另眼相看；這男孩兒看來文弱單薄，呆愣痦啞，沒想到心計竟如此深，看事如此遠。她也暗暗吁了一口氣，心想：「幸好他是我的友伴，不是敵人。」

裴若然仍不時見到已改名爲「天猛星」的小虎子。每回見到他，他都專注於練習拳腳功夫，心無旁騖。他的拳腳功夫學得雖緩慢，卻穩定而持續地進步，不似其他的一些弟兄，剛開始學得甚快，不久後便停滯下來，再無進展。各營剛剛開始比試時，天猛星本營的排名在一個精黑小子和一個高大女娃之後；幾個月後，他便漸漸勝過他們，在白虎營中穩居第一了。

裴若然暗暗測度：「瞧小虎子的身手，有朝一日很可能會成爲谷中數一數二的高手。

我能夠打敗他麼？」

她也注意到，小虎子雖在白虎營的小比試中位居第一，卻不似她自己這般受到同營弟兄的嫉妒排擠，也不似天空星那般收服了一群黨羽手下，成爲營中呼風喚雨的小頭目。小虎子與營中弟兄相處歡洽，白虎營一直以來都是六營之中最齊心的一營，六個弟兄情如手足，彼此協助，互相鼓勵。營中弟兄動手過招時，向來都只是點到爲止，從不曾打傷對手。只有那個大個子天威星有時會發瘋發狂，胡亂揍人，但也從未眞正傷害過同營的弟兄。

即使未曾近身接觸，裴若然也已看出大個子天威星是個傻的。小虎子對天威星卻極爲親和友善，總是好言好語，耐心照拂，兩人顯然親近非常，遠勝他人。

裴若然不明白白虎營的六個弟兄爲何能如此信任彼此，難道他們不知道第二關只有八個人可以過關？他們怎能不將彼此當成死敵？

她也留意到，小虎子出手比試時總出盡全力，毫不隱藏自己的出類拔萃，也全不將其他營弟兄的眼光神態放在心上。相較於天殺星韜光養晦、委屈自隱的求存之策，小虎子顯然完全反其道而行。

裴若然也看出小虎子個性直率爽朗，喜怒哀樂全都寫在臉上。練功有成時高興得哈哈大笑，容光煥發；練功不順時，便愁容滿面，皺眉苦思，口中念念有詞。只要看他的臉容，就能知道他心中是暢快、狂喜，還是憤怒、愁苦。

裴若然初來谷中不久，便已學會了隱藏自己的軟弱，即使想哭也強忍著，不讓淚水流下。慢慢地，她愈來愈能夠控制自己的表情，不管心中在想什麼，有多麼憤怒、激動、歡喜或害怕，她都可以擺出一張漠然無情的面孔，不透露出任何的心緒。小虎子則光明開朗，完全不去掩藏自己的思緒，跟她簡直是天壤之別。

裴若然自也聽聞了天猛星仗義救人的英勇事蹟。剛過完第一關後，小個子天富星到處宣揚天猛星是他的救命恩人，逢人便說他被天威星從山壁上踹下、天猛星在千鈞一髮之際伸手抓住他、救了他一條小命的驚險往事。他還說那時天猛星根本不識得他，便仗義出手相救，令他感激無比，粉身難報云云。

裴若然記得自己攀下山崖時，確曾聽見山壁上傳來陣陣驚呼之聲，卻無暇抬頭去看，未曾見到小虎子出手救人那驚心動魄的一幕。她對小虎子的作爲甚感驚異，也不禁暗暗心想：「小虎子冒死出手相救一個素不相識的弟兄，而我的好友阿三跌下山壁時，我的人卻在何處？」

總而言之，小虎子的武功愈強，朋友愈多，性情愈開朗，行止愈重義，裴若然對他便越發厭惡。即使她不願承認，心底卻很清楚明白，自己對小虎子懷藏的不再是惱恨，而是嫉妒。

偶而夜深人靜、心思清明時，她忍不住會想：「若不是來到這石樓谷，我可能一輩子都不會知道自己是個什麼樣的人。阿三之死讓我看清了自己，我膽小畏縮，軟弱無能，不敢去替好友阿三送終，也不敢出手相助天殺星。小虎子跟我是完全不一樣的人，他秉性善良，剛正耿直，遇上挑戰時，更能擇善固執，光芒四射。我卻不是，我得用盡一切的力量掩蓋我的卑劣自私，我的懦弱無用。」

她一想起阿三，便心痛難忍，只能咬牙對自己立誓：「不管我有多麼軟弱，多麼無能，我都絕不能再次對不起我的朋友，一輩子都不能！」

因此繼阿三之後，天殺星成了裴若然唯一的朋友。

她和天殺星相處時，通常都是她一個人說話，天殺星靜默聆聽，很少回應，但是她知道他將自己的每一句話都聽了進去。裴若然也發現天殺星學武天賦甚高，練功時十分認眞，只不過蓄意在他人面前隱藏實力，一點眞實功夫都不顯露出來。

有一日裴若然突發奇想，對天殺星道：「不如我們找個無人之處，就我們兩個一塊兒相互練功，好麼？」

天殺星先是不置可否，想了一陣之後，才點了點頭，表示同意。

於是裴若然便開始留心，想在谷中找到一個不會被人見到的所在。

過完第一關之後，山谷送走了一百多個孩童，之後傷病了四五人，仍有三十多個孩子留下，加上四位師傅和六個老大，處處都能撞見人。她找尋了許久，始終未能找到一個隱僻的所在。

這日她對天殺星道：「谷中到處都是人，我想只有在沼澤、森林那一帶，才能找到僻靜無人之處。」

天殺星點點頭。於是這日練完功後，兩人便一起來到山谷的南方。首先入目的是那片黑漆漆的沼澤，占地甚廣。裴若然放眼望去，但見地面漸漸由黃土轉爲黑土，又從黑土轉爲長著零星乾草的黑泥，之後逐漸變成腳踩下去後便再難拔出的泥漿。

裴若然從未見過沼澤，跨步往前，想瞧瞧沼澤的邊緣究竟在何處。天殺星卻陡然伸手拉住了她的手臂，搖了搖頭。裴若然知道天殺星絕不膽小，阻止她前進定是因爲這沼澤暗藏危險，便站定腳步，沒敢往下走去。

天殺星站在沼澤邊上，向著沼澤觀望了好一陣子。裴若然不知道他在看什麼，也不知道他在想什麼。她想開口詢問，卻知道即使問了，他多半也不會回答，於是閉上嘴，靜靜地站在一旁等候。天殺星性情極爲古怪，她不敢說自己了解他，只知道他對自己並無惡意，這對她來說便已足夠了。身處於詭異險惡的石樓谷、仇敵圍繞的玄武營中，身旁有個對自己沒有惡意，甚至有些關懷照顧的人，已是萬分幸運之事。

過了許久，天殺星才對她做了個手勢，要她跟上。但見他邁步往沼澤走去，每跨一步都緩慢而謹慎，看準落足之處，才跨出下一步。

裴若然見了，好生驚奇：「他來過這兒？爲何他之前從未跟我提起？」當下小心翼翼地跟上，踩在天殺星踩過的足印之中。天殺星一步步走去，踩上的都是實地，未曾陷入沼澤的黑泥之中。裴若然這才明白，原來這沼澤中有條實土通道，若非熟悉地形，走不出幾步便會失足陷入泥沙，再也出不來。

裴若然不禁好奇問道：「你怎會知道這條通道？你來過這兒？」

天殺星並不回答，連頭也不回，只繼續往前走，領著她穿過沼澤，來到對岸，鑽入森林，停在一片峭壁之下。裴若然注意到這裡離沼澤已有數十丈之遙。

天殺星逕自來到峭壁下，對裴若然招招手，往山壁腳下指去。裴若然見山壁腳下有個洞穴，穴口凹入約一尺處有道鐵柵欄封住，甚感古怪，問道：「這是什麼？是個牢房麼？」

天殺星點了點頭。

裴若然矮身鑽入穴口，伸手握住一根鐵柵條，使勁撼了一下，鐵柵欄紋絲不動。但見那鐵柵欄上下皆嵌入山石，極爲堅固，有兩根鐵杆可以抽出，似能充做牢門。鐵柵欄後的洞穴十分狹小，剛剛夠一個孩子站在裡面。她想像被關在這洞穴中的淒慘處境，不禁打了個寒顫，問道：「這是做什麼用的？用來禁閉不聽話的弟兄麼？」

天殺星再次點頭。

她又問道：「你怎麼知道？莫非你被關在這兒過？」

這回天殺星搖了搖頭。

裴若然十分好奇，一扳鐵門，發現並未上鎖，便打開鐵門，鑽了進去。那石牢狹窄得很，即使她身形瘦小，在牢中也難以伸展轉身。

她一時調皮，抱膝坐在穴中，笑道：「喂，天殺星，我若被關在這兒，你會來救我出去麼？」

天殺星瞪著她，好似在望著一個瘋子一般。

裴若然忍不住格格笑了，正色道：「如果有一日你被關在這兒，我一定會來探望你，設法救你出去。」

天殺星聳聳肩，似乎並不當一回事，毫不在意。

裴若然頑皮心起，招招手，說道：「你也進來。」

天殺星鑽了進去，兩個孩子擠在牢中，倒也不覺太過擠迫；裴若然起身站立，左手臂抵在頂壁之上，感到頂壁凹凸不平，暗暗生疼。

她笑道：「太擠了，我們出去吧！」兩人先後鑽出石牢，裴若然低頭一望，但見自己的左手臂上留下了一塊印痕，仔細一瞧，竟是一個「金」字。她甚覺奇怪，重又鑽回石牢，抬頭望去，但見那石牢的頂壁上長滿了青苔。她伸手刮下一塊青苔，但見其下竟密密麻麻刻滿了文字，共有數百字。她想起自己的左手臂抵著頂壁的角落，便去角落尋找那個「金」字的來由。她刮去一塊青苔後，見到石壁上刻著三個較大的字：「金剛袖」，之旁又刻了無數小字，她一時也看不了這許多。

她大感驚奇，連忙對天殺星招手，說道：「你來看！」

那石穴太小，她須得先鑽出來，天殺星才能進去換位細看。他依裴若然所言，抬頭望向頂壁，微微皺眉，又低下頭望向裴若然，眼神一片茫然。

裴若然不禁一呆，說道：「你沒見到麼？頂壁的青苔下刻滿了字，不知寫了些什麼？」

天殺星搖搖頭，表示不知道，便鑽了出來。

她還想再說，忽然想起一事：「他多半不識字。」又想：「是了，谷中弟兄大多出身北方藩鎮，我記得阿爺跟我說過，那兒住的都是胡人外族，即使是漢族後代，識得文字的想必也不多。天殺星雖沒說過自己是從那兒來的，多半也和其他弟兄一般出身北方藩鎮地帶，因此他很可能不識字。」

她心生警惕，暗想不應讓人知道自己識字，即使對天殺星也該瞞著，當下只隨口說道：「總之看不懂，誰知道那兒寫了些什麼！不管它了，我們走吧。」心中卻打定主意，下回定要再次來此，仔細瞧瞧那石牢的壁頂究竟寫了什麼文字，藏了什麼祕密。

天殺星只點點頭，當先鑽入樹林，走上一條小徑。

這樹林少有人跡，頭上枝葉茂密，腳下雜草藤蔓叢生，甚是難行。這條小徑可能是許多年前不知何人開闢出來的，如今大半已被枯葉雜草所覆蓋。

裴若然見天殺星信步走去，毫不遲疑，顯然對這地方十分熟悉，再次感到驚奇：「他怎會又知道這條小徑？」直緊跟在他身後而去。

兩人沿著小徑走出一段，來到森林中央的一片空地上。這兒不知何故，方圓二十丈內都沒有樹木，只有一片長著低矮雜草的空地。

裴若然抬頭四望，但見頭上數百尺高處濃蔭蔽空，枝葉交橫，只有少許陽光穿過葉隙落在草地之上。這塊平地寬敞而隱密，她見了甚是歡喜，拍手笑道：「這地方好極了！我們在這兒練功，絕對不會被人發現。」

天殺星在空地周圍走了一圈，小心檢視是否有人來過的痕跡，最後滿意地點了點頭。

於是兩人回到空地中央，照著平時火師的指點，盤膝坐在地上練氣調息；然而兩人年紀都小，閉目靜坐時往往無法專注，坐了一會兒後，便開始感到頭腦昏沉，內功始終練不成氣候。

裴若然睜開眼，站起身道：「我坐不下去了，我們還是來練拳腳功夫吧。」

於是兩人先練水師傳授的步法輕功，再練地師傳授的拳腳擒拿，最後互相對打，鑽研風師傳授的臨敵技巧，彼此切磋，都覺受益良多。

此後兩人總在清晨弟兄們於四聖洞集合之前，以及傍晚解散之後，偷偷來到山谷東南，沿著小徑鑽入森林，在這隱密無人的空地上一起練功，一練便是一個多時辰，直到天色全明或全黑才回去。

各營老大只在練功時監視督促營中弟兄，其餘時候他們想去哪兒，想做什麼，老大們全都不過問。同營的天空星等眼見天微星和天殺星兩人往往消失大半日不見影蹤，總譏笑他們去什麼祕密之地幽會，兩人自然毫不理會。

裴若然很快便發現，天殺星的功力絕對不在她之下。天殺星善於隱藏，在和其他同營弟兄一起學武練功之時，總是表現得散漫笨拙，一點眞實功力也不顯露出來；只有當他們兩人在森林之中一起練武對招時，他才會拿出眞功夫，跟裴若然一招一招地比拚，一式一式地較勁。兩人功力相若，對學武的熱情也一般深厚，每日一起切磋較量，探討每一招、每一拳、每一腳該如何才能使得更快捷、更準確、更強勁。

天殺星極少開口說話，有什麼想法時，便比手畫腳一番，指出裴若然的哪個招式可以如何改進。偶爾開口說話，也只是短短的兩三個字，難以成句。裴若然後來知道他不是蓄意不言語，或是假作冷酷清高，而是他確實不能夠以語言表達較爲複雜的意思。

裴若然學會了從天殺星的手勢和表情了解他想說什麼，有時他說不出來，她便試著猜測，直到他點頭示意她猜對爲止。

有其他人在場時，天殺星的神態總是極爲疏離，甚至帶點兒厭憎。然而只有裴若然知道，他的內心其實充滿了恐懼焦慮，時時如緊繃的弦一般，一撥即斷。唯有在她身邊時，天殺星能夠稍稍鬆弛一些、自在一些，甚至願意開口跟她說話。裴若然對他的了解日漸加深，只要聽他說出簡短的幾個字句，就能夠猜出他的意思，因此他也更願意嘗試對裴若然開口說話，語句也漸漸加長。

裴若然暗想：「天殺星並不是完全不能言語，但我初見他時，他爲何連一句話也不說？莫非以往從來沒有人願意聽他說話，或試圖了解他想說什麼？」想到此處，不禁身子一顫，不敢想像天殺星童年的處境有多麼孤獨淒涼。

兩人比試完後，往往躺在樹林中休息，聊上幾句。有一回，裴若然問天殺星道：「喂，天殺星，你的家鄉在哪兒？」

天殺星想了許久，最後才道：「不知。」

裴若然甚覺奇怪，心想：「來到谷中時，我們都已是七八歲的孩子了，他怎會不知道自己的家鄉在何處？」她又問道：「那你的阿爺和阿娘呢？」

天殺星道：「沒有，爺娘。大首領，收留。」

裴若然聽了，大感吃驚，問道：「你沒有阿爺阿娘，是大首領收留了你，將你送來此地？」

天殺星點了點頭。

裴若然忍不住道：「原來你是大首領親自帶入谷中的！」

天殺星聳了聳肩，似乎不覺得這有什麼稀奇。

她想起天殺星從來不知道自己的親人是誰，也從來沒有家，不禁好生同情，伸手握緊了他的手，將他拉近自己身前，在他耳邊輕聲道：「沒有家就沒有家，那有什麼要緊？你記得，從此以後，我就是你的家人。只要在我身邊，你就是回到家了，知道麼？」

天殺星聽了她的言語，似乎頗為激動，並未回答，只緊緊地握著她的手。裴若然感受到他手中傳來的暖氣不再是平時的一片冰冷，心中也一陣溫暖，微微一笑。

裴若然後來回想，自己為什麼要對他說這些話？天殺星是她唯一的朋友，但同時也是她的勁敵之一，她卻選擇將他當成朋友，選擇給他一分溫暖，給他一分對家的期待。

裴若然明白，自己會對天殺星這麼說，是因為她知道天殺星眞心關懷自己，因此她也要依樣回報，也要盡力關懷他。她暗暗對自己說道：「不管天殺星未來是否會成為我的敵人，只教他一刻是我的朋友，我便一刻眞心對待他這個朋友。直到他決定成為我的敵人為止。我這輩子絕對不能再次對不起我的朋友了。」

如此數月過去，裴若然和天殺星的武功都大有進境。在鬍子老大和其他弟兄面前，他們都小心不使出全力，免得招惹他人的嫉妒或猜疑。天空星仍不時率領手下來向他們挑釁，但裴若然和天殺星都已學乖了，盡力避開他們，處處忍讓退縮，絕不與天空星起衝突。他們並非眞的怕了他，在裴若然得知天殺星的眞正本領之後，她便知道他們兩人若聯手對敵，絕對能打敗天空星和他的狐群狗黨。甚至只要他們其中一人，便足以打敗天空星。

然而小拚小鬥的勝負，對他們並無任何意義。裴若然心想：「要贏過天空星，就要在大比試中，在所有老大、師傅和弟兄們面前，將天空星徹底打敗，才算眞正贏過他。」

日子就這麼一天天過去，不知不覺中，大比試很快就到來了。

第十二章　首位

日子過得飛快，轉眼已是入谷後的第二個秋季。大比試的這一日，六個老大將弟兄們聚集在谷中的廣場上，地水火風四師一字排開坐在上首，三十六名弟兄團團圍坐。

鬍子老大來到圈中，高聲宣布道：「恭迎大首領親臨觀試！」

小虎子抬頭望去，見到大首領從四聖洞中緩步走出，跨上一個高臺，在一張交床上坐下了。三十六名弟兄一齊向大首領跪拜行禮，屏息肅立。

大首領擺了擺手，沙啞著嗓子說道：「起身。」

鬍子老大又道：「今日大首領特地來此觀試，大夥兒定要出盡全力，千萬別讓大首領失望！」眾弟兄一齊高聲答應。

鬍子老大道：「今日的大比試，由六營中排名首位的弟兄出來較量。我叫到名號的弟兄，便請來到圈中。青龍營，天魁星。」

一個黃髮碧眼、身形高大的男孩站了出來，許多女孩兒都不自禁竊竊私語起來。小虎子不明就裡，問天英星道：「妳們在笑什麼？」

天英星臉一紅，說道：「沒什麼。」

天滿星在一旁取笑道：「還說沒什麼，妳的臉都紅透啦。」

天英星打了天滿星一下，啐道：「妳少說幾句！」

小虎子皺起鼻子，完全不明白她們在說些什麼。

天富星在旁解釋道：「她們認爲那天魁星相貌不凡、英俊瀟灑，因此臉紅了。」

小虎子這才明白過來，凝目往那天魁星瞧去，皺起眉頭，甚感不以爲然，說道：「那小子頭髮是黃色的，鼻子那麼高，怎麼稱得上英俊？」

天富星聳聳肩，說道：「女孩兒家喜歡長得什麼模樣的男孩兒，誰摸得清哪？」

但聽鬍子老大又叫道：「朱雀營，天孤星。」一個精瘦黝黑、瘦小如猴的男孩兒走了出來，站在天魁星的身旁。圍觀眾弟兄又是議論紛紛，說道：「這天孤星如此瘦小，豈知竟是朱雀營的首位！」「不知他有什麼了不得的本領？」

鬍子老大停頓了一會兒，才喚道：「貔貅營，天暴星！」

一個矮壯的男孩兒大步走了出來，但見這男孩兒粗眉煞眼，一臉橫肉，長相十分凶惡。

天貴星低聲道：「這天暴星是貔貅營的，將同營天敗星的手臂打斷的，就是他了。」

天富星吐吐舌頭，說道：「出手這麼重！看上去果然野蠻得很。」

天滿星皺眉道：「這天暴星長得不像人，倒像頭野豬。」

天英星則道：「他若像野豬，那麼一旁那瘦小的天孤星便像極了猴子。」兩個女孩兒說著說著，都吃吃地笑了起來。

小虎子放眼望去，見天孤星和天暴星兩人站在天魁星的身旁，相比對照之下，天魁星果然顯得俊朗挺拔得多。他不自禁點點頭，對天富星道：「那黃頭髮的天魁星果然好看些。」

天富星忍住笑，說道：「任誰站在野豬和猴子身邊，都會顯得人模人樣，英俊瀟灑得很啦。」

但聽鬍子老大又叫道：「麒麟營，天佑星。」

一個身材高眺的女孩兒走了出來，但見她雙眉揚起，一對杏眼甚是嫵媚，但顴骨甚高，嘴角緊抿，神色顯得十分冷肅。

天貴星吐吐舌頭，低聲道：「這個樣貌倒是不差，但一看便是隻母老虎，想必凶悍得很。」

小虎子奇道：「麒麟營的首位是個女孩兒？不知她如何厲害法？」

眾人議論了一陣，鬍子老大又叫道：「玄武營，天微星。」

但見一個身材嬌小的女孩兒緩步走到場中，神色安穩，臉容一派平靜淡漠。小虎子只覺眼前一亮，那女孩兒正是六兒。她站在高瘦的天佑星身旁，比天佑星足足矮了一個頭。

天富星低聲在小虎子耳邊道：「那天佑星身材修長，一對杏眼也是漂亮，只是顴骨太高，神情冰冷了些；這天微星容色清麗，氣質出眾，樣貌可比天佑星好看多了。」

小虎子點了點頭。天富星說得興起，又道：「天猛大哥，我天富星看人看得多了，一眼就知道這天微星出身不凡，絕對不是跟我一樣在路邊乞討長大的，也絕不是窮苦人家的貧賤女兒，甚至不是小家碧玉。瞧她一身難掩的貴氣，絕對是高門出身的千金閨秀！」

小虎子搖搖頭，低聲道：「我往年曾在長安城見過她。她跟我們一群野孩子在街頭蹴鞠玩兒，絕不是什麼高門千金。」

天富星一呆，問道：「天猛大哥，你認識她？」

小虎子搖頭道：「說不上認識，只是見過一面罷了。」

天富星顯得十分興奮，用手肘碰碰他，笑嘻嘻地道：「快說來聽聽！」

小虎子瞪了他一眼，說道：「有什麼好說的，別胡鬧了。」

天富星吐吐舌頭，說道：「你確定她不是出身富貴之家？我原本覺得奇怪得很，一個高門千金，怎會淪落到咱們這石樓谷中？我曾偷偷問過跟天微星同營的天速星、天究星、天異星，沒想到他們什麼都不知道。他們說，這天微星性情沉靜古怪，不喜說話，整日只跟天殺星黏在一塊兒。她的出身背景，他們半點兒也沒聽她說過。」

小虎子點點頭，心想：「我當年問過在空地蹴鞠的伙伴們，他們也都不知道她出身何家，這小女娃當眞神祕古怪得很。」便說道：「她能夠打敗玄武營其他弟兄，成爲玄武營的首位，可不簡單。」

天富星道：「可不是？玄武營那些人口裡沒說，我可看得清清楚楚。天微星雖是個小女娃，但聰明機伶，武功不俗，屢屢打敗玄武營裡身形最高大的天空星。天空星滿懷憤恨，帶著手下天速星那夥人虎視眈眈，隨時想找天微星的麻煩。我猜想天微星定是別無選擇，才會跟那冷漠怪異的天殺星做一道。那麼一個聰明美貌的小女孩兒，若不是情非得已，又怎會願意跟天殺星那等怪人作伴？」

這時天貴星、天英星、天滿星都擠過來聽，紛紛點頭表示贊同。

天富星甚是得意，繼續說道：「依我說啊，只有咱們白虎營中容貌俊逸、武功超卓的天猛大哥，才配得上天微星。」

其他營友都笑了起來，小虎子臉上一紅，伸手在天富星臉頭上打了個爆栗，罵道：「胡說八道什麼！」

天富星哎喲叫痛，趕緊躲到一旁。天貴星在旁插嘴道：「我也聽說，谷中很多男孩兒都對天微星極有興趣。那個黃髮的天魁星也時時留意著天微星的一舉一動，但他從來不敢跟天微星說話，天微星也從來不曾正眼瞧過他。」

天英星和天滿星一齊道：「什麼？天魁星中意天微星？眞的麼？」

小虎子聽她們語氣中滿是酸味兒，猜知天魁星可能眞是她們的意中人，她們聽說天魁星中意哪個女孩兒家，立即便反應了起來。

天貴星接著說道：「當然是眞的！依我瞧，天魁星和天微星這兩人一個有如太陽，一個有如月亮，彼此遙遙相望，卻從未交集相遇。你看，這時天魁星和天微星站在場中，相隔不過數尺，該是太陽和月亮相遇的時候了吧！」

眾人談論正熱烈，卻聽鬍子老大叫道：「白虎營，天猛星！」

小虎子聞令不得不撇下眾人，站起身走到場上。他想著同營友伴的閒言閒語，心中卻不知爲何頗感不是滋兒，故意站得離天微星甚遠，離天魁星也甚遠。他側頭望向天魁星的側面，見他高鼻深目，完全是外族人的長相。他心想：「他怎地那麼高？比我高出一個頭還不止，還有那一頭古怪黃髮，哪裡好看了！」

六個弟兄在鬍子老大的指令下，一齊向大首領跪拜行禮，起身之後，便彼此觀望，互相打量。

鬍子老大叫出了六營的首位之後，便來到空地中央，面色嚴肅，對著六名弟兄說道：「參加大比試的六名首位弟兄，各以拈鬮決定順序彼此較量，每回三場，由我和屠老大、行腳老大擔任裁判。勝出場數最多的，便贏得了這場拳腳大比試。」

六個弟兄知道大賽在即，都不自禁興奮緊張，齊聲答應。

圍觀弟兄們聽了鬍子老大的言語，紛紛呼喊喝采，替自己同營的弟兄打氣；也有弟兄竊竊私議，討論猜測這六名弟兄誰會成爲最後的勝出者，拔得大比試的頭籌，群情激奮，興致高昂。

裴若然全然明白天殺星退讓隱藏的生存之道，因此其實並不願意以玄武營的首位參加大比試。然而她心中雖明白，實際上卻做不到。天空星和他手下的天速星、天究星、天異星成日聯手威脅她和天殺星，不時找他們的麻煩，她對這批人厭惡痛恨至極，如何也不願在營中小比試時故意輸給他們，所以從不手下留情，總要將他們打倒打敗，好出一口惡氣。

因此今日大比試中，裴若然仍以玄武營首位出賽，玄武營除天殺星以外的眾弟兄都對她充滿敵意，只盼她敗得愈慘愈好。其他營的弟兄都幫自營的首位弟兄歡呼打氣，只有玄武營的弟兄對天微星噓聲不斷，冷嘲熱諷。裴若然全不理會這一切；同營弟兄對她滿懷仇恨敵意也不是一兩天的事了，她老早習以為常，半點也不放在心上。

她放眼望向各營的參賽弟兄，首先留意到的便是小虎子。小虎子身形已抽高，英氣勃勃，自有一股讓人一見便無法收回目光的氣度。他是白虎營理所當然的首位，學武之認眞勤奮，進步之大，早被四位師傅稱讚到天上去，其他各營的弟兄也時有耳聞。

裴若然輕哼一聲，側頭見到大個子天威星在白虎營中替小虎子鼓掌打氣，心中陡然升起一股難言的悲憤。她不會忘記，好友阿三便是被這大個子天威星蓄意踹下山壁而摔死的。她並不常見到天威星，每回見到他，阿三慘死之事便會浮上心頭，令她悲憤難已。此時她恨恨地瞪著天威星，心想：「但盼哪日我有機會與他交手，替阿三報仇雪恨！」

她又望向青龍營的首位天魁星，見他是個黃髮碧眼的高大外族男孩兒。裴若然只記得他是第一個上去領青色腰帶的弟兄，除此之外更別無印象。雖然谷中有些女孩兒公認定天魁星英俊魁梧，外貌出眾，裴若然卻半點未曾留心。

裴若然又望向朱雀營的首位天孤星，見他身材矮小，黑黑瘦瘦，有如一隻猿猴；麒麟營的首位天佑星是個身材高䠷的女孩兒，眉目頗有姿色，只是滿面戾氣；貔貅營的首位天暴星粗臂短腿，一臉橫肉，長相甚是凶悍，心中暗自警惕。

拈鬮之後，裴若然得知自己比試的對手順序是天孤星、天魁星、天暴星、天佑星、天猛星。

她還未及估算每個對手的實力，第一場比試就將開始了。屠老大召喚她和天孤星來到東邊的場上，準備比試。

裴若然望著數丈外黑黑瘦瘦的天孤星，只覺得他長得眞像一隻小猴子，看不出有何厲害之處。比試開始之前，天殺星忽然在場邊彈了兩下手指。裴若然回頭望向天殺星，但見他伸出手，指了指自己的雙腿。

裴若然倏然憶起，一回她和天殺星一同去木樁練躍功時，曾撞見這猴子模樣的男孩兒在一根木樁前練腿功，將木樁踢得都彎了。她心中一凜：「是了，小猴子腳下功夫十分厲害，我得留心。」

她對天殺星點點頭，表示她知道了，緩步走到場中。但聽身後天空星、天速星、天究星和天異星齊聲高喊：「天微星，一定輸！天微星，一定敗！」

裴若然不由得怒氣攻心：「玄武營的這些傢伙，任何時候都不放過欺負我、羞辱我的機會！」

她回過頭，望向同營弟兄們嘲弄的臉孔，又瞥見天殺星冷靜的眼神，心中頓時鎭定下來。她向著天空星、天速星、天究星和天異星一夥人冷冷一笑，顯得毫不在意，轉過身，面向敵手天孤星。

過去半年之中，她每日都與天殺星較量過招，每月都與同營弟兄小比試，早已習慣了拳腳過招。此時雖在大首領、四位師傅、六位老大和全谷弟兄之前較量，她仍能夠保持沉穩冷靜，在場中以三七步站定，雙手握拳，一拳置於身前半尺之處，一拳置於小腹之前。她將雙拳擺得比平時低了半尺，一來她想對手身材矮小，攻招自然較低；二來她知道對手擅長踢腿，很可能會攻向自己下盤。

擔任這場比試評判的是屠老大。他開口說道：「大比試中，將對方打倒並不算勝出。一定要將對方打倒在地，無法起身，或是對方親口說認輸，才算勝出。」

裴若然聽了，不禁一呆，心想：「除非打死打傷對方，不然怎能讓對方無法起身？」還未及多想，天孤星已然出手，縱躍上前，揮左拳打向她的臉面。

裴若然不料對手個子雖小，出拳竟能攻到自己的面門，連忙向右閃開，右拳跟上，也打向對手的臉頰。天孤星後退避開，隨即又快步追上前，連揮數拳，想將裴若然逼退，但她身材較高，勁道也較強，立即出臂格開天孤星的來拳，雙拳取隙直攻對手頭臉。天孤星被逼得再次後退，這回他不得不使出拿手絕招，飛出右腿，猛然踢向對手腰際。

裴若然見他這腿來勢洶洶，連忙伸左臂擋架，但覺左臂一陣劇痛，心中一驚：「他這腿力道好強，難怪能將木樁踢彎！」心知自己不能硬擋，連忙退後數步，勉強卸開勁道，站穩腳步，看準對手的踢勢，一邊閃避，一邊伺機揮拳攻擊，讓天孤星無法連續出腿，攻勢稍緩。

裴若然仔細觀察敵人的招數，趁天孤星一腿踢過，另一腿未及飛起攻擊之際，抓緊機會，收拳不用，忽然左腿飛出，直踢向對手面門。天孤星仰頭閃避，裴若然立即變招，左腳尚未落地，右腿已跟上踹出，正中天孤星的胸口，將他踢得飛了出去，直飛出數丈之外。旁觀眾人驚呼聲中，天孤星重重跌落在地。

裴若然鬆了口氣，正打算收手退後，忽然想起屠老大的話：「一定要將對方打倒在地，無法起身，或是對方親口說認輸，才算勝出。」又連忙奔上前去，試圖阻止天孤星爬起身來。

但天孤星反應極快，早已翻身彈起，半蹲在地上，一個橫掃腿，掃上裴若然的小腿，將她掃倒在地。天孤星見裴若然中招，立即撲上前來，跨坐在裴若然身上，雙手扼住她的咽喉，手指縮緊，打算將她就此扼昏甚至扼死。

裴若然又驚又怒，一拳往天孤星的猴臉上打去，天孤星頭一偏避開了，雙手仍緊緊扼著她的咽喉。裴若然感到出氣多入氣少，一口氣緩不過來，胸口悶痛，心念電轉，奮力彎起膝蓋，頂向對手的後腰。天孤星被她的膝頭一頂，悶哼一聲，卻仍舊不肯鬆手。

裴若然感到頭腦一陣昏眩，心想：「我要死在這兒了！」

她清楚知道，旁觀的師傅和老大們即使眼看著她當場死去，也絕不會出手阻止或相救，心中又驚又急，臨危之際只能使出下策，雙手在身下用力一撐，以自己的額頭使勁撞向天孤星的額頭。

但聽砰的一聲巨響，這一撞直撞得她頭昏眼花，卻極爲有效，天孤星吃痛驚詫之下，終於鬆手，往後跌去。

裴若然怒吼一聲，翻身前撲，反將天孤星壓在地上，用手肘抵住他的咽喉，嘶聲喝道：「認輸！你沒掐死我，我卻能壓斷你的脖子！」

天孤星咽喉發出咯咯之聲，掙扎半晌，才嗚咽道：「我……我認輸！」

裴若然不敢鬆手，轉頭望向屠老大。直到屠老大點點頭，說道：「這場由天微星獲勝。」她才鬆手起身。

裴若然頭腦暈眩，伸手摸摸額頭，感到辣辣作痛，知道剛才撞擊之處不多久便會腫脹起來，轉爲一片瘀青。她大大地喘了幾口氣，勉強調勻氣息，才慢慢走回場邊，在天殺星身旁坐下。天殺星面無表情，更未開口稱讚或安慰她，只伸手往左首一指。她轉頭望去，但見貔貅營的天暴星正和那黃髮碧眼的青龍營天魁星比試。

天魁星身手並不差，卻顯然不敵天暴星。但見天暴星一拳揮出，正中天魁星的下頜，天魁星被打得直飛出去。落地之後，天魁星還未能爬起身，天暴星便已搶上前，用膝蓋頂住天魁星的胸肋，雙拳往他臉上輪番猛打，直打到天魁星滿面鮮血，雙目翻白，幾乎昏死過去。旁觀的眾女孩兒都驚呼起來，許多人忍不住尖聲叫道：「夠了，夠了！別再打了！」

裴若然雖對天魁星無甚印象，也不禁皺起眉頭，低聲道：「這天暴星下手眞狠！」忍不住想上前阻止，天殺星卻拉住了她，搖了搖頭。

谷中眾弟兄雖日日勤練拳腳功夫，時時比試過招，但弟兄們朝夕相處，彼此並無何等深仇大恨，比試時大多點到爲止。就算厭惡彼此，最多打鬥時出力狠猛一些，加上口裡咒罵譏嘲幾句，卻很少有人眞正被打成重傷，如天暴星這般殘暴嗜血者，可說絕無僅有。其他孩童眼看著天暴星狂毆天魁星，都不禁臉色發白，慄慄危懼。

只見天暴星滿面猙獰之色，打完一輪後，舉起雙拳，拳頭上沾滿了鮮血。天魁星早被打得鼻青眼腫，滿口鮮血，口齒不清地叫道：「我認輸！我認輸！」

天暴星假裝聽不見，連連問道：「你說什麼？你說什麼？」伸腳踩上天魁星的嘴，讓他更說不出話來。天魁星伸手勉力扳開天暴星的腳，驚慌尖叫：「我認輸！認輸！」

鬍子老大對天魁星的慘狀視如不見，只懶洋洋地宣布道：「這場由天暴星取勝。」

天暴星冷笑一聲，伸腿又在天魁星的肚子上狠狠踹了一腳，往地上吐了一口唾沫，才走了開去。貔貅營的弟兄歡呼起來，叫道：「天暴星！天暴星！天暴星！」

其他五營弟兄都看得呆了，一片靜默，皆想不到天暴星出手殘忍至此，將天魁星打到滿面青腫、滿嘴鮮血還不放過，一些素來仰慕天魁星的女孩兒見他被毆打得滿面鮮血，忍不住哭了出來，暗暗咒罵天暴星太過殘暴。

鬍子老大俯下身，望了望天魁星血肉模糊的臉孔，微微皺眉，又伸手去探他的脈搏，轉頭對旁邊幾個弟兄說道：「還活著，但多半爬不起身了。來人，將他抬回山洞去。」

裴若然望著躺在地上的天魁星，知道他原本應是自己的下一個對手，但瞧這情勢，他絕對不可能再爬起來比試了，甚至很可能就此死去。她深深地吸了一口氣，忽然想到：「天魁星無法下場，我的下一個對手便是天暴星了！」

她突然感到全身冰涼，勉強抑止身子的顫抖，望著幾個青龍營的弟兄戰戰兢兢地來到天魁星身邊。他們低頭望著天魁星悲慘的模樣，臉色都變得極爲蒼白，彼此對望了幾眼，才鼓起勇氣，合力將天魁星抬走了。

第十三章 天暴

鬍子老大站起身，面不改色，說道：「下一場，天暴星對天孤星。」

裴若然頓時鬆了口氣，心想：「還沒輪到我。」

瘦小如猴子的天孤星聽了，一張猴臉嚇得慘白，抬頭望向身形矮壯、一臉橫肉的天暴星，如何敢跟這怪物對打？馬上說道：「我投降！」

鬍子老大一聽，大怒道：「還沒打怎麼能投降？不准投降！立即上去比試！」

天孤星不敢抗拒，有如待宰羔羊一般，一步步走上場去，來到天暴星的面前。天暴星臉上露出獰笑，伸手摸著後腦杓，拳頭指節上還沾著血，一滴滴往下落在土中。

天孤星全身發抖、手足無措，旁觀弟兄都不由得爲他感到可悲可憐。裴若然方才險些被天孤星扼死，這時卻也不禁同情起他的處境。

天孤星已失去了鬥志，但在鬍子老大的逼迫下，不得不勉強做個樣子，跨上一步，伸腿向天暴星踢去，這腿軟弱無力，毫無威脅。

天暴星伸出手，一把便抓住了天孤星的腳踝，將他提在半空中。天孤星尖呼聲中，天暴星又抓住了天孤星的手臂，將他高舉過頂，隨即用力往地上摜去。

只聽砰的一聲，天孤星如一團爛泥般癱在地上，再也不動了，左手臂和右腿往外彎曲，顯然已經骨折。

一片肅靜之中，鬍子老大不疾不徐地道：「天暴星獲勝。來人，將天孤星抬下去。」

裴若然眼望著天孤星瘦小的身形被抬走，心中猛然一震：「下一個眞的就是我了！」她心中驚懼無比，忍不住轉頭望向天殺星，但見天殺星對自己搖了搖頭。裴若然明白他的意思，他是在告訴她：「早點投降，不要自討苦吃。」

裴若然臉色蒼白，她對這矮壯殘暴的天暴星發自心底感到恐懼，眞想就此逃走，再也不要回到這比武場上，再也不要見到任何弟兄，或跟任何人比試。

幸而天暴星已接連比試兩場，鬍子老大命他去飲水歇息，一刻鐘後再繼續比試。

裴若然略略鬆了一口氣，轉過頭，剛好見到遠處天猛星小虎子正和高瘦的女孩兒天佑星相鬥，已占上風，心中動念：「小虎子若與天暴星對敵，不知誰會勝出？」

她側過頭，又見到大個子天威星坐在場邊替小虎子鼓掌歡呼，心想：「小虎子和這天威星是同一營的，交情顯然很好。小虎子怎能忍受與這等殘忍的傢伙朝夕相處？」又想：「小虎子是白虎營的首位，武功顯然勝過天威星。而且他似乎慣於應付殘暴狠毒之徒，或能打敗天暴星也說不定。」

從長安蹴鞠單挑那時開始，她便將小虎子當成了自己的頭號大敵，心想：「小虎子絕對不會害怕對敵天暴星這個怪物，我也不能輸給了小虎子！」

過不多時，鬍子老大高聲喚道：「天暴星，天微星，上場比試！」

裴若然不知從哪兒生起一股勇氣，壓下心頭恐懼，大步走到場上，面對著比她高一個頭、滿面橫肉的天暴星，身子竟然不再顫抖了。

天暴星冷然望著她，伸手摸著後腦杓兒，嘴角露出獰笑，說道：「已經解決兩個了，第三個最弱。嘿，女娃兒臉蛋很標致啊！不過和剛才那個黃頭髮的一樣，等我打完之後，只怕連妳自己也認不出自己了！」

裴若然勉強維持冷靜，並不回答，只擺出架勢。這回她右腿在前，取三七步守勢，雙手成掌，守在面前，位置比平時高了許多。

旁觀眾人之中，只有天殺星猜知她心中有何打算，她並不打算認輸投降，而準備拚死一搏。天殺星緊閉雙唇，下頷緊繃，不自禁流露出擔憂的神情。裴若然從眼角的餘光瞥見天殺星的神情，心中暗暗驚訝：「天殺星生性冷酷，對人素來不動聲色，不料他竟對我如此關懷！」

她忽又想起：「如果待會兒我如天魁星或天孤星那般，被天暴星打昏在地，須得有人將我抬走，天殺星一個人可抬不動我，那該如何是好？」她知道玄武營的天空星、天速星、天究星和天異星對她和天殺星滿懷敵意，定會袖手旁觀；而她的下場只怕不比天魁星或天孤星好上許多，心底不禁又泛起一陣驚悚恐怖。

裴若然勉強甩開這些胡思亂想，凝神聚氣，直直望著天暴星的臉。天暴星早感不耐，大步跨出準備攻擊，裴若然不等他出手，便已猱身而上，左掌斬向天暴星的頸際，右掌成爪，直取他雙眼。

天暴星不料這小女娃兒出手如此快捷，招式又如此凌厲，連忙仰頭閃避。裴若然料到他定要閃避攻擊眼睛的這招，立即變爪成拳，右拳重重打在天暴星的鼻子上，鼻血噴出，而她的左掌也已重重地斬上了對手的頸子。

天暴星怒吼一聲，一手掩住鼻子，一手撫著頸子，騰騰騰地後退幾步，滿面驚愕，顯然大出意料之外。

裴若然搶攻得手，心中稍稍一定，緩緩將手上血跡擦在衣襟上，一言不發，擺好迎戰的姿態，雙眼直瞪著天暴星。

天暴星眼中露出凶光，喝道：「小賤人，看我砸爛妳的臉！」大步衝上，伸手去抓裴若然的肩頭。裴若然側身避開，立即矮下身，狠狠在對手的小腿上踹了一腳，又趕緊竄了開去。

她清楚知道，自己平時和同營弟兄對打能夠取勝，靠的是摸清對手的虛實，加上她招術純熟，反應快捷，出手奇詭，往往讓人意料不到。然而面對比她強壯太多的天暴星，若要真打，久戰之下，她絕非天暴星的敵手。

她親眼見到天魁星奮戰而輸，天孤星不戰而輸，兩人都被天暴星打得無比淒慘，心想：「戰與不戰，都是一樣的下場，那我寧可讓對手吃點苦頭再說！」因此她不求取勝，只求傷敵，對手一出招，她便立即搶攻，以最狠辣的招數反擊敵人。

如此過了十餘招，圍觀的眾師傅和老大們忍不住開始竊竊私議，顯然見到天微星一個小女娃竟能與天暴星相持這麼久而不落敗，都甚感吃驚。

眾弟兄也屏息而觀，天空星等原本還在旁邊替天微星喝倒彩，這時眼見她出手精妙，技驚全場，也都靜了下來，不敢再出聲。

天暴星不料自己竟然收拾不了一個女娃兒，心中越發急躁，出招越發威猛，一心想捉住她，狠狠揍她一頓，好出口惡氣。裴若然知道自己若被他捉住，局勢便大大不妙了，因此奮力施展水師傳授的輕功身法，不斷閃躲，伺機攻擊。

又是十多招過去，天暴星瞧準機會，一拳打向裴若然的胸口。她趕緊閃避，卻慢了一步，這拳打在她的肩頭，痛入骨髓。她咬牙忍痛，緊記著風師的教導，危急中覷見了對手右臂露出破綻，立即抓緊機會，雙臂急出，使出地師傳授的「擒龍手」，以前臂夾住對手的右臂，用力一絞，喀嚓一聲，竟將天暴星的右臂肘骨絞得脫臼了。

天暴星痛得大吼一聲，伸出左手，緊緊拽住裴若然受傷的肩膀。若非天暴星右手脫臼無法使勁，下一拳便要擊上她的臉面了。他此時既無法使動右臂，只能伸腿狠狠踢上裴若然的小腹，又將她摜倒在地，一腳踩著她的胸口，左拳連珠打在她的頭上、身上。

裴若然只能伸臂抱著頭，盡力保護自己的頭臉，全身縮成一團，只覺每一拳每一腳都如鐵鎚擊在身上一般，只打得她全身疼痛難忍，眼前發黑。

危急中她偷眼一望，見到天暴星略略罷手，停下喘息，立即奮力舉腳一踢，正踢中天暴星的小腹，將他踢退數尺。

裴若然感到周身無處不痛，臉上一片熱辣辣的，左眼幾乎無法睜開。她正準備翻身站起，忽然瞥見站在場邊的天殺星，見到他滿面焦急關注之色。她腦中靈光一閃：「天殺星要我早點投降，不要自討苦吃！」

然而就在此時，她倔強好勝的性子發作，心中只想：「但我明明沒有輸，爲何要作假認輸！」

她一挺腰，翻身站起，腳步還沒站穩，便直衝上前，一頭撞上天暴星的小腹。她知道自己禁不起再一頓的狠打，絕不能再被他抓住；她必須不計一切代價，不擇任何手段，一定要將天暴星打倒！

裴若然不顧自己滿臉鮮血，全身上下處處劇痛，撞上天暴星的小腹後，隨即往上出拳，打中他的下顎。這一拳用盡她全身力道，只聽喀喇聲響，天暴星連聲慘叫，左手捧著下顎，滾倒在地，竟然再也爬不起身。

裴若然退開數步，狠狠地盯著地上的天暴星，心想他若能爬起身來，自己便要對準他的下顎再補上一腳。

然而天暴星始終未能站起身來。

鬍子老大似乎看得呆了，過了半晌，才回過神來，說道：「這場比試由……由天微星獲勝。」

此言一出，全場一半歡呼，一半譁然。裴若然聽在耳中，心中動念：「場上的師傅、老大和弟兄，沒有一個相信我能夠打敗天暴星，即使我最親近的朋友天殺星也不相信。比試之前和比試當中，天殺星都希望我早早認輸，免得挨一頓狠打；只有我一個人相信自己能贏，而如今我眞的贏了！」

裴若然喘了口氣，但見天暴星終於奮力爬起身，暴怒如狂，不理會鬍子老大的判決，仍舊搖搖擺擺地向她衝來，左手握拳，打向她的臉面。

裴若然既已取勝，此刻又怎會懼他？立即側身閃避，飛腿踢去，正中天暴星脫臼的右臂。天暴星慘叫一聲，滾倒在地。

天暴星倒地的那一剎那，全場歡聲如雷，裴若然心中頓感一股難言的激動痛快：「打倒強勁對手的感覺，當眞痛快淋漓，無以復加！此時此刻，我一輩子也不會忘記！」

鬍子老大喝道：「天暴星，勝負已分，別在這兒糾纏，浪費大夥兒的工夫！給我退下！」

天暴星狼狽地爬起身，伸手摸著後腦杓兒，悻悻然退了下去，回頭望向裴若然的眼神滿是憤恨暴怒。

這場比試驚險無比，精采萬分，讓裴若然在谷中建立起了無人能及的威信。之後弟兄們與她對敵之時，無不戒愼恐懼，只因他們都忘不了天微星打倒天暴星的這一幕，忘不了曾親眼目睹一個小女孩兒發狠逞凶，以小搏大，打敗比她高大凶狠許多的強敵。

裴若然喘了一口氣，走回天殺星身旁，緩緩坐下。天殺星見她臉上被打得又青又腫，鼻子流血，微微皺眉。裴若然見到他眼中透露著幾分佩服，心中甚感得意，勉強對他笑了笑，說道：「我沒事，別擔心。」這一笑，才感到整張臉都熱辣辣地痛得要命，心中又不禁擔憂：「我臉上被打成如此，以後會破相麼？希望能夠恢復過來，看不出傷痕。」

天殺星什麼都沒有說，只用衣袖替她擦了擦臉上的血跡，之後便轉過身去，背對著她。

裴若然見他如此，先是微微一呆，之後才倏然明白：「天殺星是在表達他的不服。天殺星自認武功勝過我，如果他不曾韜光養晦，隱藏眞實功夫，如果由他出頭對敵天暴星，他定然能夠輕易取勝，而不會像我被天暴星打得這般淒慘，靠著一股狠勁才勉強取勝。」

裴若然想到此處，心頭不禁一震；她知道天殺星的不服是有理由的，她雖打敗了天暴星，但她還不是谷中最強的弟兄。谷中還有兩個人比她強：天猛星小虎子，以及坐在她身邊的好友天殺星。

待又一輪比試結束後，鬍子老大和屠老大、行腳僧老大商討一陣，又向大首領請示，之後才宣布道：「天孤星和天魁星兩位弟兄因受傷昏倒，無法繼續比試，今日比試暫且到此爲止。明日清晨，六個弟兄繼續輪戰，以勝場最多者取勝。」

裴若然這時才得知其他五個首位的比試結果；天孤星和天魁星被天暴星打傷昏倒，當日無法再繼續參賽；小虎子比了兩場，兩場皆勝，和她自己一樣。她原本便知道小虎子武藝過人，並不意外；其次是天暴星，二勝一敗；高瘦女孩兒天佑星輸給了小虎子，以一敗落後。

多場比試過去，這時已接近傍晚。眾孩童去廚灶洞取了大餅和乾肉吃了，便各自去泉池旁沖洗，回洞休息。

裴若然和天殺星相偕回到玄武營的洞穴歇息。她只覺身上傷處疼痛難忍，一進入洞穴便躺倒在蓆上，動彈不得。

天空星雖未參戰，卻得意洋洋，在洞中高聲吹噓，說道：「我早就說過，天微星武功根本不行，一出手就被那天暴星打得半死不活，還是該讓我出手才是！這谷中根本沒有人是我天空星的敵手。看了今日的大比試，嘿，這些什麼各營的首位都不怎麼樣嘛！什麼天暴星、天猛星、天孤星、天佑星，全都不是我的對手！倘若讓我代表玄武營出賽，而不是那沒用的天微星，一定能速速拔得頭籌！」

天速星、天異星和天究星三個齊聲稱讚吹捧，都道：「這個當然了！我們天空大哥武藝高超，定能打敗其他營的首位，取得大比試的第一！」說著紛紛向天微星投去鄙視嘲笑的眼光。

裴若然躺在草蓆上，將天空星他們的言語當成耳邊風，全不理會，心中甚覺不齒：「天空星這人厚顏無恥，當眞不可思議。」心下對他越發不齒。

她回想今日與天暴星的一場驚險激戰，幾乎不敢相信自己除了臉上身上幾處青腫之外，並未受到任何嚴重的損傷。她想著想著，想起她從未與死亡如此接近，一股難受忽然襲上心頭，不由得又發起抖來。她咬著嘴唇，不讓自己哭泣出聲，眼淚卻控制不住，撲簌簌流了滿面。她意識到，這竟是她入谷之後第一次流淚。

突然間，她感到有人接近自己，趕緊轉過身，將臉壓在草蓆上，不想讓人見到自己在哭泣。那人並未出聲，只悄悄伸出手，握住了她的手。那隻手很硬很冷，她立即知道那是天殺星的手。她也知道天殺星雖孤僻冷淡，寡言無情，但是她見到他今日觀戰時的神情，顯然爲自己擔足了心，裴若然不禁動念：「他是唯一眞心關懷我的人！」

她心頭一陣激動，彷彿好友阿三起死回生，重新回到了她的身邊，她終於得到了贖罪的機會。她暗暗對自己說道：「這一回，我絕不要再失去這個朋友了！」

天殺星一言不發，只默默地坐在裴若然的身邊，用他那冰涼的手握著她的手，直到她不再發抖，安穩地閉上眼睛。

裴若然在半睡半醒之際，隱約見到天殺星凝視著自己被打得青腫的臉龐，也感到他伸手輕輕觸摸自己臉上的傷痕。裴若然忍不住想：「天殺星心裡究竟在想些什麼？他是否後悔自己藏起了真實本領，今日未能出手與天暴星決鬥？他是否自信能輕易勝過天暴星，因而暗暗瞧我不起？」

過了許久，天空星等人高談闊論的聲音終於淡去，鼾聲響起，其餘四人想來都已入睡，裴若然也漸漸沉入夢鄉，只剩下天殺星坐在當地，久久不曾入睡。

第十四章 頭籌

次日清晨，眾弟兄早早便起身，來到谷中央的空地之上，等候大比試繼續。大首領仍舊坐在高臺的交床上觀戰，面無表情，四位師傅和六位老大一字排開，坐在臺下。

鬍子老大起身走到場中，宣布道：「昨日六營首位比試之後，天魁星和天孤星受傷太重，今日仍舊無法下場，因此由餘下的四位弟兄勝出者繼續比試，決定勝出者。」

眾弟兄聽了，都竊竊私議，猜測天孤星和天魁星二人是否能恢復過來，還是將就此死去，或是一世殘廢？

鬍子老大又道：「今日第一場比試，天暴星對天猛星；第二場，天佑星對天微星；兩場的勝出者再比最後一場，勝出者便算拔得了大比試的頭籌。」

此言一出，白虎營、麒麟營和貔貅營的弟兄紛紛為天猛星、天佑星和天暴星歡呼鼓掌，只有玄武營一片靜默，無人出聲替天微星打氣。

裴若然嘴角微微冷笑，完全不當一回事，坐在天殺星身邊，凝神觀看第一場比試。圍觀眾弟兄鼓譟歡呼聲中，但見小虎子束緊腰帶，走到場上。相較於天暴星的寬闊粗壯，小虎子身材略顯瘦弱，但筋肉精實，精神飽滿。他目光炯炯，直視著天暴星。

天暴星滿面譏嘲之色，說道：「小個子！你能打到這個地步，本事也算是不錯的了。

可惜你遇上了我，好運也只能到此爲止！」說著擺出架勢，雙拳緊握，準備進攻。

小虎子露出微笑，完全不曾被對手激怒，只默默擺出架勢，等候對手出招。

天暴星昨日雖被裴若然扭脫手臂，打中下頷，傷勢頗重，但他皮厚肉粗，這時臉上雖仍有瘀傷，但完全不妨礙他出手對敵。他出招向來既重且快，令敵人擋避不及，這時他對敵天猛星，亦是搶先出手，一拳擊出，直攻對手面門。不料小虎子只略略一側頭，便避了開去。

天暴星微微一驚，隨即又攻一拳，這回小虎子也是腳下一滑，一個斜身，又避了開去。

天暴星怒喝道：「小子只會躲閃麼！你若有膽量，便正面接我一拳！」

小虎子一笑，高喝道：「好，來吧！」

天暴星衝上兩步，卻不出拳，忽然抬腿踢去。他明明說「接我一拳」，卻不出拳而出腿，這一腿委實出其不意，直踹小虎子的膝頭。小虎子反應極快，只移開半步，便避開了這一腿。他隨即出拳，砰一聲打中天暴星的胸口。天暴星完全不及避退，胸口便已中拳，滿面驚怒之色。

裴若然心中也驚詫不已：「小虎子的身形怎能如此之快？這一拳若打向我，我多半也無法避開！」

小虎子不等天暴星站定，便已衝上搶攻，拳腳連出，攻往天暴星頭臉胸腹。天暴星怒吼連連，但顯然居於劣勢，只有抵擋躲避的分兒，模樣極爲狼狽。

裴若然昨日險些被天暴星打死，這時見他被小虎子打得無法還手，甚感痛快，暗暗叫好，但心中卻也頗不是滋味：「小虎子對敵天暴星竟如此輕而易舉，可完全將我比下去了。」

旁觀的四位師傅、六位老大和弟兄們也都甚感驚奇，議論紛紛。他們原以爲天暴星和天猛星乃是旗鼓相當的勁敵，沒想到兩人武功高低差距如此之大；天猛星身材雖較瘦弱，竟然大占上風。

裴若然按下心頭的不快，沉心觀察小虎子的武功招式，發現他的武功並無特出之處；他的力道並非更加強勁，出手並非更加迅速，也未曾施展何等陰毒怪異或奇特巧妙的招數。裴若然看了好一會兒，才倏然明白：「小虎子的長處，在於他對招數極端純熟；每出一拳、每擊一掌、每踢一腳，甚至每踏出一步，都是千百次苦練出來的成果，方位分毫不差，力道絲毫無誤，精準無比，因此防守時毫無破綻，攻擊時則展現極大的威力，將天暴星逼得不斷抵擋後退。」又想：「這數月來，我和天殺星在森林中的空地上彼此切磋，互相指正，但我們的招數仍然比不上小虎子的精純熟練。」

她仔細觀戰，心中若有所悟：「必得經過日積月累地苦練，打好扎實的根基，使出的招數才能有這麼大的威力。這實幹苦練的功夫，只怕沒有哪個弟兄能及得上小虎子！」

她側頭望向天殺星，但見他也屏氣凝神，專注觀看場上的打鬥，一雙寒冷的眼睛始終不離小虎子的一舉一動、一招一式。她很少見到天殺星如此認眞凝肅，心想：「我暗中將小虎子當成自己的勁敵，天殺星想必也是如此！」

這場對決並無任何勝負懸念，天猛星取得優勢之後，並未緊逼取勝，似乎希望戰局能拖得長些，好讓自己有更多磨練試招的機會。旁觀眾人大多已看出天猛星未盡全力，也有看不懂的，只道天猛星在前一日的幾場比試中累壞了，因此後繼無力，無法打倒對手；看得明白的，就知道他不肯放棄與強勁對手比試的機會，不斷變招、試招，想知道自己能以多少種方式取勝。

天暴星平時對敵同營弟兄，向來輕易取勝，昨日雖意外敗給了天微星，畢竟也輕易勝了兩場，將對手打得落花流水，因此他只懂得如何勝，不懂得如何敗。這時他明顯處於劣勢，卻無法承認不如對手，不斷加強力道，期待憑著一股蠻力，終能占到上風。然而不論他如何搶攻、如何使勁，天猛星都游刃有餘，輕易抵對，既不讓對方擊中自己，卻也不出手挫傷對手。

裴若然在旁觀看，心想：「天暴星認定自己不應該輸，因此出招愈來愈狠猛急躁，露出的破綻只有愈來愈大。」

她又望向小虎子，但見他始終從容以對，愈打愈得心應手。過了兩百多招之後，天暴星氣急之下，終於露出了一個巨大的破綻。天猛星看得親切，不再放過，上前一肘擊中對手胸肋。天暴星悶哼一聲，被這一肘擊得往後飛出數丈，倒地不起。

旁觀眾人等候了好一陣子，天暴星卻始終未能爬起身。幾個貔貅營的弟兄奔上去探視，但見天暴星躺在當地，雙眼翻白，竟是打得脫力，昏暈了過去。一個弟兄叫道：「他昏過去了！」

鬍子老大點點頭，宣布道：「這場比試，由天猛星獲勝。」

旁觀弟兄一齊歡呼起來，歡聲震天。

裴若然默然而望，心中十分清楚自己昨日與天暴星對敵時，不但曾被對手捉住狠毆一頓，幾乎落敗，而且只能靠著奮力拚命還擊，下重手將對手打傷，才僥倖取勝，雙方都極爲狼狽。小虎子的武功顯然遠在天暴星之上，天暴星一拳一腳都未能打到他，小虎子卻游刃有餘，收放自如，甚至能夠不重傷對手而取勝，他的武功絕對比自己高上一籌不止。她雖自知武功不如小虎子，胸中卻升起一股不服之氣：「他憑什麼便能勝過我，比我強這麼多？我和他一樣日日苦練武功，我的資質絕不輸他，爲何就比不過他？」

但聽鬍子老大道：「下一場比試，天微星對天佑星。」

裴若然收回心思，站起身，緩步走上場，面對天佑星而立，放慢呼吸，保持沉穩平靜。她和天佑星雖然都是女孩兒，但因不同營，平日甚少見面，並不知對手的底細如何，此時兩人相對而立，神態都十分謹慎。

天佑星瞪著一雙杏眼，薄唇緊抿，看來氣勢洶洶，咄咄逼人；裴若然則面無表情，冷漠淡然。她額頭上兀自腫了一塊，臉頰嘴角多處瘀傷，自是前一日被天暴星打傷的。即使她臉上帶傷，卻掩不住她的清麗容色和脫俗氣質。

弟兄們見這天佑星和天微星一個高瘦，一個嬌小，但兩個女孩兒都面容秀美，英氣勃勃，不相上下，不禁低聲議論，男孩兒評判究竟哪個女孩兒好看些，女孩兒則猜測誰會勝出。

裴若然全不理會周圍弟兄在議論些什麼。她瞥向人群，留意到小虎子站在人群中，抱著手臂而立，凝望著自己和天佑星，眼神中滿是好奇和關注。

裴若然心想：「不知他是希望我取勝，還是希望天佑星取勝？」隨即心想：「他希望什麼，關我何事？總之我要勝過這天佑星，下一場與他一決勝負！」

天佑星站在一丈之外，神色十分鎮定。裴若然猜想她定然胸有成竹，有把握勝過自己，因此才如此篤定。她心中暗想：「這天佑星身形比我高出許多，勁道想必也較強。我須得謹慎應戰。」

她不清楚天佑星的武功高低和擅長的招式，決定先取守勢，靜待她出手。只要對方一動手，她便可看出她的招數和虛實，是眞有本領，還是虛有其表？

不料天佑星並不搶攻，也堅持固守，仍舊嘴角下垂，睜著一雙杏眼觀望裴若然的動靜。裴若然心想：「妳既不攻，我便該乘機搶攻。」念及此，立即搶上出招，使出羅漢拳中的招式，猛攻向天佑星的胸口。

天佑星伸臂格開，裴若然感到她手臂雖瘦長，卻十分有力，動作迅捷，暗暗心驚：「我低估了她的能耐，這女孩兒果然不簡單！」

天佑星見對手進攻，尖吼一聲，放棄守衛，立即還手，使出擒龍手的招式搶扣天微星的手腕。她的身形比裴若然高上許多，手臂長而有力，手指堅硬靈巧，擒拿顯然是她最拿手的武功。此刻裴若然離對手太近，來不及後退脫身，只能勉強招架天佑星的擒拿手，不讓對手抓到自己。裴若然見對手的杏眼中露出鄙視嘲弄之色，知道她得意自己誘敵之計奏效，將對手引近身前，得以使出擒龍手的招式搶攻。

裴若然後悔自己太過托大，但此時後悔也已無用，心想：「她預料我定會盡力後退，試圖脫身，我偏偏不後退，反以險招硬往前攻，看她守不守得住！」當即使出「光明拳」的起手式「狂風暴雨」，雙拳連番打向天佑星的面門。她記得地師曾說過，所謂「光明拳」其實並無什麼光明正大之處，這套拳法傳自隋朝末年的終南山寶光寺，原本叫做「狂命拳」，乃是一套與敵拚命的狠猛拳法，每一招都是同歸於盡的打法。

天佑星料不到對手竟敢近身使出這等狠招，杏眼圓睜，滿面驚訝。她想找空隙點上對手右臂穴道，但裴若然的一拳已然擊出，勢道勁猛，將及天佑星的面門，天佑星即使點上她的穴道，也已來不及了，自己臉面勢必中拳受傷。

天佑星是個女孩兒，自負美貌，十分在意自己的容貌，此時不得不後退兩步，避開對手這拳。裴若然趁勢往後一躍，嘴角不禁露出一絲微笑；天佑星誘敵近前的優勢，就在她自己這一退之間化解了。

裴若然才站定腳步，便毫不停頓地使出光明拳中的「狂風掃葉」、「末日狂徒」等狠猛招數，狠攻而上。天佑星不斷招架抵擋，並乘機使出同樣「光明拳」中的招式反擊。天佑星出招時同樣狠勁十足，正符合光明拳的本意，威力甚大。

裴若然心想：「要比狠，妳可比不過我！」當下繼續使出光明拳中的招數猛攻。天佑星也不禁為對手的狠勁所震懾，被逼得連連後退，幾乎退到場邊風師的面前。

裴若然繼續進逼，一心想將對手逼到跌倒為止。不料天佑星忽然就地滾去，繞過了風師，避開她的追擊。裴若然微微皺眉，望了風師一眼，但見他滿是疤痕的臉上毫無表情，瞪了她一眼，似乎在說：「專心比試！與對手過招之際，哪有閒暇去望別人？」

裴若然吸了一口氣，繞過風師，繼續追擊天佑星。天佑星卻已站定，擺好架勢，雙手握拳，臉上露出堅決之色。她猛然衝上前來，出拳攻擊，這回反倒是裴若然被風師擋住了後路，無法順暢後退避敵。裴若然記得風師對他們說過許多次，比試時千萬不能令自己處於劣勢。何謂劣勢？就是自己擁有而敵人沒有的困境，如處於低地，身旁或身後有物事擋住退路，令己無法使出最佳的招數。

裴若然暗暗懊惱，只能立定腳步迎敵。但見天佑星使出「羅漢拳」的一招「晴天霹靂」，一拳打向自己的太陽穴。裴若然一瞥之下，驚然見到天佑星手中竟握著一塊尖石！想來她方才趁著就地一滾之際，撿起了這塊尖石藏在手掌中。裴若然知道這尖石若眞打上自己的太陽穴，下場便不只是頭破血流，而是當場斃命了。

裴若然與天佑星素不相識，無冤無仇，不料對方竟陰險毒辣至此，有心致自己於死地。當此生死關頭之際，裴若然的心思竟出奇地清澈明淨，身周一切似乎陡然慢了下來，讓她能夠將情勢看得一清二楚。她立即矮身出腿，一招「如影隨形腿」，右腳踢上天佑星的手，將天佑星手中尖石踢得遠遠飛出，接著左腿飛出，踢上天佑星的小腹。

裴若然知道自己這一腿力道沉重，絕對足夠讓對手倒地不起。果聽天佑星悶哼一聲，往後跌出數尺，仰天躺倒在地，雙手捧著小腹，再也站不起來了。

裴若然心中暗叫：「僥倖！」

這時鬍子老大已宣布道：「這場比試，由天微星獲勝。」

裴若然喘了幾口氣，後退幾步，低頭向天佑星望了一眼，心想：「這女孩兒手段毒辣，爲了取勝不惜狠下殺手，跟之前的天孤星和天暴星如出一轍。」又想：「這兩日的大比試裡，谷中弟兄爲求脫穎而出，彼此相殺，競爭愈來愈激烈慘酷。看來大首領將我們留在谷中受訓，不只是讓我們習練高明武功，更意在挑出性情殘忍、不擇手段的弟兄！」

兩場比試結束，再來便是獲勝者天微星裴若然和天猛星小虎子的決鬥了。鬍子老大命天微星休息一會兒，便開始最後一場比試。

裴若然回到天殺星身邊坐下，側頭向他望去，但見天殺星神色肅然，並未回望她。裴若然低聲道：「怎麼，你認爲我沒有勝算？」

天殺星搖了搖頭。

裴若然吸了一口氣，眼光望回場中，低聲道：「我知道。他對敵天暴星時從容自如，我卻險些被天暴星打死。我的功力跟他相差太遠了，自然毫無勝算。」

天殺星又搖了搖頭，說道：「相讓。可拚。」

裴若然不禁點頭，心想：「天殺星說得不錯。天暴星出手狠猛無情，因此他勸我投降，以免落敗後挨一頓狠揍。小虎子卻剛好相反，他出手精準，而且絕不輕易傷害對手，定會對我手下留情，因此我可以放手一拚。」

就在這時，鬍子老大說道：「天微星、天猛星，上場比試。」

裴若然站起身，拍拍身上灰塵，緩步來到場上。

鬍子老大道：「進入決賽的兩位弟兄，先向大首領跪拜爲禮。」

兩人轉身面向坐在高臺交床上的大首領，一齊跪下磕頭。大首領擺擺手，臉上神色木然，低頭望著自己的雙手手背，似乎對眼前這場比試並無太大興趣。

裴若然與小虎子起身後，走回場上，彼此相隔一丈而立，情勢彷彿當年兩人在長安城空地上單挑賽鞠那時。小虎子想起自己當時險險取勝，忍不住露出笑容，裴若然臉上卻一片冰冷漠然，好似這輩子從來沒有見過他這個人一般。小虎子也只好收起笑臉，定下心神，專心比試。

兩人不約而同都擺出守勢。裴若然心中閃過許多念頭：「我曾多次設想與他對招的情景，思索自己該如何才能取勝，卻始終不得要領。我功力顯然遠不如他，多半會落敗。然而在落敗之前，我定要盡力一拚，我要探出他的弱點，找出打敗他的方法。」

對峙半晌後，兩人忽然同時出手，同樣使出「光明拳」的第一式「狂風暴雨」，雙臂相交，裴若然感到小虎子的力道強勁厚實，不似天暴星只靠一股蠻力，也不似天殺星那般捉摸不定；他的力道穩健剛強，收放自如，與裴若然想要達到的境界非常近似。

裴若然心中微微一驚，趕緊變招，這回兩人竟然又使出同一招羅漢拳中的「天雷地火」，又同時收招後退。兩人從對方眼中看到幾分驚詫，心中都想：「爲什麼他/她會使出同樣的招式？」

兩人對望一眼後，接下來便似兩人商量好了一般，小虎子繼續使羅漢拳的招式，裴若然則改使光明拳的招式，兩人終於不再使出一模一樣的招式，眞正地開始比試較勁了。

數招過去，裴若然發覺小虎子的武功比自己預料的更加扎實沉穩。她一邊對招拆招，一邊不自禁衷心感到讚佩。他們都跟隨同樣的四位師傅學武，都同樣學了一年的武功，然而小虎子達成的境界卻比所有弟兄更高出一層。他跨出的每一步，擊出的每一拳，踢出的每一腳，都精準無比，快捷過人，將每一招的威力發揮到極致。

裴若然心中又是疑惑，又是不服：「我們同是八歲，他爲何就能練得比我好上這許多？我也很認眞練功，也很想勝過所有的弟兄，但是他的功力卻遠在我之上。他究竟是怎麼練成的？」

兩人分別使出羅漢拳和光明拳中的招數，不時夾雜如影隨形腿的攻招，打得不分上下。小虎子出的每一招都快而準，但不狠絕；即使不狠絕，卻含藏著莫大的威力，令裴若然不得不努力招架或閃避。

裴若然漸漸明白，小虎子取勝之心熾盛無比，但他並非不擇手段，他要的是光明正大的勝利。而她自己的求勝之心愈旺盛，使出的招數便不自覺地越發狠辣。她想起同營醜女天異星曾使過的陰毒招數，這時眞想一一使出，但在小虎子正氣凜然的目光下，她勉強自制，終究未曾使出太過陰惡的伎倆。

如此過了四五十招，兩人將羅漢拳和光明拳的招數幾乎都使盡了，仍舊不分上下，各自開始使動擒龍手中的招數。擒龍手乃是近身而搏的小巧武功，招數多爲分筋錯骨、扣腕打穴，也包括不少攻眼鎖喉的招數。兩人相距不過數尺，招招攻敵要害，步步驚險。裴若然不斷變招，盼能制敵機先；小虎子也跟著轉變招式，反應極快，雙方都未能占到上風。

兩人以擒龍手過了十餘招後，仍舊未分勝負。裴若然心中焦躁，忽然變招，重新使出光明拳中的招數「死生有命」，猛攻對手的胸口。小虎子立即應變，以光明拳的「少年輕狂」抵擋。裴若然接著攻以「安之若命」，小虎子原本應當以「命若懸絲」抵擋，但他卻並未使這一招，而是改使「一拳奪命」。這是光明拳中的最後一招，非常難練，須得拔身而起，一拳從上往下猛擊，打向對手的頭頂腦門。腦門乃是人身上十分脆弱之處，一拳便可能致命，是以名為「一拳奪命」。

裴若然見他忽然施展輕功躍起，本以為他打算走避，不料他竟使出險招「一拳奪命」！她大驚失色，連忙往後躲避，卻被他的拳風籠罩全身，令她動彈不得，竟然無法閃避！她知道這一拳若打上腦門，自己定然立即斃命；她昨日被天暴星壓在地上狠打時，也曾以為自己難逃一死，方才天佑星以尖石攻擊自己的太陽穴，她也以為自己小命不保，但那兩次都沒有如此時此刻這般篤定。她幾乎要閉上眼睛，等待這一拳落在腦門上，奪去她的性命。

然而裴若然天生叛逆，絕不肯閉上眼睛受死；就算要死，她也要眼睜睜地看著對手打死自己。就在裴若然睜眼注視之下，小虎子這拳並沒有落在她的頭頂，硬生生地收了回去，身形因而略略一滯。

她簡直不敢相信，他使出這招「一拳奪命」，明明已處於穩勝之地，卻竟然決定饒過對手的性命！裴若然心念電轉：「他既不殺我，便是我反攻的良機！」

兩人功力相若，裴若然牢牢記得風師曾說過：「高手過招，一個疏忽便是勝負關鍵，生死關頭。」她當然不會放過這個大好機會，趁小虎子身子尚未落地之際，左手立即使出擒龍手中的「雙龍取珠」，雙指戳向他的雙眼，右手使出「群龍無首」，掐向他的咽喉。

小虎子身子猶在半空，不得不轉頭避開裴若然攻眼的雙指，而她的右手便順勢掐上他的咽喉。裴若然嘴角不禁露出微笑，心想：「最後取勝的畢竟是我！」

就在裴若然以爲自己已勝出的那一剎那，小虎子使出了她生平所見最厲害、最不可思議的一招：他往後一仰，在半空中轉移身形，竟硬生生地避開了她的手指，接著輕巧落地，隨即一躍欺前，依樣畫葫蘆地使出擒龍手的「雙龍取珠」和「群龍無首」兩招，右手掐上了裴若然的咽喉。

兩人同時定住不動。小虎子方才收招饒了裴若然不殺，此刻顯然也無意殺她。兩人相隔不到一尺，雙目對望，裴若然從他的眼神中看出一絲讚嘆；方才她連續使出「雙龍取珠」和「群龍無首」，乃是趁敵疏忽、制敵機先的絕妙招式，令他打從心底佩服；但小虎子的功力畢竟勝她一籌，竟能在半空中硬是轉移身形，避開她的攻擊，隨即如法炮製，以同樣的兩招反制住她。

裴若然心中動念：「他能在緊急關頭扭轉情勢，反敗爲勝，可比我高明得多了！」不自禁生起衷心的讚嘆欽服。

小虎子望著她，撇嘴一笑，口唇微動，顯然想說：「我贏了！」卻不知爲何，並未說出口。

裴若然望見他嘴角那抹得意的微笑，猛然想起兩人在長安城空地上蹴鞠單挑的往事，心中生起一股怒火：「我竟讓這小子再次贏過了我！」

就在這時，鬍子老大宣布道：「這場比試，由天猛星獲勝。」

小虎子笑容滿面，鬆開手，退後數步。

裴若然耳中聽見全場歡呼如雷，鼓譟不絕，眼中看著小虎子得意的笑容，心中怒焰燃燒，全身顫抖，不可自制。

但見大首領從交床上站起身，凝視了小虎子一陣，便轉身下臺離去，一句話也沒有說。

四位師傅和老大們紛紛走上前來，對天猛星稱讚道賀，拍肩鼓勵。

裴若然知道自己再次輸給了小虎子，讓他奪得了大比試的頭籌，而且這回他還是靠著眞材實料的功夫取勝。她想到此處，心中憤怒、難堪、不服、自慚種種情緒交纏衝撞，佇立在當地，無法移動。

小虎子笑得闔不攏嘴，喜上眉稍，先向大首領空出的座位跪拜爲禮，又向四位師傅和老大們抱拳致謝，之後白虎營的弟兄團團圍繞著他，輪番上前拍肩擁抱，道賀歡呼之聲不絕於耳。

裴若然並不知道，小虎子其實並未被勝利沖昏了頭；他極想推開人群，衝上前去找六兒，跟她說上幾句話，告訴她自己知道她便是長安城青龍營的六兒；然而他只瞥見六兒低著頭，滿面憤恨惱怒，身影迅速消失在人群之中，再也無法追上。

第十五章 叛離

裴若然低下頭，強忍住眼淚，勉強自己舉步離開，卻不知道自己能去哪裡。她環望一周，別無選擇，只能緩步走回天殺星的身旁。

天殺星臉上一片淡漠，無喜無怒，似乎對裴若然敗在天猛星手中毫無感覺，不置可否。他一言不發，忽然轉身舉步走去。

裴若然走在他身旁，也一般默然無語。她知道天殺星一直不希望自己出頭參加大比試，以免引人嫉恨；這時見他面色淡漠無情，心中動念：「天殺星看事看得甚遠，或許我也不該太過在意一時的輸贏成敗。輸給小虎子雖非我所願，但長遠來說，或許並非壞事。」

她跟著天殺星緩緩走去，離開人群，來到森林邊緣，心思也漸漸沉靜了一些。她回想起這場大比試的前後，暗自籌思：「在對敵天暴星和小虎子之前，我並沒有必勝的把握。勝過天暴星可以說是意外加上幸運，然而對敵比我高明許多的小虎子，便不會有這等意外或幸運了。」

她想起天殺星明哲保身的處世之道，暗想：「小虎子在大比試中擊敗所有對手，拔得頭籌，不知會否成為弟兄們群相攻擊的對象？他如此鋒芒畢露，不知將招來什麼禍事？」

她坐在一塊大石上，靜靜回憶思索那最後一場比試。她在小虎子身上發現了許多自己缺乏的特質：正直，仁慈，悲憫。他不願意殺傷敵人，完全是出於悲憫；他讓她見識到悲憫的力量，令她無法不感到謙卑。或許他的悲憫，在她來說卻是一種殘忍？而他最後那反敗為勝的一招，更讓她見識到他的神乎其技，他的扎實功夫。

裴若然吁出一口長氣，卻難以紓解心頭的懊惱悔恨。她清楚知道，自己對小虎子的忌憚，無可避免地又更加深了一層。

那年秋天的拳腳大比試委實精采得緊。大比試結束之後，弟兄們仍舊興致高昂，不斷談論著各場比試的輸贏、各營高手的絕招，談了好多日還不見停歇。談得最多的，自然便是進入決賽的四個弟兄：天暴星、天佑星、天微星和天猛星了。

白虎營的山洞中，天富星說得口沫橫飛：「嘿！玄武營的那個天微星當眞了不得。這女娃兒人長得是挺漂亮的，實在料想不到她手下竟有這等狠勁，不但打敗了天暴星那個怪物，還能跟咱們天猛大哥打得旗鼓相當，委實令人打破腦袋也料不到！」

天貴星接口道：「原本大夥兒都認為天猛星穩拿第一，怎想得到他和天微星這場硬戰毫不輕鬆，險些便輸給了天微星這小女娃！」

小虎子聽了，只是搖搖頭，不置一詞。他當然清楚得很，自己一念好心饒她不傷，卻險些敗在她手下，心中對這小女娃又是驚佩，又是戒懼，心想：「沒想到她的功夫竟然練得這麼強！但是就如往年我倆蹴鞠單挑時一般，她為求取勝，不擇手段，出手狠辣決絕，委實是個可怖的敵人！」他原本便已隱隱覺得六兒對自己充滿厭恨，卻不知道原因；如今他開始對她暗生顧忌，只想敬而遠之。

天富星又道：「你們留意到了麼？自從大比試以來，谷中弟兄個個對天微星敬畏不已，見到她都趕緊避讓在一旁，垂手肅立，待她如待師傅老大們一般恭敬。這小女娃可著實嚇著其他弟兄了！」

天貴星笑道：「可不是？谷中弟兄不管是從哪個藩鎮來的，誰也沒見過比天微星更狠的女孩兒了。依我說，天微星雖未在大比試奪得頭籌，卻贏得了所有弟兄的恭敬畏懼。」

小虎子聽了，忍不住撇嘴而笑，說道：「恭敬畏懼？我瞧她可怕是可怕，卻不值得弟兄們尊敬。」

天富星等聽了，又七嘴八舌地議論起來。

就在這時，行腳僧忽然出現在洞口，叫道：「天猛星！」

小虎子連忙跳起身，應道：「是！」

行腳僧面色陰沉，說道：「跟我來，大首領要見你！」

弟兄們互相望望，不禁露出微笑，都猜想天猛星奪得大比試的頭籌，大首領想必將親自接見，當面嘉獎於他。

小虎子心中也甚是高興，立即跟著行腳僧走出山洞，問道：「請問行腳老大，大首領爲何要見我？」

行腳僧哼了一聲，說道：「多問什麼？你去了就知道了。」

小虎子見行腳僧面色十分難看，心頭生起一股不祥的預感，但他又想：「我武功出眾，受到四位師傅的交相誇讚，又在大比試中拔得頭籌，大首領想必對我十分肯定。此番叫我去，或許是想當面誇獎我，或是詢問我如何練成這身功夫，好指點其他的弟兄。」這麼一想，心頭便光明起來，甚至想好了一番對大首領說的言詞。

他跟著行腳僧來到四聖洞中，但見洞中點著許多巨大的蠟燭，大首領坐在四聖像前的交床之上，臉色鐵青。其餘五個老大已在洞中等候，在大首領兩側站成一排。

小虎子眼看這般陣仗，頓時知道情勢有些不對勁，便即跪下向大首領拜倒為禮，站起身，靜候他們發言。

四聖洞中靜了一陣，屠老大上前一步，喝道：「天猛星，有人告發你，說你過第一關時搞鬼作弊。你幹了些什麼好事，自己心裡清楚，還不快老實招供！」

小虎子這才恍然。他們叫自己來，不是為了獎賞自己在大比試中脫穎而出，而是意在追究自己的過錯！他臉上笑容消失，心跳加快，彷彿陡然從雲端跌落到了谷底，原本準備好的一番言詞堵在心中，此時已毫無用武之地，不禁大感難堪。

他勉強保持鎮定，說道：「請屠老大告知，我怎麼搞鬼作弊了？」

屠老大道：「有許多弟兄一起告發你，說你過第一關時曾取巧作弊，在平臺上多取了一顆松果交給天威星，讓他未曾攀上平臺便能過關，可有此事？」

小虎子尚未回答，鬍子老大已皺起眉頭，滿面不快之色，說道：「天猛星，你一臉聰明樣，卻幹下這等胡塗事！實在太令我失望了。」

小虎子感到背上冷汗直冒，心中只想：「他們什麼都知道了，一定是有人去向他們告密！是誰背叛了我，去向大首領告發當時的事？是阿一？還是阿二、阿三或阿四？」

他知道是誰告發自己並不重要，重要的是自己當時幹的事兒此刻可能全被大首領知道了，心中驚懼無比，不知所措。他當時曾與豹三伍的弟兄謀畫合作，讓不擅攀爬的阿二和阿四不必眞正攀上平臺，便可取得松果過關。他做的一切，全是爲了幫助豹三伍的其他弟兄，可說用心良苦；他自己若要過關，自是輕而易舉，但他仍舊竭盡全力，想方設法，試圖讓其他弟兄跟他一起過關，原是出於一番仗義助人的好心，怎知他們不但不心存感激，竟以此事告發他，讓他一片好心卻換來一場惡報！

小虎子心想：「阿一和阿三也多取了松果，交給了阿二和阿四；只有我將多取的松果交給了楞子。當時楞子險些跌下山崖，可能有不少弟兄都看見了我將松果交給他。但是知道我多取松果這件事的，只有豹三伍中的弟兄，出頭告密的一定是他們其中之一。」

他不知該如何自辯，只能勉強鎭定，說道：「確實有此事。我多取了松果，交給幾個未曾攀上平臺的弟兄，助他們過關。」

屠老大皺起眉頭，問道：「幾個弟兄？除了天威星還有誰？」

小虎子心想：「我若招出阿二和阿四，他們定會抵死不認。畢竟我未曾親手將松果交給他們，死無對證。」於是閉嘴不語。

屠老大哼了一聲，說道：「你自己作弊，還想拉其他人落水？弟兄們告發你，說你自私自利，假作好心幫助弟兄，其實企圖藉此收買人心，好讓你在谷中建立威信，贏得弟兄的尊敬服從，是也不是？」

小虎子無言可答。

大首領望著他，臉色冰冷，緩緩說道：「天猛星，你自願來此谷中受訓過關，當年甚至曾求我讓你入谷。我原本期待你全心遵守谷中規矩，認眞過關，怎知你竟暗中破壞規定，顚覆谷中制度！你取巧作弊，使第一關失去公平，給弟兄們做了最壞的榜樣。你有何話說？」

小虎子在大首領和老大們交相指責的目光，不禁低下頭，滿面通紅。他眼見自己的錯處被他們抓個正著，處境極爲難堪，無可辯解，靜了一陣之後，只能俯首認錯，說道：「天猛星知錯了。懇請大首領和諸位老大寬恕原諒。」

大首領和其他老大都不言語。

小虎子心中越發憂慮恐懼，忍不住問道：「請問大首領決定如何處置我？要將我趕出谷去麼？」他知道若被趕出谷去，在弟兄面前自是萬分丟臉之事，但他也只能盡量安慰自己：「或許被趕出谷去，也非壞事；我從長安城被抓來這石樓谷中，與世隔絕，簡直將這個石樓谷當成大千世界，將大首領、老大和師傅們的喜怒責罰當成天一般大的事情。離開此地，即使不能回家，至少能夠跳出石樓谷的限制，或許海闊天空，別有天地也說不定。」

這麼一想，心頭便感到舒爽了一些。他知道自己當時確實做了蠢事，本著一片好心，試圖幫助豹三伍所有弟兄過關，最後卻被弟兄出賣告發，替自己招來禍事，眞可謂自作自受，愚蠢至極。

大首領道：「我們從未將弟兄驅逐出谷，我也不願開此先例。我不會將你趕出谷去。但如果你自願離去，決定不繼續留在這兒過第二關、第三關，我也將准許你離去。」

小虎子聽了這話，心中驚懼，忐忑不安，暗想：「我倘若就此離去，就沒有機會繼續學武功了。」當下說道：「我願意留在谷中，遵守谷中規矩，絕不違反。請大首領大量原諒我的過錯，讓我留在此地，跟弟兄們一起過第二關、第三關。」

大首領點點頭，說道：「好！當初是你自己決定進入谷中，你也曾答應要認眞練功，如今又再次承諾要努力過關，你可別再次令我失望！」

小虎子連忙跪地磕頭，說道：「叩謝大首領開恩！」

大首領又道：「你犯下的錯誤巨大，爲了對得起告發你的弟兄，我必須對你做出懲處。你日前拔得拳腳大比試的頭籌，這頭銜將被取消，不再算數。此事我不會對弟兄們宣告，只教你自己知道，你雖贏得了這場比試，卻並不算數。」又道：「行腳僧之前未能發現你的過錯，已屬失職。此後行腳僧不再是白虎營的老大，轉由鬍子老大擔任。」

小虎子一驚，心想：「行腳僧懶惰散漫，比較好說話。那鬍子老大警覺嚴厲，換成他做白虎營的老大，我們的日子可要不好過了。」

他無可奈何，只能再次跪地磕頭，拜謝大首領開恩，出洞而去。

小虎子走出四聖洞，腳步沉重，滿心羞憤慚愧，鬱悶難解，心中不斷猜想究竟是誰背叛出賣了自己，跑去向大首領告發過第一關時的往事？他當年曾與豹三伍的弟兄如此親近，互相信任，豈知自己竟錯信了這些人，他們竟對自己滿懷嫉妒仇視，甚至去向大首領告發指證！他怎能如此愚蠢，竟當這些人是自己的朋友，以爲他們會毫不猶疑地支持他、擁護他！

他回到白虎營的洞穴中，弟兄們問他發生了什麼事，小虎子不想撒謊，也不願說出事實，於是只緊閉著嘴，什麼也沒說。

夜深人靜之時，他面對著山壁躺下，躲在棉被之中，暗暗飲泣。他從未感到如此悲哀消沉，從不知道遭人背叛是如此傷痛難受之事。他痛罵自己愚蠢，痛罵自己不應輕信他人。他不知道自己此後是否還能相信任何人，也不知道自己該如何與白虎營的其他弟兄繼續相處。

此事之後，小虎子幾乎變了個人，原本意氣風發，志氣高昂，如今卻如洩了氣的鞠一般，感到索然無味，百無聊賴。他無心再與其他弟兄傾談相處，將全副身心都寄託於練功之上，性情轉爲封閉內斂，鬱鬱寡歡。白虎營的弟兄們都留意到他的轉變，卻不明就裡，向他詢問，他卻一個字也不肯多說。

大比試過後，全谷的弟兄都看得十分清楚，天猛星精勤苦練，武功超群，顯然是谷中最出類拔萃的一個弟兄。而他所屬的白虎營在他的帶領下，團結合作，氣氛融洽，與其他各營的明爭暗鬥迥然不同。

谷中很快便有傳言，說天猛星曾與白虎營的弟兄們彼此約定：「我們六個同營弟兄定要同心協力，一起過第二關，一個都不少。」而白虎營的弟兄也欣然同意，立誓攜手合作。

這個傳言立即引起了其他五營的不滿：「白虎營六個弟兄要一齊過關，那不就是說我們其他五營所有的弟兄加起來，只有兩個人可以過關？」

五營的頭頭兒和弟兄們都深受威脅，不禁義憤填膺，對白虎營生起強烈的仇視抵制之心。

說也奇怪，弟兄們對進入決賽的兩個弟兄——天微星和天猛星——的看法大相逕庭。天微星是個女娃兒，較不招人忌，加上她長相嬌美，令人難以生起厭恨之心；而且她沉靜寡言，從不張揚招搖，大比試之後，仍舊整日跟那古怪的天殺星做一道，似乎盡力隱藏自己，一句話也不肯多說。弟兄們眼見她冷漠孤僻，只有更加敬畏，頗有些敬鬼神而遠之的味道。弟兄們將天微星當成傳奇人物、仙女下凡，不敢輕易招惹；但是對天猛星卻逐漸醞釀出一股濃厚的嫌棄厭惡，開始對他閒言閒語，甚至說些惡毒的言語攻擊他。

小虎子因受豹三伍的弟兄背叛告發，遭到大首領訓斥警告，心中憂懼慚愧，懊惱自責，萬念俱灰，只能逼迫自己專心練武，不斷思索該如何讓自己的武功繼續進步。他往往從早到晚留在練武場上苦練武功，旁若無人。大比試之後數月，他如著魔般地日夜練功，從不歇息，毫不懈怠。他嫌弟兄們干擾他，於是自己闖入森林，找了個隱密的所在獨自練功，往往到天全黑之後才回洞歇息。

楞子傻呆卻忠誠，小虎子去哪兒，他便跟在小虎子的身後，有如一條忠心的狗兒；小虎子練功，他便坐在一旁，有時比手畫腳，有時喃喃自語，不斷重複著小虎子教給他的兩個新名號，生怕自己忘了：「天猛星、天威星，天猛星、天威星。」

在楞子心中，跟隨小虎子是為了保護小虎子；事實上，他唯有在小虎子身旁時，其他弟兄才不敢嘲弄欺凌他，因此小虎子也總是讓楞子跟在自己身邊，不輕易讓他離開自己的視線。

谷中弟兄見天猛星沉迷專注於練功，心無旁騖，開始議論紛紛：「這天猛星也沒什麼了不起嘛，大比試中跟一個女娃兒打得不相上下！」

「奪得大比試的頭籌，可是莫大的光榮。這小子卻好似沒什麼反應，既不高興，也不得意，豈不怪哉！」

「天猛星這小子違反常情，十足是個怪人！」

「或許是個瘋子。」

「聽說他不再跟弟兄們交談閒聊，從早到晚，只知獨自埋頭練功。」

「這天猛星除了練功之外，別的什麼也不幹。有時自己哈哈大笑，有時愁眉苦臉，看來眞是個練功入了魔的瘋子。」

「他身邊老跟著那個癡呆傻楞的大個子，看來只有傻子才願意接近他。搞不好啊，他自己也是個傻的。」

弟兄們都同意天猛星是個接近瘋狂的怪人，此後他們望向天猛星的眼神中，更多了幾分不屑，幾分嫌惡，幾分妒恨。

就在小虎子消沉低落、沉浸於練武之中時，六營之間的仇恨爭鬥漸漸轉爲激烈。其他五營雖未正式結盟聯手，卻同仇敵愾，視白虎營爲公敵。白虎營的弟兄感受到其他營的仇視，慄慄自危，多次警告小虎子，小虎子卻無動於衷，心中只想：「這些人隨時能背叛我，我誰也不能信任。」

大比試之後，谷中各弟兄的地位有了顯著的改變。表現最出色的兩個女孩兒乃是天微星和天佑星，然而天微星沉靜孤僻，往往躲得不見人影，因此倒讓天佑星脫穎而出，地位陡升。天佑星原本便是石樓谷中除了天微星之外武功最高的女孩兒，雖於大比試中敗在天微星手下，但她英姿颯爽的形象卻深植人心。

天猛星以外，表現最出眾的男孩兒便數天暴星了。然而天暴星性情粗暴蠻橫，身邊除了貔貅營的弟兄外，並沒有其他弟兄自願追隨他，甚至本營的弟兄都因常遭他打傷而對他暗懷憤恨。而另外兩個參與大比試的男孩兒，青龍營首位天魁星和朱雀營首位天孤星，則在比試中慘敗重傷，須長期休養。因此大比試之後冒出頭來的，女孩兒中是天佑星，男孩兒中卻出乎意料的乃是玄武營的天空星。這兩人都野心勃勃，暗謀策畫，企圖鞏固自己在谷中的地位。

某日晚間，毫無預警徵兆，玄武營和麒麟營在天空星和天佑星的率領下，聯手偷襲白虎營。那夜小虎子如常獨自去了森林練功，不在洞中。玄武營和麒麟營的十個弟兄一擁而入，將天富星和天貴星狠打了一頓，並將天英星和天滿星兩個女娃兒擒擄了去，逼迫她們對天佑星效忠。兩個女孩兒嚇得花容失色，只能在脅迫下立下毒誓，此後再也不跟小虎子說話，全心聽奉天佑星的指令。天富星、天貴星兩個武功不強，也只能對天空星俯首稱臣；天威星因跟著小虎子去了森林，逃過一劫。

小虎子半夜回來之後，驚見四個弟兄被打了個落花流水，情狀淒慘，惱怒至極，當場便要去找玄武營和麒麟營算帳。但他知道雙拳難敵多手，而自己營中的四個弟兄又受傷甚重，只能壓下怒氣，日後再圖報仇。

小虎子替弟兄們包紮傷口，發現他們神色奇特，都不願意正眼望向自己。小虎子逼問之下，天貴星才道：「你別問啦。他們逼我們發下毒誓，此後再也不跟你說話。如果我們敢跟你說話，他們便不會放過我們。」

小虎子怒氣勃發，叫道：「別理他們！天下豈有這等橫行霸道之事？這地方還有天理麼？」

然而這石樓谷確實便是個沒有天理的所在。天富星、天貴星被迫發誓歸服了天空星，只能不與小虎子言語，並且很快便搬出了白虎營的洞穴，住到朱雀營的洞穴去了。朱雀營的首位天孤星在大比試中身受重傷，仍未恢復，群龍無首之下，朱雀營全營早早便被天空星所收服。

天滿星和天英星也是一般，不敢違抗天佑星的命令，也搬去了天佑星的麒麟營住下。短短一個月之內，谷中女孩兒大多歸附在天佑星麾下，尊稱她爲「女皇」，唯她之命是從。過了第一關的三十六個弟兄中，共有十二個女孩兒；在偷襲白虎營後，除了裴若然之外，谷中女孩兒全數歸附了天佑星，一派勢力日漸龐大。

在偷襲白虎營一役成功之後，谷中其他五營都歡天喜地，群相慶賀，對策畫偷襲的玄武營天空星和麒麟營天佑星生起無比的敬意。尤其是天空星，聲名鵲起，地位大大提升。他雖無法掌控玄武營的天微星和天殺星兩人，但其他三個弟兄卻對他忠誠無比；即使他未曾在大比試中嶄露頭角，卻在偷襲白虎營中展現了過人的計謀和勇氣，向他效忠的男孩兒愈來愈多，勢力快速擴張。

在大比試後的幾個月中，最得意風光的天空星整日在弟兄面前吹噓誇耀自己的計策謀略有多高明，因敬佩仰慕而追隨他的弟兄忽然多了起來，許多他營的弟兄也自願成爲他的「手下」，乖乖聽從他的命令，甘願替他跑腿辦事、洗衣遞食，所以天空星身邊總有十多個弟兄圍繞，將他尊捧得有若神明一般。天空星也越發趾高氣揚，對手下弟兄們頤指氣使，不可一世。

天微星和天殺星仍舊形影不離，自成一夥，對其他營弟兄的合縱連橫視若無睹，全不理會。

而白虎營自從遇襲之後，便落入分崩離析的局面。天富星和天貴星害怕天空星的勢力，不得不背叛天猛星；天英星和天滿星則被女皇天佑星收編，白虎營中只剩下了小虎子和楞子兩個人，陡然間眾叛親離，陷入空前的孤立。

小虎子不久前才遭豹三伍弟兄背叛，如今又遭白虎營弟兄離棄；之前是暗中告密，這回則是當著他的面甩手而去。小虎子在受傷憤怒之餘，更多的是震驚。他不敢相信自己竟會陷入這等境地，也不相信自己不久前還受到弟兄們圍繞擁護、群相慶賀，如今竟落得單獨一人，甚至成了過街老鼠，人人喊打。

小虎子暗自思索，終於明白這都是自己在大比試中拔得頭籌的惡果。他從未想過要隱藏自己的武功實力，一心想在大比試中一顯身手，好通過第二關，卻沒想到在大比試取勝後，自己立即成爲眾矢之的，弟兄群起攻之，身邊那群原本親厚信任的伍友、營友也都一一叛己而去。

小虎子知道豹三伍的弟兄中有人背叛了他，因此打死也不肯去向他們求助。他知道改名天勇星的阿一身屬貔貅營，早已投靠天暴星的麾下，性情變得殘忍粗暴；小虎子認識的阿一已然不是當年的阿一了，出面告發自己的很可能正是阿一。天壽星阿二往年因體態肥胖，不善走功，小虎子曾多次自願替阿二挨打，阿二當時曾對他滿懷感激，千恩萬謝，但這時阿二身屬麒麟營，曾跟著天佑星夜襲白虎營，顯然早已與他公開撕破臉。阿三天捷星早早便被女皇天佑星收編，受了天佑星的嚴令，不准與谷中任何男孩兒說話，偶爾見到小虎子，也總板著一張臉，露出嫌惡厭懼之色，立即轉身離去。天哭星阿四屬於青龍營，不久前已歸服了天空星，甘願做其走狗。

至於天富星、天貴星、天英星和天滿星四個，更是避他如瘟疫一般，連他的面都不敢見，生怕一開口跟他說話，便破了誓言，將受到天空星或女皇天佑星的暴怒懲罰。

這日晚間，小虎子在白虎營的洞穴中與楞子相對而坐。楞子雖是傻的，卻也看出小虎子心情消沉低落，伸出大手拍拍他的肩頭，說道：「小虎哥，不怕！有楞子在，不怕！」

小虎子只能苦笑，伸手握住楞子的大手，喃喃說道：「楞子，在家中那時，原就只有你願意陪伴我，總是守在我身邊。如今……唉！如今又只剩下我們兩個啦。」

楞子傻傻地笑著，小虎子轉過頭去，再也笑不出來，偷偷抹去一滴眼淚。

新調任白虎營的鬍子老大將小虎子遭到營友背叛離棄的情形全都看在眼中，卻無意干涉，等同默許了弟兄們的作爲。白虎營的弟兄們紛紛搬去他營的洞穴住下，鬍子老大也從未出聲阻止。

小虎子明白，大首領換了鬍子老大來看管白虎營，就是意在壓制自己，好讓自己無法與弟兄結交，再次搞鬼作怪。因此鬍子老大不但不曾追究那群趁夜偷襲白虎營的弟兄，甚至暗中鼓勵天空星等招降收伏白虎營的弟兄，好讓天猛星徹底孤立。

小虎子仍舊盡力對楞子友善溫柔，但他心中開始感到楞子已成爲自己的沉重累贅。他想起自己爲了救出楞子，在大車上醒來時未曾單獨逃走，失去了脫身回家的良機；爲了幫楞子過第一關而作弊，遭弟兄告發，陷入巨大的危機；而如今他仍得費盡心力保護楞子，不讓他受到弟兄們的嘲弄欺侮。

一段時日後，小虎子終於無法忍受，對楞子逐漸冷淡了起來，有時楞子向他說話，他便故意靜默不答，裝做未曾聽見；楞子伸手拉他的手，他便將楞子的手甩開。楞子不明白小虎子爲何突然不對自己好了，也不懂得怎麼問他，仍舊傻傻地跟在小虎子的身旁，不離不棄。

終於有一日，小虎子決定甩開楞子，單獨出去練功。這日傍晚，楞子站在白虎營的洞口，等著跟小虎子一塊兒出去練功。小虎子卻道：「楞子，我今晚不出去練功了。我們早點睡吧。」

楞子當時剛剛吃飽，原本便昏昏欲睡，於是躺倒在地，很快開始打起鼾來。小虎子見他睡熟，便替他蓋好被子，悄悄出洞而去，來到山谷東南的森林之中，獨自苦練武功。

沒有楞子在身邊，他有如釋重負之感，心頭輕鬆了許多，能夠更加專注於練功。此後他每夜都等楞子睡著之後，獨自出去練功，直到夜深才回洞歇息。

第十六章 偷襲

天空星無法對付本營的天微星和天殺星兩個怪人，卻很有自信能徹底摧毀天猛星。他偷襲白虎營後，便收編了天富星和天貴星兩個弟兄到自己麾下。

這日他叫了天富星去，問道：「喂，天窮星，我有件事兒要問你。你那營的天猛星，他每日都幹些什麼？」眾弟兄都知道天富星是小乞兒出身，因此都戲呼他爲「天窮星」。

天富星跟天猛星同營已有一年多的工夫，對他的起居作息再熟悉不過，當即一五一十地對天空星報告道：「這天猛星可是個怪人。他從來不用老大在旁督促提醒，對自己的要求比老大還要嚴厲十倍。他比咱們所有弟兄都起得早，睡得晚，作息規律。他清醒時便只顧著一件事，那就是練功。每日清晨，大夥兒還沒起來時，他便自己重複鍛鍊過第一關前練的六小功，哪管老大們早已不再要求弟兄練這些基礎功夫了。你說他怪不怪？」

天空星點了點頭，說道：「練完六小功之後呢？」

天富星道：「練完六小功後，他便接著練拳腳功夫，兩套拳法、一套腿法加上一套擒龍手，他總將每一招都練上數百遍，直到準確純熟，快捷無誤，無可挑剔爲止。他對自己要求極高，絕不放鬆。傍晚時，老大叫喚大夥兒回洞歇息了，他卻不聽老大的指令，偷偷溜出去，繼續鑽研招式，每夜都將自己逼至極限，直到累得癱倒爲止。」

天空星聽到此處，臉色沉了沉。天富星十分會察顏觀色，心想：「哎喲，我敬佩天猛星，可將他說得太好了。天空星聽天猛星如此勤奮努力，定會自愧不如，暗暗不快。我以後說話可得小心些。」

天空星哼了一聲，又問道：「他傍晚練完功之後呢？就去用膳沖浴麼？」

天富星搖頭道：「他練功練到傍晚，便去用膳，接著繼續練功，直到夜深了，才去泉水邊沖洗一下，回洞睡覺。」

天空星問道：「他都在什麼地方練功？」

天富星搔搔頭，說道：「我也不知道，也不知是去什麼偏遠的地方，總之我們都沒見過他獨自練功。」

天空星沉吟道：「你說他都在夜深才去泉水那兒沖洗麼？」

天富星點了點頭。那泉水離弟兄們居住的洞穴甚近，只有七八丈遠。眾弟兄們每日傍晚都會去泉水沐浴，有的忙著洗淨一身的汙漬汗水，有的則結伴在泉水中玩水戲耍，輕鬆胡鬧一番。

天空星思慮一陣，說道：「泉水那兒離各營居處太近，不好。你說他傍晚都去哪兒單獨練功？」

天富星苦著臉道：「我眞的不知道。不如我明晚兒熬夜不睡，躲在白虎營外，等他出來，便偷偷跟在他後面，瞧瞧他都躲在什麼地方練功，再來向天空大哥報告。」

天空星十分滿意，擺擺手，說道：「甚好！你去探查清楚了，盡快來向我報告。」

天富星見天空星將如此重大的任務交給自己，心中又是竊喜，又是惶恐，又是擔憂，心想：「天空星命我去探查天猛哥的行蹤，定是不懷好意，但我又怎能拒絕？天猛星乃是我的救命恩人，我可沒有半點害他之心，天日可表。我天富星怎會惡劣到起心陷害自己的恩人？」

他原本油滑乖覺，在遭天空星等痛毆一頓之後，更是對天空星百般順從，不敢有違。他明白唯有全心效忠天空星，才是自保的唯一之策。因此心中雖極不願陷恩人天猛星於危難，暗感慚愧不安，但也別無選擇，只能聽從天空星的指令，甘爲鷹犬走狗。

當日傍晚，天富星看看天色，知道天猛星就將出外練功，便偷偷來到白虎營的洞外。這時他和天貴星已搬去朱雀營的洞穴住下，白虎營只有天猛星和天威星兩人住著。

等了一陣，果然見到天猛星起身出洞，快步而去。天富星連忙遠遠跟在天猛星的身後。

跟出一段路，但見天猛星愈走愈遠，終於來到山谷東南的森林邊緣。天富星小心跟上，但見天猛星毫不猶疑，獨自走入了森林。天富星倒抽一口涼氣，心想：「他膽子可眞大，竟然敢獨自進入森林！」只能鼓起勇氣，偷偷跟入樹林之中。

天猛星在林中走出一段路後，來到一塊空地，地上堆置了不少廢棄倒塌的木樁。天富星躲在樹木之後，睜大眼睛望去，見到天猛星深深地吸了一口氣，就在那空地上練起功來，全然不顧地上橫七豎八的木樁。

天富星恍然大悟：「原來他都躲在這兒練功！」

他躲在樹後偷瞧了一陣，眼見天猛星先練輕功、拳腳，跟著練內功，總有半個時辰，直到天色全黑，才出林而去。天富星在森林邊緣等候一陣，確定天猛星已經走遠了，才快步奔回朱雀營的洞穴歇息。

次日一早，天富星便去見天空星，將所見的一切都跟天空星詳細報告了。

天空星沉吟道：「這天猛星性情古怪難測，不好對付。天窮星，多謝你啦！」仲手拍拍他的肩膀，表示鼓勵。

天富星滿面堆歡，口中說道：「能爲天空大哥效勞，乃是小弟的榮幸。得到您的親口稱讚，可比什麼都光榮！」心中卻越發惶恐不安。

不多久，天空星又派手下找了天富星去，說要他跟著去辦一件大事。天富星戰戰兢兢，來到玄武營見天空星。

天空星道：「天富星，今日由你帶路，我們去勘查那個地方。」

天富星一呆，頓時明白天空星要他帶路去天猛星練功之處，當即連連稱是，帶領天空星和他五六個親信手下往山谷東南行去。一行人來到森林邊緣，天富星往森林中一指，說道：「天猛星單獨練功的地方，就在森林裡面。」

天空星等探頭望望，都不敢貿然進入森林，便在森林邊緣找了塊空地停下。天空星對一個弟兄悄聲說了些什麼，那弟兄點點頭，快步奔去。

天空星在一塊大石頭上坐下，說道：「我們在此等候一陣。」手下們一字站開，在他身後守衛。

天富星不知他們在等候什麼，於是悄悄問天速星道：「天速哥，咱們這是在等什麼呀？」

天速星身子高，不得不彎下腰，將嘴湊在天富星耳邊，悄悄說道：「據我、我所知，天空大哥派、派了弟兄去、去找天、天暴星，邀他、邀他來此見面。」

天富星老早聽慣了天速星說話結巴，並不以爲怪。他聽說天空星打算找天暴星來，微微一呆，問道：「天暴星？就是那個出手殘暴無比的怪物麼？」

小胖子天究星站在一旁，此時也湊過頭來，神祕地點點頭，說道：「不錯，就是那個怪物天暴星。天空大哥打算約天暴星和他的手下，明日晚間在此聯手突襲天猛星。」

天富星微微一呆，心想：「這麼快就要動手了？」心中又是憂急，又是驚懼，暗想：「他們這兩夥人聯手偷襲天猛星，他孤身一人，怎能不被打得落花流水，半死不活？」

他吞了口口水，說道：「原來如此。你想天暴星會答應麼？」

天速星搖搖頭，說道：「聽、聽說他、他有些顧忌。」

天富星奇道：「這地方靠近森林，偏僻隱密，無人敢來，絕不會被人見到，他又有什麼好顧忌的？」

天究星壓低聲音，擠眉弄眼地道：「就是因爲太偏僻，太靠近森林，所以天暴星不願意來。你不知道麼？天暴星一副橫行霸道、凶神惡煞的模樣，其實他最怕鬼了。老大們說森林中住著鬼怪，因此他一步也不敢靠近森林。」

天富星不禁笑了，他自然聽過天暴星膽小怕鬼的傳言，忍不住道：「天暴星那殘暴的怪物竟然也會害怕鬼怪，眞是人不可貌相，一物剋一物哪！」天速星和天究星都忍不住笑了起來。

天富星又問道：「那天空大哥打算如何說服他？」

天速星道：「天空大哥想、想跟他說，叫、叫他帶上所有的手下，人、人多勢眾，就算有鬼、鬼怪，也會先抓走他、他的手下，他、他便可以乘機逃、逃跑啦！」說到這兒，三人一起吃吃而笑。

過不多時，天暴星果然帶了天勇星、天牢星等一群七八個手下，跟著天空星派去相邀的弟兄到來。天富星早知道天暴星也有一群忠誠的手下，人數雖不如天空星的人多，但實力絕對不弱。若說天空星恩威並施，那麼天暴星便是恐怖統治。他的手下一個個都是狠角色，與他氣味相投。

兩夥人密會之處就在森林邊緣，天暴星看來頗有些忐忑不安，眼光不時往森林飄去，神色警戒，看來他怕鬼的傳聞果眞不假。

天空星站起身迎接，滿面堆笑，開口說道：「天暴星，多謝你來此與我等結盟，對付咱們的共同敵人。」

天富星心想：「共同敵人？是了，天猛星曾打敗過天暴星，自然是天暴星的頭號敵人。」

天暴星點點頭，抬眼望了望天空星身後的幾個弟兄，似乎在衡量結盟對象究竟有幾分實力。天富星不禁暗感窘迫，天速星、天究星和他幾個長得都不怎麼起眼，一副小嘍囉的模樣，不似天暴星身後那幾個弟兄那般高大威武。

但聽天暴星開口說道：「共同敵人？你說的想必是天猛星了。」

天空星道：「正是。」他回頭向天富星一指，說道：「這個天富星，跟天猛星同是白虎營的弟兄。他已幫我們探查清楚了，天猛星每日傍晚都會單獨來到森林中的空地練功。我想約你明晚一同來此埋伏，偷襲天猛星。」

天暴星聽說要偷襲天猛星，眼中頓時發光，但聽見森林，又顯得將信將疑，說道：「森林中？那鬼地方從來沒有人敢去的，天猛星爲何會跑去那兒？」

天空星回頭望望天富星，天富星心領神會，立即上前一步，說道：「我昨晚跟蹤天猛星，親眼見他來到此地，就在這森林裡的空地上單獨練功。大約因爲這兒僻靜，不會有人來打擾。」說著往森林一指。

天暴星點點頭，往天富星所指的方向望了一眼，伸手摸著後腦杓兒。認識他的弟兄都知道，摸後腦杓兒乃是天暴星始終改不掉的老習慣，只要他一感到興奮或緊張，或是有什麼事兒想不透，便會伸手撫摸後腦杓兒。天暴星顯然對森林極爲懼怕，一邊摸著腦杓，一邊癟起嘴，遲疑道：「你說他練功的地方，是在森林裡面？」

天富星忙道：「正是。但是那地方離森林邊緣不遠，從這兒走進去不過二十步。那裡滿地都是廢棄的樁子，很容易躲藏。」

天暴星望著森林，眼中露出疑懼之色，沉吟不語。

天富星和天速星、天究星偷偷對望一眼，都勉強忍住笑。

天空星道：「天猛星日日都來此練功，可也沒聽說他遇見過什麼鬼怪。再說，咱們十多人一起去埋伏偷襲他，就算有鬼怪，也定會先抓了天猛星，咱們總有辦法逃脫。」

天空星見天暴星仍舊猶疑，於是又低聲道：「我打算將所有手下全數帶上，到時讓弟兄們進入森林埋伏，你我二人便留在此地掠陣。我們站遠一些，就算眞發生了什麼事，也定然可以當先逃脫。」

天暴星聽了，果然有些心動，又思慮一陣，才點點頭，說道：「好！我便跟你們一起動手。」

天空星甚是高興，當下兩夥人鼓起勇氣，跟著天富星走入森林，來到天猛星的練功之處。即使是青天白日之下，這地方因濃蔭遮蔽，顯得頗爲陰暗深沉，眾弟兄都感到一股寒意包圍全身，不禁毛骨悚然。這群弟兄即使厭惡天猛星，卻不得不暗暗佩服他的勇氣，竟然敢日日單獨一人來此練功。

天空星和天暴星探勘了一番，決定了幾個躲藏之處，商議如何做信號，一齊衝出偷襲天猛星，其餘人又該躲藏在何處，好攔截他逃脫的退路。

天空星沉吟道：「他若往森林中逃去呢？」

天暴星嘿了一聲，說道：「諒他也不敢。依我說，大可不必在森林的方向布置弟兄攔阻。他若當眞往森林深處逃去，便由他去，讓鬼怪抓了他吃掉了事！」

天空星並不那麼相信鬼怪，猶疑一陣，暗想：「即使讓他逃進了森林，黑夜之中，不是跌倒受傷，便是迷路失魂，多半也逃不出來。」當下點頭道：「好，就這麼辦。」

於是天空星與天暴星回到森林之外，拍掌爲誓，歃血爲盟，整套儀式辦得十分周全；這群孩童不過八九歲年紀，卻一派老江湖的模樣，遵照著一知半解的江湖規矩，行禮如儀。兩個頭頭兒在眾手下弟兄的注目之下，擊掌三次，歃血而飲，口中宣讀誓詞：「天空星與天暴星齊心合作，共圖消滅敵人天猛星，絕不出賣盟友。」其餘弟兄也跟著歃血立誓。

天空星和天暴星乃是谷中最有勢力的兩個頭頭兒，天富星親身參與二人的密會交涉，歃血合作，不禁感到自己深受信任，與有榮焉，但也不禁慄慄危懼，心中念頭急轉：「天猛星這下可眞要玩完兒了。我該出手幫他麼？即使我想幫他，又能如何幫他？」

大比試過後，裴若然身上多處負傷，連續幾夜都睡不安穩，又不願意呻吟出聲，讓天空星他們聽見。之後她傷勢雖已痊癒，卻開始噩夢連連，夜晚甚難安睡，容易驚醒。

這日晚間，她又掙扎著難以入眠，竟恰好聽見天速星和天異星低聲談論天空星和天暴星聯手偷襲小虎子的計畫，從天富星跟蹤小虎子、向天空星報告行蹤，以至天空星約天暴星在森林約見、歃血盟誓、決定於次日晚間動手等詳情，她全都聽在耳中。天空星等自然無意讓天微星參與其事，但他們素知天微星和天殺星兩人離群獨處，置身事外，又當他們已然睡著，因此未曾蓄意掩藏。

裴若然和天殺星日日溜入森林深處練功，熟悉森林地形，聽他們所述，猜想小虎子單獨練功的所在應在森林的西北角，離他們的祕密練功處相隔甚遠，略略鬆了口氣。但她也知道那兒離眾弟兄和老大們的居處洞穴更遠，杳無人跡，小虎子若在森林中遭十多個弟兄突襲圍攻，只怕凶多吉少。

她對小虎子仍舊心存憤恨，一來是因爲他的好友天威星便是害死阿三的凶手，二來是因爲自己在大比試中敗在他手下，令她難以釋懷。然而她也不曾忘記，大比試中他曾收回那招「一拳奪命」，饒她不死，自己算是欠他一份情。

這時她聽聞天暴星和天空星打算聯手偷襲小虎子，心中百念交雜：「小虎子雖是我的對頭敵手，但他畢竟曾饒我不殺，我能坐視他被天空星那夥人打死麼？我該去警告他，要他明日傍晚不要去森林練功麼？還是該明哲保身，不加插手？」

她思來想去，無法決定，更加難以入眠。

當夜夜半時分，忽然有人偷偷摸摸地來到玄武營的洞前，低聲喚道：「天微星！天微星！」

裴若然的睡處接近洞口，她原本睡得淺，聽見有人叫喚自己，頓時驚醒，坐起身，低聲喝問：「誰？」

她凝目往洞外望去，但見一個瘦瘦小小的身影站在洞外兩三丈處，不斷向她招手，示意要她出來說話。

裴若然也不害怕，起身出洞而去，跟著那人影走出十餘丈，月光下看出那男孩兒身形瘦小，神態猥瑣，卻是白虎營的天富星。

天富星畏畏縮縮，滿懷膽怯地望著她，說道：「天微星，我是……我是天富星。妳大概沒見過我，不知道我是誰吧？」

裴若然凝望著他，冷冷地道：「我自然知道。你便是向天空星報告天猛星的行蹤，出賣救命恩人的那個傢伙。」

天富星聽了她這番話，不禁滿面通紅，囁嚅半晌，忽然噗通一聲跪倒在地，說道：「天微星，我求妳一件事！」

裴若然冷然望著他，心想：「這小子歸附天空星，為虎作倀，不是什麼善類。不知他有什麼事要求我？」當下並不回答，只肅然望著他。

天富星道：「這件事，懇求妳一定要出手相助。天富星粉身碎骨，難以報答！」

裴若然見他一直不說正題，甚感不耐，半轉過身，作勢準備離去，說道：「有話快說，不說我便走了。」

天富星忙道：「別走，別走！請聽我說。天空星和天暴星兩個約好了，明日傍晚一起去森林中偷襲天猛星。天猛星是我恩人，我不能……不能眼睜睜地看他被他們打死啊。」

他開頭只是語音嗚咽，說到後來，竟忍不住痛哭流涕。

裴若然冷笑道：「你為天空星效命，早已出賣了天猛星。現在又假惺惺地做戲給誰看？」

天富星一把鼻涕，一把眼淚，哭道：「我這是身不由己啊！那夜他們闖入白虎營，把我抓起來痛打一頓，威脅要把我的手指頭一根根折斷，我哪裡禁受得了？只能跪倒起誓，永遠對天空星效忠。不然我一條小命老早便沒啦！在這石樓谷中，一不小心便會送命，我只能先想法子活下去再說啊！」

裴若然深知天空星的殘忍手段，眼見天富星瘦小單薄，如何禁得起天空星的恐嚇折磨？心中一軟，暗想：「他說得也沒錯。第二關只有八個人能夠過關，對天空星來說，當務之急自是恐嚇收編較弱的弟兄，聯手消滅最強的弟兄，好增加自己過關的機會。似天富星這等武功不高的弟兄，若不屈從於勢力強大的弟兄，便更無存身之地。」當下放緩了口氣，說道：「你來找我，究竟有何事相求？」

天富星聽她口氣鬆動，大為欣喜，立即說道：「多謝天微星！天微星若肯出手相助，小弟感激不盡！我想請妳幫忙，明日去跟天猛星說，叫他晚間不要去森林那兒練功。」

裴若然問道：「你為何不自己去警告他？」

天富星苦著臉道：「我被迫歸服天空星，他不但不准我跟天猛星說話，還逼迫我搬出白虎營的洞穴。我若跑去跟天猛星說這番話，一來他惱我得緊，一定不肯相信；二來若被天空星發現，我這條小命可就沒了！」

裴若然道：「那又為何找我去說？」

天富星道：「白虎營的弟兄全都背叛了他，他跟其他營的弟兄又無甚交情。天微星妳素來置身事外，又是天猛星旗鼓相當的對手，由妳去說，他應當會聽信。」

裴若然沉吟不語，心想：「自從入谷以來，我跟小虎子從未說過話。就算我真去找他說了這番話，他會相信我麼？」

她心頭忽然閃過阿三被天威星踹下山崖的情景，心中一陣揪痛，暗想：「我在想什麼？小虎子和害死阿三的那個天威星形影不離，我怎能出手幫助仇人的好友？」

天富星仍跪在當地，不斷死求活懇，裴若然聽得心煩，忽然舉起手，讓他別再說下去，冷冷地道：「我不會去幫你向他示警。我和天猛星有血海深仇，絕對不願意幫他任何的忙。你走吧！」說完便轉身快步而去。

天富星滿面驚詫，還想再說，卻見天微星已回入玄武營的洞穴中了。

第十七章 暗助

次日傍晚，天色漸暗，裴若然耳中聽見天空星和天速星等人悄聲低語，一齊起身，出洞而去。她心中一緊，忍不住坐起身，心中一片混亂。她面對天富星時口中雖說得決絕，其實心中仍十分關心小虎子的安危，心想：「我不去示警，只是去看看。到時見機行事，走著瞧便是。」等天空星等走遠後，她便爬起身，出洞往白虎營的洞穴行去。

當時天色近晚，四下一片昏暗，傍晚的寒氣盤據著山谷。裴若然抱著手臂，勉強抵禦寒氣，緩步走在夜色之中。她來到白虎營的洞穴之外時，正見到暮色中一個孤獨的人影快步往東南方走去，看身形正是小虎子。

她心中一跳，知道天空星和天暴星等人多半已埋伏在森林中，正猶疑自己是否該舉步追上，阻止小虎子前去，忽覺手臂一緊。她一驚之下，立即回頭望去，但見拉住自己的竟是天殺星。原來他見到她起身出洞，便隨後跟了上來。

天殺星眼中露出疑問之色。裴若然壓低聲音道：「天空星和天暴星他們打算聯手偷襲天猛星，人已埋伏在森林中了。」

天殺星疑惑地望著她，顯然在問：「那又如何？」

裴若然聳聳肩，說道：「也沒什麼，我只是想跟去瞧瞧。」

天殺星凝望著她，似乎能探知她心中的眞正想法，搖搖頭，堅定地道：「強者招忌。」又道：「是敵非友。」

裴若然微微一怔，一時不知該如何回答。她自然知道天猛星乃是谷中武功最強的弟兄，在大比試時輕易拔得頭籌，鋒芒畢露，因而招致其他弟兄的嫉恨，這本是意料中事。她和天猛星並不相識，更無交情，自然說不上是朋友；而過第二關時弟兄們將以武功定勝負，天猛星無論如何都將是她的敵人。

此時她思慮著天殺星的話：「強者招忌，是敵非友。」心中一團混亂：「天猛星究竟是我的朋友，還是敵人？」又想：「不，我不該把他想成『天猛星』。他是小虎子，不是什麼『天猛星』。那麼小虎子究竟是我的朋友，還是敵人？」

她想起小虎子在長安城空地上蹴鞠的身影，臉上坦率耿直的神情，心中頓時有了答案：「小虎子跟我一樣出身長安，是個酷愛蹴鞠、性情單純、再尋常不過的街頭小童。他和我如果未曾被捉入這石樓谷，便不會成爲什麼天猛星，也不會成爲什麼天微星。他的好友害死我的好友，但他並沒有害過我。不，他不是我的敵人。」猛然下定決心，說道：「就算天猛星太過招搖，強者招忌，但天空星和天暴星他們更加可惡。我不能眼睜睜地看著他們下手暗算天猛星！若任由他們如此胡作非爲，傷害弟兄，下一個就輪到我們了！」

天殺星搖搖頭，說道：「只除強者。」

裴若然聽他這麼說，更加搖頭，說道：「天殺星，你想想，天猛星被他們除掉之後，下一個目標就是我了！」

天殺星自然知道她在大比試中脫穎而出，唯獨輸給了天猛星，武功在石樓谷中算是名列第二；天猛星若被他們除掉，下一個目標顯然便是她。他沉默下來，不再言語。

在天殺星出言阻止她之前，裴若然其實並未打算出手幫助小虎子，還曾動過此念：「小虎子武功奇高，若能借天空星、天暴星之手除去他，我也可從中得利。」

然而在與天殺星對答之後，她心中的想法頓時清晰起來：「小虎子被除去後，下一個便是我了。再說，小虎子是個出身長安的尋常孩童，天空星和天暴星卻都不是尋常的孩童，他們都是出身藩鎮，一心想練成高強武功，成爲藩鎮主的貼身護衛，藉以飛黃騰達的狂人。無論如何，我都不能讓這群狂人傷害小虎子。」

她心意已定，當下轉身奔去，想追上小虎子。然而這時小虎子已然走遠，連背影都看不見了。她舉步急追，心中愈來愈清楚自己爲什麼必得出手幫助小虎子。小虎子性情淳厚，老實耿直，絕非天空星的奸險或天暴星的殘暴所能相比。相較起來，小虎子實在是個極好的人，是個她可以相信、值得幫助的人。

裴若然奔出一陣，忽然心生一計，停下腳步，立即改變方向，奔往老大們歇息的洞穴，找到了屠老大。她低聲說道：「稟告老大，我剛剛見到一群弟兄偷偷摸摸地往山谷東南邊去，似乎想去竹籃那兒，不知有何打算。」

她知道屠老大若聽聞一群弟兄打算去偷襲另一個弟兄，一定不以爲意，甚至暗中鼓勵；但是若說有人想接近竹籃，可能有意逃出谷去，他便不能置之不理了。

屠老大聽了，果然皺起眉頭，說道：「好，我知道了。」立即向鬍子老大通報，鬍子老大聽聞後，認爲事態嚴重，立即叫上其他三個老大，四人一起趕往東方去查看。裴若然悄悄跟在後頭，不敢太過接近。

她見到老大們來到森林邊緣，屠老大高聲喝問：「天快黑了，誰還在這兒晃蕩？通通給我出來！」

天空星等原本還不敢出來，但老大們四下一搜，很快便揪出了幾個躲藏在大樹木椿之後的弟兄，將他們聚在一起盤問。

天暴星和天空星大約怕自己被弟兄們招出來，情勢更加不利，又怕弟兄們胡說一通，不小心供出了眞相，反而更糟糕，於是兩人都乖乖地站了出來。

鬍子老大嚴詞質問道：「天空星，天暴星，你們一夥人傍晚時分跑來森林這兒，究竟想幹什麼？」

天空星倒也機伶，立即編造出了個故事，說道：「不瞞鬍子老大，我們相約來這兒，是見到這兒長了不少李樹，樹上李子剛剛成熟，甜美多汁，打算採一籃李子，拿回去孝敬老大們啊。」

他擅長做戲，這番話說得活靈活現，眞誠懇切，好似他們這群弟兄當眞對老大們一片孝心，滿腔孺慕。

鬍子老大嘿了一聲，說道：「當眞？籃子呢？」

也是天空星走運，天富星剛好帶著一只籃子，立即取了出來，說道：「啓稟老大，籃子在這兒呢。」

天空星暗暗鬆口氣，忙道：「是啊，您瞧，籃子就在這裡。我們還沒開始採李子，便聽見腳步聲，不知道誰會來這裡，才趕緊躲了起來。原來是各位老大！老大們又怎會在天黑時分來到這兒？」

裴若然心中一跳：「鬍子老大千萬別說出是我去報的信！」

幸而鬍子老大並未說出他們爲何會來此，只道：「我們每夜都在山谷各處巡視，確定弟兄們不曾胡搞亂來。好了，快些回去睡覺了！」

當天空星在那兒編造故事、做戲扮假時，裴若然遠遠見到小虎子高踞森林邊緣的樹枝之上，觀望著這一幕。他趁沒有人注意的當兒，一躍下樹，施展輕功快步逃逸而去，隱沒在黑暗之中。

裴若然見小虎子脫離險境，終於鬆了口氣，自己也趕緊離去，回到玄武營的洞穴。天殺星顯然還醒著，知道她回來了，卻並未起身，也不曾問她發生了什麼事。裴若然知道他不贊成自己出手幫助天猛星，便也沒有多說，逕自躺下睡了。

她躺在當地，心想：「小虎子定然不知道是我在暗中幫助他，讓他逃過了一劫。他不知道更好，我可不想被捲入此事。除了天殺星之外，谷中沒有別的弟兄知道我暗中保護了小虎子，如此最好。」閉上眼睛，感到十分心安，沉沉睡去。

裴若然出面向老大們通風報信，解除了小虎子被天空星和天暴星偷襲的危機，卻不料當夜事情竟有了意料不到的變卦。

小虎子離開森林之後，便趕緊回到白虎營的洞穴，卻不見了楞子。平日楞子吃飽了就睡，根本不知道小虎子傍晚獨自出去練功。今日楞子卻不知爲何不在洞穴中睡覺，也不知去了何處。

小虎子好生驚急，趕緊出洞去尋找。這時天色漸黑，他在練武場各處找了一圈，高聲喊叫「楞子，楞子！」卻始終未曾見到他的身影。

他尋找了半夜，才被老大們叫回洞穴。小虎子驚恐交集，說道：「天威星不見了，他夜晚看不見路，不知道如何回來，我一定要找到他！」

鬍子老大雖知天猛星和天威星交情深厚，但也不能任由他整夜在外搜尋，命令他立即回洞歇息，一切等到明日再說。

另一頭，原來楞子不知是不放心小虎子，還是有什麼別的原因，傍晚醒來後，便獨自出洞晃蕩，正好撞上了從森林回來的天空星和天暴星一夥人。他們偷襲小虎子不成，見到這頭肥羊自己送上門來，怎會放過？

天空星確定屠老大和鬍子老大等都已回去歇息了，便與天暴星對望一眼，兩人都是一般心思，大步上前，攔住了楞子。

楞子不知道他們爲什麼要擋住自己的路，傻傻地伸手去推，說道：「讓開！不要擋著我！」

天暴星更不多說，走上一步，一拳擊出，正中楞子的小腹。天暴星出拳極重，楞子啊喲一聲慘叫，痛得捧著肚子彎下腰去。

天空星隨即一腳踢去，將楞子踢倒在地。接著天空星和天暴星的手下弟兄便群起而上，對倒在地上的楞子拳打腳踢，下手極重。

楞子即使天生力大，又學了一些武功，卻完全不懂得如何自衛，這時被一群弟兄圍毆，只能抱著頭在地上翻騰躲避，大聲呼救，卻沒有人聽見。不多時，他便在弟兄們的圍毆下昏迷了過去。

天暴星伸腳踢了踢他龐大的身子，說道：「將他扔到樹叢中等死吧！」

天空星卻更狠一些，搖頭道：「這大個子雖是傻的，但若給他活了下來，想必也會指證我們。一不做，二不休，乾脆將他扔入泉水中去。倘若有人問起，就說我們早已回去休息了，根本未曾見到他。他自己去泉水那兒沖浴，腳下一滑，跌倒淹死，那也是有的。」

天富星在旁聽見了，忍不住吞了一口口水。他當然不知道是天微星暗中向老大們報訊，才讓天猛星逃過一劫，只道天猛星不過是運氣好，老大們剛好來森林附近巡視，撞破了天空星他們的埋伏。他當然更加預料不到楞子會單獨出來，成了天猛星的代罪羔羊。他眼見楞子滿面鮮血，癱在地上動也不動，有如死屍，心想他既已昏迷不醒，這一扔入泉水，自是再也不會浮起來的了，心中不禁驚恐交集：「天空星這人做事也未免太狠毒了些，對天威星這等傻子也下得了毒手！我瞧他什麼事都幹得出來！」

天富星與天威星同營也有一段時日了，知道他自幼壞了腦子，傻乎乎地，神智如同三歲孩童，但心地善良，性情純樸，頗爲可喜，尤其對天猛星忠心耿耿，好似一頭忠狗一般，總是守在天猛星身旁。然而天富星即使不忍心見到天威星被殺，卻也不敢強自出頭，招惹天空星的疑忌，當下只能咬著嘴唇，站在一旁，眼望著弟兄們抬著天威星的身子，來到泉水旁，將他投入水池之中。天富星眼望著泉水水花四濺，眼望著天威星的身子慢慢沉入水中，只覺頭皮發麻，全身發冷，牙齒緊咬得嘴唇都流血了。

天空星和天暴星及手下們洋洋得意，在泉水邊歡呼叫嚣，群相慶賀了一番，才紛紛離去。

次日，天威星的屍身浮在泉水之中，被清晨去洗臉的弟兄見到了，立即驚叫著去向老大們報告。

老大們來檢視過後，看出天威星是被人毆打後扔入水池中的，卻並未追究。

不多時，所有的弟兄們都來到泉水邊圍觀，天富星見到天猛星也來了。他大叫一聲，衝上前撲在天威星身上，伸手去拍他的臉頰肩膀，努力試圖喚醒他，卻徒勞無功。

天富星偷偷望向天猛星，但見他臉色煞白，雙眼直瞪著天威星的屍身，臉上又是不可置信，又是悲痛憤怒，一張臉扭曲變形，難看至極。他顯然應該要大哭一場，但他卻未流淚，只是直勾勾地望著天威星的臉面，一聲不出。

鬍子老大下令道：「天猛星、天富星、天貴星，你們三個用麻布將天威星包了起來，抬到沼澤旁，在黑泥地上挖個坑埋了。」

三人默默從命，將天威星的屍身用麻布包起，扛在肩上，往山谷南方的沼澤行去。

天富星走在最前面，不敢回頭去看天猛星的臉，只聽見他呼吸粗重，想是強忍著不肯痛哭失聲。天富星心想自己應當開口安慰天猛星幾句才是，卻不知該如何啓齒；又想起害死天威星自己也有一分，無論如何都已大大地對不起他了，何況天貴星便在一旁，更加不敢開口安慰天猛星。

三人來到沼澤旁，合力挖土，掘出了一個坑，將天威星放了進去。天猛星跪在坑旁，又望了天威星的臉好一陣子，才將一坏土推入坑中，天富星和天貴星也跟著幫手填土。

天富星一邊填土，一邊默默祝禱：「天威星你在天上若有靈，可千萬別來找我天富星算帳哪！我這是身不由己啊！也請你多多保佑天猛星，別讓他也被天空星、天暴星他們害了啊！」

其實谷中弟兄心照不宣，都知道出手殺死天威星的定然是天空星和天暴星一夥。許多弟兄都知道他們曾計畫偷襲天猛星，卻不知道為何天猛星毫髮無損，全身而退，而天威星卻遭襲殞命。

弟兄們皆知天猛星武功高強，不易對付，而天威星傻愣癡呆，武功低微。天空星他們敢對天威星下手，可見其手段之狠毒，居心之陰險。誰都知道，要傷害打擊天猛星，最容易的方法便是傷害他的摯友天威星。如今天空星他們有膽對天威星下此毒手，足見其殘狠決絕，不擇手段。自此以後，弟兄們對天空星更加畏懼，更加不敢忤逆。

天威星乃是過了第一關、選出三十六天罡以來，第一個喪命的弟兄。

自從楞子喪命以來，小虎子便陷入了一片深不見底的消沉絕望。他回想自己當時在大車上清醒過來，未曾獨自逃走，卻一路來到石樓谷，正是因為他不肯捨棄楞子。豈知他雖在谷中與楞子重遇，相處了一段時光，卻畢竟無法保護他，讓他遭人毆打而死，自己甚至得親手埋葬楞子的屍身。

小虎子連續哭了好多日，心中痛悔莫及。他知道自己太過天眞了。他一直以爲只要付出眞心，身邊的人都可以成爲朋友，都可以信任。他在長安街頭結交了無數朋友，在石樓谷也曾與豹三伍的四個伍伴同心協力，一齊過關；白虎營的弟兄也曾一度對他極爲信賴推崇，如今他們全都背叛了他。

小虎子終於明白，這石樓谷不是一般的地方；過了第一關的弟兄也不是一般的弟兄。他們都不是常人，而是邪惡殘狠的鬼怪，是能夠打死害死伙伴卻眼睛不眨一下的魔障。

小虎子感到人生索然無味，只能勉強告訴自己：「總有一日，我定要替楞子報仇，讓那些惡鬼全都嘗到苦果！我要努力練武，成爲全谷第一，讓害死楞子的仇人全都付出代價！我一定要過第二關、第三關，我要離開這見鬼的石樓谷！」

這個信念如烈火一般在他心底熊熊燃燒，熾熱猛烈無比。此後他逼迫自己忍受艱苦的鍛鍊，督促自己不斷用功，期盼有朝一日能夠過關出谷，替楞子報仇雪恨。

第十八章 兵器

在裴若然的記憶中，大比試後石樓谷中發生了兩件大事：一是各營結黨互鬥，最終導致白虎營分崩離析，天威星慘死，天猛星孤立無緣，陷入絕境；二是師傅們開始讓弟兄們學習兵器。

大比試之前，四位師傅傳授弟兄們的功夫僅限於拳腳輕功；大比試後的一個月左右，四位師傅便開始讓他們學使兵器。

這日清晨，弟兄們去四聖洞禮拜四聖、背誦門規之後，鬍子老大便帶著弟兄們來到四聖洞旁的一個山洞之中。但見洞中石壁上滿滿掛了各種小巧的兵器，有短劍、匕首、峨嵋刺、雙戟、鐵鐧、板斧、雙鉤、瓜錘等等，奇形怪狀，無所不有。眾弟兄眼望著琳琅滿目的各式兵器，都極爲興奮，讚嘆不已，紛紛指點談論。

鬍子老大道：「大首領有令，弟兄們即日起開始學習兵器，從基本的短劍學起，能夠掌握短劍的招式後，才能再次來此，挑選一件自己中意的奇門兵刃繼續鑽研。」說完指著一個大鐵箱，說道：「現在大夥兒輪流上前，一人從箱中取一柄木劍，做爲練習之用。」

眾弟兄齊聲答應，輪流上前，從鐵箱中取出一柄木製短劍。

裴若然取了木劍之後，持在手中仔細觀察，見那劍長約兩尺，雖是木製，卻頗爲沉重，與眞劍的重量應當相差不遠，兩側皆有刃，但並不鋒銳，顯爲學招練劍所用。

從那一日起，地師便向各營弟兄傳授了一套短劍劍術，稱爲「三才劍」。他一邊比畫，一邊詳細講解使劍的招式道理，包括天、地、人三式，基礎劍訣如「劍走輕靈、避實擊虛、剛柔相濟、形神兼備、以靜御動、後發先至」等，之後便由老大們督促弟兄反覆練習三才劍。

裴若然很快便發現，拳腳功夫很大部分靠的是蠻力，而使兵器則更注重技巧。她是個女孩兒，身形瘦弱，臂力原本不強，如今開始學習兵器，好似進入一個全新的境界一般，學起短劍來如魚得水，得心應手。

她也留意到，天殺星跟她同樣偏愛兵器。自從開始學習短劍之後，天殺星便全心全意專注於習練短劍招數之上，有如著魔一般。他原本便沉默孤僻，極少跟人說話，也不與人眼神相對，此時更是完全活在自己的世界中，連聽她說話的工夫都少了。

兩人仍舊早晚相偕去森林中的空地上練武，但天殺星對她的友善似乎一日日減少，一日日增加的，則是敵人之間的競爭較量。

裴若然清楚覺察到天殺星的轉變，猜想天殺星大約因爲不贊同她出手幫助天猛星，才對自己這般冷漠。她雖是個女孩兒家，性情卻極爲堅毅，並不將天殺星的轉變放在心上，心想：「我做我認爲應該做的事情，原本不必得到你的同意。你要將我當成敵人，跟我較眞的，難道我便怕了你？」

兩人仍舊每日來到密林的空地上練武，由拳腳轉爲以短劍相鬥，攻招愈來愈凌厲凶狠，直如要將對方置於死地才罷休。裴若然身上瘀傷割傷愈來愈多，天殺星也是一般，兩人往往對打到氣喘吁吁、全身布滿傷痕才停手。

如此比鬥雖難免皮肉之苦，卻是絕佳的鍛鍊；兩人一心想贏過對方，各自精勤苦練，日日盡全力比鬥，劍術自然日益熟練精進。到得後來，兩人一日不認眞比試一場，便覺得不痛快，甚至渾身不舒服。不知不覺之中，裴若然和天殺星之間的關係從形影不離、互相依賴的患難之交，轉變爲旗鼓相當、不分軒輊的對手勁敵。連他們自己也說不清兩人究竟是朋友還是敵人，然而不能否認的是，他們對彼此極爲重要，片刻也不能離了對方。

自從開始習練短劍後，各營弟兄間每月舉行的小比試也從比試拳腳轉爲比試短劍。所使短劍雖是木製，劍刃也不鋒利，但殺傷力自然遠遠大過拳腳，弟兄們在比試中受傷幾乎無日無之。老大們因此在廚灶洞的角落設了一個「傷藥堂」，隨時提供傷藥布條，供弟兄們自行敷藥療傷。

裴若然和天殺星兩個每日私下在森林中比試，過招激烈，受的傷也比其他人更多更重。他們常常在練完短劍之後，便一塊兒去傷藥堂敷藥包紮。即使在這此時兩人也要彼此較量一番，比較誰的傷痕較多、瘀痕較紫，以及誰更能忍痛，敷藥時能夠咬緊牙關，不呼叫出聲。

幾個月之後，大部分的弟兄都已學完短劍的所有招數。鬍子老大見他們已將短劍招式練得十分純熟，便讓他們回去那山洞中挑選一樣獨門兵器鑽研，此後比試時便可使自己最拿手的兵器。

裴若然在山洞中流連觀望了許久，忽然見到一對銀色細長的兵器，交叉掛在石壁之上。

她心中一動，只見這對兵器的形狀頗似女子的髮簪，讓她不禁想起娘親平日頭上戴的鏤花銀簪。她想起溫和柔弱、仁善慈祥的娘親，眼眶不禁一熱。她勉強忍住淚意，吸了一口氣，伸手取下了那對兵刃，反覆觀看，但見這對兵器長一尺，兩端較細，兩頭都是尖銳的扁刺。刺身正中有個可以轉動的小釘，釘上連著一個鐵環，不知是何作用。

但聽鬍子老大在身後說道：「這是峨嵋刺。使動之時，雙手以中指穿入環中，好似戴上戒指一般；其餘四指握住刺身，攻招有刺、穿、挑、撥、扎、架等，尖銳的兩端皆可攻敵。峨嵋刺最特異之處，是放開四指時，刺身便可快速轉動，發出惑人眼神的光芒，更可一邊旋轉，一邊攻敵臉面，是一對小巧凌厲的兵器。」

裴若然點了點頭，說道：「我便選這對峨嵋刺，做爲我的兵器。」

天空星選的是狼牙刀。狼牙刀刀背彎曲，刀刃形如狼牙，外貌頗爲險狠；天空星原本偏愛狠猛險辣的招式，使起狼牙刀來分外猙獰。天速星選的是鹿角刺，天究星選了鉤鐮拐，天異星則選了暗器，專練飛刀、袖箭、鐵蒺藜等輕巧及遠的暗器。天殺星選的兵器乃是雙匕首，攻擊時有擊、刺、挑、帶等招數，還能夠擲出其中一柄攻敵，是對十分厲害險狠的兵器。

裴若然察覺從天殺星身上散發出來的殺氣日益濃厚，對他武功進展之速暗自驚詫戒懼。他們倆之前以拳腳比試時，她仗著身法靈活，通常能略勝一籌；之後以木製短劍對敵，可說平分秋色，不分上下；然而在開始各自使動稱手的兵器後，天殺星頓時變了一個人，雙匕首在手，如虎添翼，威力倍增，裴若然雖仍能與他相抗，不致輕易落敗，但已漸漸感到有些吃力，偶爾會處於下風。

天殺星在老大和其他弟兄面前時，仍舊表現得笨拙呆滯，出招緩慢，腳步虛浮，一副武功低微、膽小窩囊的模樣。天空星等顯然絲毫未曾察覺天殺星身上發出的殺氣，仍如往時一般輕視天殺星，對他嘲弄取笑不絕。但自從他與天微星做一道以來，玄武營的弟兄們心存忌憚，不敢當眞再對天殺星動手動腳，最多也只是口頭取笑而已。

裴若然不知道天殺星還想僞裝隱瞞多久，當然也從不說破。她清楚知道，天殺星蓄意隱忍壓抑，是爲了等待一鳴驚人的時刻。

她也時時關注著小虎子的情況。她自然知道天威星之死對小虎子是個巨大的打擊，但小虎子即使痛苦消沉，整日以淚洗面，卻並沒有倒下；一段時日後，他背負著痛苦傷心，更加專注於習練武功。他挑的兵器是一柄破風刀，刀法兼具輕巧靈動和威猛快捷，威力甚大。

裴若然想起事發那夜的情勢，天富星曾偷偷來找自己，跪求自己出面警告天猛星，讓他避開天空星和天暴星的聯手偷襲，她卻因憤恨阿三之死而一口回絕。即使她確曾通報老大，在暗中出手幫助了小虎子，卻甩不開心底的那分自責。當時若多盡一分力，多用一點心，在玄武營外多待一陣子，天威星或許就不會慘死了。

她爲此愧疚不已，對小虎子的悲傷痛悔感同身受。她記得阿三死去那時，自己曾陷入無邊無際的悲痛悔恨，小虎子此時的心境想必和自己當年並無二致。天威星既已死去，她沒有了仇恨小虎子的因由，對小虎子本應更加同情關注才是；然而她在慚愧自責中，爲了能夠面對自己，反而對小虎子鐵起了心腸，表現出一派冷酷無情，蓄意不去留意他的悲傷，不去看望他紅腫的眼睛，更加不曾出聲安慰。她心想：「小虎子是個男孩子，應該能夠堅強地面對一切的重大失落挫折，不需要他人安慰，更加不會需要我去安慰他。」

她仍留意著小虎子的武功進展，繼續將他當成自己的假想敵。她知道天殺星也跟她一樣，暗中觀察著小虎子的練武進境，不斷忖度小虎子的能耐，並與自己的武功互相切磋比較。她每回見到天殺星默默地從遠處盯著小虎子的身影，就忍不住露出微笑；她知道自己和天殺星確實是天生一對，兩人都好強好勝，不肯輸給彼此，更有著共同的假想敵。他們都想打敗天猛星，成爲谷中武功第一的弟兄。

唯一不同的是，她對小虎子的敵意逐漸減弱，終至消失殆盡；但天殺星卻對小虎子懷著一股愈來愈深的憎惡，接近仇恨。裴若然並不明白天殺星爲何對小虎子懷有如此強烈的恨意敵意，卻知道即使她直言詢問天殺星，他也絕對不會告知其中原因。

裴若然心想：「小虎子一定料想不到，他最大的兩個強敵，此刻正隱藏在黑暗中，默默咬牙苦練，日日相互狠鬥，只爲了有一日能勝過他，將他打敗！」

她冷眼旁觀，知道谷中其他弟兄也一心想將小虎子從全谷第一的寶座拉下來，甚至乾脆狠下毒手，將他解決掉。天空星和天暴星都是不擇手段的角色，先是孤立小虎子，讓他身邊只剩下天威星一個朋友；接著埋伏偷襲不成，便下手殺了天威星，讓小虎子完全陷入孤獨，幾近崩潰。然而在天威星被殺後，谷中老大對弟兄們看管較嚴，天空星不敢再次對天猛星下手，暫時偃旗息鼓，谷中一時平安無事。

弟兄們各自挑選了稱手兵器習練後，便開始以眞實兵器互相比試較量。兵器自比拳腳更加容易令人受傷，這年春季，谷中除了加設「傷藥堂」外，忽然多出一個古怪的人物——金婆婆。

裴若然隱約記得金婆婆；當年她在長安家中被迷倒擄走，昏迷中曾見到大首領和一個老婦對話，想來自己當時便是被這金婆婆的迷藥所迷倒的。

金婆婆雖然號稱「婆婆」，卻看不大出實際年齡，瞧她的一頭白髮和面貌，應當已有七十來歲，然而她腰板挺直，手腳靈活，行動敏捷，又似只有五十來歲。某日她忽然從吊籃墜入山谷，以尖銳的聲音指揮老大們從竹籃中搬出一箱又一箱的藥物。她頭髮花白，一張圓圓的大餅臉，臉上皺紋不多，五官既不美觀，也說不上醜陋，細長的雙眼顯得冷酷而銳利。她很少說話，沉靜孤僻。來到谷中後，她便獨自住在沼澤旁森林外的一間廢棄石屋中。奇怪的是，她只有白日在山谷中，每到傍晚，便乘竹籃出谷，從來不在谷中過夜。

此後弟兄練功或比試時若受了傷，傷得輕的，老大便會叫他們自行去石屋找金婆婆療傷；傷得重的，便要其他弟兄們抬去金婆婆的石屋。

弟兄們很快便發現，金婆婆乃是治療外傷的高手，不論是切傷、刺傷、挫傷、瘀傷、骨折、脫臼，她連眉毛都不抬一下，便出手如飛，止血、縫傷、定骨、敷藥、包紮，一氣呵成。她的外傷藥靈驗已極，不但能止血減痛，更能令傷口快速復原。弟兄們更發現金婆婆不但能治傷，也能治病；一回天捷星發高熱，被弟兄們送到金婆婆處，婆婆餵她吃了不知什麼草藥，一日一夜之後便沒事了，生龍活虎地出來繼續練功。

弟兄們對金婆婆既感恩又恭敬，既好奇又畏懼。她是眾人保命康復的關鍵，但她陰冷寡言，充滿神祕，弟兄們都對她滿懷懼怕，誰也不敢輕易招惹。

裴若然和天殺星曾去過金婆婆的石屋好幾回，治療手臂、額頭、肩膀各處的傷口。金婆婆總是一言不發，替他們敷藥包紮好了，便揮手趕他們出去。裴若然開口向她道謝，她卻好似耳聾了一般，從不回應。

弟兄們受兵刃之傷的情形雖愈來愈多，但金婆婆總能替他們治好。自從她來到谷中之後，弟兄們都安心了許多，之前因傷寒病重的天退星、天立星、天雄星，練樁時摔斷腿的天暗星，被天暴星打斷過手臂的天敗星，還有在大比試中被天暴星打得半死不活的小猴子天孤星、黃髮碧眼的天魁星等，在金婆婆的石屋中治療了月餘，竟也完全恢復，回到原來的營中，繼續練功。

裴若然看在眼中，暗自思索：「近來谷中情勢似乎有了些改變，老大們似乎開始關心我們的死活了。剛來谷中那時節，弟兄們不管傷了病了，伍長們全不在乎，不聞不問，只讓我們自生自滅。過了第一關後，老大對剩下的三十六個弟兄較為重視，明令我們不准互相傷害。之前我們只學了拳腳，比試時即使受傷，也不嚴重；如今刀劍相鬥，死傷危險大增，大首領便讓金婆婆進駐谷中，替我們治傷救命。看來我們訓練得時日愈久，對大首領便愈有價值，他也愈不會輕易讓我們受傷死去。」

想到此處，她感到一股難言的不安，卻也不知道自己爲何不安。她思索良久，仍不得要領：「大首領到底想要我們做什麼？我們對大首領究竟有何用途？」

她不知道答案，試圖向天殺星詢問時，也得不到任何回答。她心中的疑惑不安無從紓解，難以宣洩，一日比一日濃郁。

谷中另一頭，小虎子全心投入學習短劍，進展甚快。他是谷中第一個學完所有「三才劍」招數的弟兄。當鬍子老大要他選擇自己的兵器時，他毫不猶豫地選了「破風刀」。這破風刀刀身甚小，刀尖突出，刀刃鋒利，刀背略薄，刀柄彎曲。他喜歡這刀的簡單素淨，不似雙鐧、短鞭、斧頭、爪鐮等兵器那般繁複，也沒有其他武器上的拐鉤、鋸齒、銅環等突異之物。

他選了兵器之後，便開始跟隨地師學習一套「菩提刀」，全心沉浸於練習刀法。他有時與地師比試招數，大多時候都是自己單獨練習，從不與其他弟兄過招。之前豹三伍的弟兄背叛了他，白虎營的弟兄也背叛了他，各自追隨天空星或天佑星，將他視爲異類，敬而遠之。因此在楞子死去後，不論練武或飲食，他都獨來獨往，不與任何弟兄打交道。

他爲了忘記楞子死去的痛苦，只能讓自己全然沉迷於學武，對身邊的人事物視而不見，好隔離阻絕所有傷心痛苦的念頭和記憶。他日漸沉溺著迷於兵器功夫，幾近入魔。他的刀法進步神速，但同時也陷入難以自拔的消沉沮喪。他逼迫自己練功的狠勁近乎自虐，似乎不感到劇痛、不處於極度疲累的情狀下，他便無法確定自己還活著。

不知從何時開始，他吃不下東西，睡不著覺，夜裡往往被飢餓勞累交相折磨，只好爬起身出洞繼續苦練功夫，直到清晨。

一日，他在泉水中看到自己的倒影，不禁嚇了一大跳。但見那倒影雙目深陷，臉頰瘦削，頭髮蓬亂，險些都要認不出自己了。

他驚出一身冷汗，終於不得不承認自己已陷入了困境。但他也不知道該怎麼辦，鬍子老大對眾弟兄冷淡疏遠，只顧嚴厲督促他們認真練功，對弟兄們的其他困難一概置之不理，自然也不會出手助他脫離困境。

小虎子感到自己的情狀愈來愈嚴重，內心也愈來愈恐慌。

這夜他輾轉反側，無法入眠，感到煩躁難耐，不得不爬起身，出洞而去，就著月光奔到泉水邊，想要跳入池水讓自己冷靜一下。這兒正是楞子淹死的地方，弟兄們都說這兒鬧鬼，很多人都不敢接近，但小虎子一點兒也不害怕；他每次來到泉水洗浴，都盼望能見到楞子的鬼魂，然而楞子的鬼魂卻始終未曾出現。

小虎子來到泉水邊時，驚見一個黑影跪在岸邊，正低著頭，似乎在捧水洗臉。他想不到三更半夜這池水邊竟會有人，心頭一驚，正想離開，卻見那人影好似受驚的猛獸一般，忽然跳起身，轉過身來，兩道凌厲的目光直射向他。

清亮的月光下，小虎子看清楚了，那是個長相清秀白俊，但神情寒冷如冰的男孩兒，正是玄武營的天殺星，天微星形影不離的伙伴。

小虎子被天殺星冰冷如刀的眼光震懾住了，無法移動腳步，兩人四目相交，都定在當地。

小虎子的眼光不由自主地移轉到天殺星的手臂上，但見他左手臂上有個寸許長的新鮮傷口，鮮血正一滴一滴地落入水中。小虎子也留意到，天殺星的右手持著一柄鋒利的小刀，刀鋒仍沾著幾滴鮮血。原來他方才並不是在洗臉，而是正用小刀切割自己的手臂。

小虎子心中驚恐，只想舉步逃走，然而他卻如在夢魘之中一般，不由自主地，一步步向著天殺星走去。

天殺星凝望著小虎子，眼神中並無任何防範，只有無邊無際的寒峭冷漠。

小虎子向天殺星伸出手，天殺星毫不遲疑，立即將小刀遞給了他。

小虎子似乎無法控制自己，竟然學著天殺星，用小刀在自己左臂上割出一道長長的傷口，讓鮮血滴入泉水之中。

他忽然感到一股前所未有的快意，忍不住大笑起來。他記不清自己已有多久沒有發笑了，自從楞子死後，他便日日專注練功，再也無悲無喜。這時他卻笑得非常開懷，非常暢快，好似天下最開心最快樂的事情全都發生在他身上一般。

天殺星望著他發笑，蒼白的臉上仍舊毫無表情。他緩緩站起身，從小虎子手中接回小刀，在小虎子的注視下，將小刀放在泉水旁的一個凹縫之中，便自轉身離去，一句話也沒有說。

那夜小虎子回到空曠的白虎營洞穴中，倒頭便睡，這一覺睡得異常香甜。白虎營的弟兄早已各自投靠其他頭頭兒，洞穴中只剩下小虎子一個人。

次日清晨，他感到前所未有的振奮，彷彿世界陡然間光明了起來。他再也未曾失眠，也吃得下東西了。

一日日過去，小虎子的精神逐漸恢復，能夠吃喝，也能夠安睡了。他因此更專注於苦練刀法之上，進步神速。

然而天殺星自殘的景象，和他自己持刀自殘時的快意之感，已深深印在他的腦中，無法磨滅甩脫。

自此以後，小虎子再也不敢去那泉水那兒。他害怕再次見到那眼神冷酷的天殺星，也害怕再次想起那柄小刀和小刀上的鮮血。他於是每日走甚遠的路，來到山谷東邊的瀑布下沖浴。漸漸地，單獨去瀑布沖浴成為他每日必行的慣例，瀑布巨大的水聲和冰涼的潭水似乎能洗去他一切的陰暗思緒和悲傷哀痛，讓他重新振作起來，面對谷中無止境的練功歲月。

他在瀑布附近找到一塊空地，此後便獨自在此練功。至於天空星他們是否會再次埋伏偷襲自己，小虎子根本不去多想。他反而希望他們來偷襲挑釁自己，自己好有個絕佳的理由，讓他們全數沉入深潭底下。

第十九章 陷害

小虎子脫離憂鬱低沉的泥沼之後，便繼續專心練習破風刀，進步神速，對於刀法的掌握愈來愈精準。他不相信頓悟，只相信苦練；地師教過的每一招每一式，他都反覆練習數千遍，直到熟極而流。他對自己要求極高，和練拳腳那時一般，非常留心自己出招的速度、方位、力道，絕不讓招數有絲毫的偏頗差錯。之前拳腳相鬥雖能傷敵或受傷，但傷害畢竟有限，只限於皮肉之痛；不似使刀，隨時能取敵性命或被敵殺死，生死存亡都在一絲一毫之間。因此他更加戒愼嚴謹，知道自己的攻擊和防守都不能有一分一毫的差錯，不然立即便能讓敵人或自己血濺當場，命歸黃泉。

在苦練破風刀之外，他認爲身法輕功絕不能擱下了，因此主動去向水師請教，請問該如何修練更加深奧的輕身功夫。水師一點也不驚訝，命他繼續去木樁練「躍功」，力求身法快速，落足準確，並且要他每日花兩個時辰在樹林中練輕功，一個時辰在矮樹叢間奔馳，一個時辰在樹梢上縱躍。小虎子全數聽從，在苦練刀法之外，仍繼續鍛鍊輕功縱躍之術，毫不懈怠。

小虎子全神貫注於苦練外功，低沉了好一段時日，從早到晚咬牙磨練自己，忽然一日火師叫了他去，對他說道：「你這麼蠻練是不行的。長久下去，必將損傷筋骨，再難恢復，一生苦受其害。」

小虎子練功時的狠勁原本就幾近自虐，是否傷害筋骨，他可全不放在心上，只嗯了一聲。

火師接下去道：「苦練外功，並非不可，但一定要同時練氣調息，才不致損傷筋骨，無可補救。你每夜都靜坐練氣麼？」

小虎子搖了搖頭。

火師臉色一沉，發怒喝道：「我命令你們每日練氣，你竟敢不聽！到時挫筋傷骨，可別怪我沒警告過你！」

小虎子在這些時日中，確實感到筋骨痠疼難當，知道那是自己刻苦練功的後果，心中思索：「火師的話可信麼？他說練氣調息能夠避免損傷筋骨，若眞如此，我倒想聽聽。」於是說道：「請火師指點。」

火師怒氣沖沖地道：「要我指點？哼！這些練氣的道理我都說過幾百遍了，你當時不用心聽，如今又來問我！」

小虎子心想：「是你找我來訓話，又不是我自己來問你。你不說就算了。」

正想轉身離去，火師卻道：「好！我便再跟你說一回。你要是仍然記不得，我可不會再說一次了！」

小虎子只好耐著性子答道：「是，天猛星恭聆教誨。」

火師於是說道：「練氣調息，乃是內功的基本功夫。但凡呼吸、耐力、勁道，都離不開內功。外功的拳腳刀劍，注重的是招數精妙純熟，而內息則是施展外功的根本；一個人若徒有外功，而無內功相輔，勁力很快便會衰竭，無法持久，勁道也不夠渾厚扎實，與有內功之人比鬥，很快便會處於下風。」

小虎子聽了這番話，被引起了興趣，問道：「內功當眞有這等神效？」

火師點頭道：「正是。你聽我的話，苦練內功三個月，立即便會覺出分別，外功也將有明顯的進境。你會發現自己拳腳力道倍增，心神清明專注，練功之後，筋肉全無疲倦痠痛之感。」

小虎子聽了，也不禁好奇，忙道：「請火師指點詳細。」

火師於是將如何盤膝靜坐、氣聚丹田、導引氣脈的方法又詳細說了一遍，最後叮囑道：「我每七日來檢查一次你的進度，你可別再偷懶！」便揮手讓他去了。

小虎子原本自暴自棄，如今聽了火師的教導，心想試試也無妨，於是當夜便開始靜坐調息。

他跟著火師學習打坐練氣已有數年，從不覺得有什麼作用，彷彿只是坐在那兒發呆，完全是虛耗光陰。但自此之後，他每日至少花一個時辰靜坐練氣，慢慢摸索如何積蓄眞氣，如何導引調息，極想弄明白內功如何才能成爲外功的根本。

火師每隔七日便來詢問他的進境，解答他的疑問。剛開始他尚能解答小虎子所有的疑問，但在七七四十九日之後，小虎子的疑問愈來愈深奧精微，火師竟數度沉吟猶豫，無法回答。他原本脾氣火爆，小虎子只道他會惱羞成怒，斥責自己爲何問這些古怪無用的問題，沒想到火師思慮了一陣之後，並未發火，反而神色顯得有些失落，嘆了口氣，老實說道：「有些練氣的境界，我自己也未能達到，無法指點於你。你便照著我教給你的內功口訣繼續修練，緩慢行之，自行摸索吧。」

於是小虎子便在無人指導之下，自行習練內功。他有疑問時，便嘗試數種不同的運氣之法，看看能否找到正確的氣脈通路，如此慢慢摸索，進展甚微，然而丹田中累積的內息確實日漸充實豐厚，運用起來也尚算得心應手。

在靜坐之中，小虎子除了累積內息、運氣行走經脈之外，內心偶爾會有一些奇特的感受；有時他心中一片清明，彷彿整個人都是空的，腦中許多念頭飛來飛去，他卻能將每個念頭都看得一清二楚，彷彿在看倒映在水中的雲影一般。

久而久之，後來他每一靜坐，就能寧靜心神，看清楚身內的種種思維和身外的種種情境。他發現打坐不只能夠練氣健身，更能讓他更加深刻地了解自己，甚至了解身邊的每一個人。他明白老大們在大首領的嚴令之下，戒慎恐懼，不得不嚴厲管訓谷中弟兄，不能出半點差錯；他明白四位師傅在大首領的高金聘請之下，不得不盡心教導這群孩童武藝；他也明白弟兄們內心對過不了關的強烈恐懼，了解他們為何厭惡憎恨自己，甚至明白天富星和其他弟兄為何會背叛自己，天空星一夥為何要殺死楞子。他即使了解弟兄們的心理，卻無法原諒，無法化解心中死結；他仍舊不敢多想楞子之死，每一念及，心頭便充斥著滾水般的悲痛憤怒，難以自抑。

他唯一不能了解的兩個人，是天微星六兒和天殺星。他完全不知道他們在想什麼，他們的臉上總是一片淡漠，不言不笑，無喜無怒。天殺星有如一個暗藏憤恨的木頭人，天微星則似個淡泊世事，不食人間煙火的仙女。

小虎子不時回想自己在大比試中與天微星過招的景況。她出招的純熟精準，身法的快捷輕巧，臨敵時的急智反應，都和自己不相上下。與她比試之時，小虎子完全不覺得她是個女孩兒家，她比任何男孩兒都更加敏捷矯健，更加難以對付。對小虎子來說，她是個前所未有、出乎意料的挑戰。他很慶幸自己曾與她交手，如今她是谷中唯一武功能與自己相抗衡的弟兄。大比試中他曾有機會重傷她，但在緊急關頭時，他卻決定收手。他事後回想，這應是出自於惺惺相惜之情吧？他難得遇到一個勢均力敵的對手，衷心佩服她的本領能耐，因此他不想蓄意傷害她，更盡力避免讓她受到傷害。

小虎子知道天微星六兒和天殺星二人離群索居，置身事外，不曾歸附於天空星、天暴星或天佑星屬下，因此他並未將他們當成敵人。但除了這兩人之外，谷中其餘三十二個弟兄他全數視為敵人，一個也不敢信任，小心防範。

第二個冬天過去了，春季匆匆而過，便來到谷中第三年的夏日，此時發生了一件離奇怪事，而小虎子正處於這件怪事的中心。

天暴星不改殘暴的本性，在本營比試時，使動鐮斧，將同營的天牢星砍成了重傷。在場的弟兄們眼見天牢星慘呼倒地，胸口鮮血噴出，都嚇得臉色蒼白。

當時小虎子剛好在左近練刀，見到天牢星身受重傷，原本不想理會，但見天牢星命在旦夕，情勢危急，暗想：「救人要緊！」立即奔上前，用手壓住天牢星的傷口，扯下腰帶，在他的傷口上綁了幾圈，打結固定，轉頭叫道：「快將他抬去金婆婆那兒！」四五個弟兄合力將天牢星抬起奔往金婆婆的石屋，然而抵達石屋時，天牢星已然斷氣了。

天牢星乃是金婆婆來到谷中後第一個喪命的弟兄。金婆婆爲此大爲震怒，一改常態，尖聲喝道：「是誰殺了他？誰敢在我金婆婆眼下殺人？」

弟兄們都不敢言語，只有小虎子老實回答道：「是天暴星。」

金婆婆嘿了一聲，說道：「通通給我滾回去！叫你們的老大和師傅們立刻來這兒見我！」

弟兄們對金婆婆恭敬如神，趕緊出屋，奔去向六個老大報告了天牢星的死訊，並說金婆婆要他們立即去石屋相見。

老大們聞訊大驚，立即喚了地水火風四師，一齊來到樹林中的石屋見金婆婆。他們顯然對金婆婆十分敬畏，也對此事萬分重視，十一個人聚在一起商議了許久。傍晚金婆婆坐竹籃出谷，老大和師傅們仍舊留在石屋中繼續談論，直到夜深都未離開。

當日晚間，小虎子來到廚灶洞取食時，見到許多弟兄的頭靠在一塊兒，熱烈討論著天牢星的死亡意外，猜測老大們將如何處置天暴星。

有的道：「天暴星功夫極好，上回大比試中進入頭四位，老大怎會放棄谷中武功數一數二的弟兄？最多打他一頓板子罷了。」

也有的道：「天暴星不守門規，老大最厭惡不守門規的弟兄。我想他們定會將他趕出谷去，不讓他過第二關，讓他後悔莫及。」

小虎子聽見「趕出谷去」，心中一動，不禁想起自己曾受豹三伍弟兄告發作弊，險些被大首領逐出谷去的往事，心頭陡然湧起一股久違的羞慚難堪。

天空星原本不說話，這時卻陰惻惻地笑了，說道：「你們都錯了。」

眾弟兄都望向天空星，等他說下去。

天空星肅然道：「殺雞儆猴！我瞧老大們這回要大開殺戒了。」

弟兄們聽他說得陰森，都不大相信，問道：「什麼大開殺戒？」「什麼殺雞儆猴？」

天空星胸有成竹地道：「你們說說，本門第二條門規是什麼？」

弟兄們每日清晨都去四聖洞中朝拜四聖，複誦三條門規，記得倒背如流，一個弟兄答道：「弟兄互助，不可相殘。」

天空星冷笑道：「不錯。違反門規，定將受罰。如果老大們容忍天暴星犯下這第二條門規而不處死，那麼往後誰還會理睬遵守這些規條？」

他說這話時，斜眼瞥了小虎子一眼，眼中滿是威脅譏嘲之色。小虎子不明白他這眼神是什麼意思，轉過頭去，不與他的眼神相對，心想：「什麼『弟兄互助，不可相殘』，這自然全是空話！老大們倘若真心執行這條門規，又怎會讓楞子不明不白地遭弟兄圍毆而死，全不追究？最該受這第二條門規處罰的，正是天空星和天暴星這兩個混蛋！」

弟兄們聽天空星說出「處死」二字，都不敢相信，卻又知道在這石樓谷中並無什麼不可能之事，全都安靜下來，默不作聲。

次日清晨時分，小虎子和平日一般來到四聖洞敬拜四聖，宣讀門規。他跨入之時，發現洞中已站滿了弟兄，自己竟是最後一個到達的。其他弟兄似乎都知道今日集會提早了，只有他不知道。與平時不同的是，四位師傅和六位老大都不在洞中。

小虎子環望一圈，留意到洞中少了死去的天牢星，殺死他的天暴星也未曾出現。弟兄們神態有些古怪，三三兩兩地聚在一起，竊竊私語。

只有兩個弟兄並未參與交談，正是天微星和天殺星。小虎子見六兒離群獨立，背靠著山壁，面無表情地望向洞外，對山洞中發生之事似乎毫無興趣。天殺星則面對著山壁，靜立不動，維持他一貫的孤僻怪異。

小虎子不知道接下來會發生什麼事，只能耐心等候。不多久，鬍子老大走進洞來，下令道：「全體肅立！」

在場的三十三個弟兄立即肅然站直。過了一陣子，但見屠老大押著身形粗壯的天暴星走入山洞之中。天暴星雙手被粗繩反綁，低著頭，面向四聖像跪倒，四個師傅站在他身後。谷中一片肅靜，只見四聖像前的香煙在洞中裊裊飄揚。

六個老大站成一排，鬍子老大跨前一步，神情嚴厲，說道：「天暴星出手不知輕重，砍傷弟兄天牢星，以致他喪命。我們谷中這三十六天罡，個個都是大首領萬分重視，已收入門下的弟子。如今天暴星殺害弟兄天牢星，違反第一條門規，應當嚴厲懲罰，以示警戒！」

眾弟兄一聽，竟然和天空星所說如出一轍，面面相覷，驚駭無比。

但聽鬍子老大續道：「過去兩年中，多名弟兄曾受到天暴星的茶毒，或死或傷，仇恨深重，天威星也因遭到天暴星毆打，才跌入水中淹死。」

小虎子聽鬍子老大忽然提起楞子之死，心中陡然激動起來，暗想：「楞子的冤案，終於要昭雪了！不只是天暴星，天空星也該受到懲罰！」

鬍子老大的眼光在弟兄間遊走，最後停留在天猛星的臉上，說道：「上回大比試的勝出者是天猛星。天猛星，你出來！」

小虎子聽鬍子老大叫喚，微微一呆，心想：「大首領不是說過，我取得拳腳大比試頭籌並不算數麼？鬍子老大爲何當眾又提此事？」一時不假思索，走了出去。

鬍子老大道：「天暴星作惡多端，導致多名弟兄受傷致命，並且犯了第二條門規，『弟兄互助，不可相殘』。你說他該不該受罰？」

小虎子想起楞子，心中一陣激動，高聲道：「他自然該當受罰！」

鬍子老大道：「受什麼罰？」

小虎子道：「全憑老大裁斷。」

鬍子老大點頭道：「天猛星，本門的第三條門規是什麼？」

小虎子背誦道：「『對敵須狠，趕盡殺絕。』」

鬍子老大道：「不錯，趕盡殺絕！大首領有命，谷中弟兄若犯門規，便應處死。天暴星殺害同門弟兄，犯了門規，已是本門的敵人，應當依照第三條門規，就地處死！」

小虎子心中震驚，一時不知該如何回答。

便在這時，站在一旁的天空星忽然高聲叫道：「該死，當然該死！天暴星殺害同門弟兄，便是該死！」

在場的十多天空星的手下也跟著鼓譟呼喊起來。小虎子只聽得心煩意亂，暗想眞正該死的正是天空星，聽他率眾呼喊，又是不可置信，又是不以爲然，又是惱恨交加，閉嘴不語。

鬍子老大瞪著小虎子，冷冷地道：「拔出你的刀來！」

小虎子依言拔出破風刀，卻不確定鬍子老大要自己做什麼。

鬍子老大指著跪在地上的天暴星，說道：「天暴星犯了第二條門規，處死之刑當由弟兄親手執行。天猛星，今日便由你出手，將天暴星殺了！」

小虎子脫口道：「什麼？要我……要我殺了他？」

鬍子老大厲聲道：「正是！還不快動手？」

小虎子吞了口口水，一時徬徨失措，內心掙扎不已，心想：「天暴星是殺死楞子的仇人，我早想親手報仇。」於是舉起破風刀，但一把刀高高舉在半空一陣，卻始終未曾落下。

鬍子老大見小虎子遲疑良久，仍不動手，厲聲道：「天猛星！本門第一條門規是什麼？」

小虎子背誦道：「服從門主，永世不違。」

鬍子老大神色嚴厲，喝道：「不錯！如今大首領有令，要你殺死叛徒天暴星。你竟敢違背大首領的命令麼？」

小虎子啞口無言，心中清楚，鬍子老大挑選他做爲天暴星的「劊子手」，一是在給他替楞子報仇的機會，二是在試探他對大首領的忠誠。自己之前遭豹三伍弟兄告發，無可辯解，曾跪求大首領原諒，請求他讓自己留在谷中繼續練功，承諾此後絕不違背谷中規矩，全心遵奉大首領的指令。如今他們顯然在試探自己是否當眞對大首領忠心不二，令出必行。

小虎子心想：「我若動手，便可替楞子報仇，更可證明我對大首領忠心耿耿。但是……但是我當眞要殺了他麼？」

小虎子感到所有弟兄們的目光都集中在自己的身上，抬頭望望手中的刀，手臂隱隱發抖。他從未殺過人，更加沒想過自己竟會受命殺死一個弟兄。他知道楞子死於天暴星之手，心中確曾動過要殺死天暴星爲楞子報仇的念頭；大比試中他也曾親眼見識到天暴星殘忍的手段，對他厭惡非常，然而事到臨頭，他卻掙扎猶疑，下不了手。

小虎子低頭望向著天暴星的臉面，但見他滿臉橫肉抖動，雙眼狠狠地瞪著自己，眼中如要冒出火來，卻掩飾不住他心中深沉厚重的恐懼。

在六個老大、四個師傅和三十多個弟兄的注視下，小虎子吸了一口長氣，忽然心中一片清明，知道自己能做什麼，不能做什麼。他手指一鬆，破風刀匡噹一聲，跌落在地。

山洞中寂靜無聲，眾弟兄都不明白天猛星此舉是何用意，也不知道接下來會發生什麼事情。

就在此時，鬍子老大大步走到天猛星的身前，揮手便給了他一個耳光，接著反手又打了他一個耳光。屠老大也已搶到天猛星身後，伸手扣住了他的手腕。小虎子毫不掙扎擋架，任由兩個老大扣住毆打，如同木頭人一般站在當地，一道血絲從他的嘴角流下。他身後的屠老大手上使勁，將他押著跪倒在地。

鬍子老大瞪著小虎子，冷冷地道：「不忍心殺人麼？哼！你不殺，自有人動手。你睜大眼睛，好好瞧著！」喝道：「天空星，出來！」

天空星似乎早有準備，大步走了出來，向鬍子老大躬身行禮。鬍子老大道：「天猛星不肯動手。你，去殺了天暴星！」

天空星雙手倒持狼牙刀，躬身道：「謹遵老大之命！」聲音微微顫抖，不知是因為害怕，還是興奮？

但見天空星大步走到天暴星身前，一言不發，英俊的臉上滿是堅毅決絕之色。他緩緩舉起狼牙刀，在空中停留了幾瞬間，接著便遞出手臂，一刀直直刺入天暴星的左胸。

小虎子跪在一旁，清楚見到天暴星臨死前扭曲的臉龐，也見到天空星出手殺人時殘暴的神情，兩人的臉容同樣猙獰可怖。小虎子心中驚怖難已，忍不住大叫起來。旁觀弟兄有也不少人驚呼出聲，但很快便被老大們一一喝止了。

天空星定在當地，與天暴星兩人眼神相交，有如兩個摯友正傾談著什麼隱密的心事一般。小虎子見被殺的天暴星和殺人的天空星兩人臉上的血色同時消失，一片蒼白，過了片刻，天空星舔舔嘴唇，忽然右臂使勁，將狼牙刀拔了出來。天暴星的鮮血跟著狼牙刀噴出，噴了天空星一臉一身，也噴了跪在一旁的小虎子一臉一身。

小虎子眼望著天暴星眼中凶狠的光芒慢慢消逝，變成不服、不信、不甘、不願，最後雙眼翻白，撲倒在地，鮮血仍汩汩從他胸口流出，流了滿地。他的鮮血如有生命一般，蠕蠕爬到小虎子的膝蓋下，沾溼了他的褲子，一絲溫熱碰觸到了他的肌膚，鑽進他的體內，令他全身一震。

小虎子望著天暴星的屍體癱在地上，顯得那麼卑微，那麼脆弱。一個念頭陡然襲上心頭：「他跟我一樣，只是個才九歲的孩子！」

小虎子再也無法克制，胸中悲哀、恐懼、不平、同情等種種情緒起伏跌宕：「他才九歲！他犯了什麼天大的罪惡，必須這樣被殺死？不錯，他害死了楞子，砍死了天牢星，但殺人就得償命麼？我不殺他，但他還是被天空星殺了。一條命就這樣完結了，再也活轉不來了。」

他腦中一片混亂，完全無法接受眼前發生的事。

眾人注目之下，天空星退開兩步，收起了狼牙刀。他微微喘著氣，緊閉的嘴唇露出一絲隱晦的笑意，似乎很得意自己順利完成了這項壯舉。他轉頭望向鬍子老大，鬍子老大對他點頭表示贊許。天空星蒼白的臉上閃耀著紅光，顯得異常亢奮。

但聽鬍子老大朗聲道：「大夥兒見到了，違反門規，便是這個下場！」轉頭指向幾個弟兄，下令道：「你們四個！將叛徒天暴星的屍體抬去沼澤旁埋了。」

被點到的四個弟兄是天罡星、天孤星、天機星和天劍星。四人即使滿心恐懼害怕，卻怎敢抗命，只得站出來，抬起血淋淋的天暴星屍身，走出洞外。

天空星洋洋得意地走回人群，故意不去擦拭濺在臉上的血漬，似乎存心炫耀自己的膽識勇氣。其他弟兄望著他，有的面露驚恐，退縮迴避；有的滿面崇拜恭敬，圍繞在他身旁，將他當成英雄一般。

一片肅靜之中，鬍子老大的眼光忽然轉向天猛星，旁觀弟兄心中一凜，不自禁望向天猛星，心中都想：「莫非鬍子老大會讓天空星再出一刀，將不服從命令的天猛星也殺了？」

但聽鬍子老大冷冷地道：「天猛星，你知錯了麼？」

小虎子眼見一個孩子死在另一個孩子手上，心亂如麻，更說不出話來。他低著頭，茫然不答，心中只想：「天暴星和他的手下活活打死了楞子，如今他自己也被人殺死了。」

鬍子老大見他發呆，厲聲道：「你知錯了麼？」

小虎子茫然點了點頭，他確實知道自己錯了，而且是大錯特錯。他不應自願來到這見鬼的山谷，來了之後，也不應幻想自己可以在一群瘋子之中保持清醒，全身而退。

鬍子老大道：「你知錯就好！念在你是第一次違背大首領命令，大首領慈悲，不予處死。罰你去沼澤旁的石牢禁閉一年，面壁思過。」對另外兩個老大揮揮手，屠老大和行腳老大當即將小虎子押出山洞，逕往沼澤行去。

第二十章　禁閉

小虎子心神恍惚，眼前不斷出現天暴星被殺死的那一幕，從天暴星胸口汩汩流出的滿地鮮血不只染紅了他的褲子，也染紅了他的雙手、他的全身。

一片紛亂混沌之中，他見到天暴星惡狠狠地向自己撲來，咬牙質問：「你爲什麼殺我？你憑什麼殺我？」

小虎子嚇得全身冷汗直冒，轉身拚命逃跑，但雙腿卻沉重無比，完全無法移動。他感覺天暴星撲上前來，將自己壓倒在地，雙手掐著他的咽喉，不斷厲聲質問：「你爲什麼殺我？你憑什麼殺我？」

小虎子側過頭，見到天空星站在一旁縱聲大笑，滿面譏嘲得意之色。他忍不住大叫：「是他殺了你，是天空星殺了你，不是我！」

天暴星不爲所動，怒吼道：「那有什麼差別？害死我的就是你！如果我奪得大比試的第一，他們便不會殺我了！你在大比試中打敗我，因此他們下手殺我，卻不殺你！你爲了替楞子報仇而陷害我。害死我的就是你，是你天猛星！」

小虎子感到呼吸困難，全身爬滿冷汗，猛然驚醒，只見面前一片漆黑，驚恐之下坐起身，卻聽砰的一聲，一頭撞在山壁之上。

小虎子抱著額頭，痛得坐倒在地，滿眼淚水。

他鎮靜下來，才明白剛才是在做夢。他喘了幾口氣，伸手往前方摸去，摸到一片潮溼的山壁。他平時居住的白虎營洞穴並不潮溼，一驚之下，這才想起自己已被關在石牢之中，並且將被囚禁在此一年。

小虎子在黑暗中伸手往四方觸摸，辨別石牢的方位。這時已是深夜，石牢內外一片漆黑，他耳中聽得風聲呼呼，風中帶著沼澤溼潤腐爛的氣息。

他忽然想起天暴星便是被埋葬在沼澤之旁，不禁渾身發抖。他慢慢記起昨日發生的事；天空星殺死天暴星後，自己渾渾噩噩地被兩個老大押到沼澤旁，推入一個陰暗的洞穴。洞口裝有鐵柵欄，老大關上柵門後，便喀啦一聲鎖上了。

小虎子記得自己跌坐在石牢中，望著兩個老大站在牢外數十丈處，指揮四個弟兄將天暴星的屍身埋在沼澤旁的黑土中。他腦中一片混亂，不知何時閉上了眼睛，昏昏沉沉地睡了過去，卻睡得極不安穩，噩夢連連。

這時小虎子在半夜裡清醒過來，坐在石牢中，全身冰冷無比，內心從未感到如此恐懼。他害怕獨自待在這石牢中，也害怕天暴星從沼澤中爬出來，殺死自己報仇。他忽然撲上前，伸手緊握鐵柵條，瘋了似地用力搖晃，但鐵柵紋絲不動。他放聲狂呼：「放我出去！放我出去！」

然而石牢外便是一望無際的沼澤，他的叫聲沉沒在黑暗裡，根本不可能傳到谷中任何人的耳中。他叫得聲音都嘶啞了，心中的恐懼到達極點，伏在地上大哭起來。

這一夜無比漫長，似乎永遠也不會結束。他哭了不知多久，天才漸漸亮了。他驚恐哭喊了一夜，這時已是精疲力竭，口渴難忍，肚子餓得咕咕而叫，這才想起昨日一整日都沒有飲食。天暴星被處死、自己被關入石牢，應是昨日清晨之事。

他靠著鐵柵喘息，忽然見到一個人影從晨霧中緩緩走來，心中恐懼陡生：「是天暴星來找我償命了麼?他會是什麼模樣，是屍體還是鬼魂？」

他無法判斷屍體和鬼魂哪個比較恐怖，只嚇得縮在石牢角落，直到那人影出現在鐵柵邊緣，這才看出那不是天暴星的鬼魂或屍體，而是個一頭白髮的老婦人，正是金婆婆。

金婆婆冷冷地瞪著他，並不說話。她手中提著一個籃子，裡面裝著兩個瓦壺和一些乾糧。

小虎子見到她手中的物事，這才想起自己有多麼飢餓和口渴，立即衝到鐵柵旁，伸手去取瓦壺。

金婆婆卻將籃子移開，讓他搆不著，冷冷地道：「慢著！」

小虎子縮回手，抬頭望著金婆婆。

金婆婆凝視著他，說道：「我問你幾個問題，你老實回答。」

小虎子連忙點頭。

金婆婆問道：「昨日砍死人的是不是你？」

小虎子腦中一片混亂，努力整理思緒，才開口說道：「我沒有砍死人。」

金婆婆臉色一變，說道：「他們說得果然不錯！」

小虎子更加茫然無措，直望著她，忍不住問道：「婆婆說……說有人被砍死，指的是天牢星，還是天暴星？」

金婆婆道：「哪個都行。哪個是你砍死的？還是兩個都是你砍死的？」

小虎子忙道：「不！我沒有砍死天牢星。天暴星在比試時，失手砍死了天牢星。我……我當時在一旁練刀，和幾個弟兄一起將天牢星送到您的石屋，您記得麼？」

金婆婆點了點頭，說道：「我記得。當時我問是誰砍死了他，你回答是天暴星。嘿嘿，好個說謊不眨眼的小混蛋！那孩子明明是你砍死的，卻賴在別人頭上！」

小虎子一聽，不禁又驚又急，高聲叫道：「不，天牢星不是我砍死的，我跟他根本不同營，他也不使刀，我怎會跟他比試過招？砍死他的是天暴星！」

金婆婆搖著頭，說道：「你說謊成性，無可救藥。你推罪給天暴星，讓天暴星陷入死罪，接著又自告奮勇，親手持刀處死了天暴星。一日之間，便害死了兩個弟兄，手段當眞狠毒得緊，厲害，厲害！他們沒有立即殺死你，卻將你關在這兒，還要我日日給你送水送糧，我看他們全都瞎了眼了！」

小虎子只感百口莫辯，欲哭無淚，忍不住大叫道：「事情不是這樣的！我沒有，我沒有砍死天牢星，也沒有殺死天暴星，我沒有，我沒有，我沒有！」

金婆婆冷笑道：「你自己慢慢吼給山壁聽吧！」將籃子重重地扔在地上，轉身走去，消失在晨霧中。

小虎子又叫了好一會兒，直到聲音都沙啞了，才終於放棄，靠著鐵柵喘息。他望著籃子中的瓦壺和乾糧，一時竟毫無食欲，方才的飢餓口渴全都不知飛到哪兒去了。

他見到瓦壺傾斜，清水正緩緩從壺口溢出，這才伸手扶正了瓦壺。他抓起瓦壺想喝一口，沒想到壺身比柵欄空隙大，無法拿入石牢中，只好將嘴湊在柵欄邊上，就著壺口喝了一口水，一股清涼的水線直入腹中，才感覺略略好過了一些。

他將瓦壺放回籃中，呆坐了半晌，想著金婆婆的言語，又是滿心憤憤不平：「我沒有砍死天牢星，我連他是誰都不知道，甚至從未跟他交手過。我更沒有處死天暴星，我當時要是如天空星一般冷血殘忍，提刀殺死天暴星，就不會被關在這鬼地方了！」

他愈想愈覺得氣憤委屈，滿心冤枉，無處宣洩。想著想著，心中陡然升起一個古怪的念頭：「倘若……倘若我記得的是錯的，金婆婆所說才是對的……」

他猛地一陣膽顫心驚，又想：「我是否眞的動手殺了人，自己卻不敢相信，不敢承認，因此壓根兒忘記了？我會否連自己也騙過了？不然夢中的天暴星爲何要找我索命？」

他愈想愈疑惑，愈想愈無法確定。他相信自己並未發瘋，記憶應該當十分清楚才是；然而在短短一日中，他親眼見到兩個弟兄流血死去，衝擊太大，可能眞的有點兒意志不清了，也可能將事情記得顚倒錯亂了。他心中的驚恐疑懼愈來愈深，鬱悶難解，一口氣無法發洩，猛然跳起身來，頭上一疼，卻是再次撞到了石壁。

這石牢狹小非常，他幾乎無法站直身子，更別說活動筋骨或練習拳腳了。他懷著一胸的悶氣，只能坐倒在地上，盡量舒展雙腿，活動雙臂。

他來到這谷中已有兩年多，每日從清晨到傍晚都專注於學武，不是練習輕功拳腳，便是試演兵器。這時縮在這狹小的洞穴中，整日無法動彈，極爲不慣，委實痛苦至極。

很快地，他又發現了另一個問題；這石牢狹小，並無可以便溺之處。住在谷中之時，弟兄們都在所居洞穴附近的山坳處解手，那兒有好幾個茅坑，大夥兒去山坳方便後，便用鐵鍬挖些泥土埋起來，每隔一陣子屠老大便會派弟兄去清理一回。如今他被關在這石牢中，該如何是好？

他方才口渴難耐，喝過水後，現在卻感到尿急難忍。他思慮了一陣，見到籃子中另有一個較小的空瓦罐，心想：「只好用這個瓦罐充做尿壺了。」便取出瓦罐，用來方便，完事後再放到鐵柵之外。

他縮在石牢中，感到一陣難言的疲倦襲來，又昏昏睡了過去。

當日晚間，小虎子清醒過來時，見到一個高大壯碩的人影站在石牢外，連忙坐起，但見來者卻是他一向尊敬的地師。他心中一喜：「地師是講道理的，不會跟其他人一般顛倒是非，陷害於我。」忙衝上前去，叫道：「地師！」

地師透過鐵柵望著小虎子，臉色極爲難看，眼神中滿是失望和氣憤。他嘆了口長氣，說道：「我原本不想來看你的。唉，天猛星，大首領和我都對你寄望甚高，以爲你定能脫穎而出，成爲三十六天罡中的佼佼者。沒想到……沒想到……」說著不斷搖頭嘆息。

小虎子聽了他的話，心中又驚又疑，卻不確定自己到底做錯了什麼，忍不住開口問道：「地師，昨日到底發生了什麼事？我……我一點兒也記不得了。」

地師充滿懷疑地望著他，似乎在思慮他這話有幾分可信。過了一會兒，他才道：「你當眞不記得了？」

小虎子答道：「我腦中昏昏沉沉的，連自己爲什麼被關在這兒也記不清楚。」

地師又望了他一陣子，才道：「好！我便說給你聽。前日下午，我帶領你們練武之時，你和天貴星比試，失手將他砍傷……」

小虎子一怔，脫口叫道：「是天貴星，不是天牢星？」

地師疑惑地望著他，說道：「不錯，被你砍死的是跟你同營的天貴星，不是天牢星。」

小虎子無法置信，又追問了一句：「所以……所以天牢星沒死？」

地師搖頭道：「天牢星好端端的，怎麼會死？」

小虎子不可自制地大叫起來：「你騙人，你騙人！我親眼見到天牢星死了！」

地師皺起眉頭，搖頭嘆息，轉身便走。

小虎子大叫道：「地師，地師！請您回來！我眞的沒有殺人！您一定要相信我！」地師卻已去得遠了。

數日之後，又有一位師傅來探望他，這回是水師。小虎子心中憂喜參半：「水師一直對我稱讚有加，多次說我是谷中輕功練得最勤奮的弟兄。他應該不會誆騙我吧！」

水師一頭白髮在晨光中閃動，眼神中滿是悲傷。小虎子隔著鐵柵望向他，叫道：「水師，您……您來看我了。」

水師神色沉重，嘆了口氣，說道：「地師之前來看過你，經過情形他都跟我說了。」他向身後招招手，一個弟兄從他身後走上前來，小虎子瞧清了他的面目，竟然正是天牢星！

小虎子頓時傻了，雙眼直瞪著天牢星，再也說不出話來。他心中回想過千百遍的情景，就在他見到活生生的天牢星時完全破滅，淪爲虛妄。他清楚記得自己抱著天牢星的身子，感覺從這人身上傷口湧出的熱血；他匆忙將天牢星抬到金婆婆的石屋中，親眼見到天牢星重傷死去的慘狀。天牢星怎麼可能活生生地站在自己面前？

小虎子心中猶存一線希望：「莫非天牢星當時只是受了傷，並未死去？」然而他打量天牢星身上，並無任何傷口或包紮；他記得天牢星當時傷得極重，絕不可能在數日內便痊癒，走起路來輕鬆自如，完全沒事一般。

小虎子耳中聽見水師說道：「天猛星，你不信地師說的話，還要對他當面扯謊，他痛心得緊，決意再也不來看你了。我想了想，認爲我還是該來，並將天牢星帶來給你瞧瞧，讓你知道你的謊言早已被戳破，不必再騙人騙己了。」

小虎子聽了，一顆心直沉到底。他呆了許久，才顫抖著聲音道：「請水師告訴我，那日究竟……究竟發生了什麼事？」

水師嘆了口氣，說道：「地師當時帶領白虎營弟兄練功，你責怪天貴星投奔天空星，捨棄了你，兩人爭執起來，接著便大打出手。地師聽見你們爭吵，奔過去查看，但那時你已將天貴星砍傷，只留下一地的鮮血。地師追上去，見你慌慌張張地抱著受傷的天貴星奔到金婆婆的石屋，卻已來不及救治，天貴星傷重而死。金婆婆問你時，你卻說砍死他的是天暴星。」

小虎子呆呆地聽著，眼睛不時望向天牢星，天牢星滿面驚恐地望著他，彷彿在望著一個瘋子一般。小虎子明白他爲何會如此望著自己，因爲他也不禁開始相信自己已然瘋了。

水師續道：「我們當時詢問你，你堅持說殺死天貴星的是天暴星，並要求我們處死天暴星。你甚至自告奮勇，說要親手殺死天暴星，替天貴星報仇。我們不及阻止，你便擅自出手，將天暴星砍死。後來天英星等看不過眼，出面指證，說當時她和你們白虎營的弟兄都在場，親眼見到你一怒之下，出手重傷天貴星，之後將他拖走。你砍死了天貴星，並說謊誣賴，嫁禍給天暴星，更親自出手處死了天暴星。我們眼見事情重大，必得請示大首領來處置，因此先將你關在這兒。唉，大首領到來後，將如何處置你，當眞難說得很！」

水師說得激動萬分，不斷搖頭嘆息。

小虎子只聽得一愣一愣地，有如五雷轟頂，呆在當地，雙眼發直。

水師見小虎子呆呆地坐著，毫無反應，便又搖頭嘆息，說道：「我早該知道，你已無可救藥了。我還來這兒做什麼？等大首領來做個決斷吧！」轉身大步走去，天牢星也趕緊快步跟著去了。

水師離去之後，小虎子有如失了神一般，縮在石牢角落，緊緊抱著頭，不知道該怎麼辦才是。他心想：「這怎麼可能？發生在我身上的事情，怎麼可能有兩種完全不同說法？我所記得的和別人口中所說的，怎會完全不同？究竟發生了什麼事，我眞的發瘋了麼？若是屠老大來跟我說那些話，我一定不信，認定他在蓄意編造故事，存心陷害我；但是地師和水師的敘述和金婆婆所說一模一樣，他們應當不會聯手來欺騙我一個孩子才是，因此他們所說應該是眞的了。原來我在比試時一怒之下，失手砍傷了天貴星，但我爲何完全不記得？」又想：「他們說得那麼篤定，而天牢星確實還活著，那麼我絕對已經瘋了。」接受自己發瘋倒不難，難的是接受自己竟是這樣的一個人，失手殺人之後，說謊推罪於人，陷害天暴星；之後更殘忍冷酷，親手殺死天暴星。小虎子忍不住想：「我眞是這樣的人麼？我眞是這樣的人麼？」

他無法相信，更加無法接受，頓時陷入無邊無際的懷疑困惑、痛苦自責。

此後每日清晨時分，金婆婆便替他送來清水和乾糧，收去便溺的瓦罐。她的臉色本就難看，此時只有更加陰沉，似是對小虎子的作爲極爲鄙視。小虎子無法責怪她，因爲他對自己更加不齒。

她離去之前，往往從石牢旁的山壁上抓下一把苔蘚，放在竹籃中帶走。小虎子看了許多回，忍不住問道：「請問金婆婆，這苔蘚有什麼用處？」

他原本並不期待金婆婆會回答，沒想到她竟冷冷地答道：「這苔蘚可以止血救傷。你殺死自己的弟兄，連眼睛也不曾眨一下，這苔蘚對你這等冷血無情之人，自然是毫無用處的了。」

他耳中聽著金婆婆冰冷的言語，心中一片冰寒，此後再也不敢跟她說話，連道謝都不敢。

自己若眞的如他們所說，做過那等惡事，奪了兩條人命，那麼金婆婆對自己極端鄙視不齒，也是應當的。

第二十一章 留言

又過了不知多少日子，小虎子獨自待在石牢之中，各般怪異的念頭此起彼落，無法自制，愈來愈確定自己已然瘋了。他日夜活在疑惑煎熬之中，只覺身心俱疲，幾乎無法撐下去。他時醒時睡，在一片渾噩中度日。

這日他忽然想起那柄藏在泉水邊石縫中的小刀，想起天殺星以小刀自殘的情景，心中動念：「我若殺死自己，一了百了，豈不乾淨痛快？」

他這時早已記不得自己的阿爺是武相國，娘親是薛濤；連自己姓什麼，叫什麼，曾經住過蜀地和長安等往事也都忘得一乾二淨。原本他還對苛刻嫌棄的主母心懷憤恨，如今也不大記得她是誰了。他只知道自己叫做天猛星，親手殺死了同營弟兄天貴星，陷害並殺死了天暴星，是個殘暴、狠毒、陰險、不擇手段的卑鄙小人。

小虎子知道自己絕對無法在石牢中待上一年，寧可現在立即死去，也好過在這兒枯坐乾等。

這日他終於下定決心，打破了瓦壺，拿起一片尖利的瓦片，打算割腕自殺。他靠著石壁而坐，正要動手，忽然見到陽光照射在石牢口內，鐵柵外的山壁上，十分燦爛耀眼，不禁多看了幾眼。就在這多看幾眼的當兒，他留意到山壁上的爬藤似乎被人撥動過，露出一小塊山壁。

他心中好奇，放下瓦片，爬到鐵柵前，伸手撥開爬藤，但見爬藤後的石壁上竟然寫了六個字：

小虎子　未殺人

他見到這六個字，彷彿陡遭天雷轟頂，激動難已，心中糾結多日的困擾苦惱射入一絲光明：「我沒有殺人！是啊，我眞的沒有殺人！寫字的人知道眞相，因此來告訴我，我沒有發瘋，我確實沒有殺人！」

他又是激動，又是好奇，忙將臉貼在鐵柵上，仔細觀察那六個字，但見那字歪斜簡陋，顯是以樹枝沾了沼澤泥巴寫成的。

他將手伸出鐵柵，小心撫摸那六個字，好似撫摸著稀世珍寶一般，隨即又一陣疑惑：「這是誰寫的？誰會知道我的小名是『小虎子』？」

他來到谷中已有兩年半，頭幾個月在豹三伍中被喚做「阿五」，過了第一關後又被喚做「天猛星」，幾乎已忘了自己的本名。此時在石壁上陡然見到自己在家中時使喚的小名，當眞如墮夢中，呆望了許久。

他將幾個同營弟兄一一想過，楞子跟自己同一營，但他早早便跟楞子說了，要他別叫「小虎哥」，要叫「天猛星」。如今楞子死了，天貴星也死了，白虎營的弟兄只剩下天英星、天滿星和天富星三人，他們應當不知道自己的小名。

小虎子搔頭苦思，忽然腦中靈光一閃，想起了六兒：「是了，除了楞子之外，谷中只有六兒知道我叫小虎子！難道這幾個字竟是她寫的？」

轉念又想：「但是這兩年來，她神態高傲冷漠，見到我時總是面無表情，一副從來沒見過我，甚至根本看不到我的樣子。即使她知道我的小名，也決計不會特意來這兒寫下這些字吧？」

他想不透，望著那六個字許久，才撥回藤蔓遮住了字跡。

他在石牢盤膝坐下，想了又想，感覺神智清醒了許多，對於十餘日前究竟發生了什麼事情，腦中印象漸漸清晰起來。他終於開始相信自己並沒有發瘋，也相信自己絕對沒有殺人，不管是天牢星、天貴星或是天暴星，都不是他殺的。

他隱約記得，自己被兩個老大押離四聖洞時，有幾個弟兄受命抬了天暴星的屍身，一道來到沼澤這兒。他隱約記得那幾個弟兄是天罡星、天孤星、天機星和天劍星。他也記得自己坐在石牢中，透過鐵柵望見那幾個弟兄在沼澤旁掘地挖墳，埋葬天暴星。

想到此處，他不禁想道：「天暴星被殺時，所有的老大、師傅和弟兄都在場。天暴星死後，至少有四個弟兄來此埋葬了他。許多弟兄想必都親眼見到發生了什麼事，都知道我沒有殺人。但是……但是金婆婆和地師、水師爲何這麼說？金婆婆當時不在場，事後聽人說了另外一套，倒也不足爲奇。但是地師和水師呢？他們怎會跟我開這麼大的玩笑？他們要殺我，隨手殺死便是，又何必編出一套故事，將我硬說成個殺人魔，還要等大首領來給我定罪？」

他想之不通，又想：「寫下那六個字的，多半便是天微星，也就是六兒。她特意跑來這荒僻的沼澤地、石牢外給我留話，想不到她對我竟如此關心！」

他再也忍耐不住，再次爬到鐵柵前，伸手在地上撿了一根樹枝，想在山壁上留句回話給她，又想：「但我不知道她原本叫什麼名兒，也不能寫出天微星，暴露了她的身分。我卻該怎麼寫才好？」

他想了許久，才在那六個字旁用樹枝寫下了另外六個字：

吾知也　汝何人

他在武相國家中時，武夫人王氏對他厭惡疏遠，漠不關心，雖已過了七歲，卻並未延請先生給他啓蒙。然而他靠自己讀誦阿爺和娘親的詩集《臨淮詩集》和《錦江集》，因此頗識得一些字。只是自從被捉來這山谷中後，不但書沒有讀到半點，連話都很少說，整日苦於練功，腦子完全沒用，幾乎都已生鏽了；但畢竟年幼時曾熟讀爺娘所寫詩句，要寫出「吾知也，汝何人」這六個字，也還難不倒他。

小虎子寫完之後，向那六個字看了又看，甚感滿意，拉過爬藤將字跡遮住，希望六兒下回來能見到。他滿心盼望她再次來此時，自己能見到她，跟她說上幾句話；但是這沼澤之地泥濘難行，荒涼可怖，弟兄們平時從來不敢接近，他也不知道六兒會否再次來此。

他扔棄了瓦片，再也不去動自殺的念頭。如今他雖仍被獨囚於這狹小可怖的石牢中，心境卻已大爲不同；他確切知道世間有人相信自己、在意自己、關懷自己，胸中感到一股極其珍貴的溫馨暖意，勇氣倍增。

當夜他睡得非常香甜，次日醒來時，天色已然大明。小虎子茫然坐起身，在牢中伸展手腳，忽然想起昨日見到的六個字，連忙爬起身去看鐵柵外的山壁。他伸手撥開藤蔓，但見山壁上仍舊寫著字，但之前的那句竟然已被拭去，山壁上多出了九個字。他激動得全身發抖，但見那新寫的九個字是：

半年後　比兵器　第二關

小虎子望著那一行字，心想：「半年之後有兵器大比試，也就是第二關！我被關在這兒，應當已有將近一個月了。屠老大當時說我得禁閉在此一年，等大首領來到谷中再決定如何處置我。莫非大首領已來到谷中了？我能出去參加兵器大比試麼？若不能參加，莫非我連過第二關的機會都沒有？」

不知爲何，一聽聞大比試、第二關近在眼前，他忽然振奮了起來，感覺自己應當盡力準備，好在兵器大比試中一展身手，盡力通過第二關。儘管他能否參加大比試還是未知之數，大首領何時來到谷中，將如何處罰他這個「殺人犯」，也不得而知，但他心想：「六兒特意告訴我第二關將在半年後舉行，不知是何用意？是想讓我早做準備麼？她並未回答我的提問，又是爲何？」

他想了想，匆匆將自己之前寫的六個字擦去，又寫上六個字：

謝告知　六兒乎

寫完之後，他腦中滿是兵器大比試之事，興奮難已。他被關在這狹小的石牢中，自然無法練習輕功、拳腳或刀法，整日閒得發慌，實在難以度日，忽然想起火師曾說過：「練氣調息乃是內功的根本，外功的拳腳刀劍重的是招數精妙純熟，而內息則是施展外功的根本。」當下打定主意：「我既然不能練其他功夫，那就專心練氣好了。」

他盤膝坐好，聚氣運功，緩緩調息。他並不確定練氣調息對兵器功夫會有什麼助益，但至少能讓自己專注於一件事，少去胡思亂想，漫漫長日也不至於那麼難熬。

於是他開始專注於練氣，往往一坐便坐上數個時辰，不知時日。這石牢寂靜荒涼，除了每日清晨金婆婆來送水送食之外，更無人來打擾他。他沉浸於練氣之中，感到丹田中的眞氣似乎漸漸厚實，澎湃洶湧，不斷沿著身上的經脈到處遊走，之後漸漸可隨心所欲地控制，心念一到，眞氣便立即湧至，心中甚感驚奇。

他當時並不知道，火師傳授給谷中這些孩童的內功原本十分粗淺，只爲了讓他們強身健體，好抵禦谷中溼氣寒氣，不致受寒病倒而已。眾弟兄都不過八九歲年紀，對內功的練法一知半解，更沒有耐性長久坐著調息練氣，都專注於練習看得見、摸得著的拳腳兵器，無心認眞修習內功。

小虎子乃是唯一對內功表露好奇和興趣的孩子。火師曾因此詳細向他解說內功的功用和練法，以致他對修練內功的步驟法門十分熟悉。這時他單獨練功，除了吃喝拉撒、每日清晨查看山壁上有無新的字跡之外，便是盤膝練功，內功修爲竟然大有進展。

他並不知道自己內功有多大的進境成就，只是如練拳腳和刀法時一般，他做什麼都容易入迷，一旦入迷便無法自拔，從早到晚苦練都不感到疲累，也不感到厭煩。

大約每隔七八日，山壁上便會有新的留字。寫字之人總是悄悄地來，悄悄地去，小虎子從來未曾見到留字的人影，只見到留下的字。山壁上有時是六個字，有時三個或九個，都很簡短。他不斷留字詢問來人是否就是「六兒」，都沒有回答。

大約二十餘日後，留言忽然寫道：

頂壁字　汝見否

小虎子一呆，連忙抬頭望去，但見石牢頂壁上滿是青苔，他伸手刮下一塊，這才發現青苔下的石壁上刻了許多文字。他好生驚奇，心想：「我怎能如此疏忽糊塗，在這石牢中待了這麼長的時候，直到有人提醒，才發現頭上刻滿了字？」又想：「六兒又未曾鑽進這石牢，怎會知道頂壁上有字？」

他想之不透，便伸手將青苔全數刮去，抬頭細讀那些文字。但見首先寫的是「金剛袖」三個大字。他從未聽過什麼「金剛袖」，繼續讀下去，只見下面寫道：

「金剛大袖，鋪天蓋地。雙袖飄飄，明暗分離；揮舞旋繞，神趨鬼避。袖中乾坤，無遠弗至：一藏慈悲，二藏喜捨，三藏智慧，四藏禪定，五藏福壽，六藏醫藥，七藏平安，八藏如意。」之後的文句都是穴道和經脈的名稱，環環相連，最後歸結到「金剛袖心法」。

小虎子仔細讀了三四遍，才恍然大悟：「原來這文字講的卻是如何導氣調息的心法，以及如何將內息導引用於拳腳刀劍招式之上的法門！」

這石牢雖然狹小，但還足夠讓他揮動雙臂，練習金剛袖的功夫。他假裝身上穿著長袍大袖，想像袖中藏著各種不同的物事，一邊鋪天蓋地地揮舞著雙袖，一邊將袖中所藏物事廣布於天地之間的有情萬物。如此一觀想，便能輕易將丹田內累積的內息經由經脈傳送出去，力道渾厚寬廣，無遠弗屆。

他之前內功已有一些修爲，向火師請教許多內功上的疑問時，火師已然答不上來，他也只能自己慢慢摸索，獨自思考嘗試。此時見到石牢頂壁的這些內功心法，時機竟是正好。他仔細研讀「金剛袖」心法，原本修練時內息不大清楚順暢之處，照著心法去練之後，便豁然開朗，水到渠成，內功陡然又深厚了一層，更懂得了如何將內息灌注於攻招中的種種訣竅。

這日他練「金剛袖」練得得心應手，痛快淋漓，感到這小小石牢便是樂天福地，人間仙境，回想不久前的痛苦絕望，甚至想過要割腕自盡，簡直是天壤之別。他想起這一切的轉變都起因於見到石壁上的留字，心中對六兒感激至極，忍不住在石壁上寫道：

吾二人　同蹴鞠　汝憶否

寫完之後，他露出微笑，眼前浮現那個身手矯捷、鞠藝高超的女孩兒。他們在長安城空地上那場激烈的單挑決戰，彷彿已是幾輩子前的事了，之後各自被強擄來此，在谷中一待數年，不知不覺間已變成了「天猛星」和「天微星」，更曾在拳腳大比試中針鋒相對，力拚激鬥，幾乎將各自過去的出身和家門盡數忘光了。

小虎子等了好幾日，都未曾等到回音，不禁開始懷疑：「來此留字的到底是不是她？她為什麼不肯承認？她害怕被人發現麼？」

他不知道自己何時才能出去，也不確定半年的時光過去了沒有，大比試舉行了沒有。每回見到金婆婆送飲食來，他便衝到柵欄前，搶著問她：「大首領來了麼？第二關舉行了麼？」

金婆婆都只翻著白眼，更不回答，逕自離去。

小虎子別無他法，只能期待大首領早日到來。他心想：「不管大首領是否聽信老大們的言詞，認定我是個滿口謊言、冷血狠心的殺人犯，還是會相信我的清白無辜，至少都將有個了結，不必無止境地被關在這石牢之中，不知何時才能重見天日。至於我能否參加兵器大比試，自然也得等候大首領定奪。」又想：「大首領讓不讓我參加兵器大比試都好，早日說清楚講明白了，也省得我在這兒死等活等，不知等到何年何月方休！」

既然得整日窩在這狹小的石牢之中，他別無選擇，只能每日讀誦刻在頂壁上的心法，繼續專注於修練內息和金剛袖神功。

有些時日中，他從早到晚都盤膝而坐，調氣運功；日出或傍晚之際，他往往感到內息澎湃，便起身演練金剛袖。他全身全心沉浸於練功之中，不知時光流逝，有時連續修練數日都不需停歇睡眠。他時而感到全身燥熱，如入火爐；時而感到全身冰冷，如墜冰窖；時而感到沉重無比，好似要遁入地底；時而感到輕如羽毛，如欲飄上半空。這些覺受每日每時都不同，他並不明白其中意義，也不去理會。他靠著跟隨火師所學的淺薄內功根底，加上石牢頂壁上的心法，內功竟然愈練愈精深，已到了接近大成的火候，只是自己完全不知道其中奧妙。

小虎子大多時候都專注於練功，偶爾休息時，心頭便會浮起種種煩惱，有如頑藤般纏繞在他心頭，難以擺脫。最不堪的，是當他想起遭弟兄背叛告發時，滿心羞慚後悔的感受；他也無法面對楞子之死的悲痛，那悲痛直比枷鎖還要沉重，每一想起便令他透不過氣來，自責不已，鬱悶難忍。他往往一遍遍地想像自己當時應該做些什麼，才能避免楞子遇襲死去的悲劇。他曾經一心殺死天空星和天暴星，替楞子報仇；然而當他真正有機會親手殺死天暴星時，卻下不了手。他知道自己此後再也不會有殺人報仇的念頭了。

然而有時他也不免暗中慶幸楞子已經不在，身上的重擔也隨之解除了。每當他這麼想時，便更加無法原諒自己，知道自己即使並未做出殺人推罪的惡事，卻也絕非什麼善類，內心充滿了陰暗卑鄙、不可告人的念頭。

他無法面對自己的自私軟弱，只能盡量安慰自己：「楞子對我一片眞心，我卻未能好好照顧他，讓他慘死，我實在對不起他。然而他在這谷中已受了這麼多苦，未來的日子也不見得好過。或許早些離去，也是一種解脫。我即使盡心盡力照顧他，也無法保護他一輩子。這石樓谷邪惡凶險，我也不一定能活下去，說不定很快便會隨著楞子而去。」

如此一想，心頭鬱結才稍稍紓緩，不至於被痛苦悔恨所塡滿，令他無法承受。

第二十二章 藏身

天猛星殺人事件發生前後，裴若然始終冷眼旁觀，早早便看出其中大有蹊蹺，詭異莫名。

天暴星誤殺天牢星那時，裴若然不在場，並沒有見到誰砍死了誰。第二日清晨，老大們將弟兄們召集到四聖洞中，她見到地上鋪著一張草蓆，草蓆上躺了一個弟兄的屍體，身形矮壯，一張黝黑的臉早已轉爲青色，似乎已死去大半日了。裴若然認出他是白虎營的天貴星。

鬍子老大神色嚴肅，問一眾弟兄道：「你們見到了麼？這兒死去的弟兄是誰？」

便有弟兄回答道：「他……他是天貴星。」

鬍子老大道：「不錯，是天貴星。昨日各營比試時，天猛星失手殺死了天貴星，又推罪於天暴星。你們都知道此事了，是麼？」

眾弟兄面面相覷，有的連連點頭，說道：「知道，我們親眼瞧見的。」也有幾個露出驚訝之色，皺起眉頭，竊竊私議起來，裴若然隱約聽見他們彼此問道：「被殺的不是天牢星麼？怎地變成天貴星了？」也有的道：「鬍子老大說得沒錯，我親眼見到天猛星用破風刀砍傷了天貴星，鮮血流了滿地。」

裴若然見黃髮碧眼的天魁星站在身旁，便低聲問他道：「躺在地上的究竟是誰？」

天魁星自從大比試時被天暴星狠揍一頓後，臉上便多了不少凹凸傷疤，看上去更爲粗獷英挺，頗有男子氣概，谷中女孩兒仰慕他者仍舊不少。

天魁星沒想到天微星會對自己發問，有些受寵若驚，低下頭，輕聲回答道：「那是天貴星沒錯，我跟他交過手。」

裴若然問道：「那天牢星是怎麼回事？」

天魁星滿面疑惑之色，聳聳肩，說道：「這兩人都不是我營中的，我也不知道。可能兩人昨日比試時都被打傷，一個死了，另一個沒死吧？」

正說話間，鬍子老大又開口了，說道：「谷中弟兄以兵器相鬥，流血受傷日日都有，並不少見，但大多受的是輕傷。此番天猛星失手打傷弟兄，以致喪命，大大違反了道規，不可原諒。他自也知道事情嚴重，因此犯下了更大的過錯，他將天貴星抬至金婆婆處，見到天貴星死去後，立即誣稱殺人者乃是天暴星，好爲自己脫罪。我等查訪之後，確定出手的正是天猛星。他罪大惡極，我谷中從未出現過如此暴虐殘狠、狼心狗肺之徒！」

眾弟兄聽鬍子老大聲色俱厲，互相望望，陷入一片靜默。裴若然這才留意，天暴星和天猛星都並未來到四聖洞中。

鬍子老大向洞中十多個弟兄環望一圈，最後冷冷地道：「今日讓大夥兒聚集在此，是想讓你們好好看看天猛星如何扮假做戲。你們在旁看著便是，不必開口。」

眾弟兄齊聲答應。

鬍子老大又叫了天空星過去，密密交代了一番，天空星連連點頭，滿面興奮期待之色，顯得躍躍欲試。裴若然知道天空星和鬍子老大多半聯手設下了什麼陷阱詭計，卻猜想不出他們將如何對付小虎子。

鬍子老大交代完後，便走了出去，過了半晌，一個兄弟最後走入洞中，正是小虎子天猛星，眾人都沒有出聲。

不多時，便見鬍子老大再次踏入洞中，說了一些話，隨後屠老大押著天暴星進入洞中。天暴星手腳被繩索綁縛，屠老大讓他跪倒在神壇之前。接下來的那一幕顯然是演給小虎子看的；鬍子老大要小虎子出來手刃天暴星，小虎子拒絕下手，甚至扔下手中兵器；天空星自告奮勇，上前砍死了天暴星。

然而裴若然看得親切，天空星的狼牙刀並未眞的刺入天暴星的胸口，天暴星胸口流出的血也是事先準備好的。全場只有小虎子一個人不知道眞相。

之後事情發生得極快，鬍子老大命四個弟兄抬了天暴星的「屍身」去沼澤邊埋葬，屠老大和行腳老大兩人將小虎子押走，關入石牢中，並故意讓小虎子遠遠見到弟兄們挖坑埋屍。裴若然隨後偷偷跟上，看清楚小虎子被關的地方，正是天殺星曾帶她經過，見到壁頂上刻有文字的那間狹小石牢。

裴若然又驚又懼，完全不明白發生了什麼事。當日傍晚她和天殺星來到森林中平日練功的空地上，問天殺星道：「剛才究竟是怎麼回事？」

天殺星看來半點也不驚訝，只道：「弟兄被關，遲早的事。」頓了頓，又道：「果然是他。」

裴若然不禁一呆，問道：「你這話是什麼意思？難道老大們是故意陷害天猛星，蓄意將他關進那石牢中的？」

天殺星點點頭，又搖搖頭，說道：「害他關他，將他逼瘋。」

裴若然更加驚訝，脫口道：「將他逼瘋？那又是爲了什麼？」

天殺星靜了一陣，才緩緩說出一番話來：「三十六弟兄，天猛出色。大首領，逼上絕路。」

裴若然只聽得毛骨悚然，顫聲道：「逼上絕路？那是什麼意思？是要逼他……逼他自盡麼？」

天殺星道：「不是。」靜了一陣，才道：「死心塌地，願入殺道。」

這是裴若然生平第一次聽見「殺道」這個名稱，立即問道：「殺道？什麼是殺道？」

天殺星並未回答。

她忍不住問道：「天殺星，你怎會知道這麼多事情？」

天殺星神色陰沉，轉過頭去，仍舊沒有回答。

裴若然嘆了口氣，說道：「你不願意說，也就罷了。總之又開始有弟兄死去了，甚至還有弟兄被囚禁起來！這谷中還會發生什麼怪事？」

天殺星臉上恢復一片冰冷肅然，不再言語。

自從小虎子被冤枉囚禁之後，谷中的氣氛變得非常詭異。弟兄們親眼見到了死亡和流血，空氣中自此便飄散著一股揮之不去的血腥味兒，比試時似乎比平日更加暴戾了一些，彼此互望的眼神中也充滿了猜忌和敵意。

尤其讓裴若然感到害怕的，正是同營的天空星。自從天空星自告奮勇出手「處死」天暴星、成功將天猛星送入石牢後，便被弟兄們當成大英雄一般，追隨者日眾，勢力也愈來愈大。谷中弟兄耳語相傳，都說天空星設下計謀，成功除掉了谷中武功第一的天猛星，下一個被除掉的不知會是誰？

裴若然知道天空星在除去強敵、擴展勢力的同時，對她的忌憚也越來越深。她不似天殺星那般韜光養晦、隱藏實力，她一直未曾掩藏自己的眞實武功，在玄武營中始終居於首位，也曾在拳腳大比試中嶄露頭角。天空星清楚知道她的能耐，因此不敢輕易招惹她。然而他早已將天微星視爲眼中釘，是他非除之而後快的下一個目標。

裴若然感到身邊這頭猛獸愈來愈凶狠饑餓，似乎隨時能向自己撲來，一口吞噬下去。她仍舊屬於玄武營，每夜都得和天空星和他的一群忠心黨羽同睡一穴，無可逃避，實是刻刻危機，如履薄冰。

她夜晚往往害怕得不敢入睡，只好和天殺星商議，決定兩人輪班守夜；一個睡上半夜，一個睡下半夜，不敢片刻放鬆警戒。即使如此，她心中仍很清楚，哪日天空星若決定下手對付她，即使她和天殺星兩人都清醒著，也難以抵敵天空星和其黨羽的群起而攻。

裴若然忍受不了日以繼夜的恐懼，急於尋找一個可以躲藏之處。她和天殺星原本便每日來到森林中的隱密空地上練武，近日她總在練完武功之後，拉著天殺星跟她一起鑽入森林深處，探索森林中的地形，想尋找一個更加隱密的藏身處。

這日兩人摸到森林的盡頭，來到山谷西南方的一片峭壁下。這兒離小虎子被囚禁的石牢有數十丈之遙，幾株大樹長在峭壁之下，枝葉茂密。裴若然抬頭望去，見峭壁上數丈高處似乎有個山洞，但藤蔓遮蔽，看不眞切。

裴若然指著那洞穴，說道：「那兒似乎有個洞穴，待我攀上去瞧瞧。」

天殺星不置可否，裴若然便沿著山壁攀爬而上。她攀爬到七八丈高處，扯開藤蔓，露出了一個一人高的洞口，便鑽了進去。但見那洞穴頗爲寬敞，鑽進去後，便可以站直身子了，裡面似乎甚深，黑沉沉地望不見盡頭。

她將頭伸出洞穴，低頭向下叫道：「天殺星，你也上來！」

天殺星攀爬上來，穿過藤蔓，鑽進了洞穴。他上下左右看了一圈，滿面狐疑之色，最後眼光落在山洞深處，與裴若然對望一眼，便舉步往洞穴深處走去。

裴若然跟在他身後，見那山洞往左彎去，漸漸變暗，最後終於什麼都看不見了。天殺星忽然停下腳步，裴若然幾乎撞到他身上，趕緊止步，低聲問道：「裡面有多深？」

天殺星道：「很深。有風。」

裴若然道：「下回我們帶火把來，探探這甬道究竟通到何處。」

兩人慢慢退出甬道，裴若然見到洞中開始透出光明，才放下了心。轉過彎後，她瞥向洞口旁的山壁，不禁一怔，竟見入口旁的山壁上刻滿了文字，密密麻麻，總有數百字。

她忍不住叫道：「你看，這兒也有字！這山谷當眞古怪，上回那狹小的石牢壁頂也刻有文字，這奇怪的洞穴裡也有。」

天殺星見到了那些文字，並沒有什麼反應。裴若然想起他不識字，便也沒有多說，只道：「這山洞十分隱密，以後若出了什麼事，我們可以來此藏身。」

天殺星點了點頭，忽然說出兩個字：「乾糧。」

裴若然點點頭，心知若要長久躲藏於此，自需存放一些乾糧才能度日，當下拍手道：「好主意！我們應當搬些乾糧上來，藏在此地。最好能藏夠十幾二十日，以備不時之需。」

此後每日早膳、晚膳之後，兩人總會設法留下一些乾糧，藏入衣袋，次日偷偷帶到峭壁上的洞穴中。過了七八日，他們認爲如此運糧太慢，便在深夜潛入藏放糧食的洞穴，一袋一袋地偷走糧食。

裴若然留意到藏糧洞穴中的糧食慢慢減少，卻並未有人從谷外運入補充，而他們每日偷走一兩袋乾糧，令糧食少得更快，似乎也沒有人發現。

這日他們又運了兩袋沉重的乾糧進入山壁上的洞穴，裴若然坐在穴中喘息，恰好又見到石壁上的文字。她仔細瞧去，但見最上面寫著「金剛頂」三個大字，心想：「『金剛頂』？那是什麼意思？石牢的刻字寫的是『金剛袖』，跟這兒的『金剛頂』似乎互有關聯。」

她繼續讀下去，但見在「金剛頂」三字之後有一段文字，與「金剛袖」的頭一段頗爲相似：

「金剛之頂，擎天立地。頷首挺腰，不偏不倚；無欲無求，功德無比。頂放金光，無遠弗至：一蘊慈悲，二蘊喜捨，三蘊智慧，四蘊禪定，五蘊福壽，六蘊醫藥，七蘊平安，八蘊如意。」

其後的小字都是穴道經脈的名稱，顯然與練氣有關，便不由自主照著練了起來。她才運了幾回氣，便感到全身氣息充沛，神清氣爽。

她甚是驚喜，拋下不願讓天殺星知道自己識字的顧忌，跳起身，對天殺星道：「這文字可神奇了！你盤膝坐下，聽我說，照著做。」

天殺星露出懷疑之色，但仍盤膝坐下，凝神聆聽。

裴若然念道：「金剛之頂，擎天立地。頷首挺腰，不偏不倚；無欲無求，功德無比。頂放金光，無遠弗至：一蘊慈悲，二蘊喜捨，三蘊智慧，四蘊禪定，五蘊福壽，六蘊醫藥，七蘊平安，八蘊如意。」

兩人都曾跟隨火師練過粗淺的內功，這時都能夠勉強跟著這「金剛頂」的法門運氣，果然感到氣脈充沛，全身舒爽。裴若然發現石壁上的文字乃是練氣的口訣，不禁甚感驚奇。

自此以後，裴若然和天殺星往往鎮日待在山崖的洞穴中，一起鑽研學習石壁上的文字，練氣打坐；偶爾出來休息，便在樹林的空地上比畫招式，沉浸於練氣習武之中，往往不覺天色已黑。有回練到夜深，天色全黑，他們便乾脆睡在這山洞中，天明時直接去四聖洞集會，誦念門規，也沒有人追究理會。

拳腳大比試之後，玄武營的鬍子老大便被調去了白虎營，白虎營原來的行腳僧老大被派來看管玄武營。行腳僧懶散糊塗，夜晚從不檢查弟兄們是否回洞歇息，也不怎麼督促監視他們練功。因此當裴若然和天殺星開始在藏身洞穴過夜，再也不回入玄武營的洞穴歇息時，行腳僧竟渾然不覺；即使天空星向他報告了，他也只皺皺眉頭，吸吸鼻子，什麼話也沒有說。

於是裴若然和天殺星便整日留在這藏身洞穴中，洞中備齊了棉被、衣物、乾糧，一應俱全。他們每日清晨來到四聖洞外集會，早晨跟隨四位師傅練習兵器，之後便溜去隱密的森林空地上單獨練功。兩人早晚去廚灶進食，夜晚便回到藏身洞中練「金剛頂」內功及歇息睡眠，生活作息與谷中其他弟兄幾乎完全隔絕。老大和師傅們都知道他們行止神祕，卻從未阻止或過問。

裴若然每每進入森林之前，遠遠便可望見沼澤；她曾多次動念，想去峭壁下的石牢中探望小虎子，瞧瞧他怎麼樣了，也想比較一下石牢頂壁的文字和山崖石洞中的文字有何異同。但是每回她向天殺星提起此事，天殺星便立即搖頭，極力反對。

裴若然甚感氣餒，但她心想：「天殺星雖是我的朋友，卻不能阻止我去做什麼。他不肯去，我自己去不行麼？」

她一來關心小虎子，二來心中對石牢頂壁的文字充滿好奇，想知道那究竟是不是一套內功心法，如果是，跟他們後來在山崖石穴中見到的又有什麼不同？她愈想愈好奇，終於按捺不住，這日清晨，她早早起身，偷偷穿過森林，來到小虎子被關的石牢之外。

這時離小虎子被囚禁已有十餘日，裴若然不知他的生死，不敢太過靠近，在沼澤邊緣觀察了許久，才終於鼓起勇氣往前走去。

然而她才走出一步，便見到一個高瘦的人影立於石牢之前。

裴若然嚇得定在當地，不敢稍動。她屏息望去，晨曦之中，但見那人一身黑色道袍，正彎下腰探視石牢中的人。她心跳加快，看那背影，猜知這人正是大首領，心中驚疑不定：「大首領爲何會在谷中？他來這石牢幹什麼？他想對小虎子做什麼？」

然而大首領的背影並未移動，只靜靜地站在當地，凝視觀察牢中之人。裴若然心中好奇，關在牢籠中的小虎子有什麼好看的？不禁想移動身形，從側邊偷瞧大首領究竟在看什麼，但又怕自己一移動便會發出聲響，被大首領發現，只能忍住不動。

過了許久，她聽見石牢中發出嗚嗚噎噎之聲，似乎有人在哭泣，或是在夢囈。她全身毛骨悚然，心想：「那是小虎子麼？他在哭泣麼？」

大首領忽然退開幾步，從地上撿起一塊土石，撥開山壁上的藤蔓，用土石在石壁上緩慢而安靜地寫了幾個字，之後又站在石牢前觀望小虎子半晌，才倏然離去，消失在晨霧中。

裴若然又等了半刻，才終於膽敢移動，躡手躡腳地來到石牢前，但見小虎子躺在牢中，縮成一團，臉上神色又是驚恐，又是痛苦，顯然沉睡未醒，仍在夢魘中翻騰掙扎。裴若然見他情狀雖淒慘，但還活著，略略鬆了一口氣。

她忍不住轉頭望向山壁，只見藤蔓之中寫了六個字：

小虎子 未殺人

裴若然呆了一陣，心想：「大首領爲何在此寫下這六個字？」她心中好奇，又躲回一旁的山壁之後。一直等到天明，小虎子終於醒轉，坐起身來。他眼中滿是血絲，狀似瘋狂。忽見他打破了瓦碗，似乎準備割腕自殺，裴若然大驚失色，正想衝出去阻止，又見小虎子忽然抬頭望向山壁，衝上前，將手伸出柵欄，撥開藤蔓，口中喃喃念道：「小虎子，未殺人！小虎子，未殺人！」神情激動，接著涕淚並下，口中不斷說道：「我沒有殺人，是啊，我沒有殺人！」

裴若然看在眼中，登時明白了大首領的用意：「他故意寫下那些字，是爲了阻止小虎子自殺！」

裴若然心中怦怦亂跳，想起自己方才目睹小虎子險些割腕自殺的一幕，心中只想：「好險，好險！」

她初次來石牢外偷瞧，便見到大首領來石牢觀望小虎子的情狀，並且留言給他，知道情勢絕不尋常，心中滿是疑惑。此後每日清晨，裴若然都偷溜去沼澤邊緣遠遠觀望小虎子，並且關注石壁上是否有新的留言。

她發現大首領每隔七八日便會來探望小虎子一回，在石壁上留話，而小虎子每日都要查看山壁上的留言，一見到有新的留言，便滿面喜色，興奮雀躍不已，將留言念上十多遍，顯得戀戀不捨，並且立即寫下回應。她知道他在石牢中孤獨恐懼、痛苦無依，因此對留言極爲珍惜依賴；而她每日清晨來此觀望，也將兩人留言的每字每句都看得一清二楚。

她第一次見到小虎子寫下「六兒乎」時，心中極爲驚訝：「他以爲留言的人是我！」又想：「原來他早知道我是誰！就如我知道他是小虎子一般，我們都記得在長安城的空地上一同蹴鞠競賽的往事，而我們在這山谷中度過了兩年多，彼此卻從未說過一句話！」

她見小虎子不斷重複詢問「六兒乎」，顯然極想知道留言者是否就是自己，而大首領可能不明白他在問什麼，或是蓄意隱瞞誤導，總之他從未回答。

裴若然心想：「大首領見到小虎子如此誤認，便任由小虎子繼續相信下去，並不解釋。」

自從他見到留言之後，小虎子的心便定下來了。裴若然每回遠遠觀望他時，他總是沉心打坐練氣，神色平靜。裴若然知道他心情已恢復平穩，甚感放心，暗想：「大首領一直關注著他的情況，生怕他自盡，才故意在山壁上留字鼓勵他，還告訴他半年後將舉辦兵器大比試和第二關，讓他懷抱著希望。大首領這麼做，想必有其用意。」

然而她又不免懷疑：「大首領若是蓄意栽培他，又何必將他繼續關在這兒？若想打垮他，又何必理會他在石牢中是死是活，是否發瘋？」

她想之不透，也不敢將自己來偷看小虎子之事告訴天殺星。後來她留意到，她從未見到小虎子抬頭望向頂壁，顯然他並未發現頂壁上的刻字。

又過了二十來日，裴若然再也按捺不住，趁小虎子打坐入定時，悄悄來到山壁旁，見上面是小虎子寫的幾個字：

練內功　有進境　六兒乎

裴若然心想：「這幾句話他已寫過數回，大首領見不見到都無關緊要。」當下鼓起勇氣，模仿大首領的筆跡，在山壁上寫下了六個字：

頂壁字　汝見否

寫完後，她立即施展輕功離去，小心未曾留下足跡。

次日裴若然再去沼澤邊時，見到小虎子躺在石牢中，雙臂枕在頭後，雙眼直望著頂壁出神。她心中一喜，知道他已看到了自己的留言，發現了頂壁的文字。她極想去看看石牢頂壁究竟寫著什麼，是否便是和「金剛頂」一般的內功心法，但又不敢離石牢太近，生怕被大首領撞見，又害怕被小虎子發現。

裴若然知道絕不能讓大首領見到自己的留言，於是在沼澤邊上耐心等候，直等到小虎子練功入定之後，才悄悄靠近，擦去了山壁上的留言，匆匆離去。

她得知小虎子在石牢中情況穩定，並開始修習頂壁的內功，放下了心，便較少去石牢探望他。她心中籌思：「這山谷偏僻荒涼，出入困難，誰會來這山谷中刻下這許多內功心法？大首領選中此地訓練弟兄，清理出幾個大山洞供奉四聖神像、儲糧煮食、居住飲食、存放兵刃，又開闢了練武場地和木樁等等，但那些山洞中的文字卻似乎更加陳舊，應是久遠以前刻下的。大首領知道這些文字麼？他看過、練過麼？莫非他刻意將小虎子關在石牢中，好讓他專心修習內功？那他爲何始終未曾叫小虎子去看頂壁的文字？我和天殺星湊巧尋得山崖上的藏身處，不知大首領知道這個洞穴麼？他知道這洞穴裡也刻有文字麼？」

許多事情她都想不出個頭緒來，只好放下不想，專注於練功。

直到兵器大比試前的兩三個月，裴若然感到愈來愈不對頭。她首先注意到老大們比平日更常出谷去，也注意到谷中糧食日漸減少，卻還是沒有人送來補充；金婆婆的藥材也是一般，一日日減少，幾乎用盡，卻未曾添補。

她對天殺星說了自己的發現，天殺星只默然而聽，聽完之後，才道：「第二關，近了。」

她想起大首領給小虎子的留言：「半年後，比兵器，第二關」，脫口說道：「第二關，就是兵器大比試麼？」

天殺星卻搖了搖頭，未再言語。

兵器大比試前的一個月，裴若然發覺並肯定局勢正緩慢而劇烈地轉變，彷彿山雨欲來，狂風先至。她從早到晚都和天殺星守在一起，不敢片刻分離。他們夜晚再不回去玄武營的山洞，只躲在崖壁山洞中過夜。兩人的內功都愈修愈深厚，也都清楚知道，在勤修內功數月之後，他們的武功在谷中已無敵手。

裴若然和天殺星自信滿滿，在兵器大比試中，能夠進入決戰的定然是他們二人。

第二十三章 虎出

被關在那石牢中的那段時日，可說是小虎子這一生以來最平靜安穩的日子。有時他心想：「關禁閉對我來說，該是最公正的懲罰。不論我是否曾出手殺死弟兄，但我惹人厭的本領可說舉世無雙。在武家那時，除了楞子之外，不論老少，沒有一個不厭我恨我的。我早已習慣遭人憎棄。即使進入谷中，我也無法讓弟兄們眞正信服我，最終仍舊成了所有弟兄的公敵。」

他又想：「當人們對我的憎恨累積過多時，我就會陷入今日這等境地，這是我自作自受。連被我救過性命的天富星也背叛了我。這世上還有什麼人可以相信，可以倚靠？」

在石牢中時，他一直懷抱著兩個足以慰心的念頭：一是曾有人向老大們通風報信，讓他們趕來森林阻止天空星和天暴星埋伏突襲自己；二是有人不斷在石壁上留言，關懷他，鼓勵他。他開始深深相信，還是有那麼一個人，對他不但不厭憎，甚且頗爲關懷愛惜。

他心想：「天下除了我遠在蜀地的親生父母之外，還有誰會關懷愛惜我？不管這人是誰，總之只要世間有這麼一個人，便値得我活下去。」

他在石牢中過了許許多多的日子，可能有幾個月，也可能有半年，全副身心都沉浸於修練金剛袖內功之上，完全不知時日流逝。

這日他睜開眼時，看到鐵柵外站著一個黑袍道人，臉色蠟黃，正凝望著自己。他一眼便認出，那人正是大首領。

大首領凝望著他，神色嚴肅中帶著幾分驚詫懷疑，問道：「天猛星，你在這兒待了多久，自己可知道？」

小虎子抬頭望著大首領，茫然搖了搖頭。

大首領道：「已超過半年了。你每日在這石牢中，都做了些什麼？」

小虎子並不知道自己已在這石牢中待了六個多月，度過了一百八十多個日子，也不禁微感吃驚，答道：「不做什麼。」頓了頓，又道：「靜坐練氣。」

大首領嘿了一聲，說道：「三日之後，谷中將舉行兵器大比試以及第二關。你想參加麼？」

小虎子原本便萬分期待這場兵器大比試，更一心想過第二關，聽了之後，不假思索，立即答道：「是！我想參加！」

大首領凝望著他，神色冷肅，說道：「你曾違反規矩，作弊取巧，破壞第一關的公平。我只道你已洗心革面，徹底懺悔，沒想到你很快又再次違反門規，不但害死弟兄，更公然不服從老大的指令。你要我如何相信你不會再次反叛我們，違反指令？似你這般不遵守規矩的弟兄，我爲何要讓你過第二關？」

小虎子聽他提起自己殺死弟兄之事，胸口不由得一緊。他雖堅信自己並未殺人，卻也猜知是有人精心安排，蓄意冤枉自己，而聯手陷害自己的人包括谷中弟兄、四位師傅和六位老大。他心想師傅和老大他們都是成人，大首領自然會相信他們的說法，而不會相信一個孩子的一面之詞，多做爭辯也是無用，便未曾開口解釋自己所受冤屈，只點了點頭。

大首領顯然並不滿意，又道：「我要你拿出一句話來！你是願意服從本門規矩，還是一心反叛到底？你若執意不改，一犯再犯，一錯再錯，連殘殺陷害弟兄的毒事都幹得出，我又怎能繼續容你在此，毒害其他的弟兄？」

在禁閉之前，小虎子若聽了這番話，定會大聲辯解，說自己乃是受人陷害，根本未曾殺人；然而在經過半年的禁閉之後，他彷彿已轉變成了另一個人，胸中的一團烈火早已熄滅殆盡，只剩下一堆略有餘溫的灰燼。他回憶自己遭豹三伍弟兄背叛密告之時，曾經痛心難受至極，責罵自己愚蠢天真，錯信他人；他已明白這回的殺人冤枉事件其實與弟兄告密並無不同，也是肇因於他自己犯下的過錯——他在拳腳大比試中未曾隱藏鋒頭，顯露出超卓的武功，太過招搖出眾，因而引起同儕嫉妒，群相排擠陷害。而自己犯下的第二個愚蠢錯誤，便是不懂得隱藏鋒芒。然而這回他已不再後悔自責，不再痛心難受或仇恨陷害他的人。他明白石樓谷就是這麼回事，在這邪惡詭譎的石樓谷中，沒有是非對錯，沒有眞僞善惡，只有生死存亡。

此刻他完全無心爭辯，只抬眼望著大首領，緩緩說道：「天猛星自信武功在谷中無人能及。大首領若有心讓弟兄們以兵器比試分出高下，便應當讓我參加比試。天猛星願意服從本門規矩，再不違反。」

大首領凝望了他好一陣子，才點點頭，說道：「好，我便放你出來，讓你參加兵器大比試。你若能贏得兵器大比試，過了第二關，我便饒了你殺死弟兄的罪過。」

小虎子默然點頭，知道自己說服了大首領。

大首領從懷中取出一把鑰匙，打開了鐵柵。

小虎子爬起身，發現這是他半年來第一次能站直身子。他慢慢活動雙腿筋骨，感到痠軟無力，緩緩活動了好一陣子，才一跛一拐地，勉強走出石牢。

大首領望著他狼狽遲鈍的模樣，面上不動聲色，只道：「算上今日，你還有三日可以練功。倘若再次拔得頭籌，便算你好運，既往不咎。若是敗了，便準備受死吧！」

小虎子點點頭，說道：「我明白了。」他心中清楚，就算沒有死亡的威脅，他也會盡力一拚，不為別的，只因為他醉心武功，極想獲勝，渴望過關。而且他自信能夠贏過谷中所有其他的弟兄，即使他被禁閉在狹窄的石牢中已有六個月未曾練拳腳刀法，甚至不能起身走動，但他極有自信自己的破風刀仍舊無人能敵。

如今他獲准參與兵器大比試，知道這是自己重新站起來的唯一機會。他心想：「大首領，老大們，還有四位師傅，你們看著吧，我小虎子雖蠢笨，卻不會輕易倒下！」

小虎子跟在大首領身後，回到了平日練武的廣場上。三十多名弟兄分散在廣場各處，各自練功，見大首領到來，都趕緊罷手肅立，躬身行禮。他們見到天猛星跟在大首領的身後，全都睜大了眼，直瞪著他瞧，臉上滿是驚恐詫異。

小虎子不去理會弟兄們異樣的眼光，逕自回到白虎營的洞穴，找出自己的破風刀，走到遠處的一塊平地上，開始練功。

他先活絡久已未動的筋骨，再從基礎拳腳練起，將「羅漢拳」、「光明拳」、「如影隨形腿」從頭到尾練了三遍。之後便跳上木樁練習躍功，再練習進退趨走、縱高伏低的輕功。他感覺自己身上的筋肉仍舊使得，步法身法仍舊熟練輕巧，雖無進步，但也沒有退步太多，心中甚是安慰。

接著他便開始練習刀法。這套「菩提刀法」乃由地師所傳授，他早已練得滾瓜爛熟，閉著眼睛都能使出，毫無差錯。這時他將刀法連續練了二十多遍，小心修正出招的方位、力道、快慢，直到每一招都完美無誤，他才停下歇息。從開始活動筋骨到練完刀法，足足花了兩個時辰。

奇怪的是，平日他連續練功練上這麼長的工夫，必然感到十分疲累；此時他卻只覺氣息充沛，不但臉不紅，氣不喘，連汗也沒有流上幾滴。他只道是自己休息了六個月之故，卻不知是因為他在石牢中練習內功有成，以往使勁靠的都是筋肉力道，如今使勁卻是用了渾厚的內息牽引，筋肉反而不必費力，因此即使練了兩個時辰，也絲毫不感疲倦。

他又繼續練了三個時辰，天色便已暗下。他腹中飢餓，獨自去廚灶洞找了大餅乾肉來吃，喝了一碗米粥。他被關在石牢中時，飲食也都是金婆婆從廚灶洞取來，並無差別，反而覺得此地人多嘈雜，不如當時一個人在石牢中時那般清靜自在。

小虎子匆匆吃完，忽然想起自己已有半年未曾洗浴了。然而他該去何處洗浴？他仍舊不願意去其他弟兄慣常去的泉水邊，於是便舉步往森林中的瀑布行去。

就在此時，他忽然見到一個身形矮壯的弟兄大步向他走來。他抬頭一望，但見這弟兄剃了光頭，面目陌生，又似乎有些眼熟。小虎子仔細瞧去，才驚然發現這人竟然便是天暴星！

小虎子愣在當地。半年之前，他親眼見到天暴星被天空星殺死，胸口鮮血噴出，流了一地，將自己的褲子染成一片鮮紅，一直到此刻他的褲腳還有一片深褐色。但天暴星怎能活轉了來？怎會沒死？

天暴星凝望著小虎子，露牙冷笑，說道：「你沒能殺死我，現在輪到我來殺你了！」

小虎子心中驚詫無比，忍不住退了幾步，他還記得自己初初被關在石牢中時，因害怕天暴星的屍體或鬼魂從沼澤泥土中爬出來找自己報仇，曾嚇得大哭大叫，驚恐難已，無法入睡，噩夢連連。後來他慢慢專注於修練內功，才不再動這些可怕的念頭。豈知他出得石牢，竟見到天暴星活生生地出現在自己的眼前！

正當他不知所措時，忽然留意到一個人影出現在左近。這人並未靠近，在五六丈外便停下了。他忍不住側頭望了一眼，但見那人身形纖瘦，容色清麗，正是天微星六兒！

六兒側身而立，面無表情，並不望向小虎子或天暴星，眼光落在遠處，似乎在思考尋找什麼。她什麼也沒說，彷彿只是剛好經過這兒，略略停步而已。不過一眨眼的工夫，她便舉步走了開去。

小虎子一個激靈冷靜下來，知道她是故意來此替自己解圍的。他有如見到救星，拔腿便奔，但他並未奔向天微星，卻直往白虎營的山洞奔去。

天暴星並未追上，只在他身後高聲叫道：「你逃不掉的！我會一直跟著你，直到殺死你報仇爲止！」

小虎子喘著氣，奔到白虎營的山洞口，扶著山壁喘息。但見三個弟兄在穴中圍坐，見到他進來，一齊抬頭望向他，眼神中又是警戒，又是懷疑，又是恐懼。他們原本都已投靠其他營，不住在這兒了；但自從天猛星被囚禁於石牢，白虎營的洞穴空了出來，他們被頭頭兒放鬆了限制，便又搬回了白虎營的山洞住下。

小虎子定睛向他們望去，但見他們的面貌依稀認識，想了想，才記起他們是自己的同營弟兄——天富星、天英星和天滿星。自從過了第一關後，小虎子便與他們日夜相處，一同食睡，一同練功，已有幾年的光陰。但後來發生了太多事情，弟兄們一個個背叛遠離他，此時再次相見，直如仇人一般。

小虎子也陡然發現，天貴星並不在其中。他想起金婆婆和地師、水師等都曾指控他失手殺死了天貴星，這時天貴星消失了，和他們編造的故事正好符合。

此時這三個同營弟兄一齊瞪著小虎子，神色戒慎，目光驚恐，好似在瞪著什麼鬼怪一般。天英星和天滿星兩個女孩兒皺起眉頭，伸手掩住鼻子，小虎子這才察覺到自己身上正發出陣陣臭味。他窩在狹小的石牢中足足六個多月，不得洗浴，方才又練了一整日的功，不臭也難。他原本便想去沖洗一下，卻遇見了天暴星，落荒而逃。

他一時手足無措，不知該留下還是離去，如果離去，自己又能去哪兒？

正當他發著呆時，一個高大的弟兄陡然出現在洞口，正是天空星。他伸手拔出了狼牙刀，喝道：「天猛星，你殺死了天貴星，別以爲你還能對其他弟兄下手！快給我滾！」

小虎子見天空星這等架勢，聽他口中義正辭嚴，儼然以白虎營頭兒的身分挺身保護弟兄，抵抗邪惡外敵。

小虎子心中雪亮：「我不但成了谷中弟兄的公敵，更成了同營弟兄的公敵。在他們眼中，我是害死弟兄的凶手，生性凶惡，遭老大們禁閉，面壁思過。如今我被放了出來，難保我不會凶性大發，再次出手傷人。」

小虎子從他們眼中看到了自己此刻的情狀：外表骯髒發臭，不堪入目；內心瘋狂暴虐，自私殘酷。他再也無法忍受弟兄們異樣的眼神，轉身狂奔而去。

他奔了不知多久，才停下腳步，耳中聽見轟轟的水聲，原來他不自覺地又奔回了瀑布之旁。此時天色已然全黑，他什麼也顧不得，循著水聲攀上大石。他之前便常來此處沖浴，熟悉地形，知道瀑布下的潭水甚深，於是快手快腳地脫下一身破爛骯髒的衣褲，湧身便往深潭中跳去。

一入潭水，四周陡然安靜下來，冰涼的潭水包圍著他的全身，讓他感到難以言喻的鬆弛舒暢。他潛伏在水中良久，隱約見到幾條白色的游魚在潭水深處穿梭。他潛出水面，探頭透氣，但見四面一片漆黑，只有轟轟的水聲在耳際響動。

他呼出一口長氣，忍不住又開始回想過去數年在谷中的經歷，想看清楚自己怎會落到這等眾叛親離的悲慘地步？

他記得自己剛到谷中時，曾與豹三伍的弟兄傾心結交，聯手過了第一關；之後開始學拳腳功夫，他發現自己學武興趣極高，很快便受到四位師傅的重視，自覺與眾不同，前途不可限量；他曾經躊躇滿志，自知武功在眾孩童中出類拔萃，高人一等；他沉浸於練功，勤奮精進，不論內功、拳腳或輕功，專心苦練，進步神速。在拳腳大比試中，他連續打敗了天暴星和天微星，拔得頭籌，得到師傅和老大們的稱讚賞識，弟兄們的欽敬羡慕。

然而禍根就是在那時候種下的。大首領雖親臨觀戰，卻並未稱讚自己一句，從那時起，不，從大首領發現豹三伍全數過關的那一刻起，便已開始懷疑他了。

之後的情勢急轉直下。他被豹三伍弟兄告發，險些被逐出石樓谷；又遭白虎營弟兄離棄，楞子慘死，孤立無援，甚至被弟兄和老大們聯手冤枉陷害，關入石牢。

他浸泡在瀑布下的冰冷深潭之中，忽然感到前所未有的恐懼淒涼。他知道自己此刻的處境艱險惡劣已極，如果兩日後的兵器大比試無法勝出，立即便會沒命，或是被關回石牢之中，無止境地被囚禁在那兒。

但他轉念又想：「那也未必不是好事。我熬過了六個月的石穴禁閉，日子反而平靜安穩。他們把我關在那石牢中，我並沒有如他們所願屈服消沉，最後大首領爲了讓我參加兵器大比試，不也終究放了我出來？」

繼而又想：「也虧得六兒不斷跟我留言通信，讓我知道外面發生了什麼事，我才沒在牢中自殺或發瘋。他們多半不知道這回事，不然一定老早阻止她來跟我通信了。今日她又出頭幫助我解圍，幸好方才我未曾向她那兒奔去，令她露出行跡。只希望沒人注意到她！我絕不能讓人知道六兒在暗中助我之事。」

他想著六兒對自己的情義，心情平靜了許多，跳出潭水，洗淨衣褲再穿上。他不能回去白虎營的洞穴，想起往年曾在瀑布後找到一個小洞，便鑽過瀑布，在那小穴中棲身。他原本慣於孤獨，在石牢中獨居了六個月後，更是只有在獨自一人時才感到自在。他縮在瀑布後的小洞中，先盤膝運了一回氣，感到氣脈充沛，全身鬆弛，才躺下睡了。

這一覺睡得非常香甜，次日清早起身後，他去廚灶洞吃了些乾糧，便開始練功。他在石牢中時完全無法舒活筋骨，但常常靠著想像習練招式；此時照著自己的想像去做，一切竟都比他在石牢中所想容易得多。

練到傍晚，他忽然感到精神恍惚，似乎缺少了什麼。他想了許久，才發現自己過去六個月中，日日記得查看石壁上的留言，已成了習慣。出牢之後，少了這份期待，生活似乎霎時空虛了許多。

他想到此處，不由自主提步往沼澤走去，回到自己被關了六個月的石牢之外。他呆呆地望著石牢旁的山壁，滿心期盼那兒有留言在等著自己，隨即感到十分荒謬可笑：「我已經出來了，六兒若有話對我說，隨時找我來說便是，又怎會來此留言？」又想：「不對，她不願讓人知道她在暗中幫助我，表面上絕不能露出與我相識的痕跡。因此若有話對我說，她只能回到這兒留言了。」

他想了又想，終於鼓起勇氣，伸手撥開藤蔓，但見石壁上果然寫上了新的字，字跡未乾，似乎才寫下不久：

天殺星　汝勁敵

他望著這六個字，心中震動：「天殺星？不就是那個總是跟六兒做一道的冷眼男孩兒麼？」隨即想起：「也就是我在泉水旁見到，以小刀自割手臂的怪人！」

他陷入沉思；他從未留意過天殺星的身手，也從未聽人說天殺星有多麼厲害。爲什麼她說天殺星將是自己的勁敵？

他吸了一口氣，心想：「不管天殺星有多強，我都會打敗他！」俯身撿起腳旁的樹枝，在山壁上寫道：

吾與汝　齊過關

他扔下樹枝，大步離去，滿懷自信，心中頓時安穩了下來。

第二十四章 前夕

裴若然和天殺星在暗中彼此對招，勤奮練功，進步神速，兩人都躊躇滿志，自認一定能在兵器大比試中勝出。然而就在這時，他們卻聽到了一個石破天驚的消息——大首領將天猛星放出來了！

谷中弟兄誰都沒有料到大首領竟會把天猛星放出來。兵器大比試的前三日，天猛星便被放出來了。這個消息很快傳遍整個山谷，所有的弟兄都搶著爭看，想知道被關了六個月的天猛星變成了什麼模樣。

那日清晨，當小虎子從沼澤那兒走回山谷中時，裴若然早早便在練武場邊等候。她見小虎子形貌大變，頭髮又長又蓬亂，衣衫破爛，渾身發臭，然而眼中卻精光外露，全身上下氣息充沛。

裴若然遠遠便能感受得到他的氣勢，心中驚異：「他在那石牢中練那『金剛袖』，進境竟如此之大！」

她凝望著小虎子走入谷中，望著他緩緩舒活筋骨，練拳練刀，心想：「關進去時還是頭小虎，出來時卻是頭猛虎了！」

天殺星也目不轉睛地觀察天猛星的一舉一動，感受著他身上傳來的渾厚內勁。谷中弟兄都很清楚，天猛星從來不知道如何掩藏自己，他總是鋒芒畢露，能耐盡顯。即使此時此刻，剛剛從牢獄出來之際，眾目睽睽之下，他仍舊毫無顧忌地展露出自己的內息武功，所有見到他的弟兄無不驚奇詫異，暗自戒懼警惕。

裴若然持續留意著小虎子的一舉一動，想起自己見到他在那狹小石牢中痛苦哭泣的模樣，想起他望向石壁上的留言，滿面驚喜、滿懷希望的神情，心中忽然生起一股莫名的疼惜之情：「他遭老大和弟兄們聯手陷害冤枉，被關在那窄小的石牢中，站都站不直身子，情狀狼狽卑微已極，然而他卻熬過來了，還練成了高深的內功。換做是我，只怕絕對撐不過這幾個月的禁閉。」

她見到天暴星蓄意出現嚇唬小虎子，也見到小虎子一臉驚慌、不知所措的模樣。裴若然知道他親眼見到天暴星死去，突然見到天暴星復活過來，心中驚懼可想而知，忍不住便想出手相助，於是跨步走近前，卻也不知道自己能做什麼。

然而小虎子一看到她，驚懼之色立即舒緩鎮靜下來。裴若然知道他一直以為在山壁上留言的都是自己，是以將她當成了救星。她保持臉上神色漠然，好似未見到天暴星和天猛星兩人一般，逕自走了開去，卻從眼角瞥見，小虎子隨即往另一個方向狂奔而去。

裴若然心中籌思：「他當時在山洞中看到的情景，果如天殺星所說，乃是老大他們故意設下的一幕戲，目的便是要將他弄瘋。他被關了六個月後，武功雖然大進，腦子只怕已有些不對勁了。究竟有沒有人跟他說出過真相？我應當去對他說麼？」

她想趁人不注意時追上他，問問他對這場謊言騙局究竟知道多少。但小虎子奔入樹林後，轉眼便失去了蹤跡，她也只好放棄。

之後數日小虎子一直躲在樹林中練武，裴若然始終未能見到他。

兵器大比試前一日的下午，裴若然掛心小虎子，偷偷來到瀑布之旁，希望能找到他。她在瀑布旁走了幾圈，卻未曾見到他的人影。

她正打算放棄離去時，卻見一個身影緩步往瀑布走來。她趕緊閃身躲到一塊石頭之後，但見那人一頭白髮，背上背著三四個大布袋，正是金婆婆。那些布袋看來十分沉重，但她背在身後卻彷若無事，健步如飛。

裴若然心中怦怦亂跳，「莫非她見到了我，跟來質問我為何單獨來此麼？我卻該如何回答？」

幸而金婆婆似乎並未見到她，更未往兩旁張望，逕自走到垂吊竹籃的山壁之下，伸手拉了拉繩索，崖頂便有一只竹籃緩緩降下。金婆婆將布袋一個個放入籃中，自己跟著跳了進去，接著拉了拉繩索，竹籃便慢慢往上升去。不一會兒，整個竹籃便消失在暮靄之中，再也看不見了。

裴若然見金婆婆乘坐竹籃出谷，先是鬆了一口氣，暗想：「她不是來找我的。」又想：「她平日都是傍晚才出谷，今日為何這麼早便出谷去了？她帶走的那一袋袋物事，莫非都是藥材？」

她暗暗感到不對勁，連忙奔回森林，找到天殺星，跟他說了此事。

天殺星似乎早已料到，神色並不驚訝，卻顯得十分沉重。他靜了一陣，才道：「明日死傷，無可救藥。」

裴若然心中一跳，點頭道：「不錯，金婆婆人走了，將藥材也帶走了。明日大比試中誰若受了什麼重傷，那便是無藥可救了。」

天殺星忽然伸手抓住她的手，嚴肅地道：「兵器比試，盡全力，爭第一！」

裴若然不禁一怔，說道：「你不是總說要隱藏實力，藉以自保麼？爲何現在又說要盡全力？」

天殺星想了一陣子，才緩緩說道：「輸者死，勝者活！」

裴若然不明白他的話，追問道：「你是說，大比試中倘若輸了就會死，只有贏了才能活？」

天殺星點了點頭。

裴若然又問道：「你說必得爭第一才能活命，但是老大不是說第二關要挑出八個弟兄麼？爲何必須取得第一？」

天殺星堅決地搖了搖頭，說道：「爭第一，才活命。」

裴若然忍不住追問道：「你怎麼知道？」

天殺星陷入沉默，未曾回答。

裴若然心中不禁甚感慌亂，她雖有必勝的信心，但並不知道自己能否打敗兩個勁敵：天猛星和天殺星。她想了許久，才道：「天殺星，倘若你我必須對敵比試，我們也得盡力打敗對方麼？」

天殺星避開她的眼光，一字一字地道：「正是。」

裴若然心中湧上一陣難言的不安，心想：「我打得過他麼？他眞會對我下殺手麼？」心中隨即浮現答案：「不錯，他定會盡全力打敗我，毫不猶疑；我若和他對敵，也須盡全力打敗他，絕不能手下留情。」

她想清楚之後，心中頓感篤定，彷彿世間事情就該如此，不需質疑，也不需多說。

然而天殺星這時卻開口了，說道：「天猛星，內功強。」

裴若然心中一震，她始終沒有告訴天殺星自己曾偷偷去石牢外觀望小虎子，更沒有提到大首領在山壁上給小虎子留言、自己指點他去看頂壁的內功心法等事。她當時並未想到小虎子會被放出來，成爲他們的敵手；她也並不知道自己必須打敗他，才能活下去。事實上，她對天殺星的話頗有些將信將疑，爲什麼只有取得兵器大比試第一名的弟兄才能活下去？大首領不是說第二關要挑出八個弟兄麼？未能取勝的弟兄，眞的都會死麼？但她素知天殺星言語雖少，知道的事情卻總是比自己多，只能姑且聽信。

這時她不禁感到有些後悔，她去探望小虎子也就罷了，或許不該提醒他去看頂壁的文字。一年多前拳腳大比試時，他已是谷中武功最高的弟兄，被關了這六個月，他似是更加將其他人遠遠甩在後頭。她和天殺星湊巧見到「金剛頂」內功並加以修習，這應是他們超越小虎子的最佳機遇，然而她卻出手幫助敵人，讓小虎子也修習了內功心法，令她與天殺星失去了既有的優勢。

裴若然心中動著這些念頭，默然不語。

天殺星神色顯得極爲惱怒不平，說道：「天猛星，關半年，爲何進步？大敵，可惡，可恨！」口中咒罵不已，滿面憤恨。

裴若然很少聽天殺星說這許多話，但她完全能明白他的疑惑：「小虎子被關在那狹小石牢中六個月，爲何武功卻能不退反進？難道眞的是那『金剛袖』神功的威力？小虎子竟成爲我們的大敵，確實大大出乎我們的意料之外。」

然而她並不明白天殺星爲何如此憎恨天猛星。天猛星雖然武功高強，但未曾做過什麼可惡可厭或傷害他人之舉。比起動不動就將弟兄往死裡打的天暴星，或假裝乖順卻在暗中結黨，欺凌毆打、設計陷害弟兄的天空星，她認爲小虎子可比他們好上太多了。

然而天殺星似乎並不這麼覺得。在他心中，任何人只要比他強，便是他的敵人，便是他憎惡的對象。

除了天微星以外。

裴若然心想：「我絕不能讓天殺星知道我曾暗中幫助過小虎子。他若知道了，只怕立即便要跟我翻臉，將我當成敵人看待。我去探望小虎子，偷看他和大首領交換的留言，甚至留字要他去看頂壁文字，這些事可千萬不能露了口風。」

她吸了一口氣，伸手捏了捏天殺星的肩頭，說道：「別擔心，即使他練了跟我們一模一樣的內功，他的刀法和身法也不可能在兩三日內便完全恢復，我們一定能打敗他。」

天殺星仍舊憤恨不已，雙手緊握匕首，走開兩步，對著一旁的矮樹不停砍去，發出刷刷聲響，樹枝樹葉紛紛跌落，招式迅疾而凌厲。

裴若然站在一丈之外，仍能感受到他身上傳來的殺氣，心中忽想：「天殺星是我最親近的朋友，但我並不完全了解他。小虎子是我的敵人，我對他的了解，卻遠遠多過我對天殺星。」

她想像在兵器大比試中，自己若必須與天殺星比試，必將盡全力打敗他；而當她想像自己與小虎子對敵時，卻感到一片茫然，不知道該如何出手。在她心底，他仍是那個身穿紅衣紅褲、在長安城空地上蹴鞠的男孩兒，不論谷中弟兄如何厭惡嫉恨他，他依舊剛直自守，咬牙苦撐，全然不理會他人的目光。

然而裴若然卻能明白他心底的孤獨和悲哀，明白他勤奮練功背後隱藏著無盡的淒涼和傷痛。他待人眞誠熱情，尤其重視朋友；但在這恐怖的石樓谷中，他失去了最好的朋友天威星，也失去了所有的同伴，只剩下孤身一人。

至於小虎子爲何會認定是她在山壁上留字給他？她想，或許因爲他心底渴望有人關愛他，即使只是一點點也好，即使只是來自一個比他更加無助、更加迷惘的小女孩兒也罷。倘若他發現了留字給他的人其實是一直操控著他的大首領，他絕對無法承受這個打擊。

裴若然心中思潮起伏，不願再去看天殺星揮匕首劈砍枝葉，默然走開。

裴若然信步來到山谷的一角，忽然聽見幾聲呻吟。她心中一驚，立即矮身伏下，藏在樹叢之後，偷偷瞧去。但見樹叢中躺了幾個人形，一身黑衣，卻看不清楚是什麼人。

她心中怦怦亂跳，小心掩上，只見其中一人一頭白髮，竟然便是水師！

裴若然再也忍耐不住，快步衝出，來到那人身邊，低聲喚道：「水師！」而水師雙眼圓睜，竟已斷氣。裴若然大驚失色，抬頭望去，躺在不遠處的三個身形正是地師、火師和風師，其中只有風師仍有一口氣，方才出聲呻吟的便是他。

裴若然心中驚恐莫名：「四位師傅武功高強，誰能殺死他們？」頓覺毛骨悚然，立即舉目周圍張望，四下寂靜無聲，更無人影。

她來到風師身邊，低聲問道：「風師？我是天微星。這是怎麼……怎麼回事？」聲音不禁發顫。

風師喉嚨發出嘶嘶聲響，掙扎良久，才說出一個字：「毒！」

裴若然心中一跳，立即明白，說道：「你們是中了金婆婆的毒，才遭人暗算的，是麼？」

風師勉強點了點頭。

裴若然見他身上多處刀傷，都中在要害，血肉模糊，眼見是不活的了，想起他對自己的種種悉心教導，不禁熱淚盈眶，低聲問道：「是誰暗算你們？谷中來了敵人麼？」

風師搖搖頭，嘶聲道：「是……鬍子……屠老大……」

裴若然更是驚詫，脫口道：「你說是老大們下的手？」隨即省悟：「金婆婆出手毒倒他們，再讓老大們下手殺死師傅，這定是出於大首領的指令。」

風師喘了幾口氣，說道：「天微星……趕緊找路，立即……出谷，快，要快！」

裴若然惶然道：「哪裡有路可以出谷？」

風師道：「西南山壁……五丈高，洞……洞後……出……」

裴若然聽不清楚，又問一次：「出谷通道在何處？」

風師的咽喉嘎嘎作響一陣，終於沒有了聲音。

裴若然見他在自己面前斷氣，感到全身血液凝結了起來，伸手想去碰他，又想起他中了毒，趕緊收回手來。她呆了半晌，望著面前已然斷氣的風師，再也無法自制，倏然站起身，轉身狂奔而去。

裴若然奔回森林找到天殺星，一言不發，拉著天殺星便往方才的樹叢奔去。

然而當兩人來到樹叢旁時，四位師傅的屍體竟然都已消失不見了，此時天色漸暗，土地上只留下一灘灘深色的血跡。

裴若然臉色煞白，吞了口口水，說道：「剛剛……剛剛還在這兒的，我……我絕對沒有看錯。」

天殺星望著她，臉上露出疑問之色，顯然在問她究竟看到了什麼。

裴若然吸了一口氣，說道：「是四位師傅。他們身受重傷，三個已經死了，只有風師還剩下一口氣，後來也死了。」

天殺星聽了，也不禁露出驚訝之色。他蹲下身來，檢視地上的血跡，神色凝重，問道：「誰殺？」

裴若然道：「風師說，下手的是金婆婆和屠老大。」

天殺星點點頭，沒有言語。

裴若然左右張望，低聲問道：「是誰搬走了他們？」

天殺星毫不猶疑，說道：「老大。」又問道：「風師，還說，什麼？」

裴若然道：「他要我立即找路離開山谷。」

天殺星抬起頭，問道：「路？何處？」

裴若然道：「他還沒說出來，便斷氣了。」

天殺星搖搖頭，說道：「找過，無路。」

裴若然默然；他們確實找過，過去這兩年多來，弟兄們在這山谷中四處遊走尋覓，人人都想過要尋找吊繩竹籃以外的出口，然而誰都未曾找到。裴若然和天殺星尤其膽大，在沼澤和森林中到處搜尋，卻除了找到山崖上的藏身洞穴之外，並未找到任何出谷通道。

裴若然忍不住道：「如果風師晚死一刻，或許便會說出出谷的通道在何處。眼下天色已晚，大比試就在明日，哪有工夫再去尋找？」

天殺星道：「必有，通道。」

裴若然勉強鎮靜，回想當時情景，說道：「風師臨死前說了幾句話，我並未能聽清楚。他好像說，西南山壁，五丈高，洞後。」說到此處，腦中靈光一閃，叫道：「我們藏身洞穴後的狹窄甬道！或許那兒便是出口！」

天殺星抬頭望向她，兩人不約而同地跳起身，舉步奔向森林，打算攀上崖壁的藏身處，探索洞後的甬道是否能通往谷外。

然而兩人才奔出幾步，迎面便撞見了一群人，定睛一瞧，正是鬍子老大和屠老大等六個老大。

裴若然和天殺星知道他們才剛剛殺死了四位師傅，並將他們的屍體拖走掩埋，都不禁手心冒汗，趕緊停下腳步，躬身向老大們行禮。

鬍子老大老早見到了兩人，抱起雙臂，神色嚴肅，冷然道：「天殺星，天微星，明日便是兵器大比試的日子，現在天色已黑，你們兩個還在這裡做什麼？」

天微星想起四位師傅血淋淋的屍身，知道他們便是死在這些老大的手下，不禁心跳加快，身子微微發抖。她勉強保持鎮靜，裝做若無其事，回答道：「啓稟鬍子老大，我們盼能在明日的兵器大比試中取勝，因此相約出來練功，未曾留意天色已黑，正打算回去歇息。」

鬍子老大哼了一聲，命令道：「這麼晚了，還在外頭遊蕩！立即給我回玄武營的洞穴去！」

裴若然低頭道：「是！」

於是六個老大便押著天殺星和裴若然，來到玄武營的山洞前。

天空星見久違不見的天殺星和天微星回來了，滿面冷笑，說道：「怎麼，小情人嫌天太冷，今晚不在森林裡留宿啦？」

鬍子老大瞪了天空星一眼，說道：「明日便是兵器大比試，誰也別給我作怪。他們兩個今夜在玄武營安睡，你須看守好他們，不准讓他們離開此地，同時也得保證他們的安全無虞。」

天空星滿面不情願，但在鬍子老大嚴令之下，只得答應了。

裴若然和天殺星不理會玄武營其他弟兄疑問嘲弄的目光，在靠近洞口處躺下。兩人搬出已久，此時連竹蓆棉被都沒有，只能互相靠近取暖。

黑暗靜夜之中，天殺星在裴若然耳邊低聲道：「明日，敗天猛，爭第一！」

裴若然默然，只在黑暗中點了點頭。

在兵器大比試的前一夜，天殺星堅定決絕，滿懷仇恨，志在必勝；而裴若然心中卻只感到無限的徬徨恐懼，不知所措。

第二十五章　激戰

離開石牢後的三日之中，小虎子埋首練功，幾乎不知時光的流逝。

他心想：「不管兵器大比試中我的敵手是誰，我都一定要取勝。為了我對自己的期許，也爲了報答六兒對我的情義。」

三日飛快地過去了，兵器大比試終於到了。這日清晨，鬍子老大將三十四個弟兄聚集在四聖洞前的平地之上，對弟兄們宣布道：「這場兵器大比試的輸贏勝負，關乎著每個弟兄能否通過第二關，因此所有弟兄都須參加比試。各營的六個弟兄先互相比試，排出順序；和以往不同的是，排名前三者皆可參加兵器大比試。」

弟兄們凝神傾聽，大氣都不敢喘一口。

鬍子老大續道：「各營比試完後，再由十八個弟兄互相比試，直到其中一個弟兄勝出爲止。」

天空星高聲問道：「勝出之後呢？」弟兄們的目光都望向他，誰都看得出，天空星躊躇自滿，志在必得。

鬍子老大望了天空星一眼，冷冷地道：「等你勝出後，便會知道了。」

天空星一笑，不再言語，開始活動手腳，準備下場比試。

於是各營的比試便在老大們的監督下開始。小虎子已很久未曾與同營的弟兄交手，暗忖：「他們比我多練了六個月的武功，應該大有進境才是。」

他的第一個對手是天富星，那個曾被他救過性命卻背叛了他的瘦小傢伙。

天富星拖著雙腳，慢慢地走上場，眨著一雙小眼，可憐兮兮地望著小虎子。小虎子感到他眞像一隻狗兒，跟在惡主身邊狂吠，幫助主人欺負弱者；而當他必須自己面對強敵時，卻只能擺出一副搖尾乞憐的可悲模樣。

小虎子沉住氣，壓下心中的厭惡惱恨，心想：「不管我對他有恩或是有仇，這不過是一場比試。我只求勝過他，不求報仇。」

於是他擺低破風刀，平靜地道：「你先攻。」

天富星臉上露出奇異之色，似乎不敢相信天猛星竟然不痛恨自己，還讓他出手先攻。他小眼中精光一閃，低喝一聲，揮動鬼頭刀，直往天猛星攻去，招數險狠。之前拳腳比試，弟兄們學的是一模一樣的拳法腿法，熟悉彼此的招式，自從學兵器之後，情勢便大爲不同了；各人挑選了各自的拿手兵器，所學的招式便大相逕庭，往往只熟悉自己所學招式，而不知道其他人的招式如何。

小虎子左右閃避，發覺天富星進步十分有限，鬼頭刀招數雖詭異，但功力不足，那些詭異狠辣的招數對他毫無威脅，輕易便能閃避或格開。他等天富星出了十餘招，才低喝道：「我要進攻了！」一刀揮出，還沒斬到天富星，刀上的勁風便已將人震飛出去，直跌出數丈，閉氣倒地，再也不動了。

小虎子不禁一呆，叫道：「天富星，你沒事麼？」奔上前去檢視，不料天富星竟已暈了過去。

鬍子老大宣布道：「這場比試，由天猛星獲勝。」他側頭望了小虎子一眼，滿面警戒懷疑之色。

小虎子並不知道自己在石牢中潛心練了五個月的金剛袖，內功已有大成，出招時每刀皆有風雷之勢，一刀揮出，只憑內勁便能將對手震昏。如今一出手，他全沒想到自己的內功竟有如許威力，也頗吃了一驚。

旁觀弟兄從未見過內功的威力，不明白天猛星怎能在短短六個月間突然功力大增，只道他是在沼澤旁的石牢中撞了鬼、中了邪，練出一身妖術來，不然怎麼可能一刀揮出，便發出颯颯風聲和莫大力道，將天富星隔空震暈過去？

旁觀弟兄的竊竊私議聲中，小虎子接著對敵同營弟兄天英星，也是一般僅以刀風便將她震飛出去，閉氣暈倒。

這兩場過後，天猛星身負「邪術」的流言很快便傳開了。到了最後一場，當他對敵天滿星時，已有二十多個其他營的弟兄擠過來圍觀，想親眼看看天猛星的「邪術」究竟是何等模樣。

眾人圍觀下，小虎子橫刀劈出，天滿星高叱一聲，猱身衝上，揮動雲頭刀迎擊。大滿星是個出身北方的女孩兒，肩寬臂圓，小虎子這一刀中的內息不夠強勁，未能將她震退，雙刀相交，噹的一聲巨響，聲震山谷。接著兩人再次揮刀，雙刀再度相交，噹噹聲響不絕於耳。

小虎子慢慢試探自己刀上的威力，一刀重過一刀，到得第七刀上，他忽然大喝一聲，破風刀橫劈而出，雙刀再度相交，天滿星的雲頭刀脫手飛出，沖上天際，直飛出十餘丈不止，而小虎子的破風刀的刀尖已抵在天滿星的胸口。

天滿星臉色煞白，脫口尖叫道：「別、別殺我！」

小虎子微微搖頭，收回破風刀，望向站在一旁的鬍子老大。直到這時，天滿星的雲頭刀才倏然落地，噗一聲插入數丈外的土地之中。

鬍子老大臉色微變，顯然也震驚於天猛星的神奇武功。過了一會兒，他才道：「這場比試，由天猛星勝出。」

小虎子看向手中的破風刀，終於明白了自己內功的威力程度。

白虎營的比試已然結束，鬍子老大宣布道：「白虎營的前三位乃是天猛星、天滿星和天富星。三位弟兄休息一陣，準備參加下一輪的比試。」三人答應了。

其他營的弟兄都側目而視，竊竊私議；白虎營先是死了個天威星，後來又死了個天貴星，只剩下四個弟兄；從四人中挑出三人，原本便比其他營來得容易。

小虎子往人叢中一瞥，恰好見到六兒，她身旁站著那個面目蒼白俊秀、神情冷酷的天殺星，兩人正專注地望著自己的一舉一動，眼神中盡是冷肅的敵意。

小虎子微微一驚，沒想到六兒竟會以如此寒酷的眼神望著自己，心頭一震：「她不是我的朋友麼？」隨即想起：「她在這麼多人面前，自然不能對我表現出任何關懷友善，以免露出痕跡。」這麼一想，便放下心來，轉過頭，微笑了一下。

六營各自輪賽，選出每營的首三位弟兄後，便由這十八個弟兄繼續互相比試。六營老大只剩下鬍子老大、屠老大和行腳老大三人，其餘三位老大自去飲食歇息，未曾進選首三位的弟兄便圍坐在平地旁，觀看各場比試。

小虎子輕易便取得了白虎營的第一位，繼續與其他營排名前三的弟兄對敵。他更未留心什麼比試順序，只知道自己必須贏得五場，便能拔得兵器大比試的頭籌。他專注於一場一場的比試，聽見老大呼喚他的名字，便來到場上；見到面前來了對手，便揮動破風刀對敵，通常能在十招之內打敗對手。他盡量令自己的每一招都精準而自制，總能在致敵死命之前收刀，從未誤傷過敵手。

他一路過關斬將，圍觀的弟兄愈來愈多，最後全谷的弟兄似乎都圍在天猛星的身邊，觀看他比試。他輕易連續贏得三場，走到場邊歇息，仍是全身精力充沛，精神振奮，準備迎接最後兩場比試。

忽聽不遠處傳來驚呼之聲，幾個弟兄高聲叫道：「昏過去了，血吐個不停……」「快請金婆婆來！」「快些，可能快沒命了！」

他心想定然又是哪個弟兄被天暴星打傷了，轉頭望去，才發現被抬走的竟是天暴星最信任親近的弟兄天勇星！天勇星便是當年豹三伍的阿一，原本便身形壯碩，自從被編入貔貅營後，便與天暴星十分親近，成為天暴星的忠實手下。

這時天勇星的臉上橫橫豎豎地多了好幾道刀痕，滿面鮮血，口中還不斷湧出血泡，雙眼翻白，看來果然快沒命了；身上也是殷紅淋漓，看不出共有多少個傷口，全身好似都在淌血，模樣極爲恐怖。

小虎子驚詫已極，心想天勇星武功並不甚高，但蠻力驚人，出招狠猛，誰能將他打得這麼慘？忍不住問身旁一個弟兄道：「他的對手是誰？」

那弟兄滿面不可置信，說道：「是個從來沒聽說過的傢伙，好像跟天空星是同一營的。他叫什麼來著？」

另一個弟兄接口道：「確實從來沒聽說過。那傢伙不知從那兒冒出來的？是了，聽他們說，好像叫做天殺星。」

小虎子不禁一呆，心想：「天殺星！六兒留言中說，他將是我的勁敵！他竟將天勇星傷成如此，果然不可小覷！」

他抬眼望去，但見數丈之外，一個面目白淨俊秀但、神色冷酷的男孩正站在當地，凝目向自己望來，嘴角露出一抹冷笑。他手中各持一支匕首，匕首上血跡斑斑。小虎子認出那正是天殺星，總是與六兒作伴的玄武營弟兄，也就是他曾在泉水邊見過，以小刀切割自己手臂的男孩兒！

小虎子曾因泉水邊的相遇，對天殺星心懷恐懼，盡力迴避；又因爲他與六兒親近，對他暗感羡慕，甚至懷有幾分嫉妒和厭惡之情。這些複雜的情緒曾在胸中徘徊起伏，但小虎子自己並不十分明白，心中只想：「我從未留意過他的兵器招式，不知他是個怎樣樣的對手？」

小虎子沉浸於思緒之中，直到鬍子老大喊道：「下一場，天猛星對天殺星。」他才清醒過來，心想：「『天殺星，汝勁敵』。我的下一個對手果眞便是他。」便束緊腰帶，大步來到場上，面對著數丈外的天殺星。

小虎子和天殺星兩人的個子都不高，也不特別壯碩；周圍弟兄們對天猛星滿懷疑懼仇視，原本是因爲他武藝出眾，遭弟兄嫉妒疏遠；而在他因殺人推罪被禁錮之後，弟兄們對他更是避忌鄙視有加了。

小虎子不去理會弟兄們的瑣瑣閒言，心想：「我何須在乎弟兄們對我有何看法？只教他們都見識到我的武功，知道我確實厲害，即使被禁錮了六個月，出來仍是生龍活虎一般，武功有進無退，那就好了。」

相較於天猛星，弟兄們對天殺星卻是一無所知。天殺星孤僻怪異，沉默寡言，神態讓人一看便不由自主心生疏遠。弟兄們只道他的拳腳功夫稀鬆平常，在玄武營中向來敬陪末座，甚至未曾參加拳腳大比試；兵器功夫如何，眾弟兄也從未見識過，他使什麼兵器都不知道。許多弟兄甚至連他的名號都沒聽過，彼此問道：「天殺星？他是誰？他是哪一營的？」

待得知他和天空星同營，剛剛將貔貅營的天勇星打得傷痕累累，幾乎丟命，才對他肅然起敬，知道這天殺星並不簡單。至於天殺星是怎麼冒出頭的，怎會從沒沒無聞突然變得武功高強，眾弟兄全都摸不著頭腦，只能胡亂猜測一番。

這時小虎子望著天殺星，感受著他身上散發的寒冷殺氣，心想：「六兒對天殺星的本領了解想必甚深，因此特意提醒我要小心。這人身上殺氣之重，比起任何其他弟兄都更加可怖。」

兩人對望一陣，天殺星便緩緩舉起雙臂，但見他手中各持著一柄尺許長的匕首。小虎子心中一凜：「我得小心他雙手交互攻擊。」遂暗自警戒，採取謹慎的守勢，不敢搶先出招，打算先觀望對手的身手招式，再擬定對策。

小虎子才擺好架勢，天殺星已陡然衝上前來，毫無徵兆，身法奇快，轉眼便來到了小虎子的面前，左手匕首遞出，割向他的臉頰。

小虎子不由得一驚，心想：「天勇星滿臉都是血痕，想來便是被他這麼割出的！」他的武功自然比天勇星高出許多，立即一提氣，往上躍起一丈，彎腰出刀，斬向對手的頭頂。天殺星往旁一讓，閃避開去，右手匕首砍向對手的小腿。

小虎子身在半空，難以迴旋，危急之中，雙足在匕首上一踢，借力向後倒縱出去，輕巧落地，落地後更不停留，隨即撲向對手，破風刀揮出，風聲凌厲，攻向天殺星胸口。

弟兄們見識過天猛星出招時的勁風，這時紛紛叫道：「天猛星開始使邪術了！」

不料天殺星竟絲毫不為所動，並未被小虎子的刀風逼退，仍穩穩地站在當地，揮動匕首接招，而匕首每一遞出，竟也發出颯颯風響，勁道顯然極強。轉瞬間兩人已交了七八招，勢均力敵。

旁觀眾弟兄均大感驚異，這兩人兵器每一出招，都夾帶著呼呼風聲，彷彿每招都蘊含了眼睛看不見的龐大力道。弟兄們不知道這是氣功內息的功用，只道他們都學會了邪術，彼此以邪術相抗。旁觀的鬍子老大則皺起眉頭，眼神中充滿了疑懼。

更令小虎子驚詫的是，天殺星的輕功極為高明，身法靈活如猿、快捷如風。弟兄們這些年年來專注於練習各自的獨門兵器，較少注意躍功和輕功，只有小虎子、裴若然和天殺星三人仍舊每日去木樁練躍功，鍛鍊身法步法。風師傅傳授的提氣縱躍之術，也只有他們三人學得最為精深。

這時小虎子與天殺星又過了十餘招，才倏然各自躍開，分開數丈，對峙而立。

小虎子望著面前的天殺星，滿心不可置信：「我對自己的破風刀極有信心，加上今日識得的金剛袖內功進境，只道定能勝過谷中所有弟兄。豈知他的內功竟也如此強勁，雙匕首竟有這等威力！」隨即想起：「六兒指點我去學石壁頂上的金剛袖心法，這天殺星和她形影不離，很可能也經她指點，修習過同樣的內功心法。」

他吸了一口氣，振作起精神，暗想：「天殺星是我在六兒之外，遇到的第二個跟我勢均力敵的對手。他不但身法快捷，而且內功強勁，與我不相上下。」想到此處，心中忽感振奮，臉上露出微笑，大聲道：「好！愈強愈好！我就是喜歡跟強敵交手！」

天殺星凝視著他，一言不發，臉上除了一片冰冷之外，毫無表情。

小虎子大吼一聲，這回決定搶攻，在丹田凝聚一股氣，陡然往前衝去，破風刀挾著內力，從左上至右下直劈而下。

天殺星不擋不退，雙匕首合併，一齊向著小虎子的胸口刺出，竟是兩敗俱傷的打法。

小虎子心中一驚，暗想：「這麼快就要拚命麼？」危急之中左掌由內向外揮出，往雙匕首橫擊而去，意圖打歪匕首的準頭，右手破風刀仍舊不停，往天殺星的右肩斬下。

天殺星嘴唇一抿，匕首忽然分開，一上一下，一刺對手咽喉，一刺小腹，完全不顧小虎子的刀鋒。

小虎子心中動念：「他當眞想和我死在一起？」隨即想到：「他是賭我不會傷他！」自從兵器大比試開始以來，小虎子接連對敵了六個弟兄，卻從未傷過一個對手，濺出一滴鮮血。他相信天殺星早已將此看在眼中，認定他總會手下留情，不肯殺傷對手，因此蓄意使用兩敗俱傷的打法，小虎子若決定收手不攻，天殺星便能得手傷敵，藉以取勝。

小虎子心中怒氣陡升，暗想：「我對比我弱的弟兄寬容忍讓，對勁敵又怎會一樣？我豈能將自己的性命交在勁敵手中？你這回可料錯了！」

就在這一瞬間，小虎子陡然變招，刀鋒橫拖，往天殺星的頸項斬去，同時頭一偏，避開天殺星刺往自己咽喉的匕首，小腹那一柄卻不顧了。這樣的打法同樣無賴，卻極爲有效；小虎子的破風刀能砍下對方的頭，致敵死命，對方的匕首就算刺入他的小腹，卻不一定能致命，下場不是雙雙喪命，而是一死一傷。

天殺星顯然已看清形勢，眼睛微瞇，終於決定讓步，上匕首不再刺向對手咽喉，卻往上挑起，往右一格，擋架砍向他頸際的破風刀，先求自救。小虎子自也無心打個兩敗俱傷，立即揮左掌格開刺向自己小腹的匕首。

數著險招快速無倫地交過，二人一齊往後躍出數丈，再次相對而立，凝望著對方。

周圍一眾弟兄盡皆屏息而觀，原本議論紛紛，此時都不由自主靜了下來。方才小虎子和天殺星交手的這幾招，每招都能令對手血濺當場、不死即傷，然而兩人卻始終能夠精準掌控手中兵刃，隨心所欲地出招變招，極快極巧，每一個變招皆在極細微之處，極爲凌厲老練。

小虎子當時自然不知，在這山谷之外，任何人都難以想像兩個年方九歲的孩童竟能使出如此精湛的武功。然而在谷中所有人的眼中，他們並非孩童，而是身經百戰的鬥士，是你死我活、彼此相拚、爭取過關的勁敵。

小虎子凝望著天殺星，心想：「如何才能勝過他？看來我不只得鬥力，還得鬥智！」天殺星臉上絲毫不露喜怒之色，小虎子完全看不出他此刻心中在想什麼，是慶幸逃過一劫？是自信必能取勝？是恐懼無法取勝？還是焦慮不知所措？竟看不出半點蛛絲馬跡。

小虎子頗有自知之明，知道自己的心思情緒全都寫在臉上，此時此刻，他心中對於打不打得過敵手生起了疑惑，卻又懷著無比的志氣信心。這些心思，天殺星想必能從他的神情中看得一清二楚。

他從來不懂得隱藏掩飾，這時也打定主意，直來直往，當下吸了一口氣，哈哈一笑，說道：「我自負在谷中沒有敵手，今日遇上你這個勁敵，打得痛快淋漓，眞是再開心不過！」

天殺星凝望著小虎子，沒有回答，臉上仍舊毫無表情，也看不出他究竟聽見了沒有。

小虎子接著雙眉一豎，坦率地道：「你可不要以爲我會對你手下留情。這場比試我不計代價，一定要取勝，即使取你性命也在所不惜。就算我輸了，也要盡全力拉你下馬，讓你重傷殘廢，絕對無法再比下一場！」

天殺星聽天猛星說出這番狠話，臉色微微一變，眼神中的寒光更加冰冷如刀。

旁觀的鬍子老大皺起眉頭，喝道：「天猛星，哪有這麼多廢話好說？不准再說話！閉上嘴，繼續比試！」

小虎子大喝一聲，猱身上前，揮刀劈向天殺星的左手臂，刀勢淩厲。天殺星早有準備，側身閃避，雙匕首一前一後，刺向對手的眉心和手腕。小虎子叫得一聲：「好！」揮舞破風刀擋住了這兩招，隨即反手再次攻敵手臂。

小虎子蓄意攻敵手臂，自然是有特殊用心。楞子剛死去之時，他曾在泉水旁遇到天殺星，見到天殺星以小刀自殘。小虎子當時消沉頹喪至極，竟深受吸引，無法自制地模仿天殺星的舉動。他此時故意舊事重提，目的便是想告訴天殺星：「我沒忘了當時的事，你想必也沒忘了。我不怕提起舊事，你怕麼？」

當年天殺星以挑釁的眼神望向小虎子，如今小虎子卻以挑釁的招數對付他，自是意在告訴他：「我已徹底走出來了，我當年或許對你頗爲忌憚，今日我卻不再在意了，因爲我已不是當時的天猛星！」

天殺星見他不斷攻擊自己的手臂，露出驚訝之色，瞇起眼睛，想摸清對手的眞正意圖。小虎子臉上始終帶著燦爛的笑容，一派光明正面，好似老早將那段陰暗悲慘的過去遠遠拋在身後。

天殺星忽然嘿了一聲，握住匕首的中段，旋轉起來，竟使出峨嵋刺的招數。

小虎子臉色一變，頓時明白他的用意：「他蓄意提起六兒，卻是爲何？他想提醒我六兒對我的恩情麼？他和六兒究竟有多親近？他知道她不時來石牢之外，給我留字通信的事麼？」

那一剎那間，小虎子心神微亂，連續後退數步，勉強擋架了三四招，明顯居於劣勢。他心中警覺，暗想：「看來鬥力鬥智，這傢伙都不容小覷。」當下強振作起精神，心想：「我一定要贏過他！六兒既然出頭助我，還留言警告我，就是希望我能贏過他，這再清楚不過。我若贏不過他，如何對得起六兒，又如何對得起我自己？」

小虎子胸中升起一股豪氣，大喝一聲，一鼓作氣，反攻而上，破風刀飛舞盤旋，招招緊迫，攻敵要害。天殺星感到對手氣勢陡盛，不敢直攖其鋒，施展輕功，四周遊走閃避。小虎子緊追不捨，絲毫不肯放鬆搶攻，氣勢一時壓倒了天殺星。

然而天殺星始終保持冷靜，眼神中沒有一絲一毫的慌亂焦躁。他穩取守勢，沉著以對，數十招過後，慢慢又恢復了有攻有守的局勢。小虎子手中的破風刀和天殺星的雙匕首化成三團銀色的光圈，盤旋環繞在對手身周，似乎每一招都能取敵性命，卻又總是差之毫釐，讓對手避開了。這時兩人都已不再有其他念頭，只能專注於自己和對手的一招一式，閃避、抵擋、反攻、突襲，陷入了一場無可分神的激戰。

此時另一場比試早已結束，但是並沒有人留心，勝出者是個身形纖瘦的女娃兒。她悄然來到人群中，靜靜觀看小虎子和天殺星的比鬥，面無表情，正是裴若然。

這時小虎子和天殺星在場中已交手了上百招，小虎子全身汗水淋漓，已用盡了全身勁力；天殺星也是汗流浹背，蒼白的臉上爬滿了汗珠。

就在兩人呼吸粗重，手腳開始遲緩之際，天殺星忽然突出險招，左手匕首脫手，擲向小虎子的面門。就在小虎子低頭閃避的一刹那間，天殺星雙手握住剩下的那柄匕首，直刺對手胸口。

這一匕首極爲險狠，小虎子忍不住低呼一聲，急中生智，立即翻轉左手手肘，以手肘外側迎擊匕首，同時右手破風刀揮出，斬向對手腰際。

就在電光火石的一刹那，小虎子的左肘被匕首劃出一道傷口，鮮血迸流，而他手中的破風刀也已斬上天殺星的左腰。眾人眼見這一刀勢道勁猛，直能將天殺星攔腰砍成兩半，驚呼聲中，只見天殺星悶哼一聲，向右飛出數丈，滾倒在地，腰間竟無鮮血噴出，但見他雙手按著腰際，在地上縮成一團。

小虎子收刀後退，立定腳步。這時旁觀弟兄才看清楚了，他的破風刀上並無鮮血。原來他方才出刀斬敵腰際時，臨時反轉手腕，改以刀背斬出，因此雖將天殺星擊飛卻不見血，可說在千鈞一髮之際饒敵性命。然而即使改以刀背攻敵，這一刀的力道仍舊不輕，天殺星抱著腰，試圖站起身，卻無法站穩，再次跌倒在地。

但聽鬍子老大宣布道：「這一場由天猛星獲勝。」

圍觀弟兄中響起一片驚呼之聲：「天猛星贏了！天猛星贏了！」呼聲中滿是恐懼驚詫，全無歡喜慶賀之意。

第二十六章 對峙

小虎子一場苦戰之下，僥倖取勝，臉上不禁露出開懷得意的笑容。至於弟兄們是在爲他歡呼，還是在爲他喝倒采，他故意不去理睬。

天殺星臉色極爲難看，恨恨地瞪著小虎子，眼中滿是憤恨。小虎子見到天殺星的神色，心中的欣喜之情陡然消失無蹤，換成了一腔怒火。不知爲何，天殺星令他想起自己最陰暗的一面，想起自己所憎恨的一切。他清楚知道自己厭惡天殺星，就如厭惡己身全部的缺失弱點一般強烈。他永遠不願正視天殺星，就如他不能正視自己的缺點弱處一般。世間有天殺星存在，他就無法安眠，無法平靜。

小虎子隱隱知道，總有一日，他和天殺星定將再次對決，一分高下，一決生死。而天殺星對小虎子的仇恨也顯而易見，天殺星武功奇高，雙匕首凌厲無比，對兵器大比試志在必得，自然難以容忍自己輸給任何人，尤其是輸給天猛星。

就在那一剎間，兩人都感到彼此彷彿是前世的仇敵，這輩子投胎於世，除了消滅擊倒對方，更無其他目的。

小虎子心中轉著這些念頭，只覺胸口被憎恨厭惡所塡滿，幾乎要爆炸，趕緊避開眼光，不敢再望向天殺星。

他陡然感到激戰後的極度疲乏，彎下腰猛烈喘息，頓覺頭暈眼花，胸腔一片冰涼。他留意到自己的左手肘仍在流血，沒有人敢接近替他包紮，他便自己走到場邊，找到一個擺放傷藥之處，取過布條，包紮了手肘上的傷口，幸而當時匕首被他的內息帶偏了半寸，傷口並不深，血很快便止住了。他走到何處，其他弟兄便趕緊走避，不敢留在他身旁一丈之內。

小虎子喘息著，想找個地方坐下，好好喝上幾口水，或是乾脆躺倒在地，睡上三天三夜，再也不要起身。便在此時，卻聽鬍子老大說道：「兵器大比試之決戰，將於一刻後開始。」

小虎子不禁一怔，心想：「下一場？是了，剛才那是第四場，還有一場比試！我不行了，下一場我根本打不了啦，乾脆投降吧！」

但聽鬍子老大道：「天微星，等天猛星喘過氣來，便可開始比試。」

小虎子聽了這句話，立即睜開眼，勉力抬頭，但見一個身形纖瘦的女孩兒站在場邊，黑色的衣褲在風中微擺，神色沉靜，面無表情，白皙的臉龐顯得更加如夢似幻，清麗無雙，雙手各持一柄亮閃閃的峨嵋刺。

小虎子雖早已預料到自己將與她對敵，心中卻不免震驚難已，胸口一痛：「我最後的敵手果真是她！」又想：「過去六個月中，她每隔數日便來石牢外的石壁上給我留話，鼓勵我、安慰我，還指點我修習頂壁的內功心法，甚至警告我天殺星是我勁敵。他一時不知該如何反應，只覺全身疲累至極，心神更是混亂無比。

過了半晌，小虎子略略緩過氣來，左手肘的傷口雖只是皮肉輕傷，但經過方才那場生死激戰，他整個人已然元氣大傷，絕非休息幾刻鐘後便可恢復。他知道自己即使休息了三四日，只怕也無法回到平時的狀態，實在不能想像一刻鐘後便得開始下一場比試。

小虎子喘著氣，感到口渴得緊，弟兄們當然不會有人替他取水，他只好奮力站起身，走到場邊，從水缸中舀出一竹筒的水，先是小口小口地喝著，接著又大口大口地喝了好幾筒。

小虎子坐倒在地，氣息稍稍平順，但四肢仍舊痠疼無力。他不知道自己怎能再比一場？而對手竟是六兒！在這山谷之中唯一關心他的朋友！

他們曾在拳腳大比試中對過陣，一場激鬥之下，小虎子險險取勝。然而她的兵器功夫有多高明、擅長什麼招式，小虎子一概不知。小虎子雖見過她在練功時使動峨嵋刺，但並不清楚峨嵋刺有何厲害攻招，心想：「她既然有本領打入兵器大比試的決賽，可見她的兵器功夫頗有造詣，不可小覷。」

小虎子一邊勉強調勻粗重的呼吸，一邊問著自己：「這場該如何比法？我眼下這樣的情狀，有可能勝過她麼？」念頭還未轉完，鬍子老大已高聲說道：「兵器大比試決賽開始！」

小虎子感覺自己全身從頭到腳都疲憊已極，深深吸了幾口氣，才勉強站起身，四顧環望，眼光掃過人群，卻未見到大首領的身影。他心中忽然奇怪：「大首領在何處？他怎地沒來觀戰？拳腳大比試時，他親自來谷中觀看了兩日；幾日前他放我出來時，曾說我若取勝，便可既往不咎，饒我不死，若無法取勝，便得等著受死。我的生死繫於此役，大首領應當會來觀戰才是。怎地他不在這兒？」

小虎子繼續往人群中望去，發現了更古怪的一件事，除了在場主持最後一場決戰的鬍子老大之外，其餘五個老大和四位師傅都不見影蹤。他心想：「幾位師傅從比試開始便未曾出現，其他五個老大方才不是還坐在場邊觀戰麼？他們都到哪兒去了？」

弟兄們群情興奮，圍繞著天猛星和天微星，似乎全未留意到身周這些變異。

小虎子忍不住望向鬍子老大，問道：「大首領在谷中麼？」

鬍子老大瞪了他一眼，說道：「這關你何事？決戰要開始了，你到底使不使兵器？」

小虎子這才發現自己的破風刀落在腳邊，方才站起身時並未將刀拾起。他趕緊俯身撿起自己的兵器，手握刀柄，手掌卻刺痛一陣，竟是在剛才和天殺星的激戰中磨出了無數水泡。他整隻手掌都疼得厲害，幾乎握不緊刀柄，心中不禁有些慌亂，暗想：「我連刀都握不住，這場比試該如何打法？」

他深深地吸了一口氣，勉強振作精神，提刀走到場中，面對著六兒。他忽然留意到，六兒的臉容秀麗得出奇，這谷中的孩童早早便離開父母，單獨來到谷中練功，大多不懂自理，外表骯髒邋遢。六兒卻仍保有往年的氣質，一頭秀髮梳理得整整齊齊，衣褲也打理得乾乾淨淨，看上去不但清爽精神，更散發著一股脫俗出塵的氣度。

小虎子一時不禁看得呆了，心想：「我竟要跟這樣一個乾淨漂亮的小女孩兒動手麼？我的破風刀要是真傷到了她，豈不糟糕至極？」

他對敵時向來缺少狠戾之氣，連天殺星這樣的勁敵，在情勢萬分危急之下，他仍決意轉以刀背攻擊，不傷對手性命。何況是眼前這個嬌俏的小女孩六兒？

小虎子手持破風刀，望向六兒的眼神中滿是溫和憐惜，而六兒望向他的眼神，卻只有一片平淡冷漠，毫無感情，彷彿根本不認識他一般，小虎子見了，不禁心中一涼。

兵器大比試開始之後，一切全在裴若然和天殺星的預料之中。天殺星一出手便打敗了天空星，成爲玄武營的第二名；裴若然則仍是玄武營的首位，兩人一起進入決賽。決賽之中，兩人過關斬將，一場場打敗別營的弟兄，直到天殺星遇上了天猛星。

裴若然從未見過如此激烈的比試。她手心捏著把冷汗，既不願意見到小虎子受傷，也不願意見到天殺星落敗，完全不知道自己該爲誰擔憂多些。

她一邊觀戰，忽然想到：「不論是誰贏了，下一個就換我和他比試，爭取兵器大比試的第一了！」

她想到此處，才勉強沉下心來，不再爲兩人擔心，專注於觀察兩人的招式，與自己的武功相對照，並想像自己與兩人對敵的情狀，思考如何才能抵擋對手凌厲的攻勢，如何才能出其不意地擊敗對手。她冷靜自持，凝神觀戰，眼前生死相決的這兩人似乎與她毫無關係，只是兩個未來的敵人。當她這麼想的時候，便清楚看出小虎子將會勝出。天殺星險狠果絕，內功深厚，招數精熟，但是他在武功施展之上始終缺少了一分扎實，一分穩重。

裴若然心想：「小虎子的武功，全是靠著流血流汗苦練出來的，從日日不懈怠、不疏忽、不輕慢的辛苦磨練之中，打下了穩固的根基。他的武功已經扎實到能完全掌握師傅們傳授的招式，絲毫不差，不但運用自如，更能略加變化，這是如今的天殺星所無法企及的。」

她凝神觀鬥，心中動念：「在拳腳大比試中，我觀看小虎子的武功，覺悟到他的功夫全是來自穩紮穩打地苦練，將師傅傳授的招式練上千萬遍，一絲不苟，練到絕無一絲一毫的錯誤，才能發揮出如許的威力。今日看他在兵器大比試中出手，可又明白了一個新的道理：不管拳腳或兵器，只有在專精之後，才能在原有的招式中出新求變。變化中的奇巧，不能來自隨心所欲，只能來自對招式的徹底掌握，熟極而流。若未能做到這一步，便想創新出奇，只會弄巧成拙，自食惡果。」

她雖看出了兩人的高下，小虎子和天殺星的決鬥卻沒有那麼快便結束；兩人的內息都十分豐沛，然而小虎子過去六個月被關在那石牢之中，不但無法練習拳腳兵器，甚至不得活動筋骨，對他的身子已造成不小的傷害，三日之內又怎能完全恢復？況且今日已連戰數場，面對這場與天殺星的耗時劇鬥，神態已頗爲疲累，手腳也似乎漸漸不聽使喚。

又過了數十招，天殺星忽出險招，將左手匕首扔出，擲向小虎子的面門；就在小虎子低頭閃避的一剎那間，天殺星雙手握住僅剩的一柄匕首，直刺向小虎子胸口。

裴若然忍不住驚呼出聲，眼見這一匕首便要刺入小虎子胸口，小虎子竟忽然翻轉左手手肘，以手肘外側撞擊匕首，同時右手破風刀揮出，斬向天殺星的腰際。她心中明白：「他以手肘去擋匕首，最多皮破血流，這一刀卻可以將天殺星斬成兩半！」

裴若然臉色蒼白，才一瞬之前，她還擔憂小虎子胸口會被匕首刺穿，這時又擔憂起天殺星要中刀身亡。就在她目不轉睛的凝視之下，小虎子左肘被匕首劃出一道傷口，鮮血迸流，而他手中的刀已斬上了天殺星的左腰。

裴若然幾乎不忍卒睹，這一刀力道之強，絕對能將天殺星攔腰斬成兩半。她忍不住脫口驚叫道：「天殺星！」

但見天殺星悶哼一聲，向右飛出數丈，滾倒在地，腰間竟無鮮血噴出，只是雙手按著腰際，在地上縮成一團。

裴若然見他並未立即斃命，大感驚奇，側頭見到小虎子收刀後退，刀上並無鮮血，這才覺悟：「他用的是刀背，不是刀鋒！」一顆高高提起的心終於放下。她見天殺星掙扎著站起身，然而腰上這一擊顯然甚重，又再次跌倒在地。

裴若然見天殺星並未喪命，也未受重傷，大大地鬆了一口氣，隨即心中一震：「我方才在想什麼？我怎會將他們倆都當成我的敵人？他們都是跟我一般年紀的孩子，都不到十歲。我們一群孩童被抓來這石樓谷中受訓，互相持著兵器砍殺，受傷流血，這算什麼？天殺星是我最親近的朋友，小虎子是這谷中唯一正直純善的孩子，我怎能將他們當成我的敵人？」

她心中頓感自責無比，奔上前扶起天殺星，見他咬牙怒目，臉上滿是憤恨不平之色。

裴若然低聲道：「剛才那一刀可嚇壞我了，幸好……幸好他沒有殺死你！」

天殺星咬牙道：「不要他饒！」又道：「寧可殺我。我……報仇！」

裴若然用力握住他的手臂，眼神淩厲，低喝道：「天殺星！你望向我！」

天殺星不肯轉頭，過了良久，才終於轉眼望向她。

裴若然肅然道：「你冷靜下來。活著最重要。我們辛苦練武，拚命爭勝，難道不就是爲了要活下去？」

天殺星終於冷靜了下來，凝望著她，說道：「不錯。盡全力，爭第一，活下去！」

裴若然點點頭，說道：「我一定會取勝。我們要一起活下去。」

裴若然語畢便離開天殺星，走到場中，望著累倒在地的小虎子，心想：「這時打敗他，勝之不武。若不打敗他，天殺星又說我們不能活下去。我該怎麼做才是？」

她一咬牙，握緊手中峨嵋刺，望向小虎子的眼神中滿是冷漠寒意。

事實上，她並未料到小虎子會勝過天殺星，也未料到小虎子會如拳腳大比試與自己對決那時一般，再次在最後關頭收手，饒了天殺星不殺。

她站在當地，望著數丈外的小虎子，即使臉上仍維持著淡漠平靜，心頭卻是一團混亂：「他爲什麼要饒過天殺星？他之前爲什麼要饒過我？他當眞不肯傷人殺人麼？爲什麼？」

裴若然看得出他已累壞了。六個月的石牢禁閉，對他實在太殘酷了；再加上與天殺星一場激戰，早將他的精力消耗殆盡。她感到心軟，感到同情，感到不安。他們爲什麼要這樣虐待他？小虎子究竟做錯了什麼，大首領爲何如此處心積慮，一意要將他擊倒摧毀？

裴若然心中閃過了許許多多的念頭。在與小虎子比試之前，她曾多次想像與他對招的情況，也鑽研過自己該如何取勝；但是這時當她眞正面對他時，這些念頭全都飛去了九霄雲外。她心中只想著：「我爲何要與他對打？我爲何要與他對打？」又想：「他饒過我的命，也饒過天殺星的命。我怎能對他出手？」

兩人對峙一陣之後，裴若然心中忽然生起一個奇異的念頭：「我不能對小虎子出手。」兩人繼續相對而望，僵持了幾乎一刻鐘，都沒有出招，甚至連動都沒有動。

又過了半刻，鬍子老大終於忍耐不住，嘿了一聲，說道：「你們在幹什麼？爲何還不出手？」

裴若然和小虎子不約而同，一齊放低兵刃，站直身子，轉頭望向鬍子老大，都不言語。

鬍子老大被他們的舉止激怒了，喝道：「還不快點開始比試！」

小虎子當先開口，說道：「我不能和天微星比試。」

鬍子老大似乎吃了一驚，脫口道：「你說什麼？」

小虎子又說了一次：「我不能和天微星動手。」

鬍子老大挑起眉毛，問道：「你這話是什麼意思？你們要造反麼？」

小虎子抿著嘴，一個字一個字地說道：「我和天微星，不能動手比試。」

裴若然發覺他正正說出了自己心中所想，不由自主點了點頭。

鬍子老大滿臉不可置信，肅然道：「你在胡說八道什麼？爲什麼？」

小虎子搖搖頭，說道：「我不知道。」

鬍子老大滿面疑惑，轉頭問裴若然道：「天微星，妳又爲何不出手？」

這大約是裴若然第一次在他人面前漲紅了臉，洩露她心底的感受。她老實答道：「回答鬍子老大，我不能跟他動手。我也不知道是爲了什麼。」

鬍子老大驚詫無已，望望天猛星，又望望天微星，一時竟不知所措。鬍子老大乃是谷中眾老大之首，素來極具威嚴，這時卻露出一臉茫然的神情，看來十分可笑。

裴若然原本對所有的老大都十分尊敬畏懼，這是她第一次感到一個老大看來既幼稚又可笑。她不禁欽佩小虎子的膽量；小虎子從來不認爲老大們有什麼了不起，他對人的愛憎從來不是基於一個人的地位權威，而是他對這個人是否打從心底尊敬喜愛，或打從心底鄙視厭惡。

而那頭的小虎子完全想像不到，六兒竟會說出「我不能跟他動手」這句話！這眞不像她的作風。她一向冷漠孤傲，對老大們恭順服從，但她竟敢頂撞鬍子老大，大膽說出這句話。

小虎子心頭一暖，此刻不管鬍子老大再說什麼、再做什麼，都絕對無法讓他對六兒動手了。

鬍子老大一張臉漲得通紅，忽然一甩手，說道：「你們在這兒給我等著，誰都不准動！」說完之後，頭也不回地向著東方大步走去。

第二十七章　二關

谷中弟兄面面相覷，都不知道鬍子老大走去哪兒，要去做什麼。小虎子和六兒仍舊相對而立，裴若然並不望向小虎子，只微微皺眉，眼光望向鬍子老大漸漸遠去的背影。

小虎子心想：「莫非鬍子老大要去找大首領來，懲罰我們？倘若如此，我一個人承擔下來便是，不必牽連六兒。」

又過了數刻，周圍的弟兄們開始浮動鼓譟，紛紛交頭接耳，猜測鬍子老大下一步會做什麼，又將如何處置天猛星和天微星這兩個不服從命令、拒絕比試的逆徒。

小虎子並不害怕，卻擔心六兒將陷入危險。他正想向她走去，開口跟她說話，忽聽一聲轟然巨響，地面搖晃，彷彿天崩地裂。谷中弟兄盡皆大驚失色，許多人撲跌在地，也有人高聲尖叫，四處亂奔。

巨響應是從西南方傳來，小虎子趕緊抬頭望去，但見天空飄下片片雪花，煞是美麗。然而下雪又怎會伴隨著雷聲？

裴若然滿面戒懼，後退數步，舉起峨嵋雙刺守在身前。她轉頭四處張望，眼光落在快奔近前的天殺星身上，兩人互相點了點頭，似乎都明白發生了什麼事。

小虎子卻一頭霧水，連忙問道：「怎麼回事？」

裴若然則四處張望，說道：「老大們都走了。」

小虎子之前便已留意，除了鬍子老大，谷中所有成人——四個師傅和另外五個老大都不見影蹤，而鬍子老大也在留下一句命令後，一去不回。

天殺星伸手往瀑布的方向指去，裴若然神色警戒，說道：「竹籃？」

天殺星點了點頭，當先往山谷東方奔去，裴若然緊跟在他身後。小虎子完全不知發生了什麼事情，只茫然跟著他們奔去。

三人來到瀑布旁原本竹籃落下之處，但見垂下的繩索早已不見，想是被谷外之人收去了。

裴若然抬頭仰望，重複道：「老大們……都走了。」

天殺星點了點頭。

小虎子見到六兒抬頭望天，也跟著抬頭望去，只見雪花愈來愈大，初冬的寒意籠罩著整個山谷。

裴若然吸了一口氣，神色沉重，對天殺星道：「藏糧洞！」說著舉步往西方奔去，天殺星跟在她身後，小虎子也跟著奔去。

三人快步奔到儲藏糧食的山洞外，往內一張望，只見洞中空空如也，原本堆積如山的麻袋已全數消失不見。

裴若然倒抽一口涼氣，轉過頭，對天殺星道：「金婆婆的石屋！」

她和天殺星又快步往森林奔去，小虎子跟在他們身後，不斷問道：「發生了什麼事？

發生了什麼事？」

然而裴若然和天殺星神色嚴肅，對他全不理會，更不回答。三人在途中遇見不少弟兄，一個個都如無頭蒼蠅一般，有的蹲在地上哭泣，有的傻了似地站在當地發呆，也有的瘋了般地到處亂奔。

三人奔入森林，穿過層層樹木叢林，來到金婆婆的石屋外。裴若然伸手推門，柴門並未門上，呀一聲推開了。屋裡一片漆黑，和藏放糧食的山洞一般，同樣空空如也，金婆婆的藥箱已全數搬空了。裴若然前一晚偷看到金婆婆背著許多布袋乘坐竹籃離開，早料到她已將所有藥物運出谷去，這時親眼見到木屋中空無一物，心頭仍不禁一片冰涼。

裴若然轉過身，面對著喘息不已的小虎子和天殺星，勉強鎮定，緩緩說道：「出谷的繩索已被截斷。谷中沒有糧食，沒有醫藥。我們全被困在谷中了。」

小虎子望著她，雖聽懂了她所說的每一個字、每一句話，卻無法明白她的意思。他方才與天殺星激戰一場，已用盡了他全數的體力心神，面對眼前突發狀況，腦中一片空白，似乎清晨剛剛睡醒，卻尚未完全清醒一般。

小虎子使勁甩了甩頭，說道：「天微星，我不明白。請妳再說一次。」

裴若然望著他，滿面悲憫之色，似乎很同情他竟愚蠢至此，無法明白自己此時的處境。她緩緩說道：「天猛星，師傅們昨夜已全數被老大們殺死，六個老大也已乘坐竹籃出谷而去。弟兄們全被困在谷裡，出不去了。我們今日的許多場兵器比試，都不是第二關。這才是第二關。」

小虎子瞪著她，又望向站在她身邊的天殺星，天殺星仍舊面無表情，眼中卻流露出一股難言的憤怒和恐懼。

雪花飄飄而下，小虎子倏然領悟：這山谷中只剩下了三十四個年紀不到十歲，面臨著斷糧的孩童。

小虎子終於明白，今日他經歷了多場兵器比試，與天殺星一場激烈惡戰，又將與天微星六兒對敵這些事，原來都不是第二關；將弟兄們留在谷中過冬，看誰能存活下來，這才是第二關！

他心想：「難怪大首領未來觀看兵器大比試，因爲那並不是第二關。第二關就在此時、此地，正式開始了。」

方才裴若然等先奔去查看竹籃、藏糧洞，再來石屋尋找藥材的行徑，此刻對小虎子都有了明確的意義。他脫口道：「那……那我們現在該怎麼辦？」

天殺星嘴角露出冷笑，低聲道：「『我們』？」

小虎子不禁一呆，這是他第一回聽見天殺星說話，雖只是一句短短的問話，話中的敵意卻再清楚不過。他明白天殺星的意思，天殺星和六兒兩人自成一夥，所謂「我們」，自然並不包括他。

裴若然皺起眉頭，抱著雙臂，也凝望著小虎子，似乎無法決定該如何處置他這個「非我族類」。

小虎子心中焦急，說道：「天微星，我們……我曾在京城見過妳。我被關在沼澤旁的石牢中時，多虧妳隔日來石壁上留字，指點我修練山頂壁上的武功，鼓勵我不要放棄。我欠妳一分情，妳要我做什麼，我都聽妳的！」

裴若然瞥了天殺星一眼，又望向小虎子，靜了一陣，才一字一句地道：「你在說什麼？我從未在石牢外的石壁上留字。」

小虎子幾乎如法相信自己的耳朵，脫口說道：「那怎麼可能？留字的人知道我的小名……」

裴若然皺起眉頭，打斷他的話頭，堅決地道：「留字的不是我。」

小虎子忍不住道：「那會是誰？」

裴若然靜默良久，咬著嘴唇，並不回答。

小虎子焦急地問道：「妳快說！我想知道！如果不是妳，還可能是誰？」

裴若然搖頭不語，一旁的天殺星卻開口道：「大首領。」

這三個字一說，小虎子和裴若然都一齊瞪向天殺星。天殺星神色冷酷，無喜無怒，似乎只是隨口說出，並無其他用意，然而其餘二人都如被巨鎚擊中一般，心頭震動。

裴若然心想：「他怎會知道？他見到我去偷看小虎子，也見到大首領給他留字麼？」

小虎子則呆在當地，心中動念：「不錯，我在從長安被押解來的路上，曾對大首領說出我的小名，他自然知道。但他僞裝成六兒來石牢外給我留字，卻是爲了什麼？」

他一時想之不通，只覺得不只是山谷中天崩地裂，他的內心也是一片天崩地裂。老大們將弟兄們留在谷中自生自滅，而他一直全心信賴託付的支柱竟然不是六兒，而是大首領！他心中充滿疑問：「大首領爲什麼要這麼做？他爲什麼要如此欺騙我？」

就在小虎子發呆的當兒，天殺星望了裴若然一眼，拉起她的手，兩人一齊轉身離去。

小虎子倏然清醒過來，一驚叫道：「你們別走！」舉步追上。

裴若然和天殺星同時回身，揮出峨嵋刺和匕首直向小虎子攻來。小虎子來不及舉刀擋避，只得趕緊後退。就在他一退之際，裴若然和天殺星已收回兵刃，鑽入樹林，不見了影蹤。

這時天色漸黑，小虎子欲待邁步追上，但心想他們蓄意甩脫自己，硬要跟上也沒什麼意思，心中一片混亂，暗想：「原來六兒並不是我的朋友。她和天殺星才是一夥的，和我不是。」

他想到此處，忽然被一股巨大的空虛寂寞、孤獨無助所淹沒。這幾年來他在谷中刻苦學武，一心要過三關，卻沒想到陡然間陷入無可預料的危機之際，身邊竟連一個友伴也沒有。他不禁極爲羨慕六兒和天殺星，他們交情深厚，互相依賴，聯手之下，或許眞能度過難關。而自己孤身一人，連個說話商量的人都沒有，該怎麼辦？

天色漸漸暗下，小虎子獨自站在樹林之中，不知何去何從。他想起谷中弟兄們混亂的情狀，也知道他們對自己戒懼仇視，知道自己絕對不能回去谷中。如今此刻他還有何處可去？

他感到身心俱疲，這一日經歷了多場激烈比試，最後又發生這等巨大的災難劇變，他只想找個地方躺下休息，好好睡上一覺，再想想下一步該怎麼辦。

他忽然肚腹餓極，又想到谷中已沒有存糧，今晚這三十多個弟兄該如何塡飽肚子？且不說今晚，明天、後天、一個月之後呢？

他察覺身子開始發抖，不只是因爲飢餓和恐懼，還加上谷中的寒氣。天上原已開始飄雪，入夜後更是天寒地凍。他抱著手臂，四周環望，此時想得到能去的地方只有一個，那是他住了許久，最熟悉的地方——沼澤旁的石牢。

小虎子吸了一口氣，舉步緩緩往沼澤的方向走去。

裴若然和天殺星甩脫了小虎子後，便快步奔入森林，來到他們藏身處的石壁之下。但見地上布滿落石，碎石磊磊。

裴若然和天殺星對望一眼，心中都不禁一沉。裴若然吸了一口氣，說道：「我們藏身處後的通道，或許眞的便是出谷的祕密通道，因此他們蓄意來將通道毀了。」

天殺星神色陰沉，點了點頭。

他們最初找到這山壁上的洞穴時，便知道洞穴後方的甬道甚深，似乎有風吹出，或許另有去處；但那通道極爲狹窄，黑暗陰森，兩人一直未曾鑽入探索。昨夜裴若然撞見四位師傅被殺，風師臨死前要他們趕緊從祕道逃走，他們當時便打算趕回藏身處，探索山洞後的甬道，卻被鬍子老大等撞見，被迫回到玄武營的山洞過夜。如今兵器大比試結束，他們終於回到了藏身處，卻已太遲了。

裴若然不願放棄希望，走近山壁，說道：「我們上去看看。」她當先向上攀去。山壁雖有些崩裂，但並不難攀爬，她很快便攀入了兩人藏身的洞穴，天殺星也隨即跟了上來。

所幸藏身洞穴並未崩塌，洞中的棉被、糧食、衣物等都完好無損，只是蓋滿了石礫灰塵。

裴若然鼓起勇氣，邁步往山洞深處探索。她和天殺星先後走入洞後的甬道，十餘丈後，甬道便愈來愈窄，裴若然和天殺星兩人身形都甚瘦小，卻也只能勉強擠著穿過。裴若然當先擠到了盡頭，感到風聲愈來愈大，遠處透來微弱的光芒。她已無法轉頭，只高聲對天殺星道：「前面似乎可以出去，但狹窄得緊。」

她又往前擠了三四尺，望見前方有個空隙。她從空隙往外看去，不禁倒抽一口涼氣：但見岩層爆裂，土石紛亂，一片狼籍；原本似乎有條可以攀爬而上的斜路，但早已被巨岩亂石給阻斷了。

她往後退去，慢慢擠過甬道，回入山洞之中，將所見跟天殺星說了。

天殺星皺起眉頭，指指自己，又指指甬道。裴若然知道他想親眼瞧瞧，便避到一旁，讓他進去。他擠入甬道了一陣子，出來之後，臉色蒼白，搖搖頭，斷斷續續地說道：「出谷……祕道，炸毀。」

裴若然點了點頭。兵器大比試決戰之前，她和小虎子相對而立，忽然聽見幾聲天崩地裂般的爆炸聲，想來便是炸毀這個祕密通道的聲響。

她和天殺星相對而望，都從對方眼神中見到一抹絕望之色。

裴若然心中好生懊惱。他們找到這個藏身處已有一段時日，若是早一步找到洞後的祕密通道，便能及早逃出谷去。然而直到昨夜，裴若然才湊巧聽見風師臨死前的遺言，兩人又撞見幾個老大，錯失回來尋覓通道的時機，如今一切都已太遲了。

兩人相對無言，合力掃除石礫灰塵，將藏身的山洞稍稍整理一番。不多久，外面天色已然全黑，他們便躺在山洞中睡了。

裴若然清醒過來，感到全身寒冷，眼前出現一抹陰暗的微光。她坐起身，這才想起：「我和天殺星躲在山崖上的山洞中，已有三日了。」

她游目尋找天殺星，見到他瘦削的身影縮在洞口之旁，正在守夜。她低聲問道：「有何動靜？」

天殺星搖搖頭，說道：「天空，弟兄，搜尋。很快，來此。」

裴若然皺起眉頭，心中雖不願相信，但也不得不承認這山谷就這麼大，能躲藏的地方原本就不多。她和天殺星花了幾個月的工夫，在沼澤、森林、懸崖四處探勘，才找到這個隱密的洞穴，並偷偷將糧食運送來此。但是要在這兒熬過冬天，一來難以躲避如狼似虎的其他弟兄，二來糧食也不足夠。

她知道全谷唯一剩下的糧食，便只有她和天殺星偷偷運走的這幾袋乾糧了。這些乾糧就算他們兩人省著分吃，也未必能夠撐過這個冬天。

裴若然忍不住想起小虎子。她一直擔心著小虎子的處境，不知道他此時是生是死。她想了許久，終於鼓起勇氣，對天殺星道：「我想去找天猛星，讓他加入我們。」

一如所料，天殺星立即搖頭，說道：「爲何，幫他？找山洞，搬糧食，未出力！」

裴若然明白他的意思。找到山洞、搬運糧食的是他們兩人，小虎子一點力都未曾出，怎能讓他白白享用這藏身之處和他們辛苦積存下來的珍貴糧食？

她想了想，說道：「你說得不錯。但是你想想，天猛星武功高強，可以幫助我們抵禦敵人。」

天殺星不以爲然，說道：「我倆聯手，谷中無敵。不需，天猛星！」

裴若然無言以對，她心中對小虎子的關懷，最初是起於在京城中曾經見過面，有分同鄉之情；之後則是佩服他刻苦練功的毅力，自認不如；最後更是因爲他的善良仁慈，在殘忍無情的弟兄們圍繞之下，他始終拒絕傷人殺人，即使被誣陷禁閉，也不改其衷。在兵器大比試中，他連續出手比試，場場手下留情，未曾殺傷任何一個弟兄，最後更對勁敵天殺星手下留情，饒他性命。

這種種原因，她知道自己不能全盤對天殺星說出，即使說了，天殺星也不會明白。而此時她的命運和天殺星綁在一起，谷中情勢危急混亂，兩人只能躲藏在這個隱密的小天地之中，能躲過一日災難便是一日。若爲了天猛星之事而起爭執，只怕連這點兒安穩也將失去。

裴若然心中籌思：「就算不能說服天殺星，我也必須找到小虎子。我相信他一定會是我們的助力。」

第二十八章　相啖

這三日中，兩人聽見谷中遠遠傳來廝殺喊叫之聲，卻不敢出洞去探視。

這日清晨，裴若然見外面天色晴朗，大雪已停，再也忍耐不住，說道：「今日喊叫聲止歇了，我想出去探探。」

天殺星不置可否，過了一陣子，才道：「一起去。」

於是兩人小心翼翼地攀出山洞，落下山崖。但見洞外雪雖停了，仍舊天寒地凍，勁風凜冽。入冬時他們都已換上早幾年送入谷中的棉衣皮靴，此時雖小了些，猶能禦寒。

兩人在樹林中勘查，觀察地上足跡，知道還沒有人來過他們藏身處的十丈之內，稍稍放下心。兩人來到樹林邊緣，裴若然留意到數丈外的雪地上散跌了一些兵刃，雪上留著殷紅的血漬。

她靜候觀察，見周圍全無聲響，杳無人跡，才悄悄跨出樹林，勘查地上爭鬥留下的痕跡。

但見兵刃鮮血圍繞中，一個赤裸的死屍伏在雪地上，身形瘦削，全身衣衫都被扒光了，連皮靴也不剩，皮膚在冰雪中被凍成紫青色。

她皺起眉頭，與天殺星對望一眼，問道：「天哭星？」

天殺星點了點頭。

裴若然吸了一口氣。天哭星和天魁星同爲青龍營，正是往年豹三伍的阿四。裴若然並未與他交過手或說過話，見到他慘死，也不禁心下惴惴。她蹲下觀察一陣，說道：「看來有人在此埋伏攻擊他，目的是奪去他的衣衫。」

天殺星俯身撿起地上的兵刃，見是一條短鞭，便收入懷中。

裴若然忍不住道：「你也要拿他的物事？」

天殺星聳聳肩，說道：「人死，不在乎。」

裴若然無言以對，也未曾阻止。

兩人不敢走遠，又回到峭壁上的山洞中，繼續躲藏。他們都知道谷中弟兄爲了爭奪衣物糧食，已開始一場場慘烈的廝殺，日日都有傷亡。他們有地方可以躲藏，還有糧食可以裹腹，已算是極爲幸運的了。

裴若然心想：「能躲多久便躲多久，等到外面的人都自相殘殺完了，我們再出去不遲。」

她原本以爲眾弟兄沒有糧食，五六日內便會餓倒死盡，沒想到許多日後，廝殺聲仍舊斷斷續續地傳來。

又過了十多日，裴若然和天殺星再次出洞探索，但見上回在森林外見到的天哭星死屍竟已不在當地，雪地上卻留下了拖走屍體的痕跡。

她心中好奇，跟著痕跡走去，走出數十步，見到地上一圈石頭圍繞，中間焦黑，顯然曾生過火，此時火種早已熄滅。她放眼望去，看見石圈旁留下了一些骨頭，心中奇怪：「這是什麼野獸？谷中冬季並無什麼野物，他們燒烤什麼來吃？」隨即見到石圈旁還扔了一些零碎的肢體殘骸。她突然臉色大變，終於明白洞外的弟兄們過去十餘日都在吃什麼度日，頓覺毛骨悚然，腹中翻滾難受。

她勉強忍住作嘔感，低聲對天殺星道：「屍體……沒有了。」天殺星也已看到石圈和殘肢，明白發生了什麼事，臉色比平日更加煞白，靜了一陣，才道：「十天，半月。」

她明白天殺星的意思，弟兄們若已開始互相啖食，那麼還可以撐上十天半月都不會死盡。她點點頭，心中恐懼無以復加，默然良久，才道：「我們回去吧。」

兩人回到峭壁上的山洞中，相對而坐，心中都想：「洞外情勢已然糟到這等地步，我們還能在這洞裡安穩地待上多久？」

她愈想愈不安，起身去檢視藏在山洞深處的糧食袋，發現他們搬來的糧食只剩下三袋了。過去這十餘日中，他們大多躲在山洞裡打坐練氣，不練氣時也只坐著或躺著，少說少動，好節省精力，免得肚子很快又餓了。即使如此，兩人儲存下來的糧食仍舊嚴重不足，十餘日來已吃掉了一半，剩下的再省著吃，也只能再過十來日。谷中冬季總要延續至少三個月，最後兩個月該如何度過？

她原本只道弟兄們能夠爲了爭奪禦寒衣物而互相殘殺，如今情勢，弟兄們已轉成爲了塡飽肚子而相殺互食，思之實令人不寒而慄。她心中思量：「我和天殺星不能永遠待在這兒。糧食一吃完，我們必得出洞去尋找吃食。我們又該如何對付谷中殘存的弟兄？若被他們捉到，我倆一定沒命，甚至會成爲他們的下一餐！」

她又想：「如今弟兄們多半各自追隨不同的頭頭兒，結夥互鬥。我須得知道外面勢力最大的頭頭兒是誰，才能想好對付他們的計策。我和天殺星即使武功勝過大多數的弟兄，畢竟只有兩個人，對方人多勢眾，我們要是不小心落單，遭弟兄圍攻，情勢就非常危險了。」

她隨即想起小虎子：「小虎子從不曾結黨結派，此刻想必仍是孤身一人。他天性仁善，絕不會依附那些凶殘的弟兄。他若能跟我們做一道，三個人總強過兩個人。」

想到此處，她心意已定：「我得出去，設法找到小虎子。他若已死去，那就罷了。若是沒死，定要讓他和我們做一夥，互相保護，設法活下去。」

她望了天殺星一眼，又想：「他對小虎子滿心懷疑厭惡，要讓這兩人攜手合作，可得花一番心思。」

她思前想後，洞中無事可做，也就是兩人相對而坐，於是便將自己打算去找小虎子的想法跟天殺星說了。

天殺星果然仍舊極力反對，說道：「天猛星，多半，死了。沒死，也吃人！」

裴若然搖頭道：「天猛星爲人性慈，他可能已經死去，卻不可能變得跟那些人一樣，開始殺人吃人。我相信他絕不會如此。」

天殺星嘿了一聲，說道：「再十日，我們，一樣！」

裴若然堅決地道：「不，天殺星，即使餓死，我們也不能變成禽獸！」

天殺星低下頭，未再言語。

裴若然吁出一口氣，她知道天殺星跟自己一般，在生死關頭之際，內心不免猶疑搖擺；她也知道自己必須萬分堅定，明白說出自己能做什麼，不能做什麼，而天殺星最終還是會站在她這一邊。

裴若然想到便做，此後每日冒險離開森林，探勘谷中弟兄的狀況。她很快便發現，倖存的弟兄分成兩股，人數最多的是天空星和他的手下，共有十五六人；其次是天暴星，手下有十二三人。兩股弟兄居無定所，在谷中四處遊蕩，埋伏襲擊落單的弟兄，殺死吃掉；上回將死掉的天哭星拖走吃了的不知是哪股弟兄。其餘弟兄不是已然凍死餓死，便是被其他弟兄殺死了。

她也知道，天暴星和天空星不時率眾拚鬥，互有死傷。他們在峭壁上聽見的叫囂之聲，便是這兩股弟兄械鬥時的呼喊。奇怪的是，她並未聽見任何關於天猛星小虎子的消息；弟兄們都未曾提到他，看來都認爲他已死在樹林中了。

但裴若然卻不肯相信小虎子已死。她連續數日潛近天空星的大本營——四聖洞穴之外，探聽消息。

到了第五日，但見洞外豎立起了一根六尺高的粗木棍，不知是做什麼用的，旁邊還生著一堆營火。

裴若然耐心等候。約莫近午時分，但聽人聲響動，遠遠傳來叫囂歡呼之聲。過不多時，便見一群十多名弟兄從西方而來，當中簇擁著一個孩童。他們七手八腳，將那孩童綁在洞外的木棍上，口中呼喊叫囂，神情激動。

裴若然心想：「不知是誰被他們捉到了？」

但見那被綁在木棍上的男孩兒全身赤裸，身上橫七豎八的滿是血痕，有的傷口鮮血已凝結，有的還在流血，委實怵目驚心。男孩兒垂著頭，似乎已昏厥了過去，也可能早已死去。

裴若然心中一跳：「那是小虎子麼？」遠看無法看清，她悄悄掩近前，從樹叢後望去，卻仍舊無法看清那孩童的面貌。

此時一個高大的男孩兒走了出來，高舉手中狼牙刀，高聲道：「弟兄們！這個叛徒終於被我們捉到了。你們說，我們該如何處置他？」

裴若然看清那說話的高大男孩兒的面目，正是天空星，圍繞在他四周的弟兄高聲呼喊道：「處死叛徒！處死叛徒！」

天空星臉龐扭曲，有如鬼怪，怪聲叫道：「不錯！叛徒就該當處死！」

裴若然望著天空星面容，心中不禁一涼，暗想：「天空星原本是個長相頗為英俊的男孩兒，才幾日不見，竟已變得如此醜惡猙獰！」

四周的弟兄更加激動，紛紛舉起兵器，高聲叫道：「殺死天勇星！殺死天勇星！」

裴若然這才看清，那被綁在木幹上的孩子身形比小虎子高大壯健許多，臉上布滿刀疤，確實不是小虎子，應當便是他們口中的「天勇星」了。她知道天勇星與天暴星同屬貔貅營，一直是天暴星的忠心手下。兵器大比試時，天殺星曾重傷天勇星，第二關隨即開始，天勇星的傷勢想必未能痊癒。如今天空星抓到了他，自是凶多吉少。

她微微放心，暗想：「希望小虎子還躲藏在某處，尚未被他們捉住。不知他這些日子來都吃什麼度日？」

但聽弟兄們的喊殺之聲愈來愈大，簡直震耳欲聾。天空星站在圈子當中，一邊狂呼，一邊高舉狼牙刀，作勢砍殺，鼓舞弟兄。裴若然知道這群人已陷入瘋狂，很快便會一擁而上，將天勇星撕成碎片。而殺死天勇星之後會發生什麼事情，她只需望望一旁的火堆便知曉。

她不忍再看，正想離去，忽聽一人高聲叫道：「住手！不要殺他！」

裴若然立即轉頭望去，但見一個男孩兒站在一棵大樹旁，手持破風刀，衣衫破爛，神色凜然，正是天猛星小虎子。

她心中又驚又急，忍不住暗罵：「小虎子出來幹什麼？挑這當兒現身，莫非嫌自己活得太長了？」

但見小虎子一躍而出，落入圈中，大步走向天勇星，揮刀割斷綁縛他的繩索，轉過身，對天空星道：「不必殺他。山谷中並非沒有食物可以吃。我帶你們去打獵捕魚，我們總能度過這個冬天的！」

在場的十多名弟兄頓時陷入一片死寂肅靜，十多雙眼睛瞪視著天猛星，一聲不出。

小虎子一手扶著天勇星，一手高舉著一串銀白色的魚，信心十足。然而他完全不明白，在他眼前的弟兄並不是一群寒冷飢餓的孩子，而是一群殺紅了眼的暴徒。暴徒想要完成殺戮的儀式，想要見到鮮血；小虎子在此時此刻現身攔阻，立即成爲所有暴徒的公敵。

天空星雙眼血紅，直瞪著天猛星，露出牙齒，冷冷地道：「又一個叛徒！弟兄們，我們如何對付叛徒？」

弟兄們再次狂呼起來，叫道：「殺死叛徒！殺死叛徒！」各自舉起兵刃，一擁而上，往小虎子直砍而去，狀若瘋狂。

小虎子大驚失色，叫道：「住手！這些魚，這些魚，你們拿去吃啊！」

然而弟兄們瘋了般地直衝上前，團團圍住了小虎子。其中一個弟兄並未衝向天猛星，卻往已癱倒在地的天勇星奔去，猛然舉刀，直刺入天勇星的胸膛，鮮血噴出，天勇星張大了口，卻未能叫出聲來，口中噴出一團鮮血。

小虎子見到了，驚叫道：「阿一！」

裴若然並不知道，這天勇星原是豹三伍的阿一，小虎子往年曾對他好生照顧，交情深厚。然而在過了第一關之後，阿一改名天勇星，成爲天暴星的忠實手下，對天猛星不再理睬，甚至曾參與偷襲天猛星的陰謀。

小虎子眼見天勇星不斷嘔血，眼見是不活了，驚怒交集，嘶聲喝問道：「爲什麼？爲什麼要殺他？」

但此時他已自顧不暇，忙著揮動破風刀擋住弟兄們的輪番攻擊，更無力去救助天勇星，只能眼睜睜地看著天勇星被弟兄們揮兵刃亂砍亂刺，全身鮮血淋漓，支離破碎，斷氣身亡。

小虎子暴怒不已，高喝一聲，運起內息，勁力猛增，右手揮刀，左手成掌，將身前的弟兄逼退出數丈，無人能近。這時弟兄們已砍死了天勇星，殺紅了眼，仍舊呼喊著，圍繞在小虎子身周。小虎子不願傷人，即使能以內力暫時逼退眾人，自己卻也難以脫身。

裴若然看在眼中，知道今日事情難以善了，小虎子不肯下殺手，自己定會受傷，可能很快便要死於亂刀之下。她暗暗祈求小虎子會忽然發狠，出手殺人。但這麼多年過去了，他的性子始終未曾改變半點，又怎會在此時此地忽然開竅？

就在此時，情勢急轉直下；天空星大步上前，闖入人群，揮舞著狼牙刀，直往小虎子攻去，招式狠猛。他使出一招最得意的「狼心狗肺」，劃傷了小虎子的右臂，鮮血迸流。

小虎子怒吼一聲，回刀砍去，但他持刀的右臂已然受傷，使動不靈，在弟兄們群起圍攻之下，顯難脫身，轉眼便會和那天勇星一樣，死在亂刀之下。

裴若然知道自己不能再猶疑，一咬牙，心想：「就算會暴露自己，我也必得出手救他。天殺星一定反對到底，但我可管不了這麼多了！」

她握緊峨嵋刺，陡然從樹叢中縱出，躍入人群，搶到小虎子身旁，峨嵋刺揮出，分別刺上兩名弟兄的手臂。那兩人驚呼出聲，連忙退開。

弟兄中有人認出了她，尖聲叫道：「是天微星！是天微星！」

裴若然知道自己在兩場大比試中顯露過身手，弟兄們對自己的武功頗爲忌憚，當下趁著他們驚詫後退之際，拉住小虎子的手臂，叫道：「跟我走！」

小虎子見六兒陡然現身，萬分驚訝，隨即握緊手中破風刀，緊緊跟在她身後，兩人一齊往樹林中奔去。

小虎子絕沒想到六兒竟會在危急之中突然現身相救，混亂之中，只能跟在她身後快奔而去。他回頭一望，只見天空星臉色猙獰，高吼道：「別讓叛徒跑了！快追！兩個都別放過！」手下弟兄各持武器狂追而上，天空星自己也舉起狼牙刀，快步急追而上。

小虎子和裴若然的輕功遠勝他人，此時她在前領路，直奔入樹林，專往樹叢濃密處奔去。她顯然對森林中的路徑極爲熟悉，奔出十餘丈後，終於甩脫了追兵。

就在這時，小虎子忽然小腿一痛，卻是被地上突出的樹枝刮出一道深深的傷口，劇痛難忍，險些跌倒，不禁悶哼一聲。

裴若然停步回頭，問道：「你沒事麼?」

小虎子道：「沒事。再奔一段，別被他們追上了。」勉強舉步奔去。

裴若然見他腳下一跛一拐，微微皺眉，停步回身，伸手扶住他的手臂，略略放慢了腳步。

小虎子感到手臂和小腿痛如火燒，只能咬牙忍住，勉強往前邁步，在森林枯葉雜草之間快奔。裴若然知道他受傷不輕，只能祈禱天空星他們不熟悉森林中的路徑，不敢深入林中追殺兩人。

兩人在森林中奔走一陣，聽見後面再無腳步聲傳來，這才停下腳步，各自靠著一株大樹，喘息不止。

第二十九章 憶舊

小虎子緩過氣來，開口說道：「天微星，我還以為妳已經死了！妳怎地這麼久……這麼久都沒有出現？」

裴若然一呆，說道：「我們才以為你已經死了。」頓了頓，又問：「你當眞能捉到魚？」

小虎子道：「當然是眞的。瀑布下的潭水，潛入深處，便能捉到魚。」

裴若然道：「原來如此。但是瀑布下的潭子不是已結冰了麼？」

小虎子道：「敲開冰面，下面還是水，就是冷得緊。」

裴若然光只想像那潭水的冰冷，便打了個寒顫，說道：「虧得你不怕冷。」

小虎子哈哈一笑，說道：「肚子餓時，哪還管得了冷不冷？」

裴若然望著他的笑容，不敢相信他當此情境竟然還笑得出來。她望向小虎子的右手臂，又望向他腿上的傷口，問道：「傷得如何？」

小虎子手臂和小腿的傷口陣陣發痛，說道：「手臂是剛才被天空星的狼牙刀砍的，腿上是奔走時被樹枝刮的。」

裴若然走近前檢視，小虎子也低頭望去，但見自己右臂上的傷口長約半尺，創口不齊，深至見骨，鮮血仍汩汩流出。

裴若然皺起眉頭，哼了一聲，說道：「狼牙刀，『狼心狗肺』，可惡！」從懷中取出布條替他包紮，說道：「先止住血再說。」

小虎子望著裴若然，忽道：「天微星，妳便是長安城的六兒，是麼？」

裴若然見過山壁上的留言，早知道他記得自己的出身，臉上神情維持一派平靜，頭也不抬，只顧替他包紮，口中說道：「不錯。我是六兒。」

小虎子連連點頭，神色極爲興奮，說道：「六兒！那日下午……我是說，很久很久以前的那日下午，那是春天吧，我們一群孩子在空地蹴鞠，青龍營對白虎營，你們輸了，妳出來跟我單挑，妳記得麼？」

裴若然抬起頭，凝望著小虎子，小虎子也凝望著她，但見她的臉容剛毅，彷彿便是當年那個身手不凡、倔強高傲的小孩兒。他不禁想起自己當年曾住在武相國府中，深宅大院，錦衣玉食，無憂無慮，那彷彿全是上一輩子的事了，他只在腦海中轉一轉這些念頭，便不禁感到一陣恍惚，一陣隱痛。

裴若然臉上卻未曾露出半絲情緒，只淡淡地道：「我記得。我也知道，你叫作小虎子。」

小虎子點點頭，說道：「不錯，我叫小虎子，我……」他想說自己出身武相國家，卻忍住了沒有說出來。

裴若然並未追問，只繼續替他包紮。

兩人靜了一陣，小虎子忍不住道：「我們來到這谷中已快三年了，妳卻始終裝做不認識我？」

裴若然望了他一眼，仍舊維持著面無表情，說道：「你不也一樣，始終裝做不認識我？」

小虎子這時才醒悟，此刻果然是他們兩人這幾年多來第一次坦承身分，面對面說話。若非情勢如此危急，自己受傷流血，身後被一群如狼似虎的弟兄追逐，他眞想好好跟她說上一整日的話。他連忙辯解道：「我哪有假裝不認識妳，只是我……只是我一直不敢去找妳說話。」

裴若然微微一笑，說道：「這山谷就這麼大，就這麼幾個人，但是能說得上話的人卻不多。」

小虎子聽了這話，心中大有同感，連連點頭，喉中哽咽，不知該如何回應。這時裴若然已幫他包紮好手臂上和腿上的傷口，站起身，說道：「走吧。」

小虎子微微一怔，站著不動，問道：「去哪兒？」

裴若然道：「你受傷不輕，得找個地方躲避一下。」

小虎子問道：「去哪兒躲避？」

裴若然道：「我帶你去我們的藏身處。」

小虎子望著她，想起天殺星對自己的強烈敵意，說道：「你們？就是妳和天殺星的藏身處麼？天殺星只怕不想見到我吧？再說，妳就不擔心被天空星他們循蹤追上，發現你們的藏身處？」

裴若然聽他提出這兩個疑問，靜默不答。

小虎子見她猶豫，知道自己說中了她心中疑慮，當下說道：「不如這樣吧。妳跟我來，到我的藏身處去。」

裴若然抬眼望向他，說道：「你這些時日來都躲在何處？這山谷能夠躲藏的地方我幾乎都找遍了。你怎能躲藏這麼久，未曾被天空星和天暴星他們找到？」

小虎子微笑道：「妳跟我來就知道了。」

裴若然道：「你帶我去，豈不暴露了自己的藏身處？」

小虎子燦然一笑，說道：「妳願意帶我去妳的藏身處，可見妳對我非常信任。我當然也得禮尚往來，帶妳去我那兒。」

大約小虎子笑得太過輕率，裴若然忽然俏臉一沉，冷然說道：「不如我們各走各路，大夥兒都方便。」

小虎子見她神色嚴肅，知道她說到做到，一言不合，便將拂袖而去，心中頓時急了，忙道：「別急，別急！六兒，我請問妳一件事，請妳跟我說實話。」

裴若然微微側頭，凝望著他，等他說下去。

小虎子吸了一口氣，鼓起勇氣，問道：「我被關在那石牢時，在牢外石壁上寫字的，眞的不是妳？」

裴若然搖搖頭，斬釘截鐵地道：「我說過了，不是我。」

小虎子難掩失望困惑，說道：「但是……但是寫字之人知道我叫小虎子。這谷中除了妳，還有誰會知道我的眞名？」

裴若然別過頭去，說道：「天殺星不是說了麼？有可能是大首領，也可能是其他的老大，他們想必都知道你的眞名。」

小虎子搖頭道：「不，我仔細觀察過，四位師傅和六個老大都不識字，也絕對不會寫字。」

裴若然懷疑道：「你怎麼知道？」

小虎子道：「我見過他們用來記事的木板，上面畫的都是圖形，一個字也沒有。他們全都不識得字。」

裴若然嗯了一聲，說道：「大首領想必知道你的名字，他總會寫字吧？」

小虎子點了點頭，心中感到一股難言的恐懼厭惡，說道實情：「不錯，給我留話的……很可能眞的就是大首領。」

裴若然心想：「我親眼見到，正是大首領。」卻不忍心說出，故意問道：「他給你留了些什麼話？」

小虎子再也無法壓抑心中的懊悔傷痛，羞慚難受，咬著嘴唇，沒有回答，心中只想：「我眞是世間第一大蠢蛋。那些字果眞不是六兒寫的！我當時將那些留言當成稀世珍寶一般，那些留言乃是維繫我鼓起勇氣活下去、未曾自戕的關鍵。留言之人顯然非常明瞭我的心思，時而鼓勵，時而勸慰，時而陪著我思念家鄉，時而督促我繼續練武，甚至指點我去看頂壁的文字，修習內功。原來這一切都是大首領刻意的計畫！大首領不要我死，要我繼續精進練武，這是他給我留言的唯一目的。」

他不想讓裴若然見到自己難看至極的臉色，連忙轉過頭去。裴若然瞥見他臉上神色，猜知他心中感受，不再追問，只低聲道：「你還是跟我來吧。」

小虎子默然點了點頭。裴若然轉身往前走去，小虎子茫然跟在她身後，滿心悲憤，知道自己不僅受人欺騙愚弄，更遭人利用擺布，委實蠢笨可悲已極，暗想：「大首領當然完全不在乎我的死活，只關心我練功的進境。而我竟然將那些留言當眞，以為世間有人眞正關心我，在乎我的生死……」

想到此處，他心中一片悲慘傷痛，暗想：「原來我一直自作多情，以爲是六兒在暗中照顧我，關心我，其實根本不是那麼一回事！如今谷中大亂，人人朝不保夕，我又怎能期待她對我有何好心？她方才出手救我，恐怕也並非出於關懷，而是別有目的。」

這麼一想，他不禁陷入難以自拔的消沉沮喪，忽然止步，說道：「六兒，妳說得對，我們還是各走各路，互不相干得好。」

裴若然一呆，止步回頭，一雙妙目在他臉上游移，似乎在猜測他心中究竟在想些什麼。她靜默半晌，才道：「小虎子，我在谷中確實未曾與你相認，你被關起來時，我也未曾去石牢探望你，在山壁上給你留字的也不是我。但是我已注意你很久了，我很清楚你是個什麼樣的人。」

小虎子聽了，滿心激動，轉過身，大聲道：「我是個什麼樣的人？」

裴若然沉靜地站在當地，緩緩說道：「你是個好人。」

小虎子呆在當地，一時不知該如何回應。他這一輩子從來不認爲自己是個好人；他只知道自己是個愚鈍頑劣的孽子，是伍長、老大們眼中的麻煩傢伙，是弟兄們眼中的殺人怪物。他怎麼會是好人？

小虎子忍不住大笑起來，說道：「我是好人？我是好人？連妳也要騙我誆我？」

裴若然聽了，呆了一陣，才道：「小虎子，你爲何這麼說？你當然是好人。過第一關時，你不認識天富星，卻冒險救了他的命；大比試時，你謹愼自制，從未出手傷過一個弟兄，甚至饒過我和天殺星的性命。就在方才，你甚至冒著生命危險，出手相救天勇星。你是我見過心地最好的人。」

小虎子沒有言語。他無法贊同她的話，卻也無法反駁；她是第一個對自己說出這些話的人，也是唯一的一個。

裴若然又道：「我是特意出來找你的。我今日出手救你，並非一時起意。我知道我們若想過第二關，就必須與你合作，才有希望活下去。」

小虎子呆了呆，說道：「你們要過第二關，爲何須得與我合作？」

裴若然道：「老大們蓄意在冬天來臨前全數出谷，截斷出谷的道路，搬空糧食，用意還不清楚麼？他們是想看看弟兄們如何在這谷中活下去。說得明白些，他們想看看我等如何結黨結派，彼此爭搶糧食，自相殘殺。能夠活下來的，才算過了第二關。老大他們只會袖手旁觀，不會出手相助。因此我們想要活下去，只能靠自己的本事。」

小虎子早已明白眼前情勢，點了點頭。

裴若然續道：「天空星和天暴星各自集結了一群手下，各有十多人。他們四處搜索敵黨的弟兄，號稱叛徒，將他們抓起殺死，分食果腹。這樣的情況已持續將近一個月了。」

小虎子想起方才親眼見到他們綁起天勇星、準備殺死烤食的情狀，臉上變色。

裴若然又道：「我和天殺星預先存下了一些糧食，並找到一個隱密的藏身處，這些日子來一直隱居躲藏，盡量不露面。但是我們的糧食畢竟不足，無法熬過這個冬天。我們若出洞覓食，又不免撞上天空星和天暴星兩夥人。如果不想被天空星他們捉住，便得想辦法保護自己。我和天殺星兩人力量有限，一定得有更多的人加入我們，才有可能抗衡天空星、天暴星兩夥人。」

小虎子聽到此處，恍然大悟：「他們需要我，因為我知道如何捕魚，能夠幫他們找到食物。他們需要我，也因為兩個人勢單力薄，無法跟天空星和天暴星十多人的黨羽為敵。多一個人，便多一分力量。」

他沉思一陣，說道：「妳和天殺星的糧食吃完後，打算如何？」

裴若然還未回答，便聽左側一人冷冷地插口道：「活下去，過二關！」

小虎子和裴若然一起轉頭望去，但見天殺星無聲無息地站在一旁，冷然望著他們兩人。小虎子完全未曾聽見天殺星靠近的腳步聲，不禁暗暗吃驚。

裴若然對天殺星的輕功知之甚深，並不驚訝，對他道：「我去探視天空星的營地，正見到他們抓住天勇星，準備殺死。天猛星忽然提著一串魚出現，想用來換天勇星的命，卻被他們群起圍攻，我便出手助他逃脫。」

天殺星聽見「一串魚」，眼睛微微一亮，但仍哼了一聲，說道：「逃不了，要人救？」說著冷然瞪視著小虎子。

小虎子聽他語氣不善，正要回嘴，裴若然已橫了天殺星一眼，肅然道：「出手救他，是我的決定。當此危機，我們若不聯手合作，如何能活下去？」

天殺星轉過頭去，不再言語。

小虎子心想：「原來天殺星對六兒頗爲忌憚，不敢違背她。」心中不禁對她多了幾分敬意。

裴若然又道：「我們逃走時，天空星帶著手下追了上來，直到進入樹林才擺脫他們。此地並不安全，我們最好快點回去。」小虎子和天殺星都點了點頭。

裴若然便當先往前行去，小虎子和天殺星互相瞪了一眼，隨後跟上，彼此保持著數丈的距離。

不多時，小虎子便跟著裴若然來到了一座峭壁之下，攀上山壁，進入藤蔓後的山洞中。他沒料到他們的藏身處竟在峭壁之上，隱密非常，頗感驚奇，讚嘆道：「這地方眞好！」

裴若然露出傷感的神色，微微搖頭，往山洞後的甬道望了一眼，嘆了口氣。

小虎子不明白她爲何嘆息，順著她的眼光往山洞後望去，問道：「怎麼？」

裴若然道：「這山洞後的甬道，原本通往一條出谷的祕密通道，然而兵器大比試之時，老大們將這條通道炸毀了。」

小虎子一驚，說道：「當眞？」

裴若然點點頭，說道：「風師臨死之前，叫我趕緊找路出谷。他指點我去尋找祕道，我們卻遲了一步。」

小虎子已聽六兒說過，仍忍不住驚道：「風師死了？」

裴若然嘆了口氣，說道：「在兵器大比試的前一夜，我親眼見到四位師傅死去。」

小虎子又是震驚，又是悲憤，問道：「是老大們下的手麼？」

裴若然道：「不錯。老大們的武功不及四位師傅，因此金婆婆先對他們下毒，再讓老大們下手殺死他們。」

小虎子皺起眉頭，神色驚疑痛苦，問道：「爲什麼？」

裴若然轉過頭去，望向洞外，見洞外又飄下了雪花。她淡淡地道：「想必是爲了讓我們過第二關時不受干擾。而且四位師傅教導我們武功的任務已然完成，對大首領已經沒有用處了。」

小虎子默然不語。

裴若然在小虎子身邊坐下，替他拆下手臂和腿上的包紮，取過一旁的水罐，用水清洗了傷口，敷上不知什麼藥物，又包紮起來，手腳俐落，顯然十分慣於包紮傷口。

在小虎子的記憶中，從來未曾有人對他如此溫柔細心，他不禁一直望著裴若然的所有的動作，滿懷感激，感動得幾乎掉下淚來。

裴若然包紮完後，說道：「你在這兒休息一下，我出去探探，確定沒有人跟蹤追上。」又轉向天殺星，說道：「你別惹事。我一會兒就回來。」

天殺星抱著膝，靠著山壁，坐在山洞另一邊的陰暗角落中，並未回答。

裴若然出洞之後，天殺星冷冷地望著小虎子，小虎子也舉目回望，兩人眼神中的仇視敵意再明顯不過。

天殺星緩緩舉起一支匕首，在自己的面前晃蕩。

小虎子明白他的威脅之意，撇嘴笑道：「我右臂受傷，你此刻要殺我，可是再容易不過。」

天殺星嘴角露出一絲冷笑，說道：「大比試，爲何饒我！我，不饒！」

小虎子聽過他說話，知道他口齒笨拙，言詞簡短，但這幾句話意思再清楚不過，自己雖曾饒過他不殺，他卻不會饒過自己。

他點點頭，直視著天殺星，冷笑道：「要動手便趁早，別等天微星回來，你可就不好動手了。」

天殺星眼神更加凌厲，嘴角笑容止歇，冷然道：「你怕，天微。我，不怕！」

小虎子冷笑道：「我當然知道你不怕她，因此才要你快點動手。待會兒她若插手干預，豈不麻煩？你說我害怕，哈哈，我豈會害怕？」一躍起身，左手持刀，說道：「我即使受傷，也不會輸給你。動手吧！」

天殺星冷冷地望著小虎子，握緊了手中匕首，眼中仇恨如火燒。

正當兩人肅然對峙時，忽聽遠處傳來一聲驚呼，正是天微星的聲音。

小虎子和天殺星一齊往外望去，心知天微星若是趕回來勸架，兩人必定絕不理會，堅持一戰；然而她若遇上危險，他們卻都不能坐視不理，一定得罷手去救。

兩人對望一眼，立時知道對方的心思和自己一般，什麼話也沒有再說，便一齊搶出洞外，攀落山崖，往聲音來處奔去。

（未完待續）

國家圖書館出版品預行編目資料

生死谷．卷一／鄭丰作, -初版-台北市：奇幻基地出版；家庭傳媒城邦分公司發行；2015. 07
（民104. 07）
面：公分. -（境外之城）

ISBN 978-986-91831-1-6（卷1：平裝）

857.9 104011589

ISBN 978-986-91831-1-6
EAN 471-770-209-086-9
Printed in Taiwan.

奇幻基地官網及臉書粉絲團
http://www.ffoundation.com.tw/
http://www.facebook.com/ffoundation

鄭丰臉書專頁
http://www.facebook.com/zhengfengwuxia

城邦讀書花園
www.cite.com.tw

生死谷・卷一（特別版）

作　　者／鄭丰
企劃選書人／楊秀眞
責任編輯／王雪莉
業務主任／范光杰
行銷企劃／周丹蘋
行銷業務經理／李振東
總　編　輯／楊秀眞
發　行　人／何飛鵬
法律顧問／元禾法律事務所　王子文律師
出版／奇幻基地出版
城邦文化事業股份有限公司
台北市 104 民生東路二段 141 號 8 樓
電話：(02)25007008　傳眞：(02)25027676
網址：www.ffoundation.com.tw
e-mail：ffoundation@cite.com.tw
發行／英屬蓋曼群島商家庭傳媒股份有限公司城邦分公司
台北市 104 民生東路二段 141 號 11 樓
書虫客服服務專線：(02)25007718・(02)25007719
24 小時傳眞服務：(02)25170999・(02)25001991
服務時間：週一至週五09:30-12:00・13:30-17:00
郵撥帳號：19863813　戶名：書虫股份有限公司
讀者服務信箱 E-mail：service@readingclub.com.tw
歡迎光臨城邦讀書花園 網址：www.cite.com.tw
香港發行所／城邦（香港）出版集團有限公司
香港灣仔駱克道 193 號東超商業中心 1 樓
電話：(852) 2508-6231 傳眞：(852) 2578-9337
e-mail : hkcite@biznetvigator.com
馬新發行所／城邦（馬新）出版集團
【Cite (M) Sdn Bhd】
41, Jalan Radin Anum, Bandar Baru Sri Petaling,
57000 Kuala Lumpur, Malaysia.
Tel: (603) 90578822　Fax:(603) 90576622
email:cite@cite.com.my

封面設計／陳文德
特約編輯／廖雅雯
排　　版／極翔企業有限公司
印　　刷／高典印刷有限公司
■2015 年（民 104）7 月 30 日初版一刷
■2023 年（民 112）12 月 22 日初版 6.1 刷
售價／300元

廣 告 回 函
北區郵政管理登記證
台北廣字第000791號
郵資已付，免貼郵票

104台北市民生東路二段141號11樓

英屬蓋曼群島商家庭傳媒股份有限公司城邦分公司 收

請沿虛線對摺，謝謝

奇幻基地

每個人都有一本奇幻文學的啓蒙書

奇幻基地官網：http://www.ffoundation.com.tw
奇幻基地粉絲團：http://www.facebook.com/ffoundation

書號：**1HO052X**　　書名：生死谷．卷一（特別版）

請於此處用膠水黏貼

讀者回函卡

謝謝您購買我們出版的書籍！請費心填寫此回函卡，我們將不定期寄上城邦集團最新的出版訊息。

為提供訂購、行銷、客戶管理或其他合於營業登記項目或章程所定業務之目的，英屬蓋曼群島商家庭傳媒(股)公司城邦分公司，於本集團之營運期間及地區內，將以電郵、傳真、電話、簡訊、郵寄或其他公告方式利用您提供之資料（資料類別：C001、C002、C003、C011等）。 利用對象除本集團外，亦可能包括相關服務的協力機構。如您有依個資法第三條或其他需服務之處，得致電本公司客服中心電話(02)25007718請 求協助。相關資料如為非必要項目，不提供亦不影響您的權益。

姓名：＿＿＿＿＿＿＿＿ 性別：□男 □女

生日：西元＿＿＿＿年＿＿＿＿月＿＿＿＿日

地址：＿＿＿＿＿＿＿＿

聯絡電話：＿＿＿＿＿＿＿＿傳真：＿＿＿＿＿＿＿＿

E-mail ：＿＿＿＿＿＿＿＿

學歷：□1.小學 □2.國中 □3.高中 □4.大專 □5.研究所以上

職業：□1.學生 □2.軍公教 □3.服務 □4.金融 □5.製造 □6.資訊

□7.傳播 □8.自由業 □9.農漁牧 □10.家管 □11.退休

□12.其他＿＿＿＿＿＿＿＿

您從何種方式得知本書消息？

□1.書店 □2.網路 □3.報紙 □4.雜誌 □5.廣播 □6.電視

□7.親友推薦 □8.其他＿＿＿＿＿＿＿＿

您通常以何種方式購書？

□1.書店 □2.網路 □3.傳真訂購 □4.郵局劃撥 □5.其他

您購買本書的原因是（單選）

□1.封面吸引人 □2.內容豐富 □3.價格合理

您喜歡以下哪一種類型的書籍？（可複選）

□1.科幻 □2.魔法奇幻 □3.恐怖 □4.偵探推理

□5.實用類型工具書籍

您是否為奇幻基地網站會員？

□1.是□2.否（若您非奇幻基地會員，歡迎您上網免費加入
http://www.ffoundation.com.tw/）

對我們的建議：＿＿＿＿＿＿＿＿

＿＿＿＿＿＿＿＿

＿＿＿＿＿＿＿＿

請於此處用膠水黏貼